O Testamento dos Séculos

Henri Lœvenbruck

O Testamento dos Séculos

Tradução
Karina Jannini

BERTRAND BRASIL

Título original: *Le Testament des Siècles*

Capa: Raul Fernandes
Foto do autor: Philippe Cabaret © Flammarion
Foto de capa: ThePalmer/iStockphoto

Editoração: DFL

2009
Impresso no Brasil
Printed in Brazil

CIP-Brasil. Catalogação na fonte
Sindicato Nacional dos Editores de Livros, RJ

L815t Loevenbruck, Henri, 1972-
O testamento dos séculos/Henri Loevenbruck; tradução Karina Jannini. - Rio de Janeiro: Bertrand Brasil, 2009.
406p.

Tradução de: Le testament des siècles
ISBN 978-85-286-1400-8

1. Romance francês. I. Jannini, Karina. II. Título.

CDD - 843
09-3581 CDU - 821.133.1-3

EDITORA BERTRAND BRASIL LTDA.
Rua Argentina, 171 — 2º andar — São Cristóvão
20921-380 — Rio de Janeiro — RJ
Tel.: (0xx21) 2585-2070 — Fax: (0xx21) 2585-2087

Atendemos pelo Reembolso Postal.

A Delphine

PRÓLOGO

O vento noturno soprava sobre as montanhas gredosas do deserto da Judeia. Era o sopro grave e contínuo que anuncia a vinda da alvorada, a hora em que os primeiros abutres começam sua ronda silenciosa além dos cumes da Palestina.

A leste, as estrelas de um céu cinzento ainda se refletiam na água oleosa do Mar Morto, em meio a grandes e cinzentos blocos de sal. O ponto mais baixo do globo. Lá soprava o vento que se precipitava entre as dunas brancas, nos vales sinuosos, através dos acampamentos dos beduínos e até os cânions culminantes.

A alguns quilômetros de Jerusalém e, no entanto, tão distante do mundo, no segredo dos cimos invisíveis escondia-se a silhueta baixa de um antigo monastério. Bloco de pedra escurecido unido à parede rochosa. Austera construção aberta apenas por primitivas janelas. Nenhuma via, nenhum caminho podia conduzir o viajante imprudente ao local. Nada parecia unir essa construção inacessível ao resto do mundo. Ali reinava soberano o silêncio do deserto.

Esparsos cabritos-monteses circundavam o edifício nas raras zonas de vegetação, escalando amplas escadarias erodidas, talhadas na rocha amarela. Uma polia de madeira rangia ao se balançar ao longo da fachada. No primeiro andar, a luz vacilante de uma vela brilhava por trás de uma janela.

Nesse pequeno cômodo desnudo orava um ancião.

Vestido de branco, com o crânio calvo, os olhos fechados, salmodiava ajoelhado, curvado diante da janela. A longa barba grisalha roçava seu peito ao ritmo de suas reverências. Apesar do silêncio do lugar, mal se ouvia o som de sua voz grave.

Ao terminar a oração, levantou-se lentamente, depois caminhou em direção ao fundo do cômodo, onde uma grande bacia de pedra se destacava da parede. Estava cheia de água fria, e nela o homem mergulhou as mãos. Deixou a água correr em sua fronte, em seu rosto, depois em seus pés, pronunciando novas indistintas orações. Caminhava descalço, como símbolo de sua comunhão com a Terra. Pois ali a Terra era um ser vivo e sagrado.

Por fim, retornou a seu modesto leito, uma coberta colocada diretamente sobre o chão. Nela se estendeu de costas e manteve os olhos abertos por alguns instantes. Nenhum dos outros doze religiosos que viviam nesse monastério esquecido havia despertado ainda. As paredes ancestrais do local eram preenchidas por um silêncio magistral. Mas, do lado de fora, o ancião podia ouvir o barulho contínuo da noite. Deixou seu espírito evadir-se no murmúrio noturno. Acalentou o sono ao ritmo da respiração.

Era um homem justo e ponderado, que havia consagrado toda uma vida à comunidade do monastério, aguardando, como seus irmãos, o advento da Nova Aliança. Havia sido iniciado com a idade de treze anos e jamais deixara o monastério desde então. Como seus irmãos, observava escrupulosamente todas as leis da comunidade, só se alimentava de pão, água, raízes selvagens e frutas, e tentava cultivar em si a pureza e a humildade. Como seus irmãos, dividia seu tempo entre a meditação, a agricultura e o artesanato. E, como seus irmãos, havia muito tempo esquecera a realidade do mundo profano. Esquecera seus pais, sua família, Jerusalém e o que dela os homens haviam feito. Apenas Deus ocupava sua vida. Deus e seu último segredo.

9

De repente, foi como se a noite se calasse, sufocada. Os lamentos dos chacais apagaram-se de uma só vez, e os abutres ficaram em silêncio.

O monge abriu os olhos e se ergueu lentamente. Aguçou a audição. Mas tudo já se havia calado. Restava apenas o sopro do vento. Algo anormal.

De repente, houve o ruído ensurdecedor de uma enorme explosão. Como uma fermata *incongruente no silêncio noturno. As paredes e o chão vibraram, e uma grande luz branca surgiu além das janelas.*

O ancião se levantou e correu para a porta. Ao sair no longo corredor que encimava os jardins do monastério, descobriu com horror as altas chamas que invadiam as paredes. Depois, houve nova explosão, e mais outra. O eco ensurdecedor das deflagrações parecia nunca querer apagar-se. Blocos inteiros de pedra foram arrancados do teto e das paredes e vinham estilhaçar-se ao longo do corredor ou nos jardins embaixo dele.

O ancião não sabia o que fazer. Em que direção correr. Onde buscar refúgio em meio àquele dilúvio incompreensível. Pouco a pouco, surgiram outros monges às portas do corredor. E seus semblantes, como o do ancião, estavam marcados pelo terror. Ninguém conseguia compreender a origem daquele apocalipse repentino no meio da madrugada.

Logo, uma fumaça opaca subiu até o primeiro andar e envolveu todo o edifício.

O velho monge tossiu para expulsar o fumo ácido que penetrava sua garganta, depois, em pânico, decidiu correr em direção às escadas mais próximas. Curvado, costeou a balaustrada de pedra e atravessou as chamas e a fumaça no tumulto. No meio do corredor, percebeu de repente um dos membros de sua comunidade despencando em sua frente como que fulminado. Era o último que havia chegado. O mais jovem.

Com as mãos trêmulas, os olhos cheios de lágrimas, aproximou-se lentamente por cima do corpo já sem vida de seu irmão. Longos traços de sangue se desenhavam progressivamente sobre sua comprida veste branca.

A atmosfera tornava-se cada vez mais irrespirável, e o calor das chamas mordiscava suas bochechas. O ancião deixou-se cair sobre os joelhos. Naquele momento, já não havia nenhuma dúvida. Nunca sairia vivo daquele inferno. A morte estava por toda parte ao seu redor. Em pouco tempo ela o levaria.

Pegou a mão do companheiro estendido à sua frente e fechou os olhos. Um único pensamento o habitava naquele instante. Era ele puro? Havia alcançado a pureza no seio de sua comunidade, agora que devia encontrar o Eterno?

Havia um segredo no fundo de sua alma. Um segredo jamais partilhado. Como no coração de todos os homens. A última muralha da intimidade. Então, era puro?

Orou para que Deus o aceitasse em Seu reino e, de repente, sentiu uma dor imensa no peito. Como uma ferroada fulminante.

Encontrou força para sorrir; depois, quando as chamas já circundavam seu corpo imóvel, morreu.

Quando o tumulto enfim se calou, dez silhuetas negras saíram rápida e silenciosamente do edifício em chamas. Dez homens com o rosto mascarado. Com armas automáticas MP-5 modificadas, sistemas de mira a laser, bússola, GPS, comunicadores de última geração, macacões de Kevlar, carregavam no corpo quase cinquenta quilos de equipamento.

A invasão havia sido estudada e preparada com minúcia. Cada um sabia o que tinha a fazer. A planta dos edifícios havia sido anexada aos comunicadores. Gestos cem vezes repetidos.

O ataque havia durado apenas alguns minutos. Os pontos vermelhos que piscavam se apagaram um a um nas telas de vidro. A maioria dos monges foi morta enquanto dormia. Nenhum deles dera o alarme. Nenhum sobreviveu.

Quando os dez mercenários desceram a ladeira ocre do monte em chamas, levando um tesouro cuja importância não podiam imaginar, o vento noturno ainda soprava sobre as montanhas gredosas do deserto da Judeia.

Sou o tenebroso — o viúvo —, o inconsolado,
O príncipe da Aquitânia na Torre abolida:
Minha única estrela *está morta — e minha lira constelada*
Traz o Sol negro *da* Melancolia.

Gérard DE NERVAL, *El Desdichado*

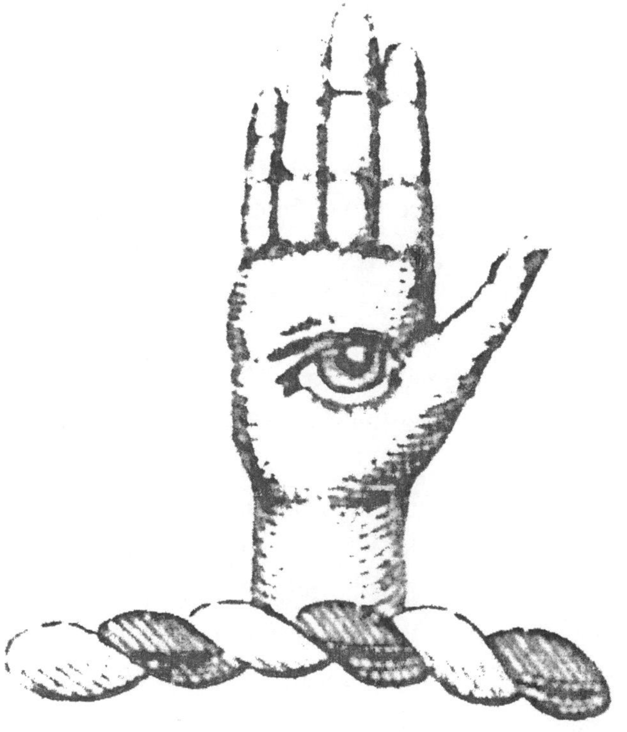

Capítulo Um

Havia onze anos que não via meu pai quando um tabelião me ligou para avisar que ele estava morto.

Nunca se sabe realmente o que dizer nesses momentos, e sentia que o sujeito do outro lado da linha estava ainda mais sem graça do que eu.

O silêncio que se instalou nada mais tinha a ver com o deslocamento do som entre Paris e Nova York, nem com o fato de que já devia fazer uns bons quatro ou cinco anos que eu não pronunciava nenhuma palavra em francês. Simplesmente eu não sabia o que dizer.

Fazia onze anos que eu vivia em Nova York, sete que trabalhava como roteirista para a televisão e que os produtores da casa ficavam em êxtase diante do *French Touch* que eu havia trazido ao *Saturday Night Live*, três que minha série *Sex Bot* fazia sucesso na HBO, pois os espectadores não tinham o hábito de ouvir falar tão abertamente de sexo na televisão, e apenas um ano que eu havia decidido parar de apostar nos milionários desiludidos, que esbanjam seus dólares em cocaína e em restaurantes de luxo, pois já não sabem o que fazer com os zeros que se acumulam no banco. No dia em que Maureen me deixou, compreendi que a América fizera de mim o pior dos americanos e que eu ultrapassara havia muito tempo alguns limites que não mereciam ter sido ultrapassados. Tomar um pé na bunda de uma atriz de segunda categoria, que passa mais tempo com o nariz no pó do que num palco, é para colocar logo as ideias no lugar. Nunca mais voltei a tocar em cocaína. Ninguém pode odiá-la mais do que aquele que um dia a amou tanto. Tudo isso acabou me colocando numa espécie de bom caminho. Um caminho triste e solitário, mas no qual eu tentava não fazer mal a mais ninguém nem a mim, em primeiro lugar.

Em suma, a França já não era nem mesmo uma lembrança, meu pai, quando muito, era um pesadelo, e Paris se resumia a uma torre Eiffel de cartão-postal. Meu passado estava tão distante que, nos restaurantes de Greenwich Village, achei exótico que os garçons me dissessem "Monsieur" num francês cambeta.

— Como aconteceu? — balbuciei finalmente, na falta de algo melhor.

— Um estúpido acidente de carro. Meu Deus, foi tão estúpido... O senhor acha que pode vir a Paris?

Ir a Paris. Imediatamente, a ideia de que meu pai estava morto tornou-se mais real. Mais concreta. Era um daqueles momentos em que o presente é carregado com um acontecimento tão forte que se pode sentir os segundos passar. Chega-se quase a ouvir o tique-taque do gigantesco mecanismo de um relógio imaginário. Nunca tive tanta impressão de viver quanto durante esses silêncios. Os silêncios que acompanham os dramas. Sou daqueles caras que passaram horas diante da CNN, engolindo seus flashes um atrás do outro durante as guerras do Golfo ou o ataque ao World Trade Center, pois eu tinha a sensação de, dessa forma, me inscrever na História, de viver cada segundo de uma passagem, de um ponto de articulação militar. De participar de uma comoção em massa. Em suma, de estar vivo.

E, naquele momento, silencioso diante do meu telefone como diante das imagens das duas torres que desabam, me sentia vivo. E, no entanto, fazia muito tempo que eu não ligava para o destino do homem que me colocara no mundo.

— Eu... eu não sei. É mesmo necessário?

Eu podia imaginar a surpresa do tabelião do outro lado do Atlântico.

— Bom — começou lentamente —, é preciso tratar das questões da herança, e também tem o enterro, sabe como é... O senhor é a única família dele... Mas se isso realmente lhe causa algum problema, podemos tentar arranjar tudo pelo telefone.

Eu bem que tinha vontade de dizer *melhor assim*. Dar uma bela banana para aquele velho tacanha que, afinal de contas, tampouco tinha tentado entrar em contato comigo durante esses onze anos. Mas alguma coisa me impeliu a ir. Talvez essa vontade de mudar. De voltar a colocar os pés no chão. E depois, embora eu estivesse protegido havia onze anos no casulo nova-iorquino, alguma coisa se havia rompido no meu amor por esse país tão idiota. Eu tinha dificuldade de continuar a bancar o americano. No fundo, a morte do meu pai quase caía bem. Uma boa desculpa para rever a França.

— Vou tentar pegar um avião amanhã mesmo — soltei finalmente num suspiro.

No dia seguinte, após ter resolvido mais ou menos todos os detalhes com meu agente desnorteado, decolei às 14h28 do JFK rumo a Paris, deixando para trás o *skyline* desfigurado do reino da TV a cabo.

*

Logo tive a certeza: estava feliz de voltar a Paris. Ou de deixar Nova York. Minha vida nos Estados Unidos havia ficado muito complexa. Apaixonante e aterrorizante ao mesmo tempo. Como a maioria dos habitantes de Manhattan, eu tinha com a ilha que nunca dorme uma relação de amor e ódio misturados, que precisava de um pouco de afastamento.

Contrariamente à imagem puritana que os franceses têm da América, eu havia encontrado na TV a cabo de Nova York muito mais liberdade do que qualquer produtor do Hexágono* poderia me oferecer. Em cada episódio de *Sex Bot*, eu contava a movimentada vida sexual de um novo habitante de Manhattan. Nos mínimos detalhes. Um por um, eu pintava os costumes de todos os habitantes da cidade, sem nenhum tabu, sem nenhuma discrição, mas, sempre que possível, com uma pitada de cinismo. Homossexualidade, triolismo, ejaculação precoce, troca de casais, quanto mais eu acrescentava, mais agradava. É claro que a televisão americana não precisava de mim para falar de sexo, mas creio

* A França, por sua forma cartográfica. (N. T.)

ter sido o primeiro roteirista a colocar em cena uma verdade tão crua. A primeira camisinha que estoura na televisão, lá estou eu. Os primeiros debates sobre o cheiro do suor depois do amor... eu de novo. Todo o mundo tirava proveito. Os obcecados se deleitavam nas cenas quentes, os neuróticos se sentiam menos solitários, os nova-iorquinos se compraziam em sua especificidade, os outros se extasiavam ou fingiam estar chocados... A nova moda consistia em adivinhar, quando se encontrava alguém, qual era seu personagem preferido na série. Em suma, o sucesso foi muito mais longe do que eu havia imaginado, e sobretudo muito mais rápido. *Sex Bot* estava na moda. *Trendy*, como eles dizem. Caiu no lugar certo, na hora certa. De repente, eu já não tinha necessidade de fazer reservas com meses de antecedência para jantar nas melhores mesas da cidade. Viam minha cabeça em todos os palcos televisivos e na capa das piores revistas. Depois me vi nos braços de Maureen, antes de passar para os braços da cocaína e terminar naqueles de um médico especialista em toxicomania e de um advogado especializado em divórcios de celebridades... Para a maioria das pessoas, muitas vezes o casamento é o dia mais feliz de suas vidas. Para mim, talvez tenha sido meu divórcio. Nova York me ofereceu tudo isso e muito mais.

Aqueles anos haviam passado muito rápido, até demais, eu nunca havia parado realmente para refletir sobre o que tinha desabado em cima de mim. Era hora de partir. De reencontrar um sujeito que eu podia ver no espelho ao acordar, sem me perguntar quem ele era e o que estava fazendo ali. E, sobretudo, já não estava sendo tão bom viver na casa do Tio Sam.

Com a cabeça colada contra o vidro do táxi branco que me conduzia ao hotel, eu redescobria Paris em silêncio através das ondas de vapor que minha respiração desenhava no vidro à minha frente. Eu havia pedido ao motorista que passasse pelo centro da cidade para aproveitar de imediato o espetáculo. A chuva, no final das contas, não atrapalhava em nada. Envolvia a cidade num estrépito estranho e pesado, fazia com que as calçadas brilhassem, as ruas soassem, as pessoas corressem. Balés de guarda-chuvas se cruzavam nas faixas de pedestres. Tudo estava num cinza-azulado. As pessoas, as casas, o Sena e seus cais escondidos, o céu. Nada podia acolher melhor meu humor indiferente e frio naquele dia. Eu estava feliz por estar triste.

Paris não tinha mudado muito em onze anos, a não ser talvez a Bastilha, que parecia trazer uma máscara desajeitada, uma camada de platina muito espessa, mal espalhada. Todos os cafés lembravam os *lounge bars* de Nova York, laranja com preto e revestidos de madeira, abarrotados e, ao mesmo tempo, frios. E a ópera de vidro, por mais bonita que fosse, desequilibrava o todo, como se tivessem deslocado o centro de gravidade dessa praça ancestral. Eu partira para Nova York logo depois de terminada a ópera e não tive tempo de me habituar a ela.

Em resumo, eu estava me deleitando com a ideia de visitar novamente a cidade da minha infância quando o táxi finalmente parou na frente do meu hotel, na praça Vendôme. Dave, meu agente, como bom americano, não havia encontrado nada melhor do que me colocar no Ritz, o que não me causava nenhum grande entusiasmo.

Eu havia deixado Paris sem um tostão no bolso e agora voltava riquíssimo. Gastar meus dólares na América já não me dava medo desde meu divórcio — *quero me dar o que minha ex não vai ganhar* —, mas ali, naquela cidade, onde eu tinha minhas raízes, aquela cidade que me vira menino perdido ou adolescente apaixonado, eu sentia uma espécie de mal-estar só de pensar em desembarcar num hotel onde onze anos antes não poderia nem mesmo ter me dado um café da manhã sem precisar pedir ao meu velho uma mesada que eu nem sequer queria.

19

Apressei-me para mandar subir minha mala, achei graça no quarto suntuoso — dourações, revestimentos em madeira e tecidos de primeira à vontade — e deixei o hotel ultradecorado para ir ao tabelião. Por mais que eu temesse esse encontro, queria me livrar do caso o mais rápido possível.

O escritório de *Maître* Paillet-Laffite ficava num imóvel antigo na rua Saint-Honoré. Todo rodeado de ardósias cinza-azuladas, com fachada de pedras brancas, escurecidas pelos canos de descarga, grandes portas de vidro, tapetes e elevador ridiculamente apertado no vão muito estreito de uma escada, era o imóvel parisiense por excelência. *Maître* Paillet era o tabelião da família, do meu pai e do meu avô, mas eu só o vira uma vez, e não nas melhores circunstâncias, no dia em que minha mãe foi enterrada no cemitério Montparnasse. Como a maioria dos amigos da família, ele comparecera para descobrir com horror que eu estava sozinho diante do túmulo. O canalha do meu pai nem sequer havia aparecido.

— Sente-se, *Maître* Paillet irá recebê-lo num instante.

Eu me havia esquecido do barulho mágico dos antigos assoalhos parisienses. Não há um único apartamento em Nova York em que o chão ranja com esse charme antiquado. Ao passar pela porta que me era aberta pela roliça secretária, toda sorridente, não pude deixar de pensar na sala de espera do consultório dentário onde eu passava tantas horas em minha infância, morrendo de inquietação diante das pilhas amarrotadas de *Madame Figaro*, *Paris Match* e outras gloriosas revistas, ouvindo de longe o grito estridente das brocas...

Mas o tabelião não me deixou esperar muito, e logo me vi diante de seu amplo escritório de ministro, admirando um falso Dalí às suas costas. Um quadro de Jesus, extremamente branco, como se esperasse em sua cruz que Martin Scorcese chegasse para distraí-lo.

— Bom-dia, senhor Louvel, obrigado por ter vindo tão rápido...

Na verdade, o Cristo de Dalí em *contre-plongée* e com o corpo pálido parecia velar por ele.

Pousou as duas mãos à sua frente, sobre a pasta de papelão.

— Desculpe-me se pareço indiscreto — retomou —, mas o senhor não via seu pai desde...

Parei de olhar o quadro e sorri para o tabelião. Era um homenzinho gordo, de pele bronzeada e enrugada. De cabelos escuros, curtos, espessos e olhos profundos, tinha o físico de um corso, mas o tato discreto de um inglês. Segundo meus cálculos, devia contar uns sessenta anos, mas não parecia ter mais de cinquenta. Era um desses tipos que, depois de certa idade, assustados com o tamanho da barriga, abandonam o *scotch* e passam à Perrier com uma rodela de limão. Eu o imaginava muito bem jogando golfe em Saint-Nom-la-Bretêche ou tênis intramuros. E também o imaginava morrendo, com a cabeça afundada na terra batida, fulminado por uma crise cardíaca sob o olhar aterrorizado de um amigo advogado que o fizera correr demais.

— Há onze anos. Eu o vi uma única vez depois do enterro, não tive coragem de lhe dar um soco na cara e parti para os Estados Unidos.

O tabelião meneou a cabeça, fingindo não ter notado minha última observação.

— O senhor é seu único herdeiro. Sua única família.

Ele falava rápido. Como se já tivesse repetido a cena dez vezes em sua cabeça.

— ... Mas seu pai deixou tudo preparado, o senhor não vai ter de se ocupar com o enterro, só terá algumas formalidades para assinar.

— Tanto melhor.

— Em compensação, tem a sucessão... Ele lhe deixa todos os seus bens, e o senhor terá de decidir o que quer fazer com eles.

— Entendo. Realmente não estou interessado no dinheiro dele. Mas talvez haja algumas coisas da minha mãe... Quanto ao resto, damos às obras de caridade, isso evita ter de pagar impostos, não?

Paillet coçou o queixo.

— Tenho aqui a lista dos bens, Damien. No entanto, seus pais tinham muitos quadros de valor. Teremos de conversar a respeito. E, de fato, certamente também há coisas que pertenceram à sua mãe no apartamento de Paris, e talvez algumas na casa de Gordes...

— Onde?

Levantou os olhos em minha direção, sem tirar os óculos que mantinha colados ao rosto.

— Gordes. Seu pai comprou uma casa na Provence há cerca de dois anos. O senhor não sabia? Foi lá que sofreu o acidente. Fica em Vaucluse, mais precisamente...

— Mas o que ele foi fazer lá? Pensei que detestasse o interior!

O tabelião não respondeu. Parecia incomodado. Estendeu-me o que devia ser uma foto da casa.

— O... o corpo ainda está lá? — perguntei pegando a foto.

A palavra "corpo" é difícil de sair quando se fala do próprio pai... Há certos tabus dos quais até os mais cínicos não escapam.

— Não, foi repatriado a Paris, e o enterro, se o senhor não vir nenhum inconveniente, será depois de amanhã.

— Em Montparnasse?

O tabelião aquiesceu, sem graça. O cafajeste do meu pai tinha tido a cara de pau de pedir que o enterrassem junto de sua mulher, no cemitério em que, pelo que sei, nunca pusera os pés! Eu adivinhava no olhar de *Maître* Paillet que ele temia minha reação. Mas, depois de refletir, isso não me incomodava tanto. Não sou do tipo que chora sobre um túmulo. Não preciso de lápide para me lembrar das pessoas, e esse símbolo pouco significava para mim. Se o velho tinha alguma esperança de limpar a consciência pedindo para descansar junto da mulher que ele havia abandonado, isso nada mudava para mim. Quer ele seja enterrado lá, quer em outro lugar, o mal estava feito, e isso tampouco mudaria grande coisa para minha mãe naquele momento...

Olhei a foto. Era uma polaroide, mas dava para ver bem a propriedade. Uma pequena casa de pedra, estreita, instalada no meio de um jardim florido. Realmente não tinha nada a ver com meu pai! Mas será que eu o conhecia de verdade? Afinal, ele teve tempo para mudar durante aqueles anos. Tempo o bastante para mudar.

— Gordes é uma das cidadezinhas mais bonitas da França, sabe? Fica no alto de um rochedo, é... é magnífica.

Eu não o estava escutando realmente. Estava sim tentando entender.

— Como aconteceu o acidente?

— Eram duas da manhã, seu pai passou direto numa curva e o carro caiu no barranco... A cinco minutos da casa dele...

— E o que ele estava fazendo no carro às duas da manhã nesse vilarejo perdido?

Maître Paillet encolheu os ombros.

Havia alguma coisa nessa história que não batia. Eu não conseguia imaginar a cena. O velho comprando uma casa num pequeno vilarejo do sul da França. Talvez houvesse uma mulher por trás disso. Mas o tabelião provavelmente não estava a par...

Meu pai nasceu em Paris, onde sempre viveu. Lá estudou e trabalhou. Conheceu minha mãe em Paris, casou-se em Paris, fez-lhe um filho em Paris e a abandonou em Paris quando o câncer começou a se manifestar. Tinha horror ao campo, horror ao interior; para ele, o subúrbio já era longe demais. Eu não conseguia encontrar uma única maldita desculpa para que ele se tenha refugiado no sul como um banqueiro aposentado.

— Eu gostaria muito de rever o apartamento de Paris — declarei simplesmente, simulando um sorriso.

— Claro. Cuidado com o alarme, vou lhe dar o código. Com todos aqueles quadros, seu pai mandou instalar um alarme de última geração.

O tabelião estava manifestamente apressado para também se livrar do caso. Não sei como acabaram ficando suas relações com meu pai, mas eu via em seus olhos que ele não havia esquecido o enterro sórdido da minha mãe...

Apresentou-me dois molhos de chaves e uma pasta de papelão.

— Aqui estão o código do alarme, as chaves do apartamento, as da casa, as do seu carro, que se encontra no estacionamento em Paris... Vaga 114. É um 406. Ele também tinha um carro em Gordes, mas já está no ferro-velho... Não sei direito para que servem todas as outras chaves, mas certamente você irá descobrir. E quando tiver tempo, seria preciso dar uma olhada em todos esses documentos e assiná-los...

Levantei-me estendendo-lhe a mão.

— Não preciso fazer nada para o enterro?

— Não, não, vou cuidar de tudo, seu pai já havia deixado isso preparado. No entanto, pode avisar seus conhecidos...

Fiz que sim, mas, no fundo, eu me perguntava *quem* poderia avisar.

O velho tinha morrido sozinho, e sozinho iria para debaixo da terra. E se lágrimas tivessem de escorrer sobre minha face, seriam por minha mãe, cuja lembrança eu não conseguia evitar.

*

Meus pais não mudaram de casa depois que eu nasci. Bem de vida, conservaram o moderno apartamento de cinco cômodos na rua de Sèvres, de onde meu pai podia ir a pé até a praça Fontenoy. Durante toda a sua vida, ocupou um alto cargo administrativo na Unesco.

Meu pai era um sujeito estranho. Quando alguém não o conhecia muito, parecia encantador. Atencioso, fino, culto. Bibliófilo instruído, amante da arte, intelectual de centro-esquerda, era ouvido nos salões falar de Montaigne ou de Chagall, faziam-lhe um monte de perguntas e apresentavam-no orgulhosamente aos amigos. *E, além disso, o senhor Louvel ainda encontra tempo para trabalhar na Unesco.* Muito alto, elegante, parecia estabelecido no charme dos cinquenta anos, com têmporas grisalhas, rugas ao sorrir. Sempre mantinha uma das mãos no bolso da calça, com a desenvoltura graciosa de um dândi. As pessoas o adoravam.

Mas, na realidade, meu pai era um perfeito canalha. Eu o vi apertar muitas mãos, mas não tenho nem uma única lembrança de vê-lo beijar a mulher. Ou o filho. Quando a porta voltava a se fechar por trás do último convidado, meu pai desaparecia em seu escritório, e não se ouvia mais sua voz até a próxima recepção. Era como se esse homem tivesse passado a vida lamentando não apenas o fato de ter-se casado, mas, pior do que isso, de ter tido um filho. E quando se é o filho em questão, é muito difícil aceitar.

Lembro-me de que um dia presenciei uma conversa bastante comovente entre dois amigos. Um tinha um pai intelectual que detestava esporte, e o outro, um pai esportista que detestava os intelectuais. Resultado: meus dois amigos tinham inveja um do outro por causa de seus pais. Já eu não tinha nem um nem outro. Meu pai nada tinha a compartilhar. Até mesmo seu amor por belos livros e por quadros ele guardava para si. Contentava-se em colocá-los num lugar suficientemente alto para que eu não pudesse alcançá-los. Eu não tinha nenhuma relação com ele. Nem afetuosa, nem conflituosa. Nada.

Mas foi somente quando os médicos anunciaram à minha mãe que ela tinha um câncer que compreendi a que ponto seu marido era um cafajeste.

Minha mãe era o oposto dele. Aliás, nunca compreendi de fato por que os dois se casaram. Talvez por uma questão de comodidade. Meu pai precisava de uma governanta, e minha mãe, de uma boa conta bancária. A única coisa pela qual posso recriminar minha mãe é por jamais ter ousado elevar o tom de voz, nem comigo nem com o marido. Era uma senhora generosa, afetuosa e doce. Era bonita, até nos olhos, nos gestos das mãos, mas também nas escolhas. Filha de uma família burguesa da região de Bordeaux, tivera de renunciar a muitas coisas ao se casar com meu pai, e creio que, durante toda a sua vida, tenha lamentado por ter deixado o interior sem jamais ousar confessá-lo ao marido parisiense. Após o terceiro aborto, o médico chegou a evocar a possibilidade de que Paris não fosse o ambiente ideal para ela. No entanto, nasci no ano seguinte. E creio que a alegria da minha mãe tenha sido diretamente proporcional ao desgosto do meu pai.

Cada gesto, cada cuidado era como uma desculpa para o egoísmo do meu pai. Como se ela quisesse compensar, indenizar-me. Jamais deixei de adorar minha mãe. Passei quatro meses ao seu lado, em seu quarto no hospital. Quatro meses durante os quais invertemos os papéis. Fui eu quem compensou a ausência cruel do meu pai e quem aprendeu o segredo dos sorrisos sem jeito.

Sempre que a porta do quarto se abria atrás de mim, eu a via levantar os olhos cheios de esperança. Mas nunca era meu pai quem entrava. Então ela sorria ao visitante, ao médico, à enfermeira. Sua boca sorria. Mas seus olhos, esses diziam outra coisa completamente diferente.

Eu nunca soube encontrar as palavras que a pudessem ter feito esquecer. Não sei ao certo se essas palavras existiam. Quando penso nisso hoje, pergunto-me onde encontrei forças para acompanhá-la daquele jeito, sozinho, até o fim. Eu não me fazia essa pergunta na época.

Mas hoje acho que sei. Acho que sei de onde eu tirava minha força. Do ódio. O ódio que eu dedicava ao meu pai. No final das contas, penso que foi providencial ele não ter aparecido nem no dia do enterro. A coisa poderia ter ficado feia...

Em vez disso, parti para Nova York.

Eu estava com tudo isso na cabeça enquanto subia no pequeno elevador da rua de Sèvres. Tudo isso e muita apreensão.

Ao abrir a porta, fui tomado pelo cheiro do apartamento, um cheiro que eu não havia sentido por mais de dez anos. Talvez ele nunca me tenha parecido tão forte. O perfume seco e antigo do vime. O cheiro que, para mim, evocava Bordeaux, meus avós, brincadeiras de infância, meses de férias, minha mãe... Todas as persianas estavam fechadas, e o apartamento mergulhado na escuridão total. Esperei um momento antes de acender a luz.

Fechei lentamente a porta blindada atrás de mim e apertei o interruptor. Vi então o que havia sido meu *lar* durante mais de vinte anos. A sala dupla, de pé-direito bem alto, os móveis antigos que me pareciam mais escuros e menores, os numerosos quadros, pinturas contemporâneas originais, dentre elas um Chagall — meu pai venerava Chagall — e um óleo de Duchamp, a lareira condenada com seus dois trasfogueiros em busto de hussardos, o lustre de madeira, o grande sofá de couro escuro, as espessas cortinas azul-marinho, o tapete persa gasto e, à direita, sobre uma mesa baixa, aquele enorme televisor fora de moda, com grandes botões cromados... Nada havia mudado. Nada, ou quase.

Uma única coisa diferia e me surpreendeu de imediato, de tanto que essa diferença transformava o grande cômodo.

A biblioteca estava vazia.

Não continha um único livro, nem sequer um bibelô, absolutamente nada sobre as prateleiras de carvalho que traçavam listras na parede branca diante da janela. Nada além de uma fina camada de poeira. Ora, meu pai tinha uma coleção notável, inestimável. Edições originais, gravuras, encadernações... Lembrava-me de algumas obras pelas quais ele tinha particular apreço, como aquela edição original em velino de *A queda da casa Usher*, traduzida por Baudelaire, ou uma encadernação assinada por Dubois d'Enghien dos *Contos e novelas em verso*, de La Fontaine, mas, sobretudo, a obra completa em in-doze das *Viagens extraordinárias*, de Júlio Verne, editada por Hetzel. Ainda consigo ouvi-lo explicar a seus convidados que os colecionadores fazem mal em negligenciar essa edição em formato de bolso, quando na verdade ela constituía a edição original — além da publicação em periódico —, e que esses livros muitas vezes eram ornados com gravuras extraídas de publicações in-oitavo, nem sempre encontradas nas edições mais célebres em formato grande. Na época, para mim tudo isso não passava de linguagem difícil, mas não me impedia, quando caía a noite, de pegar escondido esses volumes para ler Júlio Verne à luz fraca do meu criado-mudo, sentir o odor das velhas páginas, passar os dedos sobre as finas gravuras, viajando até a Índia ou ao centro da Terra.

Para onde então tinham ido todos aqueles livros? Decidi ir mais longe, visitar os outros cômodos, e em alguns minutos percorri o apartamento para descobrir que já não restava nenhum livro na casa dos meus pais. E era tão mais surpreendente que nada mais faltasse.

Abanei a cabeça para tentar aclarar minhas ideias. Será que tinham assaltado o apartamento? Não havia nenhum sinal de arrombamento. Será que meu pai bibliófilo tinha decidido levar todos os seus livros para o Sul? Isso certamente era possível, mas um pouco estranho devido a seu extremismo! E por que teria levado todos os seus livros e nenhum quadro? Poderia até ter-se contentado em fazer uma seleção de obras, escolhendo aquelas que ainda não tinha lido, por exemplo. Quanta gente não diz que vai esperar a aposentadoria para ler a pilha de livros em atraso que se acumula em todas as nossas bibliotecas? Chegou-se até a inventar um termo para isso: bibliótafo. Mas daí a levar tudo... Não, realmente havia alguma coisa estranha.

Decidi então ligar para o tabelião e, ao discar seu número, dirigi-me à cozinha para me servir de uísque. Só um uisquinho.

— Alô? *Maître* Paillet? É Damien Louvel. Estou ligando da casa do meu pai...

Ainda havia uma garrafa de O'Ban no armário embutido da cozinha. A marca preferida do meu pai. Um dos raros gostos que compartilhávamos.

— Está tudo bem? — inquietou-se o tabelião do outro lado da linha.

— Sim. Só uma dúvida: o senhor sabe onde foram parar todos os livros do meu pai?

— Ah, sim. De fato, deveria ter-lhe avisado. Ele vendeu tudo há dois anos para comprar a casa de Gordes. Consegui dissuadi-lo de vender os quadros, mas não os livros...

— Ele vendeu *todos* os seus livros? — espantei-me, fechando a garrafa de uísque.

— A coleção completa. A um colecionador de Amiens.

— E isso foi suficiente para comprar a casa de Gordes?

— Não, mesmo assim, não foi. Se bem me lembro, ele conseguiu levantar cerca de seiscentos mil francos. Por isso também queria vender alguns quadros. Mas acabei por convencê-lo de que era melhor vender suas ações...

— Suponho que o senhor tenha feito bem. Mas estou bastante surpreso. Ele gostava tanto dos livros! Realmente devia estar louco por essa casa!

O tabelião não respondeu. Eu lhe agradeci e desliguei.

Fiquei quase uma hora na sala, olhando aquela biblioteca vazia, sentado no sofá, com meu copo de uísque na mão. Se houvesse um controle remoto, talvez eu tivesse ligado a televisão, pulado estupidamente de canal em canal, embalado pela marcha cromática das emissoras. Mas eu estava ali parado, imóvel, e as ideias se debatiam em minha cabeça. Por que eu tinha a impressão tão forte de que alguma coisa estava errada? Seria simplesmente porque eu me havia tornado um estrangeiro e tinha dificuldade em admitir que questões relativas à minha família pudessem me escapar dessa forma? A casa no Sul, o acidente às duas da manhã, a biblioteca. Realmente eu não conseguia entender a situação e não estava controlando bem o meu humor. De vez em quando, ondas de cólera chegavam para expulsar as de nostalgia, depois o uísque misturava um pouco tudo isso, e meu orgulho, por sua vez, recusava-se a admitir que a morte do meu pai pudesse afetar-me de alguma maneira. E, no entanto... Tudo isso parecia um folhetim de má qualidade. Aquele em que um filho lamenta por não ter tido tempo de se reconciliar com o pai. Só que, no meu caso, eu não lamentava nada. Estava apenas triste e desnorteado. E, sobretudo, estava sozinho. Sozinho de verdade pela primeira vez. Não ter *vontade* de rever o pai é uma coisa, não *poder* revê-lo é outra.

De repente, o toque do meu celular me tirou do torpor, e me levantei para pegar o aparelho que vibrava em meu bolso.

— Alô?

Reconheci de imediato a voz de Dave Munsen, meu agente. A Stephen D. Aldrich Artists Agency havia posto esse sujeito na minha cola desde o sucesso de *Sex Bot*, e o coitado fazia de tudo para me agradar sem conseguir esconder sua angústia, que provavelmente era apenas um pálido reflexo daquela de seus superiores: naquele momento, eu era a principal fonte de renda deles e, se algum dia resolvesse mudar de agência — eles já tinham contratado tantos funcionários nos últimos tempos — iam ter de pedir falência. Portanto, estavam cheios de cuidados comigo e passaram a ser mestres na arte da bajulação... O que não sabiam é que eu não tinha nenhuma intenção de abandoná-los, mas devo confessar que não conseguia deixar de aproveitar a situação para fazer com que continuassem com a dúvida no ar... Eu me divertia como uma criança com o nervosismo de Dave, um pequeno jogo cruel, é verdade, mas eu esperava que o cara acabasse por não levá-lo a sério. E, no final das contas, a porcentagem deles sobre meus direitos de *Sex Bot* devia ajudá-los a suportar tudo isso...

— Está tudo bem, Damien?

Depois de dois anos que Dave se esforçava consideravelmente para tentar pronunciar meu nome *à francesa*, eu não conseguia deixar de rir sempre que ele se dirigia a mim.

— Sim, *Davê*, está tudo bem. Não se preocupe!

— E o hotel?

— Bom, é o Ritz, né?...

— É, na verdade, não conheço, você sabe que nunca fui para a França... Aliás, esqueci de lhe dizer ontem, mas temos uma agência em Paris que nos representa. Se você precisar de qualquer coisa por aí, tenho certeza de que poderão ajudá-lo. Não é uma agência muito grande, os franceses *não* têm grandes agências, mas são muito prestativos.

— Eu sei, Dave, *sou* francês, lembra?

— Sim, sim, claro. Quer o número?

— Não, não, não será necessário, obrigado... Por outro lado, precisaria que você me alugasse uma moto.

— Não vai querer andar de táxi? — espantou-se.

— Em Paris, sim, mas vou fazer um longo trajeto...

Eu podia adivinhar sua cara só pelo silêncio que se seguiu. Dave e provavelmente toda a equipe de Aldrich tinham medo de que minha estada na França se perpetuasse. Eu já estava duas semanas atrasado para a entrega final dos últimos roteiros da terceira temporada de *Sex Bot*, e certamente a produção ligava todos os dias para a agência para manifestar sua impaciência crescente. *Mas por que esses malditos franceses estão sempre atrasados?* Os roteiros estavam todos prontos, meus produtores haviam contratado um exército de roteiristas, de *story editors* e de *script doctors*, mas eu sempre tinha de verificá-los, dar um palpite e a aprovação final.

— Você... você vai aonde? — gaguejou Dave.

— Vou para o sul da França.

— O quê?

— Vou para Gordes, na Provence. Meu pai comprou uma casa lá, tenho algumas coisas para resolver.

— Vai ficar muito tempo?

— Não sei.

Eu já podia imaginar os dedos de Dave se crispando no fone.

— Mas... E o *deadline*, Damien?

— Acabo de perder meu pai, Dave — respondi-lhe fingindo estar chocado.

Será que eu podia ser mais cruel? O pobre rapaz ficou em silêncio. Decidi pôr um fim em sua angústia...

— Fica tranquilo, lá vou ter sossego e poderei terminar meu trabalho com calma no casebre. Não vá preocupar a agência. Vou enviar-lhe por e-mail a versão definitiva dos roteiros nos próximos dias.

Desliguei sorrindo e olhei meu reflexo no grande espelho da sala. Tentei ver em meu rosto os traços do meu pai. Reconhecer seus olhos. Sua boca. Mas tudo o que eu via era uma barba de três dias, olheiras e alguns redemoinhos desordenados nos meus espessos cabelos escuros. Algo irreal. Outro eu que eu não via havia muito tempo e que não tinha nenhuma vontade de escrever histórias idiotas passadas em Nova York...

Decidi aproveitar o tempo que me restava em Paris para gastar sola de sapato em suas ruazinhas estreitas, beber até a última gota o licor de uma Paname* bicéfala: nobre e repleta de história durante o dia, esnobe e sensual durante a noite. Pulei de guia em guia, do Museu d'Orsay ao Louvre, desfrutei do luxo do Dodin Bouffant** e do *steak tartare* das *brasseries*, admirei a paciência dos motoristas de táxi em meio a um trânsito caótico, sorri às parisienses de pernas longas nos Champs-Élysées, dei moedas para os cantores do metrô, mergulhei no denso som eletrônico dos clubes noturnos, onde bebi umas a mais, e passei a noite com uma inglesa que nem me lembrava de ter convidado, quando, de madrugada, levantei o lençol branco que cobria seu corpo adormecido. Como posso apagar dessa maneira nos braços de uma morena? Com quantas mulheres já dormi, ao sair das noitadas nova-iorquinas, sem realmente me dar conta, sem realmente querer, como o pior dos crápulas, o mais indiferente dos cafajestes? E por quê? Depois de ter parado de consumir pó, eu havia encontrado no álcool uma companhia menos perigosa, mas que muitas vezes me levava para aventuras inconfessáveis. O quarto do hotel trazia as marcas de uma noite de abandono, e quando a jovem se foi, discreta, não me deixou nem seu nome, nem uma promessa estúpida, mas apenas um beijo carinhoso. Foi outra que passou, como todas as que haviam deslizado entre meus dedos desde minha separação e do seu pó infame. Naquela

---

* Apelido de Paris. (N. T.)

** Restaurante no Quartier Latin. (N. T.)

manhã, como em muitas outras, prometi a mim mesmo nunca mais beber daquele jeito.

Dois dias se passaram, e, com o rosto atacado por uma sólida ressaca, enterrei meu pai, sozinho, sob o olhar discreto de dois ou três funcionários da funerária. Quando desceram o caixão para o fundo da cova, tentei ver a urna onde jazia minha mãe, mas o fundo era muito escuro. Era um poço imenso, preparado para receber gerações de cadáveres empilhados, e de repente o conceito de morte me pareceu terrivelmente material.

Dei duas notas a esses bons homens de azul, que passam o dia partilhando de nosso luto e carregando nossos caixões, depois saí para aproveitar minha última noite no Ritz e degustar conhaque com trufas no bar Hemingway, ouvindo um pianista muito bom, que tocava todas as suas canções como baladas de Sinatra.

Capítulo Dois

Quem já percorreu um longo trajeto numa Harley, mesmo numa Electra Glide, um dos modelos mais confortáveis da categoria, vai entender por que preferi fazer a viagem em dois dias. Inicialmente, para aproveitar a paisagem — o principal prazer de dirigir uma motocicleta —, e depois para me poupar das dores que infernizam todo traseiro submetido a vibrações prolongadas de um bicilindro em V. Decidi, então, fazer um pequeno desvio turístico, a fim de cortar o trajeto em dois.

Deixei-me finalmente encantar por esse país incrível, onde a História surge em cada pequena aldeia, por trás de cada colina, de campanários em abadias, de ruas pavimentadas em estradas sinuosas, passando diante do olhar pacífico dos idosos recostados nos bancos públicos, redescobrindo, maravilhado, o cheiro e a atmosfera dos cafés onde todo o mundo conversa com todo o mundo, e esquecendo Nova York.

Passei uma noite terrível e barulhenta em Clermont-Ferrand, num desses motéis cafonas e chinfrins, onde tive de ficar de cueca na fila da ducha, e acabei chegando tarde demais ao térreo para que o desagradável gerente aceitasse me servir um miserável café da manhã. Depois de duas noites no Ritz, o charme de um Formule 1, no fim das contas, parece bem sem graça...

Desci correndo ao estacionamento para colocar novamente em movimento o motor da minha bela imigrada, que — como eu — ficou muito feliz de voltar às estradas, contornar as curvas e ver o asfalto desfilar. Lancei-me nos desfiladeiros de Lozère, sob um sol radiante. No final da manhã, fiz um almocinho rápido e deixei a contragosto as belas montanhas de Gévaudan para desviar rumo ao leste, onde eu esperava encontrar as respostas às perguntas que me perseguiam havia dois dias.

Logo cheguei ao planalto de Vaucluse e avistei, enfim, o vilarejo do meu pai, como a luz ao sair do túnel.

O tabelião não havia mentido. Gordes é efetivamente uma das mais belas cidadezinhas da França. Jamais esquecerei a vista oferecida pelo relevo da estrada, quando se chega ao flanco oposto e de repente surge a cidadela no alto, uma pirâmide de pedras secas que sobem em espiral no meio dos montes verdes.

Gordes é um dos milagres da paisagem francesa. Durante centenas de anos, a cidade se erigiu com gosto, tendo sido poupada pelo urbanismo selvagem, como se um bom gênio tivesse velado por sua lógica arquitetônica ao longo dos séculos. As casas cinzentas ou brancas, lá no alto, parecem casar-se com o monte, desenhando nele colares de pedras. Num encantamento monocromático, a cidade se destaca das terras ocre da Provence como um bolo em andares, em que a arquitetura dos homens e aquela da montanha se confundem harmoniosamente. Entre as oliveiras, os carvalhos verdes e brancos, os cedros e as acácias, as casas se elevam acima das terras de Luberon, como que para velar por elas.

Estacionei a moto do outro lado do vale, desci e fiquei longos minutos parado, estupefato com o esplendor único do panorama. O sol de maio mal começava a desaparecer por trás dos montes verdes. Subi novamente na Harley para descobrir o coração do vilarejo sob os últimos raios de luz.

Minha chegada na pequena praça central, ao pé do imponente castelo, não passou despercebida. Havia poucos turistas naquele período do ano, e os roncos do meu motor atraíram alguns olhares zombeteiros. Dirigi-me ao terraço de um dos muitos cafés que circundam o adro, tirei o capacete com dificuldade e perguntei a um garçom se ele podia me indicar a rua onde se encontrava a casa do meu pai. Ele aquiesceu, como se enfim compreendesse a razão de minha presença, e me indicou o caminho a ser tomado.

Segui as ruelas pavimentadas que se insinuam nas sombras do antigo vilarejo e cheguei diante da casa que vira na polaroide do tabelião.

Ficava numa pequena rua, silenciosa e estreita, bastante inclinada, e a casa de pedras secas e persianas fechadas elevava-se atrás de um jardim pouco profundo, fechado por um portão de ferro escuro.

Estacionei provisoriamente na calçada da frente, pois esta última era um pouco mais larga. Prendi o capacete atrás do banco, torcendo para que os ladrões em Gordes proliferassem menos do que em Paris. No entanto, tirei a mochila e o laptop das bolsas traseiras e os passei para os ombros. Avancei na direção do portão coberto de hera, procurando o molho de chaves no fundo do bolso. Meus passos ecoavam entre os muros da ruela. Levei certo tempo até encontrar a chave certa, mas quando, por fim, a fechadura cedeu, empurrei o portão de ferro e entrei lentamente no pequeno jardim, com o chão coberto de cascalho. Um quadrilátero de carvalhos circundava a casa, e aqui e ali sobreviviam com dificuldade alguns canteiros abandonados.

Eu tinha a estranha impressão de estar sendo observado. Impressão provavelmente causada pelo silêncio repentino que se seguira à extinção de meu motor. Lancei discretamente um olhar às janelas das casas vizinhas, mas não vi ninguém me espiando. Sorri para espantar essa impressão estúpida e tratei de adentrar a casa.

Fiquei imóvel por um instante na entrada e observei tudo ao meu redor. A ideia de que meu pai tivesse podido vender todos os seus livros para comprar aquela casa continuava a me espantar. Por mais bonito que fosse aquele vilarejo, não imaginei meu pai entre aquelas paredes. E, no entanto, parecia-me possível reconhecer um sobretudo, uma mesa, talvez até aquele espelho. Meu pai tinha de fato vivido ali, e tudo levava a crer que havia vivido sozinho. Talvez não houvesse mesmo nenhuma mulher por trás disso...

Sem perder tempo de tirar a jaqueta, deixei minhas bagagens na entrada e comecei a visitar todos os cômodos. No térreo, havia apenas uma imensa sala de jantar, a saleta de entrada, com uma pequena porta sob a escada, uma copa e uma cozinha. Nada ali atraiu particularmente meu olhar. Os cômodos eram funcionais e impessoais. Nenhum quadro, nenhuma fotografia, nada que indicasse uma vontade do meu pai de sentir-se realmente em casa. Tomei a escada de madeira rangente e visitei o primeiro andar. Apertados sob o teto em declive havia dois quartos e um banheiro. Um dos quartos era o do meu pai, e o outro, mal-arrumado, provavelmente não era usado havia muito tempo. Mas tampouco notei algo de especial ali.

Que meu pai tivesse vendido todos os seus livros já era difícil de acreditar, mas que em dois anos não tenha comprado nem um único me parecia ainda mais inverossímil. E, no entanto, por mais que eu procurasse por toda parte, nem um único livro, nem um único quadro.

Observei do jardim duas lucarnas de cada lado da porta de entrada, que demonstravam a presença de um subsolo. Era minha última chance de encontrar uma resposta. Minha última esperança. Desci sem demora na direção da pequena porta que vira sob a escada.

*

De todas as portas da casa, aquela sob a escada era a única que estava trancada. Tentei as numerosas chaves que o tabelião me dera, mas nenhuma correspondia à fechadura. Olhei ao meu redor, na entrada, perto do telefone, sobre uma mesinha, mas em nenhum lugar vi outra chave.

Voltei para a sala, depois para os quartos, perdendo a paciência, abri todas as gavetas, uma após a outra, os armários, as caixas... Mas nada.

Sentei-me por um instante diante da entrada. Da poltrona onde me havia instalado fiquei olhando a pequena porta de madeira. O que poderia haver por trás dela? Por que meu pai havia trancado o porão?

Já não conseguindo conter a curiosidade, levantei-me precipitadamente e decidi arrombá-la. Evidentemente, foi muito mais fácil decidir do que executar... Mas, depois de algumas tentativas, um último chute conseguiu arrancar as dobradiças, e a porta acabou cedendo. Desabou do outro lado e desceu ruidosamente os degraus de uma pequena escada de madeira. Quando o eco de sua queda finalmente se extinguiu, avancei devagar na direção da soleira e procurei, tateando, o interruptor do outro lado da parede.

O porão se encheu de luz, e vivenciei então o espetáculo totalmente insólito que me oferecia o subsolo daquela pequena casa de Vaucluse. Logo entendi que a estranha impressão que me perseguia desde meu encontro com o tabelião era mais que justificada.

Enquanto todo o restante da casa estava perfeitamente arrumado e quase vazio, o subsolo estava lotado e numa desordem indescritível. Era como se meu pai só tivesse vivido naquele cômodo, como se só tivesse comprado a casa por causa daquele surpreendente porão abobadado.

Estantes desequilibradas por pilhas de livros preenchiam três das quatro paredes. Lá havia mais livros do que na coleção parisiense que meu pai vendera. Eram centenas de volumes, embaralhados uns sobre os outros sem nenhuma ordem aparente. Na quarta parede, recortes de jornais, fotografias e anotações manuscritas estavam afixados uns sobre os outros numa confusão dos diabos. Parecia o quadro de avisos de uma delegacia de subúrbio, em que os casos vão se acumulando a cada dia. E, no meio da parede, como apertadas entre as camadas de papel, brilhavam duas amplas molduras.

Desci os degraus da escadinha, que mais parecia uma escada portátil, e visualizei os dois quadros. Uma reprodução fiel da *Gioconda* e uma gravura antiga, repleta de detalhes minuciosos.

Franzi as sobrancelhas e transpus os últimos degraus.

No meio daquele cômodo úmido e sombrio, duas grandes tábuas colocadas sobre cavaletes também suportavam altas pilhas de obras antigas e modernas, algumas ainda abertas, outras ameaçando desequilibrar a estrutura inteira. Também se viam duas colunas de livros e papéis erigirem-se do chão em meio a um amontoado monstruoso de garrafas vazias, copos ou xícaras emborcados, papéis amassados, caixas de papelão abarrotadas, embalagens, lixo transbordando...

Lentamente, aproximei-me do centro do porão, tentando não derrubar nada com minha passagem. Um a um, vi os títulos das obras amontoadas sobre os cavaletes. A princípio, havia muitos livros de história; notei em desordem títulos como *A Igreja dos primeiros tempos* ou *Jesus em sua época*, *Os árabes na história*, *Maomé e Carlos Magno*, livros sobre a Inquisição, sobre o papado, livros de arte, dos quais vários sobre Leonardo da Vinci. Mas a maioria das obras que estavam nessa biblioteca subterrânea tratava de esoterismo, de história secreta e outras ciências ocultas, o que, no que se referia a meu pai, me parecia totalmente inacreditável. Lá estavam todos os tratados notórios do perfeito pequeno-ocultista. Cabala, franco-maçonaria, templários, cátaros, alquimia, mitologia, pedra filosofal, simbologia... Tudo o que meu pai detestava, pelo menos era a impressão que me havia deixado aquele cartesiano ateu.

Nada de Dumas, Júlio Verne, nenhum daqueles livros que outrora eram o orgulho e a alegria do meu pai. Como ele pôde ter vendido todas as edições Furne de Balzac para comprar em seu lugar livros de bolso sem valor? Já não era a biblioteca de um colecionador de livros antigos, mas a de um estudante ou pesquisador. Nela, a edição não tinha nenhuma importância, só o texto contava. E me parecia ainda mais inacreditável que o objeto do seu estudo tivesse aparentemente uma relação com o esoterismo...

Mas isso não era o mais surpreendente naquela biblioteca subterrânea.

Depois de ter folheado alguns livros, incrédulo, notei no canto do porão que estava à minha direita uma larga estrutura de madeira das mais estranhas. Não se parecia com nada que eu pudesse identificar, a não ser com um curioso aparelho de medição ou de astronomia antigo, inacabado. O conjunto tinha o tamanho de um móvel médio e se elevava à altura do tórax. No centro da estrutura, uma caixa compartimentada e perfurada parecia poder deslizar em todos os sentidos, graças a uma rede de arcos de madeira graduados que se cruzavam sobre ela.

Aproximei-me boquiaberto dessa enigmática composição e pus a mão sobre a caixa. Com efeito, era possível deslizá-la na horizontal e na vertical. E dentro dela se escondia uma rede complexa de vidros e espelhos.

Recuei, estupefato, e me lancei numa cadeira no meio do porão. Esfreguei os olhos, como para ter certeza de que não estava sonhando. Será que eu me havia enganado de casa? Impossível. Tinha a impressão de viver uma alucinação ou uma encenação. Esperava ver surgir os fomentadores eufóricos de uma grotesca câmera escondida. E, no entanto, tudo aquilo era perfeitamente real. Não apenas meu pai tinha de fato comprado uma casa em Vaucluse, mas também havia feito pesquisas das mais estranhas, fechado num porão, tomando um monte de notas sobre centenas de livros, antes de morrer num estúpido acidente na estrada! Sem falar naquela curiosa estrutura de madeira, que bem poderia ter sido a invenção de um gênio monomaníaco de Júlio Verne. A realidade estava pedindo demais à minha credulidade, que, todavia, era benevolente... Em minha vida, eu havia escrito um número suficiente de roteiros burlescos para recusar-me a aceitar tudo aquilo como a simples verdade. Mas já que eu não estava sonhando, certamente havia uma explicação.

Passada a surpresa, não consegui conter uma espécie de riso incontrolável e perturbado, que ressoou no porão, acentuando meu mal-estar e minha solidão. Será que meu pai tinha ficado demente? Será que se tinha deixado levar por uma seita ou sociedade secreta pseudo-esotérica? Eu preferia acreditar que teve apenas uma inocente intenção de se informar um pouco, mas a configuração daquele porão demonstrava um frenesi e uma obstinação que pareciam mais devidos ao fanatismo do que à curiosidade. Comecei a pensar que meu pai devia ter ficado louco e sucumbido à mania das analogias ocultas, em que história e mitos se confundem numa floresta de contrassenso, de mentiras, de ilusões mais ou menos voluntárias e espelhos deformadores.

Avancei novamente na direção das duas mesas e tentei decifrar um caderno de anotações do meu pai. Inicialmente, não consegui ler o que ele havia escrito. Reconhecia sua escrita, mas não a linguagem que utilizava. Não se parecia com nada. Depois compreendi.

As anotações estavam escritas ao contrário. Em francês, claro, mas da direita para a esquerda. Desta vez, tive certeza, meu pai realmente tinha enlouquecido. Decodifiquei com dificuldade algumas linhas confusas, abreviadas, e marquei duas ou três palavras que apareciam regularmente, quando, de repente, o portão de ferro do jardim se abriu ruidosamente sobre mim.

O rangido me fez dar um sobressalto, larguei o caderno de anotações e me inclinei para tentar ver, através da lucarna, quem podia entrar daquele jeito, sem avisar. Vi duas silhuetas, vestidas com sobretudos pretos, que me pareceram um pouco pesados para a estação... A descoberta do porão me fez mergulhar num ambiente estranho, que deve ter nutrido minha paranoia, e me levantei em silêncio, com as mãos tremendo.

Quando a porta de entrada se abriu lentamente sem que nem sequer se dignassem a tocar a campainha, o medo terminou de me invadir e permaneci imóvel no fundo da escada. Ouvi os ruídos de passos que se aproximavam da porta sobre mim. Seriam assaltantes? Gente que sabia que meu pai havia morrido e que a casa devia então estar abandonada? Mas, nesse caso, por que não se espantaram de terem encontrado a porta aberta? Tentei convencer-me de que meu medo não tinha fundamento e cerrei os punhos para encontrar a coragem de subir a escada.

Dei um passo em direção ao primeiro degrau. O barulho no piso de cima havia parado. Inspirei profundamente. Dei um segundo passo. O sangue fervia em minhas veias. Sentia dor nas mandíbulas de tanto que cerrava os dentes. Tentei então relaxar um pouco, quando vi surgir a silhueta de um dos dois homens no alto da escada. Fiz um movimento de recuo e prendi a respiração. Lentamente, o desconhecido avançava em direção ao porão.

A ideia de que pudessem me prender por pensarem que eu fosse um assaltante me levou a demonstrar minha presença. Eu não tinha tempo para refletir. Meu instinto tomou a dianteira.

— Quem está aí? — disse eu estupidamente, com a voz mais séria que consegui arranjar.

Imediatamente a silhueta ficou imóvel, e os dois homens se precipitaram rapidamente em direção à saída da casa.

Num impulso, subi a escada para alcançá-los.

Quando cheguei à entrada, ouvi seus passos no cascalho do jardim. Lancei-me à perseguição. Enfim, consegui vê-los. Nada tinham de simples ladrões. Um longo automóvel preto os aguardava alguns metros diante da casa. Cada um passou para um lado do veículo e abriu a porta.

Quase caí ao escorregar no cascalho do jardim, mas consegui recuperar o equilíbrio e, de certo modo, isso acelerou minha corrida. Quando alcancei a rua, o motor do automóvel foi ligado. Precipitei-me à frente do veículo, do lado direito, na esperança irrefletida de ver seus rostos ou talvez até de detê-los. Agarrei-me à porta quando o carro arrancou cantando pneus. Nesse instante, recebi o que devia ser um soco violento, que pareceu vir do nada, e desmaiei bem no meio da rua.

*

Quando recobrei a consciência, não tinha a menor ideia do tempo que havia passado desmaiado. Mas, acima de mim, lentamente, se desenhavam os traços de uma mulher que me fitava.

As questões se agitavam em minha cabeça, mas eu ainda estava atordoado, o sangue escorria no meu rosto, e esperei um pouco antes de resolver falar. O cenário da rua girava ao meu redor como num carrossel.

A mulher que me olhava devia ter uns trinta anos, talvez até um pouco menos, tinha a pele terrivelmente branca, traços finos, cabelos escuros e lisos, cuidadosamente cortados na altura dos ombros e, por trás do vidro brilhante de seus finos óculos dourados, havia em seus olhos negros uma espécie de serenidade tranquilizadora. Tinha um lado "anos loucos", que estranhamente combinava com seu aspecto de mulher fatal. Moderna e retrô ao mesmo tempo. Era magra, alta, e uma maquiagem discreta completava sua imagem de manequim de cera.

Desde o princípio fui tomado por uma analogia perturbadora. Quase divertida. Ela era a cara da Mia Wallace, a personagem de Uma Thurman em *Pulp Fiction*. Fria, profunda, excessivamente sensual.

Esboçou um sorriso.

— Quem é você? — articulei enfim, logo me arrependendo de ter falado, de tanto que minha cabeça doía.

A jovem colocou um dedo sobre meus lábios.

— Uma amiga do seu pai.

Uma amiga do meu pai? Meu pai tinha amigas? Em Gordes?

— Levante-se, vou levá-lo para a minha casa, não é prudente ficar aqui.

Não é prudente? Eu estava muito dolorido para protestar e a deixei me ajudar a ficar de pé. Levou-me até seu carro, um potente Audi A3 preto, parado no meio da rua. Sentei-me no banco do passageiro, e ela me pediu as chaves para ir fechar a casa. Voltou com minha mochila e meu laptop, jogou-os no banco traseiro e instalou-se ao volante.

— Não podemos deixar a casa desse jeito — resmunguei.

— Não se preocupe, fechei tudo. Voltaremos assim que eu tiver cuidado de você.

Antes que eu tivesse tempo de me perguntar se podia confiar nessa desconhecida, o carro já havia deixado Gordes, e, alguns minutos mais tarde, eu estava deitado na casa dela, uma pequena casa na parte baixa do vilarejo, num quarto decorado como uma casa de boneca.

Havia duas malas colocadas sobre um sofá, uma mesa baixa com uma bandeja com chá e uma decoração um pouco *kitsch*, quadros feios e bibelôs desemparelhados.

A jovem apareceu novamente ao meu lado e começou a desinfetar meu rosto com um algodão embebido em álcool. Cerrei os dentes para não gritar ao contato ardente do líquido em meu ferimento, depois ela fez um curativo com delicadeza. Cativado por seu olhar, não opus resistência. Seus pequenos óculos dourados davam a seus olhos negros um brilho singular.

— Você bateu contra o muro de reboco ao cair — disse ela afastando-se na direção de uma mesinha onde encheu um copo d'água. — Você se cortou um pouco, mas nada de grave.

Trouxe-me o copo e estendeu-me um comprimido.

— Isso vai aliviar um pouco a dor.

"Uma amiga do seu pai", ela dissera. Será que era sua amante? Será que foi por causa dela que meu pai se havia enterrado naquele lugar? Era difícil acreditar. Ela era muito mais jovem e talvez muito Uma Thurman para ele... Engoli o medicamento. Aquela moça me parecia estranha.

— Você chamou a polícia? — perguntei, tentando falar o mais baixo possível, com medo de despertar novamente a dor no meu rosto.

Ela hesitou antes de me responder.

— Não por enquanto. Se você quiser, podemos chamá-la, mas primeiro temos que conversar... Talvez fosse melhor que você descansasse, antes de mais nada.

A situação estava ficando cada vez mais surrealista. Levantei o travesseiro atrás de mim e me endireitei com dificuldade.

— Não, não. Não estou entendendo direito o que está acontecendo... Por que você me trouxe até sua casa? E a casa do meu pai... Eles vão voltar!

Ela pegou meu copo vazio e voltou para a mesa.

— Você quer um pouco de chá? — perguntou-me servindo-se de uma xícara.

— O que estou fazendo na sua casa? — repeti impaciente.

Ela levou a xícara fumegante até os lábios e tomou um gole.

— Acho que não é muito prudente ficar na casa do seu pai por enquanto. Você está melhor aqui.

— Não é prudente ficar na casa do meu pai?!?

— Você viu sua cabeça? Acha que os dois caras que te agrediram estavam lá por acaso?

Balancei a cabeça, consternado.

— Mas então por que não chamamos a polícia agora mesmo?

— Porque, meu caro, quando eu lhe disser o que tenho a dizer, você já não vai ter vontade de chamar a polícia...

Meu caro? Mas que tom condescendente é esse? Não é de espantar que seja uma amiga do meu pai...

— O que você tem a me dizer, *minha cara*?

Ela fez uma careta zombeteira.

— Para começar, diga-me o que viu na casa do seu pai — questionou lentamente, como para acalmar o tom de nossa conversa.

Suspirei. Tinha a impressão de que o pesadelo que havia começado desde minha entrada no porão só estivesse continuando. A calma e o carisma da jovem me deixavam bem pouco à vontade; eu não entendia nada do que me havia acontecido, e ela parecia ser dona da situação. Ou, em todo caso, parecia saber muito mais do que eu. Eu precisava de informações, mas estava claro que não as obteria sem dar as minhas.

— Um monte de livros, anotações, papelada. Uma bagunça só... O que sabe a esse respeito e de onde conhece meu pai?

Ela colocou a xícara vazia sobre a mesinha e veio se sentar à minha frente, numa poltrona baixa. Cruzou as pernas num gesto elegante e apoiou os braços nos da poltrona. Havia algo de artificial em seus gestos sensuais. Como se ela participasse de um jogo, cujas regras eu desconhecia.

— Está certo, vamos lá. Minha versão da história — respondeu. — Sou jornalista. Trabalho para um canal de televisão...

E, de repente, isto me pareceu uma evidência: quanto mais eu a olhava, com sua espontaneidade e seu comportamento, a segurança irônica em seus olhos, mais eu me dizia que devia se tratar de uma mulher... com uma queda por mulheres. Para simplificar, algo em seu aspecto lhe dava um ar de lésbica. Ou talvez a imagem que imbecis como eu têm de uma lésbica. Por mais que eu tivesse vivido durante mais de dez anos em Nova York, por mais que tivesse escrito sobre sexo e sexualidade, sempre ficava pouco à vontade em relação à homossexualidade. Sobretudo quando ela se escondia por trás do olhar de uma esplêndida mulher. Mas por que diabos eu não conseguia reagir como adulto? Ou como nova-iorquino? Não me abalar...

— Qual canal? — interrompi-a, tentando disfarçar minha intuição.

— Canal Plus.

— Trabalha para os jornais?

— Não, faço mais documentários, jornalismo investigativo. Trabalho para um programa chamado *90 Minutos*...

— Muito original! — ironizei. — É o *60 Minutes* da CBS, só que mais longo, né?

— Se preferir... O programa americano *60 Minutes* é, de fato, uma das nossas referências. Uma alusão àquele jornalismo à moda americana.

Uma jornalista engajada. Então era isso. Comecei a entender melhor a personagem.

— Pessoalmente — retomei —, à parte o jornalismo gonzo,* que me divertia bastante, e exceções como Michael Moore e sua equipe, acho os jornalistas americanos cada vez mais afetados...

— Desde Reagan isso realmente acontece um pouco — concedeu. — Bom, de todo modo, foi graças a esse programa, sobretudo pelo que ele foi antigamente, que demos ao nosso esse nome.

— Entendo.

— Esse tipo de programa faltava aqui...

— O que você faz exatamente?

— Desde o início da minha carreira me dediquei ao Oriente Médio e ao Oriente Próximo, e me interesso cada vez mais pelas religiões. Para dizer a verdade, comecei a ficar conhecida pelo público por causa de uma investigação sobre os reféns no Líbano... Lembra-se?

Lembrar. Desde meu retorno eu não fazia outra coisa. Lembrar-me do meu pai. Da minha mãe. Da minha terra. Como de um filme antigo, cujo nome do diretor é difícil de recordar.

* Estilo de jornalismo criado por Hunter S. Thompson na década de 60, em que o repórter se torna protagonista da notícia. (N. T.)

— Sim, sim, lembro que todas as noites, às vinte horas, tínhamos direito a: *150 dias de cativeiro para Jean-Paul Kaufmann, Marcel Fontaine** e blá-blá-blá... Você deve ser bem jovem!

Ela sorriu.

— Foi em 88, eu tinha dezenove anos. Com meu diploma de segundo grau no bolso havia dois anos e outro de estudos gerais em história, eu havia decidido bancar a guerrilheira. Eu estava ainda crua, mas bastante motivada, e tive meus quinze minutos de glória ao brincar de repórter antes da hora. Depois, fiz uma porção de investigações sobre o Irã, o Iraque, Israel e a Jordânia. Após várias estadas em Jerusalém, me interessei pela história das religiões. Fiz dois documentários sobre o Vaticano... Em suma, para voltar ao nosso assunto, seu pai entrou em contato comigo há um ano para me falar de uma descoberta *extraordinária* que ele teria feito...

Tirou um maço de cigarros do bolso de sua calça e continuou a falar, abrindo delicadamente a embalagem de celofane.

— Durante um ano ele me procurou diversas vezes. Eu não o levava muito a sério, mas não tenho o hábito de mandar passear quem me liga. Ele me fazia perguntas estranhas sobre religião, sobre os árabes, dizia-me que tinha uma revelação a me fazer, mas que ainda era muito cedo... Acabei por achá-lo simpático.

— Simpático?

— Sim. Muito delicado...

— Delicadíssimo! — suspirei levantando os olhos.

A jornalista parecia achar divertida minha irritação.

— Depois, um dia, ele me prometeu exclusividade sobre suas revelações se eu o ajudasse nas pesquisas, e há dez dias me con-

---

* Respectivamente, jornalista e diplomata franceses sequestrados pelo Hezbollah em 1985 e libertados em 1988. (N. T.)

venceu a vir para Gordes. Mas antes que pudesse me dizer do que realmente se tratava, as coisas deram errado.

Franzi as sobrancelhas, mas ela continuou:

— Eu já ia voltar para Paris quando fiquei sabendo que você estava desembarcando. Vim para preveni-lo de que talvez não fosse prudente ficar na casa do seu pai, mas, aparentemente, cheguei logo depois do gongo...

Passamos longos segundos nos fitando em silêncio; eu tentando entender o que ela acabava de me dizer, e ela esperando que minha ficha caísse. Acendeu um cigarro.

— O que significa toda essa bobageira? — balbuciei enfim. — E que história é essa de que *as coisas deram errado*?

— Um carro sai da estrada às duas horas da manhã, sujeitos vigiam você dia e noite, documentos desaparecem, são coisas assim que chamo de dar errado... Para não falar do belo galo na sua testa. Que, aliás, lhe cai bem que é uma beleza.

Ela se calou e me encarou longamente. Eu podia ler em seu rosto uma forma de desafio. Talvez eu me tivesse mostrado um pouco precipitado demais. Não estávamos conversando, estávamos travando uma luta. E alguma coisa me dizia que, nesse jogo, eu não tinha razão nenhuma para ganhar.

Era preciso que eu desse outro futuro àquela conversa. Eu tinha de me recuperar. Precisava que ela me contasse tudo aquilo com calma. Tudo o que tinha a me dizer. Por mais louca que parecesse sua história, eu devia ouvi-la até o fim.

— Como você se chama? — perguntei-lhe enfim.

Ela deu uma boa tragada e soltou a fumaça com um sorriso. Não era boba. Acho que ela sabia exatamente por que fases meu humor estava passando desde que me recolhera na rua. Provavelmente isso faz parte das técnicas básicas de uma jornalista. Uma forma de clarividência.

— Sophie de Saint-Elbe — disse-me estendendo a mão.

De Saint-Elbe? Combina muito menos com ela do que Mia Wallace...

Foi minha vez de sorrir e apertar-lhe a mão.

— Ouça, senhora Saint-Elbe...

— Senhorita — corrigiu, fingindo-se ofendida.

— Senhorita, agora eu gostaria de um pouco de chá. Está com um cheiro tão bom...

Ela aprovou.

— É Darjeeling. Só bebo esse. O chá é um pouco como o tabaco. Vicia rápido. Só consigo fumar meus Chesterfield.

Apagou o cigarro num cinzeiro, levantou-se lentamente, tirou os sapatos um após o outro, sem se abaixar, caminhou na direção da mesinha e me serviu uma xícara. Cada um de seus gestos era de uma sensualidade estranha. Seu jeito de empurrar delicadamente os óculos com o indicador, seu jeito de fumar, seu andar. Tinha o físico de uma jovem yuppie e os gestos de uma velha atriz em decadência, uma antiga pinup desiludida. Sem dúvida, um coquetel de poder erótico, mas completamente fora de época...

— Entendo muito bem que é difícil para você acreditar em mim — prosseguiu. — No início, eu mesma considerei seu pai um gentil visionário. Quer leite?

— Por favor...

Ela deixou a infusão agir por um tempo antes de verter um pouco de leite. Tirou outro cigarro do maço e o apertou na borda dos lábios. Depois me trouxe a xícara de chá, sem acender o cigarro. Cabeça ereta, lábios apertados, mãos recolhidas nas mangas muito longas do grosso pulôver, caminhava descalça sobre um fio imaginário, alinhando graciosamente os passos. Sua atitude tinha algo de teatral. Como se nada deixasse ao acaso.

Ela me estendeu o chá, e me levantei para encostar na parede. Voltou à larga poltrona, apoiou-se nos braços do assento para erguer os pés sobre ele e sentar-se à moda indiana.

Tomei alguns goles. Seu chá estava delicioso. Seu sorriso... nem se fala.

— Sophie, pode me contar toda essa história com um pouco mais de detalhes?

*

Por muito tempo me lembrei da primeira frase da jornalista quando ela começou a me contar toda a história. "Antes de mais nada, quero que saiba que não sei que segredo seu pai descobriu. Mas uma coisa é certa: enquanto eu não o descobrir, viverei apenas para isso." Por muito tempo me lembrei dessa frase, pois ela resume por si só o que se tornou minha própria vida depois daquela tarde. E, justamente, eu precisava de algo novo. Não havia ido à França simplesmente por meu pai. Talvez de maneira inconsciente, eu havia ido até lá em busca de mudanças. O que a jornalista tinha a me oferecer certamente não era o que eu poderia ter imaginado, mas não sou de criar caso.

Um ano antes, portanto, meu pai havia ligado para Sophie de Saint-Elbe porque acreditava que ela se interessaria por sua história e que, além disso, ela saberia colaborar e ser discreta. Não se enganou a esse respeito. Em suma, anunciou-lhe que havia feito uma descoberta fabulosa, que, segundo suas próprias palavras, talvez fosse uma das maiores dos últimos vinte séculos. Nada além disso.

— No início, fiquei bem desconfiada — explicou-me a jornalista. — Você não imagina a quantidade de engraçadinhos que nos ligam para dizer que têm revelações incríveis a nos fazer... Mas seu pai não era como os outros.

— É o mínimo que se pode dizer.

— Ele me ligou regularmente durante um ano, e nos encontramos várias vezes. Era muito educado e me fazia perguntas extremamente perspicazes. Para mim, acabou se tornando um jogo encontrar as respostas. Às vezes, eu precisava de vários dias de pesquisa para lhe dar uma resposta. E depois, há pouco mais de uma semana, ele me enviou dois documentos por fax e me deu 24 horas para tomar uma decisão.

— Que decisão?

— Abandonar meu trabalho, vir para Gordes e ajudá-lo em suas pesquisas, independentemente do tempo que isso fosse tomar.

— Que documentos eram esses? — perguntei intrigado.

Sophie de Saint-Elbe, com uma lentidão exageradamente dramática, pegou outro cigarro do maço. Sem deixar de me olhar, acendeu-o.

— Você já ouviu falar da pedra de Iorden?

— Não — confessei.

Novo intervalo. Seus olhos me fitavam.

— É uma relíquia.

— Uma relíquia?

— Sim, o cristianismo está cheio de relíquias, umas incríveis, outras nem tanto. É uma velha história...

— Você quer dizer uma relíquia como o sudário de Turim?

— Isso mesmo. Nos tempos antigos, para se consagrar uma igreja, era absolutamente necessário que esta contivesse os restos do santo a que era dedicada. Assim, o culto das relíquias se perpetuou a tal ponto que se recensearam coisas tão malucas quanto as plumas do arcanjo São Miguel, os vários prepúcios de Jesus...

— Tá brincando?

— Nem um pouco. A Igreja consagrou ao menos oito prepúcios de Jesus! Sem contar os inúmeros espinhos da coroa, os quilômetros de pedaços da Cruz ou os litros de leite da Virgem... Só a França reuniu uma coleção inteira: a cruz de Cristo, seu sangue, os cueiros em que ele foi envolvido quando bebê, a toalha da Ceia, o topo do crânio de São João Batista e muito mais! Seja como for, a pedra de Iorden é uma das relíquias mais misteriosas da história cristã. Uma joia que, segundo a lenda, pertenceu a Cristo.

— Uma joia? Ele não tinha feito voto de pobreza?

— Não, a história não foi bem assim. Mas é verdade que é difícil imaginar Jesus usando uma joia. Garanto a você que não era um anel Cartier. Devia ser algo bastante rudimentar. E por certo essa joia teria desaparecido ou, para muitos, jamais teria existido... No entanto, seu pai me enviou por fax dois documentos que, segundo ele, provam que essa relíquia era bem real. Mas isso não é tudo. Ele me explicava ao telefone que essa era apenas uma faceta da sua descoberta...

— Como assim?

— Suas pesquisas já não tendiam a provar que essa relíquia existia, isso para ele era ponto pacífico, mas, antes, a compreender o que ela significava. Pois, segundo ele, a pedra tinha um sentido preciso e muito importante, mas ele se recusava a me dizer mais a respeito se eu não aceitasse vir ajudá-lo.

— E isso bastou para convencê-la? É um pouco esquisito, não?

— Estudei seus dois documentos durante toda a noite e, no dia seguinte, aceitei.

— Por quê?

— Um dos dois documentos que ele me enviou por fax é... inédito. Era o início, em todo caso, a primeira página, de um manuscrito de Albrecht Dürer, o pintor alemão. Após algumas pesquisas, descobri que se tratava de um manuscrito ao qual muitos críticos fazem referência, mas que jamais havia sido encontrado. Se o documento do seu pai era autêntico, isso já era um tema suficiente para mim... Eu não estava convencida de que havia por trás de tudo isso uma trama tão importante quanto pretendia seu pai, mas disse a mim mesma que valia a pena olhar mais de perto.

— Esse documento falava da tal pedra de Iorden?

— Não o decifrei por completo, e seu pai só me enviou o início, mas, de fato, fazia referência a ela...

— E o outro documento, o que era? — pressionei-a, intrigado.

— Um texto de Carlos Magno, fazendo um inventário dos bens que ofereceu a Alcuíno, seu mais fiel conselheiro, quando este último se retirou na abadia de São Martinho de Tours.

— E então?

— Na lista, havia a pedra de Iorden.

— Interessante — admiti.

Ela desatou a rir.

— É o mínimo que se pode dizer! Dois documentos que fazem referência a essa pedra, um datando do século IX, o outro do século XVI, confesso a você que estava morrendo de vontade de ver se eram de fato autênticos! Vim a Gordes no dia seguinte mesmo. A princípio fiquei num pequeno hotel no centro e me encontrei com seu pai no restaurante do térreo. Ele estava completamente estressado, falava baixo, olhava para todos os lados. Não quis me dizer nada de preciso, me explicou que ainda era cedo demais e marcou comigo um encontro para o dia seguinte, ao meio-dia, em outro restaurante, *mais discreto*, segundo ele.

Ao sair, pediu-me para ter cuidado, mas não especificou com o quê. Com toda a sinceridade, pensei que ele fosse totalmente biruta. O problema é que nas 24 horas seguintes tenho certeza de que fui espionada. No início, pensei que fosse impressão minha, mas logo me dei conta de que não estava sonhando. Fui seguida o dia todo por dois caras de preto. Provavelmente os dois que bateram em você nesta tarde. Por causa dos ternos pretos, eu os chamo de corvos. No dia seguinte, seu pai não veio ao encontro. Ele havia sofrido aquele acidente...

Levantou os olhos em minha direção com um ar desolado. Hesitei para lhe dizer que a morte de meu pai não era tão penosa assim para mim...

— Acha que não foi um acidente?

— Quando voltei ao hotel, haviam vasculhado meu quarto de cima a baixo e roubado um dos meus blocos de notas e os dois documentos enviados por fax pelo seu pai. Disse a mim mesma que realmente havia acontecido alguma coisa anormal e decidi investigar mais de perto. Liguei para nosso redator-chefe para perguntar se eu poderia escrever uma reportagem a respeito, caso encontrasse alguma coisa. Ele me deu três dias. Em seguida, fiquei sabendo que você viria para cá...

— Como? — interrompi.

Ela me olhou sorrindo. Como se apreciasse minha desconfiança.

— Por sua agência. Seu pai me disse que tinha um filho, fiquei com vontade de te encontrar para ver se sabia de alguma coisa. Então pesquisei a seu respeito. Quando descobri o que você fazia, fiz sua agência acreditar que eu queria te entrevistar sobre o *Sex Bot* e que, por acaso, será transmitido no Canal neste verão...

— Muito obrigado, estou sabendo...

— O pessoal da agência me disse que eu não teria como te encontrar porque você havia partido para o sul da França, para a casa do seu pai. Decidi esperar pela sua chegada, continuando minha investigação. Após o episódio do hotel, aluguei esta casa por conta do programa. Me registrei com um nome falso, um pouco distante da cidade, mas não estou certa de estar realmente anônima...

Ela fez uma pausa e brincou várias vezes com a tampa do seu Zippo, antes de retomar:

— Então, na sua opinião, avisamos a polícia ou tentamos entender o que aconteceu?

Eu teria jurado que havia algo malicioso em seu olhar...

— Você chegou a relatar aos responsáveis pelo hotel que haviam vasculhado seu quarto?

Ela fez que não com a cabeça.

— Se contarmos isso tudo à polícia, vão nos tomar por loucos! — declarei zombando.

— Você não sabia nada dessa história?

— Não. Vim para cá porque achei curioso que meu pai tenha comprado essa casa... Pode imaginar? Foi *isso* o que achei estranho!

Ela deu de ombros. Observou-me com uma intensidade nova. Seus olhos exprimiam a sede do furo de reportagem.

— Senhor Louvel, diga-me exatamente o que viu no porão — perguntou-me a jornalista inclinando-se em sua poltrona.

Nesse instante, eu tinha de tomar decisões importantes para a sequência dos acontecimentos. Ia mesmo tentar entender os segredos do meu pai e, em caso afirmativo, fazê-lo com Sophie de Saint-Elbe? Eu estava certo de que ela não contara tudo. Era uma profissional e certamente guardava algumas cartas na manga. Mas não tinha revelado o suficiente para que eu decidisse confiar nela? Além do mais, se eu quisesse entender alguma coisa nessa história, ela certamente me seria de grande ajuda. E depois, sobretudo, a senhorita Saint-Elbe era simplesmente uma mulher com a qual eu tinha vontade de curtir um tempo... Tudo nela transpirava a aventura, o inesperado, o inédito. Tudo o que me faltava havia muito tempo. Pouco me importava que ela fosse lésbica ou não. Sophie de Saint-Elbe era demais.

Dirigi-lhe um sorriso e tentei me lembrar do que havia visto no porão.

Capítulo Três

A jornalista preparava um jantar enquanto eu lhe contava com a máxima precisão possível o que havia visto na casa do meu pai. Certamente, o mais simples teria sido voltarmos lá juntos, mas era tarde, e a acolhida pouco calorosa que me haviam reservado nos levou a esperar o dia seguinte para conduzir uma investigação mais profunda.

— Já vou avisando — interrompeu-me — que não há grande coisa nesta cozinha, não sei o que vai sair daqui para nós... Vou tentar fazer alguma coisa bem simples: à moda provençal.

Eu estava sentado na borda da mesa da cozinha, ainda um pouco atordoado, e a olhava ir e vir dos armários ao fogão, das gavetas à pia. Ela não estava na casa dela e buscava às cegas tudo o que precisava. Mas sabia o que estava fazendo. Havia muito tempo que eu não via uma mulher preparar um jantar com tanta destreza. Após onze anos passados numa cidade onde só se come em restaurante, eu havia esquecido que o prazer da refeição começa por seu preparo. Todos aqueles odores que se misturam, aquelas cores que se compõem...

— O que mais me surpreendeu no porão — retomei seguindo-a com o olhar — foi aquela estranha máquina arcaica. Pensei que talvez fosse um objeto que já estivesse lá quando meu pai comprou a casa, uma espécie de aparelho antigo de medição ou sei lá o quê... Mas, na realidade, tenho a impressão de que não estava lá por acaso. Ele não destoa do restante do cômodo.

— Como assim? — perguntou enquanto fatiava e picava um peito de peru.

— Havia uma reprodução da *Gioconda* numa parede e muitos livros sobre Leonardo da Vinci. Bom, esse aparelho parecia perfeitamente com as máquinas estranhas que Da Vinci desenhava em seus códices, você sabe...

Ela balançou a cabeça. Parei para observá-la. Ela procedia com agilidade e delicadeza. E gulodice. Dava para ver em seus olhos.

Nunca eu saberia fazer aqueles gestos, que, no entanto, eram tão simples. Só o seu modo de segurar a frigideira para dourar a carne numa mistura de óleo e manteiga já demonstrava um hábito e uma perícia que eu invejava. Mas eu era prisioneiro do clichê masculino. Meu pai não cozinhava, eu não cozinhava. Eu não passava de um pretexto a mais para as feministas do mundo inteiro.

— Isso não é tudo — retomei assim que ela começou a cortar os tomates e os pimentões em pequenos cubos sobre uma tábua de madeira. — As anotações do meu pai estavam escritas de trás para a frente...

— De trás para a frente? — espantou-se antes de se virar para mim com uma faca na mão direita.

— Como aquelas do Leonardo da Vinci. Esse louco escrevia todas as suas anotações de trás para a frente, da direita para a esquerda, como num espelho. Não sabia?

— Agora que está dizendo, isso me faz lembrar de uma coisa... Era só uma brincadeira, não? Nada de muito extraordinário.

Ela se virou e fatiou a cebola, o alho e ramos de aipo.

Encolhi os ombros.

— Não, claro, tampouco nada de indecifrável. Mas devo confessar que isso me deixa ainda mais perplexo do que eu já estava... Parece-me uma incrível encenação. Meu pai não era um sujeito normal, longe disso, mas tampouco um psicopata. E, no entanto, o porão que visitei era o de um doente mental!

Ela acrescentou legumes à carne, salpicou tudo com tomilho, sal e pimenta, depois deixou cozinhar o prato que estava atrás dela. Acendeu outro cigarro e me estendeu o maço, que recusei fechando os olhos.

— Vamos — disse ela —, escrever de trás para a frente não significa ser doente mental... Seu pai dizia ter descoberto um segredo *extraordinário*. Talvez esse segredo, autêntico ou não, o tenha mergulhado num ambiente um pouco místico... O misticismo está muito na moda! A France Telecom tem até organizado suas convenções em locais da Rosa-Cruz!

— Que horror!

— Ou talvez seu pai fosse simplesmente um fã de Leonardo da Vinci. Escrever de trás para a frente não é uma brincadeira mais louca do que fazer palavras cruzadas todo dia no café da manhã... Teve tempo de ler as tais famosas anotações?

— Vagamente. Não sou um profissional da leitura invertida!

— Notou algo especial?

— Não entendi grande coisa. Mas havia duas palavras que se repetiam regularmente, em várias páginas.

— Quais? — pressionou-me.

— A primeira, lembro bem, era uma abreviação, "I.B.I."...

Logo vi em seus olhos que a abreviação tinha um sentido para ela... Inclinei a cabeça na expectativa de uma explicação.

— *Yeshoua ben Yosseph* — explicou. — Jesus, filho de José, tal como fielmente traduzido por Chouraqui.

Aquiesci.

— Claro. Eu deveria ter imaginado...

— Como o segredo do seu pai aparentemente dizia respeito à pedra de Iorden, de fato, nada há de surpreendente nisso... E a segunda palavra?

O cheiro do peru e o dos temperos começavam a encher a cozinha.

— Quanto a essa, não estou certo. Poderia ser alemão. "Bildberger" ou algo do gênero...

— Bilderberg? — perguntou franzindo as sobrancelhas.

— Sim, isso mesmo! — exclamei surpreso que ela conhecesse essa palavra que eu mesmo nunca ouvira antes.

— Tem certeza? — insistiu, como se a novidade a perturbasse.

Mas eu tinha absoluta certeza. A imagem bastante precisa da palavra voltara à minha mente nesse momento.

— Sim, *Bilderberg*. O que isso significa?

— Com toda a honestidade, não sei grande coisa a respeito. Pergunto-me o que tem a ver...

— Mas é o quê? — insisti impaciente.

— Uma espécie de *think tank* internacional. Sabe, esses grupos de pensamento que hoje em dia estão muito na moda nos Estados Unidos.

Eu não estava entendendo direito do que ela estava falando. Ela deve ter percebido e me sorriu sem graça.

— Realmente, não posso lhe dizer muito mais do que isso, tenho apenas lembranças vagas sobre o Bilderberg. Devo ter lido um artigo sobre eles há muito tempo num jornal, nada além disso. No geral, são membros de famílias reais, políticos, economistas, empresários e intelectuais que se encontram todos os anos de maneira mais ou menos oficial para falar do futuro do mundo.

— Que encantador! Parece até que estamos em plena teoria da conspiração... Não sabia que meu pai era fã de *Arquivo X*.

A jornalista inclinou a cabeça com um ar zombeteiro.

— Não vamos exagerar, essas pessoas não *decidem* nosso futuro, *pensam* nosso futuro. Não creio que se possa verdadeiramente falar de conspiração...

— Se você está dizendo! — ironizei. — Seja como for, é estranho que vocês, jornalistas, não nos mantenham informados sobre esse tipo de coisa!

— Há muito "esse tipo de coisa" a cobrir.

— Você tem acesso à internet?

— Há uma saída telefônica, e meu computador está no carro.

— Estou com o meu aqui. Poderíamos pesquisar sobre o Bilderberg...

— Sim, mas primeiro vou terminar isto aqui — disse-me mostrando a frigideira atrás dela —, e depois vamos comer tranquilamente, na mesa da sala de jantar, como pessoas civilizadas...

— Claro — repliquei sem graça.

Ela se virou e engrossou o molho com algumas colheres de sopa de creme de leite fresco. Deixou cozinhar seu prato por mais uns dez minutos enquanto eu a ajudava a pôr a mesa.

Acho que em onze anos de vida nova-iorquina não pus a mesa nem uma única vez em casa. Por pouco não errei o lado de colocar as facas e os garfos. Eu tinha a impressão de estar fazendo um tratamento de desintoxicação. De reaprender gestos simples. Sentia vergonha, mas isso me divertia.

Alguns minutos mais tarde, a jornalista entrou na sala com seu prato e o anunciou imitando o sotaque meridional:

— Fricassê de peru à provençal! Um pouco elementar, mas fazemos o que temos. Bom, não sou muito fã dos vinhos do sul do vale do Rhône, a não ser o Châteauneuf-du-pape, é claro, mas ele realmente é muito caro... Sendo assim, peguei um do vinhedo Bagatelle.

— Qual?

— Um ótimo Saint-Chinian. Afinal de contas, não estamos assim tão longe de Hérault...

Obviamente eu não conhecia esse vinho e me contentei em concordar, mas, de todo modo, seu prato estava um verdadeiro manjar. Ela se divertiu com meu silêncio eloquente durante toda a refeição, depois fui preparar o café, esperando assim fazê-la esquecer um pouco minha ineficácia culinária.

Quando a servi, notei que ela me olhava com um ar estranho.

— O que foi? — perguntei, recolocando a cafeteira no lugar.

Ela acendeu um cigarro.

— Desde que nos encontramos, você se pergunta se sou lésbica, não é?

Desabei em meu assento, e a vermelhidão subiu às minhas bochechas.

— Bem, não, de jeito nenhum, eu

— Vamos, seja franco, você está se perguntando se sou lésbica!

— Não...

— Ficaria incomodado se eu fosse? — insistiu sem ter pena do meu embaraço cada vez maior.

— Claro que não! Afinal, não sou homófobo! Moro em Nova York!

Ela desatou a rir.

— Não foi isso o que perguntei. Não quero saber se você é homófobo. Quero saber se ficaria incomodado se eu fosse lésbica.

Eu realmente não sabia como sair dessa situação. Por que ela estava me perguntando isso? Significaria que era efetivamente homossexual? Ela havia compreendido em meu olhar que eu me fazia essa pergunta. Provavelmente era um olhar ao qual estava habituada. Mas eu estava completamente perdido. Decidi responder do modo mais simples possível:

— Não, não ficaria incomodado. Ficaria um pouco triste pelos homens, mas muito feliz pelas mulheres...

Ela meneou a cabeça com um ar consternado. Talvez não tenha sido a resposta correta.

— Bem, mas por quê? Você é lésbica? — ousei num sorriso caricato.

— Ah! Está vendo como estava se perguntando isso! Eu tinha certeza!

Visivelmente, ela se divertia tanto quanto eu estava sem graça. E eu ainda não sabia... Eu me dizia que o único meio de sair dessa situação era tentar a sinceridade.

— Bom, tenho de confessar que, de fato, pensei que talvez...

Ela inclinou a cabeça, deu um largo sorriso, depois pousou sua xícara de café, levantou-se, avançou na minha direção e me deu um beijo na testa.

— Vamos fazer aquelas pesquisas no seu computador? — propôs com desenvoltura.

Evidentemente, estava zombando de mim. E tinha razão de fazê-lo. Eu estava tão atrapalhado que a situação ficou ridícula.

— Sim, vamos lá — respondi estupidamente.

Subimos ao quarto para conectar meu laptop à saída telefônica e começar nossa pesquisa on-line, e, para minha grande felicidade, não se falou mais em homossexualidade...

Por volta das duas da manhã, não tínhamos encontrado nada de realmente interessante sobre o Bilderberg. A maioria dos sites da internet que falavam a respeito era antissemita de extrema-direita, para os quais a mitologia da conspiração é um cavalo de batalha. Alguns outros raros sites, mais dignos de confiança, davam informações vagas sobre esse misterioso grupo, mas nada de concreto e, sobretudo, nada de oficial. E com razão. A única informação confiável que descobrimos era que o Bilderberg não fazia anúncio na imprensa e proibia a presença de jornalistas por ocasião de suas reuniões anuais. Um bom motivo para alimentar os sites extremistas com a teoria da conspiração, mas também para despertar nossa desconfiança e inquietação. Se esse grupo era apenas um *think tank* a mais, cujo único objetivo era fazer o balanço anual de certo pensamento político internacional, por que querer permanecer em segredo, e qual podia ser a relação com a pedra de Iorden e as pesquisas tão misteriosas do meu pai?

Quando o cansaço nos levou a interromper nossas investigações, Sophie preparou-se para desligar a conexão da internet.

— Espere! — exclamei, notando algo na tela do meu computador.

— O que foi?

— Esta mensagem aqui neste fórum — disse apontando o dedo para a tela.

— E daí?

— Enviada pelo mesmo pseudônimo! Esfinge. É a quarta ou quinta vez que noto esse pseudônimo nos diferentes fóruns que visitamos.

— Tem razão — aquiesceu Sophie.

— A cada vez, suas intervenções são mais pertinentes e ela parece ser bem-informada.

— Vamos tentar entrar em contato?

Fiz uma careta de ceticismo.

— Acha que vale a pena?

— Não custa nada — decidiu. — Vou deixar uma mensagem.

— Ela tem um e-mail?

— Não. Mas há o número do ICQ em sua assinatura. Você tem ICQ no computador?

— Não — confessei. — O que é?

— Um programa que permite dialogar simultaneamente por escrito. Vou fazer o download, assim poderemos ver se essa famosa Esfinge está conectada.

Evidentemente, a jornalista estava muito mais acostumada a esse tipo de coisa do que eu. Observei-a em ação, tentando não sucumbir ao cansaço. Raramente eu me deitava antes das três ou quatro horas da manhã em Nova York, mas, depois de uma semana na França, começava a sentir os efeitos do fuso horário.

Sophie voltou a colocar os óculos, fez o download do programa, instalou-o e entrou no número do ICQ da misteriosa Esfinge.

O pseudônimo apareceu numa pequena janela, mas com a menção *away*.

— Ela não está no computador — explicou-me a jornalista. — Mas podemos deixar uma mensagem.

Concordei. Ela digitou: "Jornalista. Busco informações sobre Bilderberg. Agradeço se entrar em contato."

— O que acha?

— Bem, é um pouco direto, mas me parece bom. Vamos ver amanhã — disse eu, tentando segurar um bocejo. — Espero que nos responda.

— Tomara, veremos amanhã — disse Sophie, desligando meu computador.

— Vou precisar ir à casa do meu pai. Tenho que recuperar aquelas anotações de todo jeito. E minha moto também.

— Ah, aquela moto enorme que estava na frente da casa é sua? — surpreendeu-se.

Aquiesci e ela desatou a rir.

— Bom, veremos tudo isso amanhã — retomei, dando um sorriso caricato, um pouco envergonhado. — Na pior das hipóteses, se essa misteriosa Esfinge não nos responder, tenho um amigo franco-maçom que está bem por dentro das histórias de sociedades secretas e todos esses delírios. Talvez ele possa nos ajudar.

— Um amigo franco-maçom? Sei. O Bilderberg não é bem uma sociedade secreta...

— Entendi — repliquei —, mas esse amigo não apenas tem relação com a sociedade secreta, mas também é deputado... Se há alguém entre os meus conhecidos que deve ter informações sobre esse tipo de coisa, certamente é ele! Ele saberá nos guiar em nossas pesquisas. Vou ligar para ele amanhã.

— Um deputado franco-maçom? Perfeito! — exclamou a jornalista sorrindo. — É sempre bom ter um amigo mecânico, outro bombeiro e outro deputado franco-maçom.

Balancei a cabeça com um ar desolado.

— Vamos, vou deixá-lo dormir, Damien. Estarei no quarto ao lado. O banheiro fica na frente da sua porta.

Era a primeira vez que ela me chamava pelo meu primeiro nome. Decidi retribuir a delicadeza:

— Obrigado, Sophie. Obrigado por tudo. O primeiro que se levantar acorda o outro?

— Combinado. Boa-noite, senhor *motociclista*!

Ela saiu e desabei na cama sem perder tempo em me despir. O dia havia sido longo. Muito longo. Realmente aquela semana havia sido mais rica em acontecimentos do que um ano inteiro, e o ferimento em minha testa não ajudava em nada. Não dormi por muito tempo, mas profundamente.

*

Fui acordado bruscamente pela jornalista. Ela bateu forte à porta e entrou no meu quarto com um ar transtornado.

— Não ouviu os bombeiros? Levante-se depressa! A casa do seu pai está em chamas!

Minha cabeça ainda doía, e por certo eu não havia dormido nem metade do que meu corpo reclamava, mas me levantei o mais rápido possível.

Vinte minutos mais tarde, depois de ter atravessado a cidade furando alguns sinais vermelhos e entrando na contramão em pelo menos duas ruas, descemos do Audi diante da casa do meu pai, cercada por bombeiros e curiosos. Não trocamos uma só palavra durante todo o trajeto, talvez tomados pelos mesmos sentimentos de perplexidade, raiva e medo misturados. Sem contar que eu estava ligeiramente crispado pelo modo esportivo como a jornalista dirigia...

A fumaça se elevava por cima das casas, desenhando no céu ameaças obscuras. Parecia que todo o vilarejo se havia reunido entre os muros da ruazinha. Ouvia-se o vozerio confuso dos aldeães inquietos ou espantados. Os sinalizadores rotativos dos bombeiros não paravam de girar, lançando flashes azuis sobre a multidão e os muros.

— Eu disse para você que não deveríamos ter deixado a casa sem vigilância! — suspirei enfim, fechando a porta.

Insinuamo-nos com dificuldade na direção do portão de ferro do jardim. O fogo estava quase extinto, mas os bombeiros nos impediram de entrar. Tirei minha carteira de identidade para me apresentar e peguei um bombeiro pelo braço.

— O porão! — disse-lhe, mostrando meus documentos. — É preciso tirar todos os documentos que estão no porão!

O bombeiro encolheu os ombros.

— Eu ficaria muito surpreso se restasse alguma coisa no seu porão! Foi lá que o fogo começou, senhor.

Lancei um olhar desesperado a Sophie, e, uma hora mais tarde, ela me acompanhava à delegacia, onde passamos boa parte do dia.

Nunca gostei de ir a delegacias. Os delegados têm uma aptidão extraordinária a fazer com que você se sinta culpado mesmo quando não há nada contra você. Silêncios acusadores, olhares que confundem, e o barulho de seus dedos batendo nos teclados parece simplesmente antecipar sua propensão à digitação. Sempre tive medo dos tiras, e entrar numa delegacia é um suplício tão insuportável para mim quanto o odor dos hospitais depois da morte da minha mãe.

Contamos nossa história uma primeira vez a um investigador, ele nos pediu que esperássemos e desapareceu em seguida no labirinto de corredores cinza-esverdeados, depois outro investigador veio nos encontrar e nos conduziu até seu escritório. Fez sinal para que nos sentássemos. Alto e forte, tinha o olhar brilhante, as bochechas vermelhas, e seu sotaque provençal o tornava simpático. Simpático, mas, mesmo assim, policial...

— Bom — começou, pegando o teclado do seu computador. — Vou resumir a situação para vocês. Recebemos nesta manhã um chamado no centro operacional para nos informar do incêndio na sua casa. O procurador foi avisado, e, no momento, temos no local uma equipe da brigada departamental de buscas que vai investigar para determinar se a origem do sinistro é acidental ou criminosa. Mas confesso a vocês, aqui entre nós, que já tendemos a achar que o incêndio é de origem criminosa, pois levantamos vestígios de solvente, do tipo *white spirit*.

— Entendo...

Que o incêndio provavelmente tivesse sido criminoso, para mim era apenas a confirmação de uma evidência, e entrei em pânico só de pensar em não demonstrar surpresa.

— A brigada local vai proceder paralelamente ao recolhimento das inquirições, ou seja, das primeiras pessoas que intervieram, dos bombeiros e das testemunhas. É nesse quadro que vamos interrogá-los, e logo em seguida os manteremos a par da investigação. Vão ficar por aqui?

— Ainda não sei — respondi encolhendo os ombros.

Ele aquiesceu e voltou os olhos para a tela. Quando estava pronto para digitar o depoimento em seu computador, Sophie e eu lhe contamos mais ou menos tudo o que se passara desde a véspera, omitindo um único detalhe: o segredo do meu pai. Explicamos que Sophie era uma amiga do meu pai (afinal de contas, foi assim que, no início, ela se apresentou a mim), que havia chegado logo depois que fui agredido e que ainda não tínhamos dado queixa à polícia porque... porque Sophie decidiu antes cuidar de mim e porque, como os fugitivos não haviam roubado nada, achamos que não era assim tão grave...

Nossa versão um pouco hesitante dos fatos por certo não era das mais convincentes, mas, naquele momento, o investigador recebeu um telefonema que nos desculpava ao menos em parte: os vizinhos haviam visto os incendiários, dois homens vestidos de preto, que fugiram num carro, cuja placa haviam anotado parcialmente.

— Bem, estamos avançando — confiou-nos o investigador. — Poderemos fazer uma investigação no arquivo nacional de habilitações e quem sabe identificar os dois fugitivos. Infelizmente, temo, senhor Louvel, que seremos obrigados a iniciar a partir desta tarde uma investigação de flagrante delito.

— Por que o senhor diz *infelizmente*?

— Porque isso significa que vocês terão de permanecer em Gordes por mais uns dias.

— Por quanto tempo?

— As investigações de flagrante delito duram no máximo oito dias.

Lancei um olhar a Sophie.

— O principal é que prendam os culpados — disse ela, como para tranquilizar o investigador.

— Claro. Mas, antes disso, ainda tenho algumas perguntinhas a fazer ao senhor, questão de formalidade. Imagino que o senhor esteja um pouco abalado, então, serei breve. Senhor Louvel, é o único herdeiro do falecido senhor seu pai? — perguntou-me o gendarme.

— Sim.

— Bem.

Com os olhos pregados na tela, ele não parava de tirar e recolocar seus óculos.

— E veio aqui para ver sua casa, é isso?

— Exatamente.

— Mas tem uma coisa que não entendo. O senhor nunca tinha visto essa casa?

— Não. Vivo em Nova York.

— Em Nova York? Achei que o senhor viesse de Paris...

— Não, em Paris fica o *apartamento* do meu pai.

— Ah, claro! Então é isso, eu me enganei.

Fez uma careta e corrigiu com dificuldade seu erro no computador.

— Esse sistema está sempre mudando! Juro para vocês! Logo, logo vai ser preciso estudar informática para se redigir um depoimento!

— Ah, sim, no mínimo — repliquei, tentando disfarçar minha ironia com um sorriso falsamente compadecido.

— Bom, enfim, está corrigido. Então, como eu estava dizendo, o senhor notou alguma coisa especial na casa do seu pai?

Dei um pigarro com uma discrição que provavelmente faria saturar o detector de mentiras.

— Não, nada de especial.

— Nadinha de nada?

— Nada — repeti.

Ele balançou lentamente a cabeça e coçou o nariz antes de retomar:

— O senhor seu pai possuía objetos de valor?

— Não, na verdade não, em todo caso, não em Gordes. Todos os quadros ficaram em Paris. Na casa só havia alguns livros, móveis... Nem mesmo televisão.

— Segundo o senhor, nada foi roubado?

— Ontem não. Hoje não sei, a casa está carbonizada... É difícil dizer. Sobretudo de fora.

— Sim, claro, sem dúvida. E os dois sujeitos que o agrediram, o senhor poderia me fazer a descrição deles?

Seu colega já me havia feito essa pergunta duas vezes; eu tentava manter a calma.

— Não. Não consegui ver o rosto deles. Eram homens altos e fortes. Vestiam sobretudos pretos, como os bandidos nos filmes americanos, e o carro também era preto. Acho que era um Volvo, tenho quase certeza.

— Certo. Veremos se o carro dos fugitivos visto por seus vizinhos era um Volvo. Seu pai tinha inimigos? Pessoas que lhe queriam mal?

— Não que eu saiba.

— Algum conflito com amigos, com a família?

— Não.

— E com o senhor?

— Tampouco comigo. Moro em Nova York há mais de dez anos, nem sabia que essa casa existia...

— Certo. Por enquanto, é suficiente.

Imprimiu o depoimento para que eu assinasse.

— Certamente tenho outras perguntas a lhe fazer mais tarde. Ligarei para o senhor à noite, para lhe dizer se abriremos uma investigação de flagrante delito. Cabe ao procurador a decisão. Posso entrar em contato com o senhor pelo celular?

— Sim.

Reli o depoimento que ele me estendia e assinei-o em silêncio.

— De todo modo, pediria que o senhor permanecesse em Gordes nos próximos dias — concluiu o investigador solenemente, como um xerife pedindo a John Wayne que não deixasse a cidade. — Por enquanto, não posso obrigá-lo a isso, mas peço a gentileza de me avisar se realmente tiver de partir.

— Pode deixar — respondi ao me levantar, com pressa para sair. — Avisarei o senhor.

— Certo. E pode aguardar para ser incomodado pelo seguro — acrescentou com ar irônico. — O acidente do seu pai, sua agressão, a casa incendiada e todo o resto... Eles não vão achar graça nenhuma em tudo isso.

— Ah, não? Pois eu quase morri de rir...

No espaço de um segundo houve quase compaixão em seu olhar, depois voltou a mergulhar nos documentos...

Sophie e eu saímos rapidamente da delegacia, um pouco perplexos, depois entramos no Audi, que estava parado no estacionamento de nossos anfitriões de uniforme azulado, e atravessamos a cidade no outro sentido para chegar à casa do meu pai. Os bombeiros ainda estavam lá, assim como os curiosos, e, saindo precipitadamente do carro, interpelei mais uma vez o bombeiro que me havia respondido naquela manhã:

— Não há mesmo nenhuma chance de que alguns documentos tenham escapado do fogo no porão? — perguntei-lhe suplicando.

— Isso me surpreenderia muito, senhor. Os raros papéis que terão escapado das chamas não terão escapado das mangueiras, se entende o que quero dizer...

Eu entendia *muito bem* o que ele queria dizer.

— Não posso entrar para ver? — arrisquei apontando timidamente um dedo na direção do porão.

— Ah, não vai dar! Está ardendo lá embaixo, e depois, de todo modo, a polícia vai isolar a área para investigar. Vamos, não passa de papelada, sinta-se feliz por não ter havido vítimas...

— Claro, não passa de papelada — repeti olhando para Sophie com um ar deplorável.

À medida que o dia avançava, o pânico e a angústia lentamente se transformavam numa forma de terror. Aos poucos, fui me dando conta da gravidade da situação. Não apenas meu pai havia morrido num acidente de carro que tinha grandes chances de não ser um simples acidente, mas também tinham deliberadamente acabado de colocar fogo em sua casa e, em particular, em seu porão, local de todas as suas pesquisas e fonte essencial para as investigações que a jornalista e eu nos preparávamos para conduzir. Eu não tinha nenhuma ideia de qual poderia ser o segredo descoberto por meu pai, mas, naquele momento, tinha uma certeza: havia um jogo terrível por trás de tudo aquilo... Em todo caso, outras pessoas além do meu pai pareciam acreditar nisso.

— Vamos! Vamos voltar para casa para comer alguma coisa. Não colocamos nada no estômago o dia inteiro! — sugeriu Sophie, pegando-me pelo braço.

— Permite que eu te siga de moto? — perguntei-lhe estupidamente. — Se eu te deixar aí, Deus sabe o que pode acontecer contigo...

Ela sorriu

— Uma Harley, no meu jardim? Sei não... Só porque você está triste e vulnerável?... Estou brincando. Faça o que quiser com sua máquina, meu caro!

Ela se dirigiu para o carro, e eu, desconcertado, para a Electra, e então, enquanto colocava o capacete, notei na multidão um homem que me observava e que eu já tinha visto ao chegar de manhã ao local do incêndio. Percebeu que o notei e não desviou o olhar. Como se quisesse que eu o visse.

Era um homem de cerca de sessenta anos, cabelos grisalhos, e, ao me colocar na ponta dos pés para ver melhor, percebi o colarinho branco sob sua roupa. Um padre.

Um caminhão dos bombeiros começou a andar, houve um movimento da multidão, e já não vi o homem que me espiava um segundo antes. Busquei-o com o olhar por entre os curiosos, mas ele havia desaparecido.

Decidi esquecer e partir com a moto para alcançar a jornalista no fim da rua. Ela entrou no carro e a segui até sua casa. Durante o trajeto, embalado pelo ronco grave do bicilindro, eu me perguntava aonde tudo aquilo ia nos levar. Não estava seguro de ter vontade de compreender. Vontade de saber. Uma única coisa era certa: apesar da loucura daqueles últimos dias, apesar do meu medo cada vez maior e do perigo evidente, fazia muito tempo que eu não me sentia tão bem com uma mulher.

*

François Chevalier era um amigo que eu havia conhecido pouco antes de entrar no curso preparatório para a Escola Normal Superior. Nossa paixão por Alexandre Dumas e Umberto Eco, nosso ódio por Jean-Paul Sartre e Alain Robbe-Grillet, nossa paixão pelos pubs irlandeses e pelos filmes de Terry Gilliam, toda uma vida de cultura tão diversa quanto compartilhada nos havia colocado no mesmo caminho — um caminho pouco trilhado pelos outros alunos — e havia selado nossa longa amizade.

No ano seguinte, logicamente, entrei para o curso preparatório, enquanto ele decidiu mudar de rumo, inscrevendo-se em Ciências Políticas, curso em que, de resto, teve muito mais sucesso do que eu na Escola Normal Superior. Todavia, nunca perdemos o contato, e, um ano antes de eu partir para os Estados Unidos, François veio me ver para me informar que estava entrando para o Grande Oriente da França* e me propor seguir pelo mesmo caminho. Uma parte de mim tinha vontade de aceitar, mas a doença da minha mãe me preocupava mais do que tudo naquela época, e a ideia de pertencer a qualquer grupo me assustava um pouco. Por mais que me sentisse seduzido pelas ideias que se encontravam na base da franco-maçonaria, declinei sua oferta, mas o encorajei em sua escolha. Durante toda a vida, nunca deixei de oscilar entre o arrependimento e o orgulho de ter recusado. Arrependimento porque nunca tive a coragem de um engajamento filosófico qualquer, nem mesmo político; orgulho, porque assim espero ter conservado o exercício de certo livre-pensamento. Além disso, ainda que os princípios originais da maçonaria me agradassem, não confiava muito no que os homens pudessem fazer com eles. A isso François me teria respondido que o melhor meio de aperfeiçoar a maçonaria era participar dela! Certamente. Aliás, ele me fazia o mesmo discurso em relação à política.

E, efetivamente, da última vez que estive com François, antes de deixar a França, ele me anunciou por fim que havia decidido desposar a carreira política, que estava entrando obviamente para um partido de extrema esquerda, e, anos mais tarde, após o per-

* Sociedade franco-maçom. (N. T.)

curso habitual, tornou-se conselheiro municipal, prefeito, depois deputado em Île-de-France.

Durante os onze anos que passei em Nova York, não houve um só mês sem que François não me enviasse notícias pelo correio. Não tive o mesmo rigor, mas minha amizade por ele nunca enfraqueceu.

Em algum lugar tenho um exemplar de *Alice no país das maravilhas*, que François me havia oferecido. Uma edição incrível, com ilustrações originais de John Tenniel. Como símbolo de nossa amizade, ofereci-lhe exatamente o mesmo livro. E em cada um fizemos uma dedicatória ao outro. A ideia — tomada emprestada de *Dançando nas nuvens*, uma antiga comédia musical dos anos 50, com Gene Kelly e Stanley Donen, de quem éramos fãs — era de que devíamos nos encontrar trinta anos mais tarde, cada um de posse de seu exemplar do romance de Lewis Carroll, diante do liceu Chaptal. Uma promessa de criança, claro, mas carregada de sentido. Será que já sabíamos na época que a vida sempre separa os amigos, mesmo os mais fiéis? Os trinta anos ainda não haviam passado. Guardei meu exemplar de *Alice no país das maravilhas*. E, chegado o dia, eu estaria diante do liceu Chaptal, não importa o que acontecesse.

Portanto, eu gostaria de ter ligado para esse amigo tão fiel sem ter nenhum favor a lhe pedir, simplesmente para convidá-lo a beber alguma coisa, mas, diante das circunstâncias, conforme decidi na véspera, telefonei na mesma noite a meu amigo deputado para lhe pedir ajuda. Após ter laboriosamente passado pelas múltiplas barreiras burocráticas que separam um deputado do simples cidadão que sou, ouvi enfim a voz de Chevalier do outro lado da linha.

Eu nem tinha avisado François da minha estada na França, e menos ainda da morte do meu pai, e ele ficou um pouco confuso quando lhe contei minha história. Ele se mostrou compreensivo, e acredito até que estivesse com lágrimas nos olhos. Deixar o país do meu pai também me havia condenado a viver distante da alma mais fraternal que a vida me oferecera, e eu maldizia o tempo perdido. Por que eu não fizera o esforço de voltar para ver François mais vezes? Que monstro de egoísmo me mantivera tanto tempo longe dele? Será que algum dia poderíamos recuperar os anos perdidos, as longas conversas, as idas noturnas ao cinema, os relatos de leitura, os copos de cerveja nos terraços dos cafés?

Mas será mesmo que eu o teria visto com tanta frequência depois que ele se tornou deputado? Tê-lo do outro lado da linha fez com que eu percebesse a que ponto me tornara solitário. Há tipos de solidão que só percebemos depois de um tempo. Eu tinha a estranha impressão de estar à beira de um abismo, mas de costas. Dependia apenas de mim não cair para trás.

— François — prometi-lhe em voz baixa —, quando eu sair de toda essa história maluca, irei a Paris fazer jus à nossa amizade.

O silêncio de cada um de nós estava carregado de uma emoção subentendida. E de milhares de arrependimentos.

— Bom, o que posso fazer por você? — perguntou, como para pôr fim a um impulso de sentimentalidade que já estava ficando embaraçoso...

— Para começar, gostaria que você me desse o número do seu celular, para que eu possa encontrá-lo com mais facilidade, meu velho, pois é capaz de eu ter de ligar para você com mais frequência do que seu exército de asseclas poderá suportar...

Fiz sinal para Sophie me passar um bloco de notas. Vi então que ela me olhava com uma intensidade nova. Como se tivesse podido sentir a emoção em minha voz. Estendeu-me o bloco de papel e anotei o número que Chevalier me ditava.

— E preciso que você se informe para mim a respeito do Bilderberg.

— Bilderberg? — espantou-se. — O que o Bilderberg tem a ver com seu pai?

— É o que eu gostaria de entender...

François hesitou por um instante.

— Talvez tenha a ver com o cargo na Unesco — adiantou.

— Isso me surpreenderia muito. Você pode verificar, mas não creio. De todo modo, no momento, preciso de informações gerais. Não estou conseguindo encontrar grande coisa por conta própria.

— Francamente, também não sei grande coisa. Tudo o que sei é que se trata de uma espécie de clube para ricaços... Se quiser, posso ligar para você amanhã e terei mais informações.

— Com prazer — aceitei. — E tente ver um pouco as notícias atuais sobre eles também. O que estão fazendo no momento, quem se ocupa do grupo, quando será a próxima reunião...

— Está certo. Vou ver o que consigo encontrar. Fico feliz de ter ouvido sua voz. Veja se consegue passar aqui para nos visitar antes de voltar a Nova York.

— Você não me deu notícias da Estelle — intervim, antes de ele desligar. — Ela está grávida, não está?

Eu acabava de me lembrar que ele me havia contado isso em sua última carta. François vivia com Estelle havia muito tempo. Já estavam juntos antes de eu conhecê-lo! Era o típico casal ideal, que não deixava de me fazer perceber, já na época, a que ponto eu estava fora da normalidade...

— Sim. Ela está no quinto mês — confirmou-me, aparentemente surpreso por eu ter lembrado. — Vamos, não se esqueça de passar para nos ver antes de partir.

— Combinado.

Agradeci-lhe e desliguei a contragosto.

Eu havia tomado algumas notas durante nossa conversa e deixado Sophie ler por cima do meu ombro. Quando me voltei, vi que ela segurava dois copos de uísque com gelo. Estendeu-me um, sorrindo.

— Que tal tomarmos um pequeno fortificante e depois sairmos para comer? — propôs ao se levantar.

Ergui os olhos para ela, que inclinou a cabeça, esperando uma resposta. Colocou meu copo sobre a mesa e acendeu um cigarro. Peguei o copo de uísque e dei um gole.

— Faz muito tempo que uma mulher não o convida para ir a um restaurante?

— Lá vem você com suas piadinhas — repliquei. — Acredite, você não é a primeira a me convidar a ir a um restaurante.

— Então, a resposta é sim?

— Com prazer — respondi sorrindo —, mas sou eu quem a convida. E vamos nos distanciar um pouco de Gordes...

— Está certo. Eu bem que iria a Avignon — sugeriu.

Nesse instante, meu telefone tocou. Suspirei e levantei os olhos ao céu, sem atender. Podia sentir o celular vibrar em meu bolso. Sophie me lançou um olhar desolado. A pequena pausa de que nós dois precisávamos teria de esperar. E quando tirei o telefone do bolso, soube que esse contratempo era ainda mais inconveniente do que havia imaginado.

Logo reconheci o número que aparecia na tela verde do meu telefone. Dave, meu agente. Evidentemente eu havia esquecido por completo aquela parte da minha vida e fiz uma careta que, pelo menos, teve o mérito de divertir Sophie.

Eu deixara Nova York há uma semana e não tinha lido nenhum dos últimos roteiros... Havia muito tempo que tomara o hábito de me atrasar, mas pela primeira vez eu me perguntava como ia conseguir terminar meu trabalho, e Dave deve ter percebido isso pelo tom da minha voz...

— Damien, o pessoal da HBO está ameaçando gravar os episódios sem sua aprovação final!

— Eles não têm esse direito! — revoltei-me.

— A falta do seu *approval* antes do *deadline* previsto é motivo para quebrar a porra do seu contrato, Damien!

Raramente Dave era grosseiro. Provavelmente ele estava imaginando que eu ia mandar tudo pelos ares. E, quanto ao contrato, ele tinha razão. Eu sabia tão bem quanto ele. Os Estados Unidos talvez sejam o paraíso dos salários para os roteiristas, mas também são o país onde os direitos autorais estão menos protegidos, e faltava muito pouco para o exército de advogados da HBO me tirar a guarda do meu bebê, caso eu não encontrasse uma solução... Por mais que eu tenha sido um membro fiel da corporação de roteiristas e, portanto, relativamente bem protegido, não podia assumir o risco de melindrar os produtores do canal.

— Já estou quase no fim! — menti, franzindo os olhos. — De todo modo, não há grande coisa a mudar. Diga-lhes para esperarem um pouco... Já estou bem adiantado, eu lhe garanto.

— Preciso enviar alguma coisa *esta noite*! — interrompeu-me Dave. — Mande-me o que você tiver para que eu possa acalmá-los.

— Mando tudinho amanhã! — esquivei-me, sabendo muito bem que seria absolutamente impossível reler e modificar o que quer que fosse para o dia seguinte. — Amanhã, Dave! Juro!

Desliguei o telefone antes que meu agente ouvisse as risadas que Sophie custava a conter.

— Merda! — resmunguei. — Tô ferrado!

— Deixamos Avignon para outra ocasião... — propôs. — Você vai ter que trabalhar esta noite de todo jeito... Problemas à vista...

— Não, não! Preciso reciclar minhas ideias... E, além do mais, nunca fui a Avignon... Parece que tem uma ponte extraordinária!

Sophie não insistiu por muito tempo, e logo partimos para a cidade dos papas, onde o cenário e a fina gastronomia nos encantaram, sem, no entanto, apagar por completo nossa inquietação.

Todavia, descobri com o prazer de um expatriado a beleza de Avignon, empoleirada no rochedo de Doms e estendendo-se além dele, através de sucessivas muralhas, ornadas de seteiras e ameias. O palácio, sua majestade gótica e seu imenso adro, o labirinto de ruas pavimentadas e as lojas provençais do Quartier de la Balance...

Encontramos refúgio num pequeno restaurante à beira do rio Sorgue, atrás de uma série de plátanos que mal filtravam o barulho das antigas rodas d'água. Eu já tinha tomado um uísque antes de partir e, portanto, recusava-me a beber qualquer gota de álcool. Sophie deve ter entendido que havia uma história obscura entre mim e a bebida quando por duas vezes pedi febrilmente água com gás. Não abordamos o assunto, mas vi em seus olhos mais compreensão do que havia esperado.

— Por que jornalista? — perguntei-lhe para pensar em outra coisa, mas também porque tinha vontade de saber mais sobre ela.

— Por causa de Alan J. Pakula.

— Como?

— Não viu *Todos os homens do presidente*, com Robert Redford e Dustin Hoffman?

— O filme sobre *Watergate*?

— Sim... Vi esse filme quando tinha quinze anos. Meu pai gravou da televisão. Gostei tanto que assisti uma segunda vez de um fôlego só, depois ficou sendo meu cult. Sabe, *aquele* filme que a gente assiste mil vezes.

— Sei, no meu caso era *Sete homens e um destino*! — confessei rindo.

— Eu assistia pelo menos uma vez por semana — retomou. — E, desde aquele dia, quando me perguntavam o que eu ia querer fazer no futuro, respondia que queria ser jornalista do *Washington Post*!

— Ah! Então ficou fiel a seu sonho de infância. Eu queria ser uma estrela do rock. Mas não deu certo.

O garçom nos trouxe nossas sobremesas. Sophie acendeu um cigarro. Ela devia fumar uns dois maços por dia. Talvez fosse justamente isso o que deixava sua pele tão branca. Mas, no fundo, combinava com ela que era uma beleza. Fazia parte da sua personagem. Sem as olheiras nem as bochechas pálidas, Sophie não teria aquele charmoso ar anos 50.

— Sabe o que mais me faz falta na profissão de jornalista?

Fiz um gesto negativo enquanto engolia uma colherada de *crème brûlée*.

— O barulho das máquinas de escrever. Adoro o som. No filme, ouvem-se os jornalistas e as secretárias datilografarem como obcecados em suas grandes máquinas de metal, o barulho dos rolos quando se tira a folha de papel... É idiota, mas adoro isso. Agora, com os computadores, esse barulho desapareceu por completo das salas de redação. Até porque os escritórios estão cada vez mais separados por divisórias.

— É só você trabalhar com uma máquina de escrever!

— Que nada. Adoro o barulho, mas de todo modo o computador é mais prático. E de mais a mais, hoje em dia pessoas como eu ficam o tempo todo na internet.

— Pois é, pelo menos temos algo em comum: eu também fico com o nariz grudado num monitor quase o dia inteiro.

— Não é o que diz seu agente!

— Ah, não, não! Não me fale dele! Não se esqueça que estou aqui para esquecer Nova York! Prefiro que fale de você. Dos seus pais, por exemplo...

— Nossa! Um interrogatório?

Sophie levantou as sobrancelhas e recuou a cadeira para cruzar as pernas.

— Ei! Você conheceu meu pai! E eu nem sei se você tem família! Não sei nada de você!

Ela sorriu. Avançou novamente sua cadeira, apoiou os cotovelos na mesa, juntou os punhos sob o queixo e, olhando-me diretamente nos olhos, decidiu responder-me. Pelo menos em parte.

— Está certo. Então, vamos lá. Nasci em Paris, sou filha única, igual a você. Meus pais estão aposentados... São pessoas formidáveis. Tive muita sorte.

— Minha mãe era uma mulher genial, pode ter certeza...

Ela sorriu.

— E o que eles faziam antes? — retomei.

— Meu pai trabalhou a vida toda para a Educação Nacional, ensinava filosofia nos últimos anos do liceu e na faculdade. Foi ele que me ensinou a ter espírito crítico, como se diz. No verão, como tinha dois meses de férias, me levava para viajar um pouco, conhecer o mundo. Minha mãe ficava conosco durante três semanas, mas, no restante do tempo, eu ficava sozinha com ele. Era incrível! Fomos aos Estados Unidos, à China, a Moscou e até ao Japão e à Índia! Quando penso nisso, fico com vergonha, de tanto que ele me mimou! A única coisa que ele me pedia em troca era que eu sempre fizesse um diário de viagem, escrevesse uma redação...

— Que legal...

— Todos os verões eu escrevia num caderno grosso minhas impressões sobre o país que visitávamos...

— Ainda tem isso?

— Claro. Estão muito mal escritas, mas meu pai lia cada página com atenção, e eu ficava orgulhosa que só vendo. Eu já me imaginava uma grande repórter...

— E sua mãe?

— Era médica. Era menos presente. Mas é uma mulher extraordinária. Um temperamento forte, de muita coragem, muita devoção..

— Em suma, teve uma senhora infância.

Parou de falar e inclinou a cabeça enquanto me observava, como para analisar meu olhar.

— Sim, talvez. Está querendo dizer que sou uma menina mimada, é isso?

Não consegui conter um sorriso.

— Nem um pouco! Não, ao contrário, é raro ver gente que se dá conta do que deve aos pais. É bastante... comovente. Você me deu vontade de conhecê-los!

— Quem sabe? Quando tudo isso acabar, poderíamos ir visitá-los. Meu pai é um excelente cozinheiro...

— Ah, então foi a ele que você puxou... Engraçado, você parece mais próxima do seu pai, no fim das contas. Já comigo é o contrário.

— Foi o que imaginei...

Mais uma vez, mostrou-se discreta e não quis saber mais a respeito. Provavelmente, podia sentir que eu não tinha muita vontade de me estender sobre o assunto. Meu pai já estava presente o bastante daquele jeito.

— Agora é minha vez — retomou. — Tenho uma pergunta. Por que Nova York?

Arregalei os olhos.

— Por que Nova York? Sei lá! Francamente, acho que parti sem pensar. Quando minha mãe morreu, eu só tinha um desejo, que era me distanciar do meu pai. Os voos para Nova York não eram muito caros, não pensei duas vezes e meti as caras. Não tinha realmente a intenção de ficar. Mas depois acabei me apaixonando...

— Por uma nova-iorquina?

— Ah, não. Por Nova York.

— Tá bom. Não há nenhuma nova-iorquina na sua vida? — espantou-se Sophie com um olhar zombeteiro.

— Não, não. Seria como ir para a cama com uma das minhas personagens! Casei com uma californiana, mas obedecemos às estatísticas e nos divorciamos após alguns anos...

— Espere. Um rico roteirista em Nova York, autor de uma série de sucesso, e solteiro?

— Ah, não acredite nisso, essa condição não me dá sorte.

Abanou a mão com um gesto que não sei se exprimia compaixão ou incredulidade.

— E você? Vive sozinha? — perguntei-lhe, com ar indiferente...

— Não, vivo com meu laptop! — ironizou.

— Não, fale sério...

— Não sei se uma jornalista consegue viver com alguém, sabe? Aliás, nem sei se eu teria vontade. Nunca paro, estou sempre metida em pesquisas impossíveis, completamente agitada... Passo metade do meu tempo no telefone e a outra metade na internet. As raras pausas que faço são para ir ao médico, para pedir que me prescreva calmantes! Não, realmente eu não conseguiria viver com alguém.

— Já se apaixonou alguma vez? — arrisquei.

— Sim.

Um breve momento de silêncio. Uma hesitação. Como se ela me avaliasse. Fiquei esperando.

— Apaixonei-me por uma... pessoa que ensina história da arte e matemática.

Pronto. Ela hesitara em "pessoa". Mas eu tinha certeza de que estava para dizer "mulher". Traíra-se. Sorri.

— E quem lhe disse que não estou apaixonada neste momento? — brincou, fitando-me diretamente nos olhos.

Não respondi. Sophie tinha o dom de me deixar pouco à vontade, e ela sabia disso. Adorava isso.

Mudei de assunto, e começamos a falar da chuva e do mau tempo, de culinária, de cinema e de literatura. Ela gostava do inverno; eu, da primavera. Ela detestava *junk food*; fingi que também detestava. Ela gostava do Woody Allen, eu também. Ela detestava Spielberg; eu não. Paul Thomas Anderson era para mim a revelação da década; ela tinha gostado de *Magnólia*, mas achou que eu estava exagerando. A cada dois Lelouch, um a deixava indiferente; verificamos se eram os mesmos que para mim. Ela tinha adorado *O nome da rosa* e achou *O pêndulo de Foucault* uma chatice; adorei os dois. Ela gostava de Proust às escondidas; *Sobre a leitura* era meu livro de cabeceira... Expusemos nossos gostos e misturamos nossas cores até tarde da noite. A maioria dos clientes já tinha ido embora, e ela ainda estava dizendo do que gostava ou não; quanto a mim, não a ouvia fazia tempo. Por mais que eu fizesse de tudo para pensar em outra coisa, num ouvido eu ouvia sexo, sexo, sexo e, no outro, lésbica, lésbica, lésbica.

De repente, notei que sua voz tinha se calado. Ela se levantou e se aproximou para me falar ao pé do ouvido:

— *Também* gosto de rapazes — cochichou-me antes de se dirigir ao toalete.

Fiquei ali parado, como um idiota, sozinho à mesa, ouvindo repetidamente o eco da sua frase. Sua pequena frase assassina. E quando ela voltou, era como se nada tivesse dito.

— Vamos? — propôs com um olhar cândido.

Num dos meus roteiros para o *Sex Bot*, o herói teria voltado para casa e pulado em cima da jornalista, provavelmente descobrindo, após algumas horas de sexo tórrido, que os hábitos sexuais da morena eram totalmente incompatíveis com suas próprias exigências. Eles se separariam de manhã cedo, trocando a falsa promessa de se telefonar um dia, e talvez até voltassem a se ver três ou quatro anos mais tarde, só para tentar de novo e constatar que sua sexualidade continuava incompatível... Meus fãs teriam adorado isso. Meus produtores também.

Mas, na vida real, paguei a conta e voltamos para casa pouco depois da meia-noite. Ela me desejou boa-noite bocejando, e eu me contentei em pensar nela enquanto esperava o sono chegar.

Meia hora mais tarde, Sophie bateu à minha porta.

— Sim? — murmurei, já meio adormecido.

— Damien — cochichou.

Comecei a me perguntar o que ela queria. Meu coração disparou.

— Damien! A Esfinge está conectada! Venha depressa! Ela me respondeu!

A Esfinge. O cara dos fóruns. Nada do que eu tinha imaginado. Esperado. Sacudi a cabeça para acordar.

— Já vou! — respondi me levantando.

Enfiei uma calça desajeitadamente e a encontrei em seu quarto.

— Ele ainda não foi dormir a uma hora dessas? — perguntei, sentando-me ao lado de Sophie.

— Quem sabe não está na França. Se for isso, talvez seja de manhã para ele...

— *Pra qual jornal você trabalha?*

Sophie olhou para mim.

— Ufa! Ainda bem que ele não é de usar aqueles jargões ridículos! Vai ter que maneirar comigo... Um dia acompanhei uma conversa entre dois hackers e não entendi nada. Bom, vamos jogar limpo com ele?

Dei de ombros.

— Não sei. Está tarde, não consigo raciocinar direito. Contanto que você não lhe diga nada sobre meu pai... Deixo por sua conta, você é a profissional!

Aproximando sua cadeira da escrivaninha, ela deu um suspiro, esfregou as mãos e começou a digitar no teclado. Estava à vontade como um peixe dentro d'água.

— *Trabalho para o Canal Plus.*

— *Qual programa?*

— *90 minutos.*

— *Por que Haigormeyer?*

— O que ele está dizendo? — espantei-me olhando para Sophie.

— É meu pseudônimo no ICQ. Haigormeyer. É com esse nome que apareço. Acho que ele está tentando me identificar.

— *Pequena referência ao Watergate. Alexander Haig fazia parte da administração de Nixon, e Cord Meyer era um agente da CIA. Haig or Meyer? Essas são as duas pessoas que mais suspeito serem a fonte secreta dos jornalistas do Post.*

— *OK. O famoso "Garganta profunda". Divertido. Foi você que fez o documentário sobre o caso Robert Boulin?**

— *Não. Foi outra equipe.*

— *E o que você já fez?*

— *O mais recente, sobre o urânio empobrecido.*

A tela ficou vazia por quase um minuto. Sophie esperava. Eu estava tenso. O ambiente era estranho. Um interlocutor sobre o qual nada se sabe e que não se vê. Eu não estava habituado a esse tipo de conversa.

— O que ele está fazendo? Não vai falar mais com a gente?

— Espere. Deve estar em várias conversas ao mesmo tempo... Ou então...

— *Sophie de Saint-Elbe, é isso?*

— É o que me parecia. Fez algumas pesquisas.

— Ele é rápido! — exclamei.

---

* Ministro do Trabalho na França, durante o governo de Giscard d'Estaing. Sua morte em 1979, declarada como suicídio, não convenceu muitos jornalistas. (N. T.)

Ela concordou.

— *Prefiro Haigormeyer.*

— *OK. O que quer saber sobre o Bilderberg? Está fazendo um documentário sobre eles?*

— *Digamos que no momento estou me informando... Na verdade, não sei grande coisa sobre o grupo, tudo o que você tiver me interessa...*

— *E por que eu lhe responderia?*

— *Porque se eu encontrar alguma coisa, vou lhe mandar a notícia em primeira mão pela internet. Estou trabalhando num dossiê importante. Não posso dizer muito a respeito no momento, mas prometo que, se encontrar o que estou procurando, você será o primeiro a ser informado e terá a exclusiva on-line. Está bem assim?*

Lancei um olhar de censura a Sophie. Ela fez sinal para eu não me preocupar. Decidi obedecer-lhe. Afinal de contas, nada nos obrigava a contar tudo a esse personagem estranho. Sophie parecia dominar a situação...

— *OK.*

— *Então me fale do Bilderberg.*

— *Não aqui.*

— *Por quê?*

— *Big brother is watching!*

— *Está sendo vigiado?*

— *Sim. Of course. De todo modo, o ICQ não é seguro... E depois, tem o Echelon...*

— *OK.*

— O que é isso? — intervim.

— Echelon. Nunca ouviu falar? Mas me diga uma coisa, você lê jornal de vez em quando?

— Bem, sou roteirista de uma série cômica americana! Seja como for, você não vai acreditar que não tenho tempo para ler outra coisa além da *People*! — ironizei.

— Echelon é um sistema de vigilância elaborado pelos serviços secretos americanos nos anos 50. Desde então, não parou de evoluir. Hoje está tão desenvolvido que permite à NSA[1] vigiar as conversas telefônicas e os e-mails do mundo inteiro, com um sistema desencadeado por palavras-chave.

— Está brincando?

— Nem um pouco. Um único computador do sistema Echelon é capaz de vigiar dois milhões de comunicações simultâneas. A tal ponto que alguns hackers se divertiram divulgando as palavras-chave que desencadeiam o sistema de vigilância, e recentemente houve uma jornada antiechelon na internet: em 24 horas, milhares de pessoas enviaram milhões de e-mails contendo a maioria dessas palavras-chave, a fim de sobrecarregar os servidores da NSA até fazer com que parassem...

— Que loucura!

— É mesmo. Sobretudo porque, aparentemente, o Echelon não é assim tão eficaz: não permitiu aos serviços secretos americanos que evitassem o atentado ao World Trade Center, por exemplo...

Uma nova mensagem da Esfinge apareceu na tela:

— *Vamos para o IRC. É mais tranquilo.*

— *Sinto muito, não conheço o IRC.*

— *Internet Relay Chat. Clássico, mas, se formos por um bom servidor, estaremos tranquilos. Era lá que Mitnick* aparecia nos bons tempos. É mais secure do que parece. Sobretudo os servidores na América do Sul. Faça o download do programa mIRC. Conecte-se ao servidor Unired, no Chile. Acabo de pegar o lugar do administra-*

---

[1] NSA, *National Security Agency*, agência de segurança e informação oficial americana, encarregada da criptologia, especialmente na luta antiterror.

* Kevin Mitnick, famoso hacker norte-americano. (N. T.)

dor, ficaremos em paz. Se você não se desconectar, reconhecerei seu endereço IP e poderemos conversar com tranquilidade.

— *OK. Até já...*

Eu não estava entendendo nada dessa linguagem toda, mas Sophie bateu palmas. Estava completamente agitada. Eu mesmo estava quase esquecendo meu cansaço!

— Tem certeza do que está fazendo?

— Por enquanto, não estamos arriscando nada... Espere, preciso fazer o download do programa de que nos falou.

— Não vá fazer besteira! Se travar meu computador, meus roteiros estão todos dentro dele!

— Quer que eu vá pegar o meu no carro? — propôs fazendo careta.

— Não, não, vá em frente. Mas tenha cuidado.

Observei-a em ação. Ela dominava perfeitamente a internet. Depois de três cliques no mouse, encontrou o programa e esperamos quinze minutos até que fosse totalmente baixado para meu HD.

Por volta das duas da manhã, finalmente estávamos conectados com o Unired, o servidor sul-americano mencionado pela misteriosa Esfinge, que nos esperava pacientemente.

— *Bravo. Bem-vinda a bordo, Haigormeyer.*

— *Obrigada. Então, o que sabe sobre o Bilderberg?*

— *O que devo lhe dizer agora é para você ter muito cuidado. Falam muita besteira sobre o Bilderberg pelo fato de ele ser secreto. E agitadores de extrema direita aproveitam para veicular sua paranoia persecutória... Portanto, é preciso desconfiar das revelações muitas vezes mentirosas dos fascistas que brotam por toda parte. Mas o Bilderberg existe sim, infelizmente.*

— *Não encontrei nada de interessante na rede...*

— *É normal. O Bilderberg não busca publicidade. O essencial de sua atividade consiste numa reunião anual, em que políticos e outros pensadores autoproclamados chegam para participar de uma sessão de masturbação intelectual mútua!*

— *Com que objetivo?*

— *Oficialmente, essas reuniões permitem a seus participantes determinar um pouco a situação momentânea com base na perspectiva político-econômica internacional. Talvez seja por essa razão que interesse sobretudo a pessoas como o chefe do IFRI...*

— O que é isso? — perguntei ainda perdido.

— O Instituto Francês das Relações Internacionais — especificou Sophie. — Um organismo que serve como consultor aos políticos e aos industriais em matéria de relações internacionais.

— *Como se tornar membro?*

— *Pretende se inscrever?*

— *Ha ha.*

— *Há um sistema de apadrinhamento...*

— *Mas quem criou isso?*

— *O grupo foi criado no início dos anos 50.*

— *Guerra fria?*

— *Claro! A primeira reunião oficial ocorreu na Holanda, no hotel Bilderberg. Daí o nome. No início, era o príncipe Bernhard, dos Países Baixos, quem organizava tudo, mas em 1976, por causa do escândalo das gratificações da Lockheed, foi obrigado a ceder o lugar para... Rockefeller. De todo modo, era ele desde o princípio, mas não oficialmente...*

— *Qual a importância real deles?*

— *Se estiver preparando um documentário a respeito, vai se regalar. Peixe grande, muito grande. A organização do Bilderberg está muito ligada a dois outros grupos que têm mais ou menos o mesmo objetivo...*

— *Qual?*

— *Oficialmente, construir a unidade ocidental.*

— *E oficiosamente?*

— *Preparar o estabelecimento de um governo mundial.*

— *Sério?!?*

— Eu lhe disse que estamos em pleno cenário de uma conspiração! — exclamei.

Sophie levantou as sobrancelhas e recomeçou a digitar.

- *E as outras duas organizações de que falou?*

— *A Trilateral, mais conhecida na França porque Raymond Barre** *confessou fazer parte dela oficialmente nos anos 80, e o Council on Foreign Relations, ou CFR. Já ouviu falar?*

— *Da Trilateral, sim, vagamente.*

— *Pois bem, reúna estas três, CFR, Trilateral e Bilderberg, e terá a fina flor dos economistas, PhDs, políticos e outras sumidades ultraliberais do mundo inteiro. Geralmente a maioria é membro das três ao mesmo tempo ou, pelo menos, de duas das organizações. Bush, Kissinger, o Barão de Rothschild, o chefe do IFRI, Raymond Barre e talvez até mesmo Jospin. E ainda há gente como o ex-secretário-geral da OTAN, o editor do London Observer, ou Dulles, ex-diretor da CIA.*

— *Encantador. Mas... Jospin? Tem certeza?*

— *Sei que participou de pelo menos uma das reuniões... Creio que em 1996. É difícil ter certeza quando se trata de gente desse nível! Mas Jospin não é o que interessa lá dentro, e sim Kissinger ou Dulles. Se está procurando notícia quente, é aí que precisa procurar...*

— *E quando será a próxima reunião deles?*

— *É difícil dizer. Em geral, as datas permanecem muito tempo em segredo, a fim de evitar que os jornalistas apareçam... Estou organizando um concurso on-line este ano. Ganha o primeiro que desco-*

---

* Economista e político francês. (N. T.)

brir onde e quando ocorrerá a reunião do Bilderberg! Conto com uma porção de gente neste momento... Em 1993, um internauta já os havia descoberto! A partir de então, ficaram mais desconfiados.

— Mas por que têm medo dos jornalistas?

— Para ser honesto, às vezes há jornalistas. Lembro-me de que William Rees, um cronista do London Times, *compareceu e até escreveu um artigo sobre sua presença na reunião do Bilderberg. Na França, o chefe do Les Échos* também teria participado. Mas é muito raro. Oficialmente, a desculpa é de que a presença de jornalistas poderia comprometer o caráter dos debates, pois os interventores tenderiam a querer ser muito politicamente corretos diante das câmeras... São esquisitos, não?*

— OK. Mais uma perguntinha, Esfinge... Como você sabe de tudo isso?

— Interesso-me de perto por tudo o que não querem nos dizer. É a filosofia dos hackers. Enfim, dos verdadeiros hackers. A informação pertence a todo o mundo.

— Essa é também a filosofia dos jornalistas investigativos. Temos muito em comum...

— Veremos. Mantenha-me informado de seus avanços. Volte aqui, a este servidor, quando tiver novidades.

— Combinado. Mais uma vez, obrigada, vou mantê-lo informado.

— Conto com isso.

Sophie desligou a conexão e fechou meu laptop suspirando. Virou-se para mim.

— E aí? Vai conseguir dormir?

— Não sei. Mas gostaria.

Ela aquiesceu.

— É... incrível, não? — disse-lhe.

---

* Jornal de economia e política na França. (N. T.)

— De todo modo, será preciso verificar tudo isso... Mas, se estiver correto... Sim, é incrível!

— Vamos tentar dormir assim mesmo! — disse ao me levantar.

Voltei para o meu quarto. Não sabia se era o cansaço ou o que o hacker acabara de nos revelar, mas estava numa espécie de transe. Não conseguia ter certeza de que tudo aquilo era realmente verdade. E tive dificuldade para encontrar o sono.

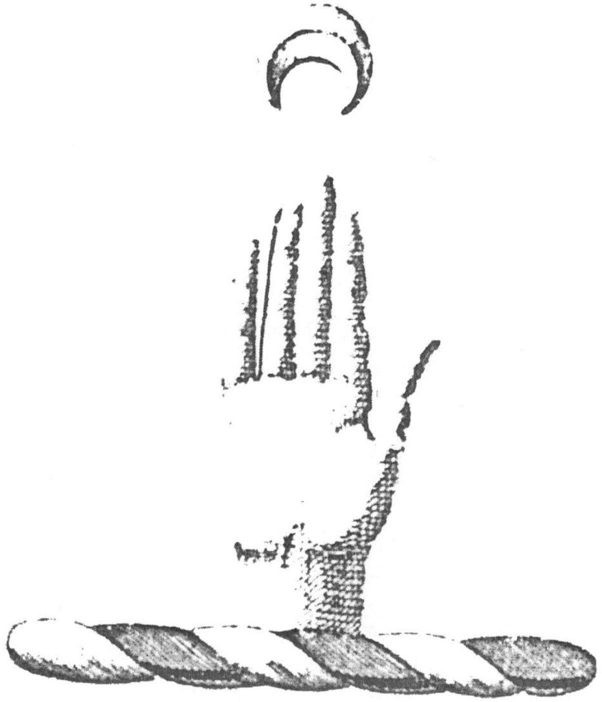

Capítulo Quatro

Quando meu telefone tocou em pleno café da manhã, esperei ouvir a voz de François Chevalier e rezei para não ser Dave Munsen. Mas a manhã nos reservava uma surpresa completamente diferente.

O homem do outro lado da linha tinha um forte sotaque italiano e se apresentou com o nome de Giuseppe Azzaro. Disse que era jornalista do *La Stampa* e me perguntou sem cerimônia se eu havia recuperado "*certo manuscrito de Albrecht Dürer sobre a Melancolia*", que meu pai teria prometido enviar-lhe havia vários dias!

Arregalei os olhos e lancei um olhar desnorteado para Sophie. Ela não conseguia ouvir a conversa e me fez um gesto de incompreensão. Afastei o celular da orelha para ver se algum número aparecia no pequeno visor, mas era sem identificação. Levantei-me de um salto para pegar uma caneta e o bloco de notas no qual já havia escrito na véspera e anotei o nome do meu interlocutor. Giuseppe Azzaro.

— Sinto muito, mas não, não recuperei o documento de que está falando... A casa do meu pai pegou fogo, imagine... Mas em que ocasião o senhor disse que encontrou meu pai?

Ele desligou em seguida.

— Que maluquice é essa?!? — exclamei ao desligar o celular.

— Quem era? — impacientou-se Sophie.

— Um cara que diz ser jornalista do *La Stampa* e que afirma que meu pai lhe teria prometido enviar o manuscrito de Dürer...

— Estranho — ironizou Sophie. — Um jornalista italiano? Seu pai teria falado dele comigo, não?

— Sim, e sobretudo ele não teria desligado na minha cara quando lhe pedi mais explicações!

Ela se levantou e me fez sinal para segui-la ao primeiro andar, onde ligou meu computador. Pesquisou na rede o número do telefone do *La Stampa*, ligou para Roma e, num italiano que me pareceu totalmente correto, perguntou à telefonista se havia alguém chamado Giuseppe Azzaro trabalhando na redação. Evidentemente, não era o caso.

— Meu reino para saber quem era! — lancei agitado. — E também gostaria de saber como esse sujeito conseguiu o número do meu telefone...

— E é lógico que o número dele estava oculto...

— Estava! Mas talvez haja um jeito de descobrir mesmo assim junto à companhia telefônica...

— Impossível. Eles não podem fazer isso.

— Eu sei, mas, nesse caso, talvez possamos pedir que busquem, já que se trata de um caso especial! — protestei.

— Provavelmente seria necessária a autorização de um juiz para obrigar sua operadora a fornecer o número, no âmbito de uma investigação criminal... E, aliás, não seria você, mas a polícia a investigar o número. Em suma, esqueça!

— É só pedirmos para os tiras de Gordes — brinquei.

— Claro, ou ao seu amigo deputado!

— Não é do feitio dele... E você? Não conhece ninguém que possa nos ajudar a conseguir esse maldito número? Você trabalha para o Canal Plus, não trabalha? Canal Plus, Vivendi* e pronto, SFR,** não?

Ela sorriu, depois hesitou por um instante.

— Tem uma pessoa no RG*** que me deve um belo favor, mas confesso que me incomoda um pouco queimar minha única munição para conseguir esse número.

— É praticamente a única pista que temos por enquanto...

— Não é exatamente uma pista... Afinal de contas, talvez seja mesmo um jornalista que ouviu falar de tudo isso, até por terceiros, e que tentou tirar informações de você...

— Com certeza! — zombei.

Ela fez uma careta. Estendi-lhe meu celular.

---

* Grupo de comunicações que detém diversos canais de entretenimento. (N. T.)

** Empresa de telefonia móvel, subsidiária da Vivendi. (N. T.)

*** *Renseignements Généraux*: departamento de informações gerais da polícia francesa. (N. T.)

— Vamos, Sophie, tente! Precisamos começar nossa investigação por algum ponto!

Ela aceitou suspirando e ligou para seu contato no RG. Afundei em minha poltrona para admirar a força persuasiva da jornalista. O agente secreto do outro lado da linha se fez de difícil por meia hora antes de dizer a Sophie que ia "ver o que podia fazer". Sophie cerrou os punhos em sinal de vitória e me devolveu orgulhosamente o celular. Levantei-me e dei um beijo em sua bochecha.

— Bela jogada! — cumprimentei-a.

Descemos para terminar juntos nosso café da manhã. Fui seguindo ela pela escada. Tinha um jeito incrível de andar. Um quê de felino nos quadris, e seu caminhar parecia quase difuso em câmera lenta.

Preciso parar de ficar olhando seu traseiro o dia inteiro! Vou acabar com torcicolo!

Instalamo-nos novamente em torno da mesa do café da manhã, e ela me serviu outra xícara de café.

— O italiano do outro lado da linha mencionou uma palavra a respeito do manuscrito de Dürer — disse eu após tomar um gole. — Não sei se é italiano ou latim...

— *Melancolia*? — sugeriu Sophie.

Aquiesci.

— É o nome da gravura à qual se refere o manuscrito, cujo trecho seu pai me enviou — explicou-me. — As gravuras de Dürer são extremamente complexas e simbólicas, mas, como eu já havia dito, ele tinha a bondade de oferecer à posteridade notas explicativas sobre seus trabalhos. *Melancolia* é a única gravura de Dürer cujas notas correspondentes nunca foram encontradas. Não é minha especialidade, mas fiz algumas pesquisas a respeito depois dos vários telefonemas do seu pai. Os críticos Panofsky e Saxl chegaram a mencionar a existência desse texto explicativo, um manual completo, que teria pertencido ao amigo de Dürer, o humanista Pirkheimer, antes de desaparecer.

— Mas como você faz para guardar tudo isso na memória? — espantei-me boquiaberto.

— É meu trabalho... Em suma, aparentemente, o manuscrito sobre a gravura *Melancolia* seria aquele de que seu pai tinha posse. Aliás, não sei como ele teria encontrado...

— Como é essa gravura?

— Representa um personagem com asas de anjo, sentado perto de um pequeno edifício, com ar... melancólico! Há objetos por toda parte ao redor dele... É difícil descrever, de tão densa e rica que é essa gravura!

— Foi justamente a que vi no porão do meu pai, do lado da reprodução da *Gioconda*. Precisamos de todo jeito entrar na casa, não importa o que diga o bombeiro, talvez haja coisas a serem recuperadas naquele maldito porão! Contanto que sejamos nós a recuperá-las...

— A casa está interditada, Damien, e certamente os tiras devem vigiá-la.

— Ah, não exagere, não vão passar dia e noite lá! Foi só um pequeno incêndio... Afinal de contas, esse barraco me pertence! Tenho o direito de entrar lá!

Sophie sorriu.

— Você está sugerindo uma pequena expedição noturna? — perguntou maliciosamente.

— Gostaria de me acompanhar?

— Tem outro jeito? — suspirou. — Faz quase dois dias que estamos tomando chá de cadeira nesta casa sinistra; se eu ficar mais um dia aqui vou acabar botando fogo nestas cortinas imundas ou jogando seu laptop pela janela... Não tenho nada contra um pouco de ação — concluiu, dando uma piscadela para mim.

É nessas horas em que me dão uma abertura que sou o mais desastrado com as mulheres. Qualquer Bruce Willis da vida teria aproveitado a ocasião para tascar um belo beijo em Sophie, mas eu me contentei em sorrir estupidamente, tentando me convencer de que, por certo, não havia nenhum subentendido. Sem uma gota de álcool no sangue, eu havia ficado incapaz de seduzir uma mulher, e menos ainda uma lésbica. Meus fãs americanos certamente me vaiariam se descobrissem minha timidez inesperada, mas provavelmente ignoram o que todos os franceses sabem muito bem: os que falam demais agem de menos.

*

Perto do final da tarde, fiquei com vontade de esticar as pernas e desbravar Gordes sob uma luz melhor. Então decidi dar uma volta na cidade. Sophie aproveitou para continuar a pesquisa sobre Dürer nesse meio-tempo.

— De todo modo, tenha cuidado — disse-me quando eu saía de casa.

Saí a pé, subindo alegremente a longa encosta que conduzia a Gordes. Entrar na cidade era como entrar num parque de diversões. Era como se nada tivesse sido deixado ao acaso, como se a cada noite funcionários invisíveis chegassem para repintar os muros e limpar as ruas para conservar aquela perfeição quase irreal. Até no olhar digno dos habitantes brilhava a exceção da cidade.

Eu vagava pelas avenidas pavimentadas, com as mãos nos bolsos. Passei diante das imobiliárias e dos anúncios de casas imensas com piscinas azuladas. Admirei o alinhamento de fachadas cinza, o arranjo de telhados laranja em nível inferior, os bosques entre as casas, a rocha branca que aparecia recortada aqui e ali. Entrei numa loja, olhei os souvenirs e os cartões-postais, sem realmente vê-los. Meu espírito estava em outro lugar.

Continuei a vagar assim pelas ruas da cidade; depois, sem refletir, cheguei diante da igreja imensa que encima a praça central. Parei à sombra das árvores, embalado pelo silêncio e pelo vento. Ali, mais do que em outro lugar, naquele ponto da cidade onde os terraços dos cafés se alinhavam, Gordes parecia esperar pacientemente pelo verão, pelas hordas de turistas trazidas pelo sol e que fazem tanto a alegria quanto a infelicidade daqueles que os recebem. Espetáculo ridículo sob o olhar ancestral da antiga igreja. Fixa no tempo.

Decidi entrar na igreja quando de repente percebi em sua sombra, do lado direito, um padre, vestido todo de preto, saindo por uma pequena porta de madeira. Caminhava com um passo rápido, a cabeça afundada nos ombros, como se estivesse com frio. A lembrança me veio de imediato. Era ele. O padre que me havia fitado no meio da multidão, diante da casa do meu pai. Por que me havia espionado daquele jeito? Que olhar estranho! Era como se tivesse alguma coisa a me dizer sem ousar vir me ver.

Hesitei por um instante, depois resolvi segui-lo. Deixou a pequena praça sombreada em meio aos cafés e entrou numa ruela em declive. Acelerei o passo até o alto da rua, depois retomei o ritmo normal. Não queria alcançá-lo de imediato. Queria ver aonde ia. Cumprimentou um casal que passava, depois virou numa pequena rua à esquerda. Desacelerei, afastei-me um pouco, com medo de que ele tivesse me visto e me esperasse atrás do muro; depois, quando cheguei do outro lado da rua, inclinei a cabeça e o vi desaparecer numa casa um pouco mais alta.

Sem realmente refletir, corri até ele e o interpelei:

— Padre!

Teve um sobressalto. Quando me viu, entendi que me reconheceu. Lançou um olhar por cima do meu ombro e me fez sinal para entrar.

— Posso lhe oferecer um café? — propôs com uma voz grave.

Um pouco surpreso, aceitei e segui o homem no que devia ser o presbitério. A decoração parecia não ter sido mudada desde os anos 30. Todas as cores estavam desbotadas, a madeira, escurecida pelos anos, e o papel de parede, puído. Os móveis rústicos, sem floreios, combinavam com as paredes. Alguns horrendos bibelôs religiosos e quadros bíblicos de mau gosto acabavam por lançar ao local um véu sinistro e antiquado. Porém, reinava na sala um delicioso odor de carne assada.

Uma mulher gorda e hirsuta surgiu de repente por trás de uma porta com um avental grotesco — parecia uma caricatura de Giscard com a frase "Adivinhe quem vem para jantar?" — e chinelos enormes.

— Hummm. O cheiro está ótimo, Jeanne — afirmou o padre, dirigindo-lhe um sorriso.

— Obrigada. O moço vai almoçar aqui? — perguntou apontando o queixo para mim.

— Não, não — respondi, já que o padre me interrogava com o olhar. — Não vou poder ficar.

A mulher anuiu e retornou à cozinha, arrastando os pés. O padre fez sinal para que eu sentasse à grande mesa da sala, desapareceu também na cozinha e voltou logo depois com duas xícaras de café. Eu estava extremamente desconfortável. Cruzei as mãos sobre a toalha de plástico, com quadrados vermelhos e brancos.

— Sinto muito pela casa do seu pai — suspirou, enfim, sentando-se à minha frente.

— O senhor o conhecia? — perguntei, aflito para entender por que ele me havia observado na véspera e por que naquele dia me convidava para entrar em seu sinistro presbitério.

— Fui eu quem lhe vendeu a casa.

Pronunciou essa frase como se se tratasse de uma confissão, um pecado imperdoável. Eu, o confessor, e ele, o pecador. Tive a impressão de estar do outro lado do confessionário.

— Entendo...

O padre levantou os olhos em minha direção. Eu teria jurado que havia medo em seu olhar.

— Ele chegou a lhe contar por que a queria? — perguntou.

— Não — respondi interessado.

— Ah. Gosta dessa região?

Levantei as sobrancelhas. O padre estava visivelmente mais desconfortável do que eu. Era um daqueles momentos em que os silêncios se incrustam entre as frases, pesados e penosos, em que os olhares não sabem onde pousar, as mãos, onde se esconder...

— Sim — respondi estupidamente. — É muito bonita. Ainda não vi muita coisa, mas é muito bonita. Mas o senhor ia me dizer por que meu pai...

— O senhor deveria visitar as *bories** — cortou-me. — É muito impressionante. Uma espécie de vilarejo antigo, que remonta a três mil anos...

— Por que meu pai comprou aquela casa? — insisti ao ver que ele tentava mudar de assunto.

O padre esfregou as mãos com um ar incomodado.

— Aquela casa pertenceu a Chagall.

Fiz uma careta de espanto.

— A Chagall?

— Sim, como muitos pintores, viveu em Gordes nos anos 40, antes de partir para os Estados Unidos. Tinha uma casa grande com sua mulher, mas também tinha comprado aquela... em segredo.

---

* Cabanas de pedra, típicas da região. (N. T.)

— Em segredo? Para receber suas amantes? — sugeri rindo.

— Não, absolutamente.

— Mas então por quê?

— Seu pai não lhe disse nada? — espantou-se o padre, voltando a colocar a xícara de café sobre a mesa.

— Na verdade, não... já não nos falávamos. Mas agora preciso saber. Encontrei todas aquelas coisas estranhas no porão...

O padre arregalou os olhos.

— Deveria esquecer tudo isso, meu jovem.

— Esquecer o quê? Do que o senhor está sabendo?

— Seu pai imaginou uma porção de coisas completamente sem sentido. Essa casa pertencia a Chagall, e isso lhe subiu à cabeça, ele começou a imaginar coisas...

— Mas do que o senhor está falando? O que havia no porão não tem nada a ver com Chagall...

— Esqueça tudo isso! Venda a casa, volte tranquilamente para seu lar, não cometa o mesmo erro que seu pai!

Eu tinha a impressão de estar sonhando. As palavras do padre pareciam cada vez mais confusas, cada vez mais surrealistas. Como um folhetim de má qualidade. Ele falava cada vez mais rápido e quase elevava a voz.

Levantou-se de repente e, com um ar severo, retomou:

— Sinto muito, mas preciso preparar a missa... Posso acompanhá-lo à porta?

Ele estava com o semblante aterrorizado. Levantei-me também. Eu queria ter insistido, mas não ousei falar mais. Fiquei tão surpreso com a estranha atitude do padre que não sabia direito o que dizer. Ele me acompanhou até a rua e, antes mesmo que eu tivesse tempo de me despedir, fechou a porta atrás de mim.

Fiquei imóvel na calçada por alguns segundos, com uma vontade furiosa de arrombar a porta e pedir ao padre que me contasse tudo. Balancei a cabeça, incrédulo, e decidi voltar mais cedo para a casa de Sophie.

Meia hora mais tarde, estávamos jantando juntos, e lhe contei toda a história.

— É realmente estranho — admitiu a jornalista.

— Meu pai adorava Chagall. Mas daí a comprar sua casa em Gordes... Fico me perguntando o que esse padre tem a esconder. Ele estava com medo. Pânico.

— Em todo caso, isso nos dá outra pista para seguirmos: Chagall.

No começo da tarde, recebemos o telefonema que esperávamos com impaciência. O contato da Sophie no RG nos deu uma boa notícia. Tinha conseguido identificar a fonte da nossa misteriosa chamada. Antes de revelá-la, disse a Sophie que estavam quites e lhe pediu que prometesse nunca mais lhe solicitar esse tipo de serviço. Ela respondeu que um dia, por certo, teria outras reportagens a fazer sobre o Oriente Médio, o que visivelmente bastou para que seu interlocutor se colocasse em seu devido lugar. Não sei o que havia entre eles, mas Sophie o "tinha na palma da mão", como se costuma dizer.

Ele resmungou alguma coisa que não ouvi, depois ditou a Sophie um nome e um número, que ela passou para o nosso bloco de notas. Ela lhe agradeceu e desligou sem acrescentar mais nada.

— Bingo! — soltou com um olhar cheio de orgulho.

— Então? — impacientei-me.

— Nosso amigo desta manhã nos ligou de Roma, mas não do *La Stampa*. O chamado vinha dos escritórios de uma sociedade chamada Acta Fidei.

— O que é isso?

— Não faço a menor ideia! — confessou Sophie ao se levantar. — Mas não vamos demorar a saber...

Subimos de novo ao primeiro andar e voltamos para a frente do meu computador para iniciar as pesquisas. Havia-se tornado um ritual. Eu adorava esses momentos em que ela digitava no teclado, investigava site por site, clicava em links, suspirava, se entusiasmava, registrava as informações essenciais sem nem mesmo me dar tempo para ler tudo. Ela estava em seu universo. Rápida. À vontade. Fumava um cigarro após o outro, apertando-os na borda dos lábios para deixar as mãos livres, e franzia os olhos. A fumaça subia pelo seu rosto e flutuava em direção à tela. Eu a observava recuado, achando graça e me impressionando ao mesmo tempo, e me esforçava para ouvir seus relatos.

Em pouquíssimo tempo, descobriu que a Acta Fidei era uma organização religiosa, domiciliada no Vaticano. Certamente uma organização oficial, mas muito... particular. Inicialmente, sempre que encontrávamos uma vaga indicação sobre a Acta Fidei, a expressão estava associada àquela do Opus Dei. Com efeito, ambas as sociedades tinham muitos pontos em comum, sendo que a maior diferença entre elas era a de que a primeira, ao que parecia, não buscava publicidade nem o recrutamento maciço com o qual sonhava a segunda.

A Acta Fidei era, portanto, um movimento de espiritualidade, com objetivos um pouco vagos, e se beneficiava dos favores mais ou menos diretos do Vaticano. Era pouco, mas já era um começo. Porém, o que despertou nossa atenção foi que tivemos tanta dificuldade de encontrar informações sobre a Acta Fidei quanto sobre o Bilderberg. A mesma indefinição misteriosa reinava em torno dessas duas organizações. E nenhuma delas tinha site oficial, o que não simplificava as coisas.

— Estamos totalmente na sua área — sugeri. — A religião. Você precisa encontrar alguma coisa.

Ela deu de ombros.

— Conheço o Opus Dei, mas realmente nunca ouvi falar da Acta Fidei...

— Bom, então me diga o que sabe do Opus Dei... Porque, quanto a mim, confesso que não sei nada a respeito.

— É uma organização religiosa do início do século passado que não deu muito certo, que muitas vezes faz lobby cristão integrista e que se coloca à extrema-direita dos poderes políticos.

— Ou seja?

— Desconfia-se de que, indiretamente, tenha defendido o regime franquista, a ditadura de Pinochet...

— Ah, mais uma vez, só gente fina!

— Durante o *Irangate*, descobriu-se que o Opus Dei participava do financiamento dos Contras da Nicarágua.

Eu estava com vergonha de confessar minha falta de cultura, mas não tinha a menor ideia do que ela estava falando. Como fiz Literatura, suponho que talvez tenha passado tempo demais em cima dos clássicos do século XIX e não o suficiente em cima dos jornais...

— Sei, mas o que são os Contras?

— Um grupo de extrema-direita que se opunha aos sandinistas na Nicarágua. E o escândalo do *Irangate*? Tem ideia do que seja?

— Sim — respondi timidamente. — Mas achei que tivesse a ver com as armas que o Reagan vendia ao Irã...

— Isso, e o dinheiro lhe servia principalmente para financiar os Contras. Exatamente como vários lobbies de extrema-direita e, em particular, o Opus Dei, os americanos muitas vezes cometeram o erro de querer combater o mal com o mal, chegando a financiar falcatruas. Um pouco como o Bin Laden no Afeganistão.

— Certo.

— Em suma, muitas vezes o Opus Dei foi citado em casos bastante duvidosos. A fiscalização da organização, tentacular, é das mais suspeitas, tanto que frequentemente lhe dão o nome de Santa Máfia... Quando se fica sabendo que os Contras estabeleceram uma poderosíssima rede de tráfico de cocaína, chega a ser engraçado dizer que eram financiados pelos queridinhos do Vaticano, não?

— Cada vez mais interessante.

— O que mais posso lhe dizer? Ah, sim, outro exemplo maravilhoso. O Opus Dei está intimamente ligado à associação Human Life International.

— O que seria?

— Extremistas do *pro-life*. Se eu lhe disser o título da bíblia deles, você vai entender: *The abortion Holocaust, Today's final solution*. Comparar o aborto ao Holocausto e as *pro-choice* aos nazistas é simpático, não?

— Ah, sei, esses comandos antiaborto que entram à força nos hospitais...

— Exatamente! São pessoas que não hesitam em tratar publicamente os homossexuais como criminosos desviantes...

— OK, já deu para ter uma ideia. Não é bem o que minha mãe chamava de "bons cristãos", mas enfim... Qual o poder real do Opus Dei?

— Sobretudo político. Sem querer cair de novo em delírios paranoicos, é inegável que vários governos europeus foram infiltrados por simpatizantes do Opus Dei. E seu poder também é econômico. O Opus Dei possui muitas sociedades anônimas que lhe servem de anteparo...

— Os bancos do Senhor são impenetráveis...

— Não poderia dizer melhor! Um dos simpatizantes do Opus Dei não era outro senão o arcebispo Marckincus, que infelizmente se tornou célebre. Era presidente do Instituto para as Obras Religiosas, o banco do Vaticano, na época do escândalo financeiro do Banco Ambrosiano... Lembra?

— Vagamente...

— A justiça italiana obrigou o banco a pagar 260 milhões de dólares para reembolsar os credores após o escândalo. Muitos analistas afirmam que foi o Opus Dei que teria pago a parte do Instituto para as obras religiosas, o que provavelmente explicaria por que o papa se sente devedor...

— Ah, sim, agora me lembro dessa história — admiti. — Bom, há crápulas em toda parte... Desde que haja dinheiro em jogo. Mas, enfim, mesmo assim, isso não significa que todo o mundo no Vaticano esteja envolvido.

— É o que se espera... O Vaticano já tem outras glórias a assumir. Uma pesquisa recente do *London Telegraph* acaba de demonstrar que o banco do Vaticano era o principal destinatário de mais de 55 bilhões de dólares sujos provenientes da Itália e se colocava no oitavo lugar dos destinos utilizados no mundo para a lavagem de dinheiro. À frente das Bahamas, da Suíça ou de Liechtenstein...

— Tudo bem, mas novamente isso não implica a responsabilidade de todo o mundo no Vaticano...

— Claro. Mas o problema, para voltar à vaca-fria, é que hoje o Opus Dei se beneficia da proteção direta de João Paulo II, que lhe deve mais ou menos sua ascensão ao Vaticano. Resultado: o Opus Dei é quase inatacável. Assiste-se a um verdadeiro levante quando se tenta tocar nos protegidinhos do papa. Pessoalmente, o Opus Dei me dá mais a impressão de ser uma seita muito lucrativa do que qualquer outra coisa...

— É bem verdade que essa é um pouco a imagem que o site deles mostra na internet. As fotos de crianças bonitas sorrindo, o sol brilhando... Até parece que estamos na página dos cientologistas!

— Acho que ainda prefiro os cientologistas, porque não se beneficiam da proteção do papa... O que realmente me dá asco é que recrutam menores. Aliás, pais de crianças que foram recrutadas pelo Opus Dei montaram uma associação para informar as pessoas sobre os perigos dessa seita.

— Em suma, são pessoas admiráveis. Mas qual é o vínculo delas com a Acta Fidei?

— Não tenho ideia — confessou Sophie.

— E se perguntarmos ao nosso amigo hacker? Afinal de contas, ele parece gostar desse tipo de mistério...

— Boa!

Ela entrou no programa de comunicação que havíamos baixado e se conectou com o servidor da América do Sul. A Esfinge não estava presente, mas apareceu alguns minutos depois, talvez avisado da nossa presença no programa.

— *Bom-dia, Haigormeyer. A caçada foi boa?*

— *Ela só está começando... Nenhuma grande novidade por enquanto.*

— *Cuidado, a gente acaba pegando gosto pela coisa.*

— *Estou atrás de outra pista. Talvez você tenha informações a respeito: Acta Fidei.*

— *Nunca ouvi falar!*

Fiz uma careta.

— *É uma organização religiosa domiciliada no Vaticano e que parece ter relações com o Opus Dei...*

— *Olha só! Bilderberg, Opus Dei! Você está me saindo uma investigadora de primeira! Tenho alguns arquivos sobre o Opus Dei, mas não me lembro de ter visto a expressão Acta Fidei...*

— *Será que você poderia fazer uma pequena pesquisa a respeito?*

— *Normalmente é você a especialista em questões religiosas, não? Qual a relação entre o Bilderberg e esse outro negócio?*

— O que digo a ele? — perguntou-me Sophie.

— Seja vaga — sugeri. — Por enquanto, a curiosidade bastará para fisgá-lo.

Ela concordou.

— *Que eu saiba, nenhuma relação direta. Só estou me informando sobre algumas organizações um pouco misteriosas, nada além disso.*

— *Sei. Tudo bem. Me dê um pouco de tempo e vou ver o que consigo lhe enviar.*

— *Obrigada!*

— *Em compensação, você poderia me fazer um favor...*

Sophie suspirou.

— Estava demorando — observei.

— Precisamos dele. Vejamos o que quer...

— *Se estiver a meu alcance...*

— *Você tem amigos na imprensa escrita?*

Sophie hesitou.

— *Sim, claro.*

— *Você teria influência suficiente sobre algum deles para convencê-lo a publicar uma foto de George Bush que vou enviar a você?*

— *Que foto?*

— *Uma foto anódina, que poderia ilustrar qualquer artigo sobre Bush... No momento, serve para muita coisa.*

— *Se é anódina, por que você quer que seja publicada num jornal?*

— *Digamos que ela tem minha assinatura... Invisível a olho nu. Nada de mal. Apenas um pequeno desafio para mim.*

— *Acho que não estou entendendo...*

— *Vou lhe enviar um anexo com a foto, e você dá um jeito para que ela seja publicada num jornal de grande tiragem. Em troca, encontro a preciosa informação sobre a Acta Fidei para você. Simples, não?*

Sophie coçou o queixo. Hesitou um instante, depois voltou a digitar.

— *Você não vai enviar um vírus a eles, vai?*

— *Não, nada do tipo, prometo.*

— *Negócio fechado.*

— *Vou lhe enviar o anexo agora mesmo e volto assim que tiver alguma informação para você.*

E ele se desconectou. Uma janela se abriu na tela com a mensagem: *Accept incoming file transfer?** Sophie clicou em OK e esperou o download terminar.

— Que história é essa? — perguntei desconcertado.

— Suponho que seja um joguinho de hacker. Frequentemente os piratas se lançam desafios desse tipo. É para ver quem deixará sua assinatura no maior número de sites... Quando invadem um site, deixam um rastro da sua passagem para demonstrar poder. Nesse caso, suponho que será ainda melhor para ele: vai deixar sua marca off-line num jornal de grande público.

— Sua marca? — espantei-me.

— É, provavelmente ele deixou uma mensagem criptografada dentro da foto. Um truque que só se vê com a lupa ou algo parecido...

— É um pouco cretino, não?

— Faz parte do jogo... E acho que está fazendo isso também para me testar — acrescentou Sophie ao acender um cigarro.

Ela se levantou e foi deitar na cama, suspirando. Com os olhos fixos no teto, dava longas tragadas em seu Chesterfield.

— Você acha que ele pode nos pedir outra coisa mais tarde?

— Se ainda precisarmos dele, é possível...

— E você tem como mandar publicar sua foto?

— No *Libé*,** sem nenhum problema!

Não pude deixar de sorrir.

---

* Aceitar o arquivo a ser transferido? (N. T.)

** Libération: jornal de esquerda francês fundado por Sartre. (N. T.)

— Bom, o que fazemos enquanto esperamos? — perguntei apoiando-me no batente da porta.

— Não sei, mas acho que encontramos um vínculo com o padre...

— Como? Está brincando? Não está achando que há uma ligação entre o louco que me ligou de Roma e o padre de um vilarejo da Provence, está?

— E por que não? Você dizia que ele parecia ter muito medo. O que mais poderia causar tanto medo a um padre além de uma organização misteriosa e próxima do Vaticano?

Balancei a cabeça com um ar de dúvida.

— Se há uma ligação ou não — retomou a jornalista sentando-se na cama —, a atitude desse padre foi realmente estranha, não?

— Claro, mas...

— E se você tentasse mais uma vez? Se voltasse lá para vê-lo? Poderia deixar escapar a expressão Acta Fidei na conversa e ver como ele reage...

— Não estou certo de que aceitaria me ver — repliquei. — Ele quase bateu a porta na minha cara...

Sophie levantou-se e empurrou-me em sua frente na direção da escada.

— Vale a pena tentar. Vamos. De todo modo, não temos nada melhor pra fazer até a Esfinge voltar a entrar em contato.

Saímos os dois de casa.

— Vamos a pé? — propôs.

— Bom, já andei um bocado... Posso te levar na minha moto?

— Ah, não, né? Vamos de Audi!

— Qual é o seu problema com os biciclos? — perguntei-lhe irritado.

— Faz barulho, cheira mal, não é confortável, não dá para carregar bagagem e não estou com vontade de me segurar em seus quadris. E ainda por cima... Uma Harley! Você não percebe a que ponto uma Harley está fora de moda?

— Bom, não — confessei, dando de ombros. — Contrariamente ao que você diz, é confortável, legal de dirigir, dá para ter contato direto com a paisagem, proporciona sensações fortes...

— Veja meu carro, Damien. É um Audi. Você não está achando que vou preferir seu vibrador americano imundo e gigante à mecânica irrepreensível do meu alemão.

Dei uma gargalhada.

— Tudo bem, deixa pra lá — cedi levantando os braços.

Sentei-me a seu lado, e o carro lançou-se na estrada sinuosa que subia a Gordes. Ao sul, as linhas do horizonte das colinas se cruzavam a perder de vista, oceanos de bolinhas de gude verdes, entalhados com carneiros brancos.

Estávamos sozinhos e longe de tudo. Eu, de Nova York, ela, de Paris. Havia algo irracional em nossa presença. Como se tivéssemos sido aspirados pela cidade. Gordes. Muitas vezes se diz que as cidades têm um coração. Aquela tinha uma alma. E talvez até várias, que flutuavam ao longo das ruas pavimentadas, ricocheteavam no asfalto, insinuavam-se como o vento ao longo dos muros rugosos até a copa das árvores, escalavam as chaminés para entrar nas casas, tal como Asmodeu arrancando os telhados.

Dei de ombros e espantei essa impressão ridícula.

Chegamos diante do presbitério por volta das dezoito horas. Sophie estacionou o carro dois números mais para a frente. A rua estava calma. Nenhum passante. A maioria das casas parecia vazia. As venezianas estavam fechadas. Talvez as casas ficassem cheias na alta estação.

Estremeci novamente. Eu já havia tido essa estranha sensação. Em Saint-Malo ou Carcassonne, fora da estação, em pleno inverno, quando o frio mandou embora até os turistas mais persistentes. Mas a cidade continua. Esvaziada de gente, porém cheia de alma. Não passa disso. A cidade. Essas ruas e ruelas formadas pelo alinhamento das casas. Venezianas fechadas como olhos que repousam. Portas fechadas para que as residências se calem. São as mesmas fachadas, as mesmas calçadas, o mesmo asfalto. Mas o ar é diferente.

Calmo e aterrorizante ao mesmo tempo.

— Fico esperando você no carro — propôs a jornalista.

Levantei-me, dei uma olhada dos dois lados da rua e avancei na direção do presbitério, mãos nos bolsos. Com a cabeça enfiada nos ombros, o olhar fugidio, eu tinha a impressão de ser o detetive decadente de um romance policial ruim.

Ao chegar diante da velha casa do padre, lancei um olhar ao redor; depois, não vendo campainha, bati à porta.

Nenhuma resposta. Bati novamente, mais forte. Ainda nada. Dei um passo para trás e levantei a cabeça para enxergar o primeiro andar. Nenhuma lâmpada parecia acesa, mas isso não dizia nada, pois ainda era dia. Após dois bons minutos de silêncio, concluí que a casa estava vazia.

Virei a cabeça para o carro de Sophie. Vi seu olhar no retrovisor. Dei de ombros e levantei os braços com um ar impotente.

A jornalista saiu do carro e veio prontamente a meu encontro.

— Não tem ninguém — expliquei.

Sophie esticou a mão até a porta e tentou girar a maçaneta. A porta se abriu à minha frente.

Eu olhei para ela perplexo.

— Não é por isso que vamos entrar, né? — admirei-me.

— Quieto! Só um segundinho. Damos só uma olhada e vamos embora! — insistiu avançando pela entrada.

Eu estava me preparando para protestar, mas a jornalista já estava dentro da casa. Praguejei, voltei-me para ver se alguém nos observava e entrei no presbitério sem fazer barulho, fechando delicadamente a porta atrás de mim.

— Você é completamente louca! — murmurei segurando-a pelo ombro.

— Que nada! A porta estava aberta!

— E daí? Não é razão para entrar!

— Não seja tão antiquado! — zombou afastando minha mão. — Vamos, depressa.

Ela se precipitou na direção da sala, onde começou a abrir as gavetas. Eu não estava acreditando no que estava vendo.

— Sophie! — insisti, elevando a voz. — Não! Realmente não concordo!

— Escute — replicou em seguida, lançando-me um olhar determinado —, esse padre está escondendo alguma coisa, e eu tenho a intenção de saber o quê. Então, ou você me ajuda, ou sai.

Ficou imóvel por alguns segundos, sem deixar de me encarar, depois girou nos calcanhares e se pôs a vasculhar.

Fiquei desconcertado. Mas disse a mim mesmo que, se a ajudasse, provavelmente seríamos mais rápidos, e mais rapidamente sairíamos dali. Suspirei e me pus a vasculhar também.

Abrimos todas as gavetas e todos os armários do térreo. Mas nada atraiu nossa atenção. Tudo estava empoeirado. Bíblias velhas, jornais velhos, livros velhos, discos velhos de música sacra...

Sophie precipitou-se rumo à escada, e eu a segui até o primeiro andar. O patamar dava para três portas fechadas. Sophie me lançou um olhar interrogativo. Dei de ombros.

Tentou a primeira à esquerda. Banheiro. Logo a fechou e tentou a segunda. Nesse meio-tempo, avancei lentamente para a janela, para tentar ver através das cortinas se alguém chegava.

Ouvi passos na rua. Salto agulha. Uma jovem. Segurei a respiração. Ela passou na frente do presbitério sem parar e continuou até o outro lado da rua.

Sophie entreabriu a porta. Voltei-me. Descobri por cima do seu ombro um quarto escuro, de cortinas fechadas. Provavelmente o da empregada. Não havia grande coisa em seu interior, alguns bibelôs, algumas fotos, roupas de mulher, um crucifixo acima da cama com um ramo seco, preso por trás do Cristo.

Sophie se abaixou, deu uma olhada debaixo da cama e saiu do quarto.

Nesse instante, houve um barulho no térreo. Sophie parou bem à minha frente, arregalando os olhos.

Três golpes. Na porta de entrada. Depois, outros três golpes. Um silêncio. Em seguida, a voz de uma mulher que chamava:

— Seu padre? O senhor está aí?

Ouvimos o eco de sua voz na ruela através da janela. Continuamos sem nos mover.

Lentamente, a porta de entrada se abriu rangendo.

Segurei Sophie pelo braço, aterrorizado.

— Seu padre? — insistiu a mulher no térreo.

Ouvimos seus passos na entrada.

— Tem alguém aí?

Depois ela murmurou alguma coisa a respeito da porta aberta e saiu batendo-a. Ouvi seus passos afastando-se na rua.

Sophie soltou um longo suspiro de alívio. Uma gota de suor escorria em minha testa. Enxuguei-me com a manga e murmurei:

— Vamos embora.

— Espere! — respondeu. — Falta um quarto.

Avançou na direção da terceira porta e girou a maçaneta. A fechadura emitiu um som metálico. A porta estava trancada.

— Droga! — exclamou a jornalista.

— Não sabe destravar portas? — perguntei-lhe em tom zombeteiro.

— Sou jornalista, não ladra! — replicou fazendo careta.

— É mesmo?

Ela se pôs a procurar no patamar, talvez esperando que a chave estivesse lá. Passou a mão por cima de um armário, deslizou os dedos sobre uma moldura que corria ao redor de todo o cômodo. Mas não encontrou nada. A chave estava em outro lugar. Provavelmente no bolso do padre.

Sophie praguejou. Depois me lançou um olhar impaciente:

— Arrombamos a porta?

Comecei a rir.

— Mas você é completamente doida? Acabou de dizer que não somos ladrões! Vamos, vamos embora!

Cedeu a contragosto e me seguiu na escada. Chegamos ao térreo e, enquanto eu me preparava para abrir a porta de entrada, Sophie me interpelou:

— Espere! Aquela pequena escrivaninha debaixo da escada. Não olhamos ali.

— Seja rápida — supliquei-lhe, voltando a deixar cair os ombros, exasperado.

Ela abriu o pequeno móvel e começou a vasculhá-lo.

— Tem uma carta do seu pai! — exclamou de repente.

Colocou o envelope no bolso, deu uma última olhada dentro do móvel e me alcançou diante da porta.

Inspirei profundamente.

— Bom, vamos agora? — perguntei, esperando que não houvesse ninguém do outro lado.

Ela fez que sim sorrindo.

Abri a porta e passei a cabeça para o lado de fora. O caminho estava livre. Fiz sinal a Sophie para que me seguisse, e corremos para o carro.

Já dentro dele, Sophie virou a cabeça para mim e deu uma gargalhada.

— Roubar um presbitério! — exclamei. — Estou com vergonha!

— Não exagere, Damien, só pegamos uma carta!

Virou a chave e, no mesmo instante, vimos aparecer a silhueta do padre no retrovisor.

Deslizei para o chão para desaparecer por trás do encosto do banco.

— Olhe ele aí! — murmurei.

Sophie tirou delicadamente o carro da vaga e se lançou na ruela.

— O que você não me leva a fazer! — reclamei endireitandome assim que deixamos a cidade.

— É excitante, não? E espere só, ainda não terminamos. Lembre-se de que hoje à noite vamos à casa do seu pai!

— Estou com medo!

Mas ela tinha razão. Era excitante. Muito mais do que eu poderia ter imaginado. Em todo caso, muito mais do que escrever roteiros para a televisão nova-iorquina.

Alguns minutos mais tarde, chegamos à sua casa, e ela se precipitou primeiro até a escrivaninha para abrir o envelope.

Antes de ler a carta, voltou-se para mim.

— Posso ler? Afinal de contas, é uma carta do seu pai. Talvez você queira...

— Não, não — interrompi. — Vamos! Leia em voz alta!

Alisou a folha à sua frente, aplainou-a sobre a escrivaninha e começou a ler:

"Padre,

agradeço-lhe por sua última carta.

Sou-lhe muito grato pela diligência e pela boa vontade com que se dedicou a esse caso. Graças ao senhor, felizmente pudemos concluir uma operação que nos satisfaz por completo. A casa é maravilhosa, e essa primeira estada em Gordes realmente me agradou, mais até, me encantou. Por mais que eu seja esse parisiense convicto que acreditava ser — porém, devo confessar-lhe que recentemente ele mudou —, pude encontrar em seu acolhedor vilarejo uma tranquilidade e uma serenidade que nunca serão marcadas pelo tédio.

Conforme prometido, eu o manterei informado a cada mínima descoberta. Baseio minhas pesquisas numa caderneta de anotações de Chagall que encontrei em Paris, num antiquário. Essa caderneta faz referência a documentos relativos a Dürer, que Chagall teria escondido nessa pequena casa. Sei que o senhor parece não acreditar muito nisso, mas, se o mestre do maravilhoso naïf, do sonho e das premonições lhe vendeu essa casa diretamente, e se o senhor nunca encontrou nada do gênero, talvez seja porque esses documentos continuam nas paredes. Em todo caso, as anotações afirmam que o pintor deixou todas essas coisas no local depois de partir. Como sou apaixonado pela obra e pela vida de Chagall, eis a razão para minha desculpa ideal para buscar um pouco de repouso (merecido) em Gordes!

Reitero minha promessa: manterei o senhor e o museu de Gordes informados a respeito de minhas futuras descobertas, e se de alguma maneira eu puder ajudá-lo na municipalidade ou em sua paróquia, ficarei absolutamente feliz.

Tenha, padre, a certeza de meu profundo respeito."

Sophie parou de ler, dobrou, e recolocou a carta no envelope.

— Interessante — disse simplesmente.

— Ele é um pouco condescendente demais, não? Parece até um dedicado paroquiano, quando na verdade jamais botou os pés numa missa!

Sophie levantou os olhos.

— Não é essa a questão! O que é interessante é que agora sabemos qual a relação entre Chagall e o segredo. Foi Chagall quem colocou seu pai na pista de Dürer.

— Sim, é espantoso.

— E foi por isso que comprou a casa.

— E, obviamente, encontrou o que estava procurando.

— O manuscrito de Dürer.

— O que não entendo é a atitude do padre. Meu pai parecia ter boas relações com ele...

— Sim, mas esta carta é anterior à descoberta do manuscrito de Dürer. Talvez as coisas tenham começado a se complicar quando seu pai encontrou alguma outra coisa.

— Provavelmente. Em todo caso, esse padre sabe muito mais do que quer dizer!

Nesse momento, o ícone do programa mIRC começou a piscar na parte inferior da tela e um bipe ressoou. A Esfinge estava de volta.

Sophie se precipitou para o teclado e abriu a janela de diálogo.

— *Hello, Haigormeyer. Recebeu meu arquivo?*

— *Sim. Amanhã vou dar sua foto a um amigo que trabalha no* Libé. *Mantenho-o informado. E você? Alguma novidade?*

— *Nossa, e como!*

— *??*

— *Fiz um pequeno tour num servidor estranho, abrigado no Vaticano. Esses cibercatólicos ainda têm muito o que aprender em matéria de segurança...*

— *Quem sabe você não acaba dando aula para eles?*

— *Por que não? No final dos anos 90 fui pego por uma bobagem. Eu ainda não tinha dezoito anos. A DST* me propôs um acordo: ou eu me apresentava ao juiz, ou dava aulas!*

---

* *Direction de la Surveillance du Territoire* (Direção da Vigilância do Território). (N. T.)

— *Incrível! E então?*

— *Aceitei ensinar alguns truques... Mas não se preocupe, não disse tudo a eles!*

— *Divertido... Então, e a Acta Fidei?*

— *Encontrei um servidor registrado em nome de uma sociedade que se chamaria Inadexa. Provavelmente uma sociedade de fachada. Mas o que é interessante é que os nomes de Acta Fidei e Opus Dei aparecem nela em vários documentos. Após diversas pesquisas sem grande importância, caí nos estatutos completos da Acta Fidei.*

— *Excelente!*

— *Sim, tanto mais que neles você encontrará o endereço da sua sede em Roma, Washington e Paris, onde estão instalados justamente com o nome fictício de Inadexa, e, rufo de tambores, uma lista exaustiva dos membros do escritório nos últimos cinco anos!*

— *Esfinge, você é um gênio!*

— *Espere, não é só isso. Tomei a liberdade de dar uma olhadinha nessa lista e, ao cruzar as referências, descobri algo interessante em relação aos membros do escritório da Acta Fidei.*

— *O quê?*

— *Dos quinze dignitários da organização listados nesse documento, oito fazem parte do Opus Dei e dois da Congregação para a Doutrina da Fé!*

— *Incrível!*

— *É mesmo! Você encontrou peixes grandes, minha cara... Posso lhe mandar o arquivo?*

— *Mas claro!*

— *OK. Mantenha-me informado, isso está começando a me interessar. Segue o documento.*

O download foi rápido. O texto não era muito grande. Sophie agradeceu à Esfinge e prometeu entrar em contado novamente no dia seguinte. O hacker se despediu de nós e desapareceu no limbo da rede.

Por certo, a jornalista e eu tivemos o reflexo de buscar, antes de mais nada, o nome de Giuseppe Azzaro na preciosa lista, mas infelizmente ele não estava lá.

— Teria sido fácil demais — suspirou Sophie.

Levantei-me e fui me sentar na beirada da cama.

— Não entendi muito bem o que seu amigo hacker disse a respeito dos membros da Acta Fidei...

— Ele disse que vários faziam parte tanto do Opus Dei quanto da Congregação para a Doutrina da Fé.

— Justamente, não sou especialista em religião! O que é essa congregação?

— Nada além da Inquisição, meu caro!

— Como assim, a Inquisição? — repliquei, com dúvida. — Ela não existe mais...

— Ah, existe sim! Mudou duas vezes de nome, só isso. Chamaram-na de Santo Ofício no início do século e, depois do Vaticano II, *o retorno*, deram-lhe esse nome ainda mais politicamente correto de *Congregação para a Doutrina da Fé*. Mas trata-se da mesma congregação pontifical.

— Está brincando?

— Nem um pouco — assegurou-me.

— Mas o que fazem? Caçam bruxas e cátaros? — ironizei.

— Não ria. Tive a oportunidade de estudar de perto a história da Inquisição e garanto a você que não há do que rir. Não imagina quantos judeus, protestantes, supostos hereges e livres-pensadores foram exterminados pela Igreja católica em nome da Santa Inquisição. Um cara como você não teria durado muito. Durante muitos séculos, homens, mulheres e crianças foram torturados, mutilados, empalados e queimados vivos. No século XIV, somente um inquisidor espanhol chamado Tomás de Torquemada foi responsável por nove mil mortes. E as tantas vítimas da

Inquisição eram conservadas pela Igreja. Hoje fazem parte de seu magnífico patrimônio...

— Sim, tudo bem, mas foi há muito tempo; depois, seja como for, a Igreja fez alguns progressos...

— Claro — admitiu —, mas o fato de a Igreja ter decidido conservar essa organização, que é a mais antiga das congregações da Cúria romana, ainda que com outro nome, eu pessoalmente não acho nada engraçado... Os historiadores estimam que as vítimas da Inquisição foram mais de cinco milhões ao longo da História...

— Que horror! Mas continuo sem entender para que ela serve hoje...

— Que eu me lembre, segundo sua última constituição datada, tem por dever "promover e proteger a doutrina e os costumes convenientes à fé em todo o mundo católico".

— E na prática?

— Publica textos sobre a doutrina católica. Nem sempre muito leves... Recentemente, por exemplo, sua declaração *Dominus Iesus* fez o maior alvoroço no mundo cristão. O cardeal Ratzinger escreveu que "assim como existe apenas um Cristo, também existe apenas um Corpo, uma única Esposa: uma única Igreja católica e apostólica".

— E então?

— Uma maneira muito elegante de mandar às favas o resto do mundo cristão, ao qual a Congregação não reconhece nem mesmo o estatuto de Igreja. A julgar pelo fato de que o Vaticano não é assim tão ecumênico quanto João Paulo II tenta mostrar ao organizar grandes reuniões bastante midiatizadas...

— E isso é tudo o que faz essa congregação?

— Não, ela também condena textos que julga inadequados à doutrina católica e às vezes até excomunga seus autores.

— Mesmo hoje em dia?

— Claro. A última excomunhão de que me lembro data de 1998. Tratava-se de um teólogo jesuíta do Sri Lanka. Ironia do destino, os primeiros inquisidores eram jesuítas...

— Estou um pouco surpreso — confessei.

— Você é praticante?

— Como assim?

— Estou perguntando se você acredita em Deus.

Fiz uma careta de hesitação.

— Não sei muito bem... Meus pais eram católicos, fui criado nesse meio. Meu pai nunca ia à igreja, mas minha mãe era bastante religiosa...

— Sim, mas e você?

— Francamente, não sei. Depois de certo tempo, eu já estava um pouco cheio de acompanhá-la. Depois ela morreu. Não me faço essa pergunta, é mais prático.

— Ah, sim, é prático!

— Acho que há muitos como eu. E você, é praticante?

— Não — respondeu logo. — Atéia roxa.

— Roxa? Ah. Porque dá para ser um pouco atéia ou atéia roxa?

— Digamos que quanto mais pesquisas faço sobre as religiões, mais elas me desagradam.

— O que lhe desagrada é Deus ou as religiões?

— Mais as religiões, é verdade...

— Olhe, talvez seja melhor assim para uma jornalista especializada no assunto. Pelo menos, você não tomou partido de nenhuma delas...

— Detesto todas...

— Bom, nesse caso, você não deve ser tão objetiva assim...

Ela sorriu.

— Espero não chocá-lo demais com essas histórias sobre a Igreja — retomou com um ar interrogador.

— Que nada, encontrei na vida um ou dois padres extraordinários, mas nunca me deixei iludir pela exemplaridade das finanças do Vaticano.

Deu de ombros. Entendi em seu olhar o que ela estava querendo dizer. As falcatruas financeiras da Igreja moderna não chegam aos pés do que foi feito no passado... Lembrei-me então de uma frase que meu amigo Chevalier me dissera anos antes: "As seitas de hoje serão as Igrejas de amanhã. Em breve, os cientologistas e outros crápulas da mesma espécie terão adquirido uma reputação respeitável, e as multidões terão esquecido seus crimes, como tentamos esquecer aqueles das grandes religiões atuais, que, no entanto, outrora causaram tantas mortes..." Ao que sua mulher, que era muito mais religiosa e praticante do que nós, respondera que a Igreja também havia salvado muitas pessoas... Mas quantos será preciso salvar para desculpar as mortes?

— Ouça — retomou —, tudo o que podemos concluir por enquanto é que, se os membros da Acta Fidei fazem parte seja do Opus Dei, seja da Congregação, trata-se de ativistas da fé extremamente... motivados, isso é tudo.

— Em suma, gente que não brinca em serviço...

— De fato, no que se refere à Congregação, não é mesmo do tipo de brincar em serviço. E, quanto ao Opus Dei, como eu lhe dizia há pouco, realmente não estão pra brincadeira...

— Resumindo, você está me dizendo que há um cara em Roma que é tanto um descendente dos inquisidores quanto uma espécie de supersanto mafioso e que tem o número do meu celular? Uau! Socorro!

Sophie levantou as sobrancelhas.

— Não é mesmo muito tranquilizador. Mas o que nos prova que o cara que ligou para você realmente faz parte da Acta Fidei? O nome dele não aparece nos documentos...

— Seu nome? O que sabemos do seu nome? Certamente ele não me deu seu verdadeiro nome...

— Sim, mas mesmo que seja realmente um membro da Acta Fidei, o que nos prova que aja como tal?

— Grosso modo, não sabemos de nada — tive de concluir.

— Grosso modo — retificou —, tudo o que sabemos é que há uma relação entre o segredo do seu pai, o Bilderberg e um eventual membro da Acta Fidei.

— É pouco...

— É um começo.

Suspirei.

— Só nos resta esperar que haja um pouco mais de indícios no porão...

— Pois é, justamente — replicou Sophie ao se levantar —, vamos preparar nosso arsenal do perfeito ladrão e...

Segui-a maquinalmente, mas todo o meu espírito ainda estava preocupado com as sucessivas revelações pouco tranquilizadoras que nos reservava o segredo do meu pai. Eu me perguntava se simplesmente não seria melhor entregarmos tudo aquilo à polícia. E provavelmente é o que eu teria feito se não houvesse a Sophie...

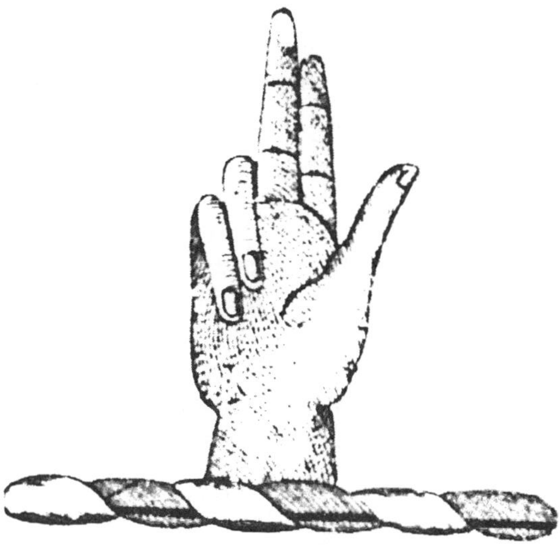

Capítulo Cinco

Quando realmente nos demos conta do grau de imprudência da nossa excursão, já era tarde demais para dar meia-volta. Estávamos ridículos com nossas mochilas e lanternas de bolso em meio a uma das ruas mais estreitas da cidade, mas tínhamos tanta pressa em descobrir mais sobre meu pai que nos esforçávamos para não pensar no assunto.

Eram quase duas da manhã quando chegamos diante do portão de ferro do jardim. Havíamos deixado o carro três ruas mais adiante e aguardado que todas as janelas da vizinhança se apagassem, esperando que os vizinhos tivessem o sono suficientemente profundo para não ouvir os ridículos ladrões que éramos. A carreira de Sophie provavelmente a preparou melhor para esse tipo de coisa, mas, para mim, contando a excursão na casa do padre, aquele era apenas meu segundo assalto! Seja como for, o fato de eu ter guardado uma cópia das chaves simplificava a tarefa.

Quase não havia estrelas no céu, e estava tão escuro que tive dificuldade em encontrar a fechadura do portão. Sophie fez sinal para que eu me apressasse. Um carro se aproximava. Atrapalhei-me um pouco com as chaves e consegui abrir o portão pouco antes que os faróis do carro nos iluminassem. Voltei a fechar o portão atrás de Sophie, e nos abaixamos enquanto o veículo passava. Durante um breve instante, perguntei-me se ele não ia parar na frente da casa, mas o carro continuou e desapareceu no final da rua. Dei um suspiro de alívio e avançamos lentamente em direção à porta, tentando não fazer barulho no chão de cascalho.

— Somos mesmo uns loucos! — cochichei inclinando-me para Sophie.

Ela me fez sinal para ficar calado e me empurrou para a porta. Tirei o lacre da polícia, uma simples fita plástica, abri a fechadura e finalmente entramos na casa.

— Precisamos tentar manter o feixe de luz das lanternas virado para o chão — murmurou Sophie.

— Certo, chefa.

A casa ainda estava tomada pelo calor do incêndio, e nela reinava um cheiro muito forte de queimado.

Dirigi-me para a porta que dava para a escada do porão. No mesmo instante, o celular tocou em meu bolso, e Sophie e eu tivemos um sobressalto.

— Merda!!! — exclamei tentando pegá-lo o mais rápido possível.

Reconheci o número de Chevalier e atendi fechando os olhos.

— Alô?

Era mesmo François. Tive um reflexo um pouco estranho de me agachar, como se isso pudesse me proteger mais...

— É... François? Não posso falar muito alto — sussurrei. — Consegue me ouvir?

— Sim, sim — assegurou-me.

Sophie pareceu mais tranquila. Fez sinal para que eu desligasse minha lanterna de bolso e veio sentar-se ao meu lado.

— Você viu que horas são? — retomei.

— Vi, sinto muito, mas achei que você não se deitasse muito cedo, com todas essas suas histórias. E depois, se estivesse deitado, certamente estaria com o celular... Na verdade, pensei em deixar uma mensagem... Estou incomodando?

— Sim, quer dizer, não, não exatamente... Tem alguma novidade?

Ouvi que ele suspirava. Franzi as sobrancelhas.

— O que foi? — insisti, tentando não elevar o tom de voz.

— Digamos que caí numa estranha coincidência a respeito do Bilderberg.

— Como assim? — pressionei-o.

— Aparentemente, acaba de haver uma espécie de cisma entre os membros... Há apenas quinze dias. Um cisma bem grande. Grosso modo, uma das duas facções fugiu com o caixa. Foi um alvoroço monstruoso. E deram a entender que minhas perguntas não eram bem-vindas. Aliás, nem um pouco bem-vindas. Esses caras não são de brincadeira. Não sei onde você foi meter o nariz, mas essa história fede!

— Achei que eram apenas pessoas que faziam conferências...

— Eu também achava. Talvez até eles achem isso. Mas parte deles parece ter perdido a cabeça. Não consigo saber até que ponto nem por que motivo. Tudo o que sei é que meu... informante utilizou o termo "muito perigoso" e me pediu que esquecesse tudo. Isso até me dá vontade de investigar mais de perto, mas também me dá vontade de preveni-lo, Damien...

— Sei...

— Não, você não sabe de nada! Não estou brincando! Se o cara com quem falei ao telefone usou a palavra "perigoso" é porque realmente é *muito* perigoso...

— OK, OK, já entendi. De todo modo, acho que já deu para eu ter uma ideia...

— Damien, seria mais prudente você vir a Paris para conversarmos. Temos de avisar os tiras...

— Não! — protestei e, desta vez, já não murmurava. — Não, você não vai falar disso a ninguém, François, a *ninguém*, está me ouvindo? Se daqui a uma semana eu não tiver mais nenhuma informação a respeito, então pensaremos em prevenir as autoridades, mas, enquanto isso, prometa que não vai dizer nada! OK?

Ele suspirou.

— Você tem minha palavra. Acho isso totalmente insensato, mas você tem minha palavra.

— Tenho minhas razões, meu velho. Confie em mim. Também fiquei sabendo de umas coisas sobre eles. Mas esses que provocaram o cisma, você sabe quem são?

— Evidentemente não tenho essa informação, Damien. Mas, como vê, você está mexendo em casa de marimbondo. Sendo assim, um bom conselho é que você seja prudente — concluiu antes de desligar.

Sophie apertou meu ombro.

— Você ouviu? — perguntei-lhe.

— Mais ou menos.

— Então, o que fazemos?

— Para começar, vamos entrar nesse porão, certo?

Aceitei e passei à sua frente. Já não havia escada para descer. Desloquei o feixe de luz da minha lanterna para o interior do cômodo. Estava tudo escuro, havia destroços e cinzas por toda parte. Agachei com as costas voltadas para a abertura e deslizei no vazio para descer.

— Cuidado!

Sophie segurou meu braço e, com a outra mão, iluminou o chão embaixo de mim para que eu pudesse ver onde ia colocar os pés. Felizmente, a altura não era tanta. Pulei no porão.

— Que calor faz aqui dentro! — exclamei enxugando as mãos.

— Vou descer também — sussurrou Sophie.

— Não, fique aí em cima, vai me ajudar a subir. É inútil que venha passar calor aqui comigo. Me dê as luvas.

Ela abriu sua mochila e me estendeu as luvas de jardinagem que havíamos trazido e que, segundo esperávamos, deviam permitir que não nos queimássemos.

O bombeiro não mentira. As chamas consumiram quase tudo. Ao final de alguns minutos, entendi que era inútil procurar por muito tempo. Todavia, encontrei três objetos que sobreviveram, num estado bastante bom para que eu pudesse levá-los. O primeiro eram os restos de uma caderneta de anotações, milagrosa e parcialmente poupada, talvez porque tivesse uma espessa capa de couro. Os outros dois eram os quadros de Dürer e de Da Vinci. O vidro estava completamente escurecido, mas, aparentemente, tinha protegido ambas as reproduções. Havia pedaços de papel aqui e acolá, mas não tive coragem de pegar essas migalhas que provavelmente não conseguiríamos decifrar. E devo confessar que tinha bastante pressa em deixar a casa. Coloquei delicadamente as três relíquias em minha mochila e decidi subir de volta ao térreo.

— Acho que não encontraremos nada melhor — expliquei a Sophie ao levantar os braços.

— Já é alguma coisa... Ainda que eu não veja muito bem para que os dois quadros poderão nos servir...

— Parece que havia anotações do meu pai na gravura. Daqui não consigo enxergar, mas veremos melhor na sua casa.

Ela me ajudou a subir. Saímos do imóvel em silêncio, recolocando cuidadosamente o lacre da polícia na porta, e caminhamos a passos rápidos até o carro. Ninguém parece ter-nos visto, e dei um longo suspiro de alívio quando finalmente Sophie deu a partida no Audi.

A noite escura pesava sobre as ruelas de Gordes. Halos de luz amarela inchavam com dificuldade em torno dos postes, como bolhas de ar num aquário gigante. Toda a cidade estava adormecida. O carro se insinuou nas vielas asfaltadas até a grande descida que conduzia ao vale escuro.

Quando finalmente chegamos diante de sua casa, vi o rosto de Sophie crispar-se. Ela freou bruscamente e apagou os faróis do Audi.

— O que você está fazendo? — perguntei-lhe surpreso.

— Tem um carro no meu jardim!

Inclinei a cabeça. A casa estava a poucos metros. Os ramos da árvore escondiam a fachada. Avancei mais um pouco em meu banco e também vi o veículo estacionado na frente da casa. Não consegui distinguir a placa, mas tinha quase certeza: era a longa *berline* preta dos meus dois agressores.

— Os corvos!

— Merda! — gritei batendo no painel. — Merda, merda! O que vamos fazer?

Sophie havia parado o Audi bem na frente da porteira que fechava a propriedade. O silêncio que se instalou pareceu durar uma eternidade.

A porta da casa se abriu, e um homem alto, vestido com uma longa capa preta, surgiu no patamar.

Sophie logo engatou a marcha a ré e fez o carro recuar até a rua. Os pneus derraparam na terra.

O homem se precipitou na direção da *berline*. Um segundo corvo saiu da casa. De repente, houve um forte estampido, seguido de um barulho metálico, e levei um bom segundo para me dar conta de que estavam atirando em nós. O segundo homem corria em nossa direção, com o braço esticado à sua frente, e logo outra deflagração ressoou, precedida de um grande flash branco. A bala estourou o retrovisor direito.

— Merda! — repeti estupidamente, abaixando-me por trás do painel.

Sophie voltou a acender os faróis e pisou fundo no acelerador. O Audi partiu como um furacão, cantando pneus. Já bem longe do centro da cidade, não havia nenhum poste de iluminação, e mal conseguíamos distinguir a beira da estrada. Uma estrada sinuosa. Perigosa. Onde meu próprio pai havia encontrado a morte. Um arrepio de angústia percorreu minha coluna. Fechei os olhos e tentei espantar essa imagem. A imagem do meu pai inanimado no metal retorcido. Seu corpo ensanguentado.

Sophie girava o volante com manobras rápidas para evitar o precipício. O carro não parava de derrapar, como se fôssemos perder a estrada, mas eu sabia que ela provavelmente se sairia melhor do que eu. Pelo que eu havia entendido, ela amava velocidade e, em todo caso, conhecia bem o próprio carro. Agarrando-me ao encosto do assento, voltei-me para ver nossos perseguidores. A longa *berline* acabava de ultrapassar a porteira e se lançava na estrada atrás de nós.

— Segure-se! — gritou Sophie, pouco antes de fazer uma curva fechada à esquerda.

Fui lançado contra a porta, batendo violentamente o braço. Na saída da curva, voltei rapidamente para o assento e prendi o cinto de segurança fazendo careta. No mesmo instante, houve novo disparo. Depois outro. Um estampido seco e metálico seguira as duas detonações. As balas se incrustaram na lataria.

Lancei um olhar a Sophie ao meu lado. Com os lábios contraídos, as sobrancelhas franzidas, ela tentava dirigir o mais rápido possível, acelerando tanto quanto a visibilidade lhe permitia. O Audi era sacudido ao ritmo das acelerações violentas. Eu estava aterrorizado. Não via saída possível. Eles acabariam por nos alcançar naquela longa estrada escura.

Os faróis da *berline* aumentavam no retrovisor interno. Verifiquei o velocímetro. Sophie andava a quase cem por hora. Na noite escura. Numa pequena estrada sinuosa, rodeada de declives abruptos. O menor erro seria fatal. E nossos perseguidores se aproximavam.

— É mais fácil para eles, estão aproveitando nossos faróis! — resmungou Sophie, que também olhou no retrovisor.

— Por acaso você deixou sua arma no porta-luvas? — perguntei.

— Não, tenho uma em casa e outra em Paris.

— *Que ótimo*!

Outra curva à direita. Ainda mais fechada. Agarrei a alça em cima do meu assento e decidi não largá-la mais. Na saída da curva, Sophie voltou a acelerar, mas a *berline* continuava avançando.

— Estão se aproximando!

Ela aquiesceu.

— Ele não está atirando mais — acrescentou. — A munição deve ter acabado.

— Sim, mas vão nos empurrar para o precipício! — murmurei.

Sophie apagou os faróis. Já não se via a estrada. Praguejou e os acendeu logo em seguida.

— Não tem jeito!

Nesse instante, a *berline* bateu em nossa traseira. O Audi saltou para frente e continuou sendo empurrado. Bati com a cabeça no encosto. Sophie recuperou a direção. Fez um desvio para a esquerda para evitar um guardrail. Estávamos passando sobre uma ponte. A *berline* freou atrás de nós, evitando por pouco a cancela. Vi seus faróis ziguezaguearem. Um breve instante de descanso. Depois nos alcançaram novamente. Tentaram se colocar do nosso lado, para nos fazer capotar. Sophie jogou violentamente o volante para a direita e para a esquerda. Em alguns momentos, chegamos a sair de leve da estrada, e o carro foi sacudido por montículos das beiradas de terra.

A *berline* conseguiu enfim passar para o lado direito. Pude ver o rosto do condutor, bem do meu lado. Cabelos pretos, curtos, cerca de quarenta anos, mandíbula larga, queixo duro. Um autêntico matador de aluguel. Um corvo.

O barulho das latarias se encostando, o pânico, a velocidade, tudo se misturava. Sophie virou à direita e bateu na *berline*. Houve um grande feixe de faíscas, e minha porta afundou de um só golpe. Mas a *berline* era mais pesada e lentamente nos empurrou de novo para a beira da estrada.

Ramos de vegetação começaram a bater no para-brisa diante de Sophie. Logo íamos cair no precipício. Gritando, agarrei o painel com as duas mãos.

Poucos centímetros antes que nossas rodas ficassem sem chão, quando o carro era sacudido pela aspereza do talude, fomos salvos por uma curva providencial à esquerda. Sophie virou no último segundo, e a longa *berline* emparelhada conosco não pôde virar rápido o suficiente.

Houve um ruído estridente de pneus no asfalto, depois o carro se enfiou numa árvore numa pancada ensurdecedora. Sophie recolocou o Audi no meio da estrada, e me endireitei bem a tempo de ver a explosão escarlate alguns metros atrás de nós. Permaneci assim por longos segundos, com os olhos arregalados, incrédulo.

— Puta que pariiiuuu! — soltei enfim, deixando-me cair no assento.

Sophie manteve os olhos fixos na estrada. Ainda dirigia em alta velocidade, como se a perseguição não tivesse terminado.

— Acabou, Sophie, vai mais devagar.

Deu um longo suspiro e desacelerou. Lançou um olhar nos retrovisores. As chamas se distanciavam atrás de nós.

— Quem você acha que eram? — perguntou. — Bilderberg ou Acta Fidei?

— Não sei, mas aposto que são os caras que jogaram meu pai no precipício.

Fechou os olhos para concordar. Ficamos em silêncio um longo momento, cada um perdido em seus pensamentos e medos. O carro entrou na cidadezinha de Cabrières.

— Vamos parar? — perguntou.

— Não sei.

Eu realmente não estava conseguindo refletir. Minhas mãos tremiam. As de Sophie ainda estavam coladas no volante.

Lentamente, estacionou no acostamento. Estávamos bem no centro da cidade, à sombra das grandes árvores que ladeavam uma mureta de pedras cinza.

O barulho do motor ressoava na rua. Mas eu ainda ouvia os batimentos do meu coração. Engoli a saliva.

— Vamos direto para Paris — decidiu calmamente, sem tirar os olhos da pista.

— Como?

— Vamos voltar! — repetiu.

— E suas anotações?

— Está tudo no meu laptop, no porta-malas.

— E o meu computador! — exclamei. — Deixamos em casa!

Ela deu de ombros.

— Meus roteiros! — protestei.

— Peça de manhã a seu agente que os envie de novo para você por e-mail!

— E minha moto? — continuei com um tom cada vez mais desesperado.

Lentamente, um sorriso se desenhou nos lábios dela.

— Não tem graça nenhuma! — protestei. — Aliás, se tivéssemos pegado minha moto, teríamos escapado deles com muito mais facilidade!

Deu uma gargalhada. E logo me juntei a ela. A tensão desfez-se de repente. Eu estava quase com vontade de gritar.

— É só você pagar para alguém vir buscá-la.

Dei um suspiro.

— Sophie, não sei como vamos sair dessa merda! Os dois caras que nos seguiram devem estar mortos, sua casa está escancarada, demos no pé sem avisar; em suma, até um cego veria que estamos envolvidos! Os investigadores virão atrás da gente.

— Cada coisa em seu tempo. Por enquanto estamos tentando escapar com vida, certo? Depois a gente cuida dos tiras. Além do mais, talvez seja até bom não ficarmos por aqui. Como você mesmo disse, eles virão atrás da gente, e precisamos refletir.

— Sophie, estamos na merda! — insisti.

— Melhor estar na merda do que no túmulo. Esses caras tinham a intenção de nos matar!

Ela retomou o volante e partiu com o carro.

Afundei no assento, levando as mãos às têmporas. Seja como for, ela tinha razão. Não tínhamos outra escolha. Mas era duro aceitar.

Massageei a nuca, depois olhei para Sophie ao meu lado. A mulher que acabara de salvar minha vida. Gotas de suor escorriam por suas têmporas, mas ela estava bonita, simplesmente bonita à luz do painel do carro.

— Obrigado — murmurei.

Ela sorriu e segurou minha mão na sua, apenas por alguns segundos. Senti-me tão vulnerável!

— Onde você aprendeu a dirigir desse jeito?

Ela virou a cabeça e me fitou diretamente nos olhos.

— No Líbano. Outra hora te conto.

Depois, voltou a olhar para a estrada.

— Tem certeza de que quer ir direto a Paris? São quase três da manhã. Seu carro está detonado. São mais de oito horas de estrada... Vai aguentar?

— Vamos nos revezando na direção, tomamos um café. E meu carro já viu coisas piores.

Observei-a arregalando os olhos. Sophie sempre com uma resposta para tudo. Às vezes eu tinha a impressão de que ela me considerava um garoto. De resto, certamente não estava nem um pouco errada. Em todo caso, enfrentava as situações bem melhor do que eu.

— Tem som neste carro?

Ela me indicou o porta-luvas. Encontrei a frente de um rádio e alguns CDs.

— Supertramp, Led Zeppelin, Barbara... Grease — enunciei. — Não tem grande coisa, mas, pelo menos, é eclético. Confesso que estou precisando de música. Vamos de Led?

— Tem certeza?!? — zombou.

— Ei, são *seus* CDs!

— E daí? Tenho o direito de achar engraçado que você escolha este em particular — insistiu.

— Por que é engraçado?

— Porque você tem bem cara de quem ouve Led Zeppelin. Aposto que tem a coleção completa do Deep Purple, do Black Sabbath, do Rainbow...

Fiz uma careta.

— Não, me falta um Black Sabbath... Isso incomoda você? — perguntei um pouco ofendido.

— Nem um pouco. Prova disso é que tenho um CD do Led Zep no meu carro! Mas digamos que o clichê Harley Davidson e rock pesado é uma bela cena, não?

— Não escuto *só* rock pesado! — defendi-me. — Adoro Genesis e Pink Floyd... Higelin, Brassens... Tenho um gosto bastante variado!

— E bem *moderno*! — zombou.

— Pode falar o quanto quiser! O CD mais recente no seu carro é do Supertramp!

— É verdade... Ah, pertencemos a uma geração bem triste, não é? Mas tenho coisas mais modernas na minha mala que ficou em Gordes.

— Nem pensar!

— Bom, vá em frente, coloque o Zeppelin para nós... — concluiu ao ligar o rádio.

O horizonte sombrio de Vaucluse distanciou-se ao ritmo das guitarras de Jimmy Page, e, após alguns trechos, ao apoiar a cabeça contra o vidro e deixar meu olhar se perder na paisagem noturna, meus olhos embaciaram-se de lágrimas. Virei ainda mais a cabeça para que Sophie não me visse. Era a segunda vez em dois dias que eu chorava, e decidi responsabilizar o estresse e o cansaço por isso, embora, no fundo, eu soubesse que uma perturbação mais profunda estava ocorrendo. Talvez eu finalmente devesse enterrar muito mais do que meu pai...

Quando Robert Plant terminou a última canção do CD com sua voz vibrante e aguda, já estávamos na rodovia. Tive de lutar para ficar acordado. Foi uma noite estranha, da qual só me lembro parcialmente, talvez por ter adormecido várias vezes. Hoje as lembranças dos postos de gasolina, dos pedágios e das máquinas de café se misturam na minha cabeça. O olhar das pessoas, o carro desconjuntado, nossos rostos desnorteados... Quando esgotamos nossa reserva de CDs, Sophie decidiu sintonizar o rádio na estação FIP, o que aumentou ainda mais essa impressão de irrealidade. As músicas programadas durante a noite nessa rádio têm algo de estranho. O sono, os faróis em sentido contrário e a fumaça dos cigarros de Sophie deixavam meus olhos ardidos. Nossas conversas eram entrecortadas por longos silêncios. Cada um de nós pegou o volante duas vezes alternadamente, mas me mostrei totalmente incapaz de dirigir tão rápido quanto ela.

O sol já se levantara havia tempo quando chegamos a Paris. A fumaça branca dos grandes incineradores de Ivry, o fluxo incessante da periferia, as ameias enevoadas das fileiras de imóveis, os telhados azulados e em cascata, os outdoors, os grafites, as ferrovias na parte de baixo. Um acolhimento na boa e devida forma. Depois, cortando a cidade como duas grandes benevolentes irmãs, Eiffel e Montparnasse, do outro lado, pareciam tremer à luz matinal. Sempre de pé.

Sophie bateu no meu ombro para me tirar do torpor.

— Tem preferência por algum hotel? — perguntou-me. — Eu ia propor a você ficar na minha casa, mas me pergunto se é prudente.

Eu tinha dormido tanto que sua pergunta fez muitos desvios até chegar a meu cérebro.

— Bem, alguma preferência? Não. Um hotel onde a gente possa dormir de manhã...

Ela sorriu.

— Conheço um hotel tranquilo e agradável no VII *arrondissement*, mas é um pouco caro.

Virei os olhos para ela.

— Sophie, dinheiro não é problema.

Ela deu uma gargalhada.

— Então podemos pegar dois quartos separados?

Franzi as sobrancelhas.

— Se quiser...

— Brincadeira! — disse colocando a mão sobre meu ombro.

Eu não sabia se sua brincadeira se baseava no preço que custariam dois quartos separados ou no fato de que podíamos ficar no mesmo quarto, e recusei-me a tentar entender. De todo modo, Sophie se divertia comigo desde o dia em que tive a infelicidade de achar sua homossexualidade atraente, e eu estava prevenido.

Entramos no engarrafamento da manhã parisiense e pouco mais de uma hora depois dormíamos lado a lado, em duas camas iguais no último andar do hotel Le Tourville, tentando esquecer a morte que quase encontramos nas estradas da Provence.

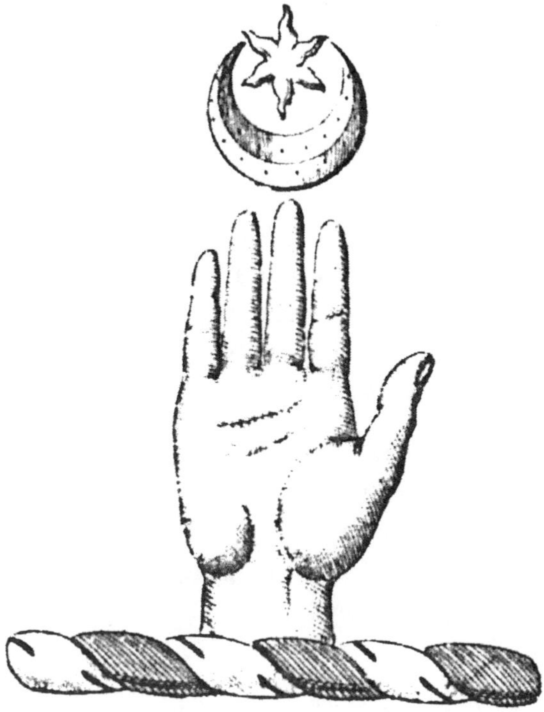

Capítulo Seis

Quando acordei no meio da tarde, Sophie estava sentada do outro lado do quarto, debruçada sobre uma mesinha de madeira. O sol desenhava grandes raios brancos através das cortinas claras. Atrás delas, ouvia-se o barulho distante das ruas parisienses. Era um quarto grande e luxuoso, cor de areia, com móveis escuros e tecidos ocre. Por toda parte onde meu olhar pousava surgiam flores: nos vasos, nas mesas, ao longo das cortinas... As coisas da Sophie e as minhas estavam negligentemente no chão, ao lado das camas. Não havíamos tido tempo de arrumá-las quando chegamos de madrugada. Ergui-me até a cabeceira da cama e sentei-me contra a parede.

Sophie virou lentamente a cabeça para mim. Em sua frente, vi a caderneta de anotações do meu pai e os dois quadros.

— Venha! — convidou-me ao ver que eu havia acordado.

Espreguicei-me resmungando, ofuscado pelos raios de luz. Minhas costas doíam muito.

— Estou faminto! — reclamei.

— Venha ver, Damien! Seu pai havia escondido o manuscrito completo de Dürer atrás da gravura *Melancolia*. Extraordinário!

O manuscrito de Dürer. Meu pai. Tudo me voltava como a lembrança de um horrível pesadelo. Sentei-me na beira da cama, bocejando. Lancei um olhar para o despertador do criado-mudo. Quatro da tarde.

— Permite ao menos que eu tome uma ducha? — ironizei.

— Como quiser! Tem um sanduíche para você no frigobar. Seu celular não parou de tocar a manhã toda — acrescentou antes de voltar a mergulhar no estudo do documento à sua frente.

— Ah, é? — espantei-me. — Não ouvi nada.

— Tomei a liberdade de ativar o silencioso e colocá-lo para vibrar.

— Você viu quem chamava?

— Não todas as vezes. Mas quase sempre era o Dave não sei o quê, seu agente, e um número do interior. Fiquei me perguntando quem poderia ser, verifiquei na internet, e eram nossos amigos da polícia...

Ela levantou a cabeça para mim e deu um largo sorriso.

— Merda! — exclamei, jogando-me de novo na cama.

Os tiras já estavam atrás de nós, e Dave devia estar à beira da histeria do outro lado do Atlântico. Não apenas eu não havia corrigido nenhum dos roteiros, como também já não os tinha comigo... Meu computador ficara em Gordes.

— Sabia que estamos no bairro onde cresci? — perguntei.

— Sim. E daí?

— Não, nada. É que isso não me traz necessariamente boas lembranças, só isso. A vantagem é que conheço bem as redondezas... Bom — retomei ao me levantar —, vou ao banheiro.

Após uma longa ducha e um sanduíche mais gostoso do que eu esperava, fui me instalar ao lado de Sophie, entre duas portas-balcão que davam para um pequeno terraço particular, e ela me contou, toda empolgada, o que havia descoberto:

— Olhe, é o manuscrito original!

Peguei delicadamente o manuscrito. Não era muito pesado e parecia bastante frágil. Notei que tinha quase meio milênio. Quantas coincidências sucessivas permitiram àquelas poucas folhas atravessar os séculos para chegar justo a mim? Quase tremi à ideia de possuir essa obra única, como se ela nos ligasse através do tempo a seu autor desaparecido.

O velino estava rachado, e nele havia muitos vestígios de umidade. O manuscrito continha cerca de trinta páginas, unicamente frontais, com uma escrita clara, mas velada em alguns lugares. Não possuía nenhuma iluminura, mas desenhos nas margens, traçados com tinta vermelha. Virei algumas páginas, ouvi o ruído do papel. Pelo que pude julgar, parecia realmente autêntico.

— Isso não é tudo. No verso da *Gioconda* há uma referência. Está escrita ao contrário, portanto, suponho que tenha sido obra do seu pai.

— Ou de Leonardo da Vinci — ironizei.

— Muito estranho. Pesquisei na internet e se trata da referência a um microfilme da Biblioteca Nacional.

— Este hotel tem acesso à internet? — espantei-me.

— Claro! Pare de me interromper! Temos que ir à Biblioteca Nacional para ver que microfilme é esse. Quanto ao manuscrito de Dürer, ele é... Como posso dizer? Instrutivo! Não entendo tudo, precisamos urgentemente encontrar um dicionário alemão-francês!

Ela estava completamente agitada, e eu achava isso encantador e enervante ao mesmo tempo. Sobretudo, eu tinha dificuldade em perceber que esse manuscrito de várias páginas havia sido redigido no século XVI por um pintor alemão...

— Por enquanto — continuou —, o que entendi é que Leonardo da Vinci havia descoberto o mistério da pedra de Iorden, e que esse mistério teria sido confiado a Dürer, que de certo modo se referia a ele em sua gravura *Melancolia*. Está me acompanhando?

— Parcialmente...

— A parte que estou decifrando fala de uma mensagem que Jesus teria legado à humanidade... Não entendi tudo, mas é apaixonante!

— Achei que você fosse ateia...

— O que uma coisa tem a ver com a outra?

— Se você é ateia, o que numa mensagem de Jesus pode interessar a você?

— Não é porque não acredito em Deus que questiono a existência de Jesus! Aliás, tenho certeza de que era um cara extraordinário. Não precisava que fizéssemos dele o filho de Deus para que suas palavras, por mais deformadas que sejam atualmente, tenham uma importância filosófica real.

— Se você está dizendo... O que mais descobriu? — pressionei-a ao examinar o manuscrito por trás de seu ombro.

— Escute, Damien, me dê um dicionário e algumas horas que lhe direi mais.

— E sobre a *Gioconda*?

— Ah, sim, a *Gioconda*! Olhe — disse-me mostrando o quadro em lamentável estado. — Não percebe nada?

— Bom, está meio chamuscado? — brinquei.

— Olhe bem! Há leves marcas de lápis por toda parte. Pequenos círculos. Eu os contei. São cerca de trinta pequenos círculos espalhados aqui e ali pelo quadro.

Aproximei-me e, de fato, vi os traços que pareciam ter sido feitos com um compasso.

— Que estranho — disse coçando as bochechas.

— É o mínimo que se pode dizer. Não sei o que fazer com isso, mas tenho certeza de que não foram traçados por acaso. Seu pai estava procurando alguma coisa na *Gioconda*.

— Você teve tempo de dar uma olhada nas anotações do meu pai?

— Sim, mas estão abreviadas, não estão muito claras. Acho que será mais fácil decifrá-las depois que eu traduzir o documento de Dürer, pois as anotações do seu pai fazem muitas referências a ele.

— Bom, então você tem muito do que se ocupar! O que fazemos com os investigadores?

— Por enquanto, não sabem onde estamos.

— É o que me preocupa! Vou ligar para eles.

— Está louco? Não, primeiro vamos resolver esse enigma, depois contamos tudo aos tiras.

— Você é que está louca! Não estou a fim de acabar na prisão!

Peguei meu celular e digitei o número da delegacia de Gordes. Sophie tirou imediatamente o telefone das minhas mãos e desligou.

— Quarenta e oito horas. Vamos nos dar 48 horas. Se daqui até lá não tivermos resolvido nada, então ligamos para os tiras. Afinal de contas, não temos nenhuma culpa no cartório! Se ligarmos para eles agora, você pode dar adeus ao segredo do seu pai.

Dei um longo suspiro. Ela estava completamente eletrizada, e eu, mais para aterrorizado.

— O investigador pediu expressamente que eu o avisasse se deixasse Gordes.

Sophie meneou a cabeça com um ar desesperado e me estendeu o celular com despeito.

— Você é um zero à esquerda!

Peguei de volta meu telefone e digitei novamente o número da delegacia. Sophie tinha razão. Eu era um zero à esquerda. Mas não conseguia lutar contra isso.

— Senhor Louvel? — gritou o tira do outro lado da linha. — Eu lhe disse para não deixar Gordes!

— Sinto muito, mas não gosto de ficar numa cidade onde atiram em mim! — repliquei. — Estou em Paris, e enquanto o senhor não prender os caras que me agrediram duas vezes no seu belo vilarejo, não vai me rever tão cedo!

— Dificilmente vou conseguir prender dois cadáveres carbonizados! E no que se refere a prender alguém, o senhor está no topo da minha lista, Louvel! Pedi ao procurador para divulgar sua identidade no arquivo nacional...

Fiz uma careta.

— O senhor identificou os caras? — arrisquei baixando o tom de voz.

— Senhor Louvel, sinto muito, mas peço que se apresente na delegacia mais próxima e...

Desliguei logo em seguida, sem ouvir o restante.

Sophie me encarou.

— Parabéns — ironizou.

— Você tinha razão — admiti franzindo as sobrancelhas. — Quarenta e oito horas.

Ela sorriu.

— E seu agente?

Hesitei por um instante, desliguei o telefone, abri-o e tirei o chip de dentro dele.

— Quarenta e oito horas — repeti colocando o chip no bolso.

Ela aprovou.

— Trate de arrumar um chip provisório. É capaz de você precisar de um telefone!

— Tudo bem. Também vou procurar um dicionário e, enquanto você fica quietinha fazendo sua tradução, vou dar uma olhada na sede parisiense da Acta Fidei, na Inadexa.

Ela se virou bruscamente para mim.

— Você está louco?

— Nem um pouco.

— É perigoso demais!

— É uma organização oficial, não é? Um dos seus membros me telefonou. Simplesmente vou perguntar quem foi.

— Uma organização oficial, instalada em Paris com o nome de uma sociedade de fachada... Não, não estou segura de que seja uma boa ideia...

— Ouça, ou o cara que nos ligou não o fez no nome deles, e nesse caso isso pode interessar a eles, ou estão envolvidos, e provavelmente logo vou perceber isso. Vou na maior cara de pau. Preciso saber.

Ela suspirou.

— Não é um método muito inteligente... Tenho uma arma em casa — retomou —, talvez seja mais prudente ir buscá-la.

— Ah, não, né? Sou roteirista, não caubói! Além do mais, não vamos à sua casa, é o primeiro lugar onde os tiras e os corvos irão nos procurar...

Levantei, e ela me segurou pelo braço.

— Seja como for, tome cuidado — insistiu.

— Por enquanto, vou procurar um dicionário pra você, não será muito perigoso.

Meia hora mais tarde, deixei um *Larousse* alemão-francês na recepção do hotel, pedindo ao carregador que o levasse ao nosso quarto, depois parti para a sede da Acta Fidei.

*

O acaso, em sua grande ironia, fizera com que a sede parisiense da sociedade Inadexa se encontrasse na rua Jules-César, atrás da praça da Bastilha, a poucos metros de um dos centros da igreja de cientologia. Uma única rua para tanta gente, só em Paris e em Nova York dá para ver isso. E, justamente naquele dia, os cientologistas estavam na rua.

Esses dóceis adeptos fazem manifestações para protestar contra o "racismo" de que se sentem vítimas na França. Às vezes o Hospital tem uma incômoda tendência a zombar da Caridade... Havia cientologistas de todos os países, talvez até mais estrangeiros do que franceses. Alguns traziam enormes insígnias amarelas em forma de estrela de davi, em que estava escrito "Membro de uma seita". Fiquei com vontade de vomitar. Pensei na sorte de milhões de judeus meio século antes, cuja memória estava sendo recuperada por aqueles bandidos sem escrúpulos... Afinal de contas, a única perseguição de que os filhos de Hubbard* são realmente vítimas em nosso país é a do fisco, que tenta fazer com que paguem seus impostos! Comparar isso à sorte dos judeus durante a Segunda Guerra Mundial ultrapassa em muito o simples mau gosto.

* Lafayette Ron Hubbard, fundador da cientologia. (N. T.)

Abri caminho por entre esses estranhos manifestantes, tentei não levantar os olhos para evitar encontrar um de seus olhares pegajosos, de medo de ser tomado pela vontade de insultá-los.

O edifício da Inadexa era alto e estreito. Tratava-se de um imóvel moderno em meio a outros mais antigos, construído com pedras brancas e lisas, e cujas janelas eram grandes espelhos azulados.

Parei ao pé do edifício. Não havia placa nem símbolo indicando a natureza do local, mas isso não deixava nenhuma dúvida. Eu tinha certeza do endereço. Duas pequenas câmeras por cima da entrada permitiam adivinhar que a segurança era levada a sério no reino de Deus.

Dirigi-me às grandes portas de vidro, que logo se abriram deslizando. Entrei lentamente num grande hall branco, de chão glacial. Uma porta de elevador dividia em duas a parede do fundo, cercada em cada lado por elegantes escadas pretas. Em vários lugares notei um símbolo que devia ser justamente o da organização religiosa, pois figurava nos estatutos da Acta Fidei que o hacker nos havia enviado. Uma cruz sobre um sol.

À minha direita, uma mulher estava sentada à recepção, digitando no teclado de um computador. Devia ter cerca de trinta anos, era esbelta, estava excessivamente maquiada, vestia um tailleur azul-marinho e tinha um sorriso artificial.

— Posso ajudá-lo?

Aproximei-me da recepção e coloquei ambas as mãos sobre o guichê branco, tentando compor um sorriso tão largo quanto o seu.

— Giuseppe Azzaro?

Tudo aconteceu enquanto nos olhávamos. Ela deve ter visto a hesitação em meus olhos, assim como vi a surpresa nos dela. Um breve segundo a mais em sua reação. Uma latência pesada de sentido. Ela recuou, lançou-me um novo sorriso e pegou o telefone. Dei um passo para trás, colocando as mãos nos bolsos da calça para fingir certa desenvoltura, mas a tensão estava bem presente, quase material.

Ouvi então algumas palavras em italiano, que ela cochichou ao telefone. Não conseguia distinguir as palavras, já que meu italiano é bem medíocre. Ela não parava de me dirigir sorrisos. Sorrisos demais.

Ouvi passos à minha esquerda. Virei a cabeça. Dois homens desciam as escadas à esquerda do elevador. Se os dois matadores de Gordes não tivessem queimado ao pé de uma árvore, eu teria jurado que eram os próprios. Longo sobretudo preto, ombros largos, cara quadrada. Malditas caricaturas. Malditos corvos.

Dei um passo para trás. No mesmo instante, pareceu-me que aceleravam o passo. Virei a cabeça na direção da recepcionista. Ela já não sorria. Na direção da escada. Os dois cães de guarda caminhavam até mim. No último segundo, decidi que era hora de dar no pé. Num salto, precipitei-me para a grande porta de vidro, mas ela não abriu. Os dois caras estavam correndo. Tentei separar ambas as portas. Impossível. Tomado pelo pânico, dei um violento golpe com o ombro. Um dos batentes cedeu e caiu na calçada. A porta explodiu em mil pedaços, projetando pequenas pontas de vidro para todos os lados.

Saí na rua. Dezenas de manifestantes me encararam boquiabertos. Aqueles cientologistas doidivanas iam me tirar daquela encrenca. Corri na direção deles, quando os dois brutamontes estavam a apenas a dois passos de mim. Insinuei-me entre os manifestantes atordoados, sem olhar para trás. Trombei com vários deles, mantendo os ombros à frente, e abri caminho naquela floresta de adeptos hubbardianos até a rua de Lyon.

Atravessei o grande bulevar precipitadamente, sem me preocupar com o tráfego que, no entanto, era intenso. Por pouco um ônibus não me atropela, e desviou buzinando. Uma vez na calçada, virei-me para ver onde estavam os dois brutamontes. A vantagem com esse tipo de armário é que os músculos desaceleram sua corrida... Ainda estavam na calçada da frente e me procuravam com o olhar.

Curvei-me e saí correndo em direção à Gare de Lyon. Passando rente aos muros sujos, fugindo entre os quiosques e as fontes Wallace,* tomei uma rua à esquerda e, quando tive certeza de já não estar em seu campo de visão, pus-me novamente a correr. Corri durante longos minutos e cheguei sem fôlego às arcadas da avenida Daumesnil. Esgotado, parei, escrutei o horizonte para ver se os cães de caça ainda estavam atrás de mim e, como não os vi, decidi me refugiar num café.

Entrei num bar-tabacaria do bulevar Diderot e, dando uma olhada no lado de fora, aproveitei para comprar um chip provisório para meu telefone celular. Depois, pingando de suor, fui tomar um café no balcão, sob o olhar desconfiado dos garçons.

Tentando passar despercebido diante do balcão, entre as colunas acolhedoras, os bêbados barulhentos e os turfistas excitados, bebi meu expresso perguntando-me a que tinha servido minha pequena expedição até a Acta Fidei. Eu não havia descoberto nada. Nada, a não ser que eu era conhecido do serviço de segurança deles e que visivelmente tinham vontade de me pegar... Até a recepcionista da sede parisiense parecia estar informada! Aliás, informada de quê?

Todavia, o fato de os dois armários que me haviam perseguido aqui terem mais ou menos a mesma roupa daqueles de Gordes não significava necessariamente que os quatro pertenciam à mesma organização. Esses leões de chácara têm todos a

* Tipo de fonte presente em toda a França e sobretudo em Paris, onde foi primeiramente implantada por Richard Wallace. (N. T.)

mesma cara e as mesmas roupas de um extremo a outro do planeta. Mas, mesmo assim...

Paguei meu café e saí tranquilamente do bar. Quando já nem pensava no assunto, dei de cara com os dois funestos vigias da Acta Fidei. Evidentemente ainda estavam à minha procura, mas pareceram tão surpresos quanto eu.

Sem refletir, precipitei-me no bulevar Diderot, erguendo a cabeça como para tomar mais fôlego. Corri como já não se corre na minha idade. Conduzi minhas pernas com todas as minhas forças e busquei longe à minha frente os centímetros que, uns após os outros, deviam afastar-me dos meus dois cães de caça. Eu podia ouvir a respiração rouca deles atrás de mim, o barulho de seus sapatos pesados no macadame. Os transeuntes afastavam-se aturdidos com a nossa passagem. Perguntavam-se quem deviam deter. O perseguido ou os perseguidores. Mas não lhes deixamos tempo para escolher, de tanto que corríamos.

Minha garganta estava queimando, minhas coxas começavam a doer, e a força me faltava. Não ia conseguir continuar por muito tempo. Decidi atravessar novamente, lembrando-me de que os armários não gostavam desse joguinho. Mas havia muito menos tráfego ali, e não tiveram dificuldade alguma em me seguir.

Senti que estava perdendo velocidade à medida que subia o bulevar, e meus perseguidores, por sua vez, não perdiam distância. Os cães de guarda podem até ser meio lentos, mas são tinhosos e persistentes.

Logo cheguei perto de uma entrada de metrô. Sem refletir, desci correndo os degraus, precipitando-me na passagem subterrânea. Ao pé da escada, perdi o equilíbrio e caí de cabeça no corredor do metrô, arrastando um jovem com a minha queda. Os dois vigias chegaram no alto da escada gritando:

— Abram caminho!

Fiquei paralisado de medo. Eles iam conseguir me pegar. Já os via caindo em cima de mim de punhos cerrados. Ia levar pancada em meio a uma multidão indiferente.

A campainha do trem do metrô tirou-me do torpor. Era minha última chance. Levantei-me bruscamente, apoiando-me no peito do pobre rapaz que eu havia derrubado. Corri para as catracas, saltei por cima delas e desci correndo a escada que dava para a plataforma.

A campainha do trem parou. As portas iam se fechar. Saltei os degraus de quatro em quatro. Ouvi o estalido das portas de correr. O barulho metálico dos batentes que se fecham. Saltei os últimos degraus e caí na plataforma. Um passo a mais. Deu para deslizar justinho o pé na abertura. Depois passei as mãos. Com todas as minhas forças, afastei as portas e, por fim, insinuei-me no interior. Os dois batentes fecharam violentamente atrás de mim, e o trem pôs-se a andar.

Os dois vigias chegaram em seguida à plataforma.

— Merda! — gritou o primeiro.

Mas o segundo não tinha a intenção de me abandonar. Pôs-se a correr ao lado do vagão e também puxou a maçaneta. A porta estava bloqueada, mas o maluco tinha uns 130 quilos de músculos. Os dois batentes começaram a se afastar um do outro.

Sem hesitar, dei um belo chute em seus dedos. Ouvi o grito de dor, e ele tirou a mão precipitadamente. As portas voltaram a se fechar, e o trem continuou seu caminho, distanciando-se do meu perseguidor, já quase sem fôlego e com a mão ensanguentada.

*

Cheguei ao nosso hotel no final do dia, após várias complicadas baldeações entre ônibus e metrô, preocupado em me livrar definitivamente dos meus perseguidores. Mas o dia acabou me deixando completamente paranoico. Eu me sobressaltava sempre que encontrava um homem vestido de preto, sempre que uma longa *berline* parava num semáforo, sempre que me olhavam de viés...

Já tivera muitas psicoses na vida, e antigamente as drogas me pregaram mais de uma peça desse tipo, mas nunca eu havia sentido tamanha tensão psicológica. Várias vezes tive que parar para tentar entrar novamente em contato com uma espécie de realidade. Para passar minha razão pelo crivo, interrogar-me tão objetivamente quanto possível. Tantas coisas estranhas se passaram em tão poucos dias que acabei por duvidar do meu próprio discernimento. Será que meu pai tinha preparado uma armadilha para mim? Será que aqueles homens estavam realmente me perseguindo? Não estaríamos Sophie e eu sofrendo de um delírio comum, de uma paranoia persecutória — ela, levada pela busca de um furo de reportagem, e eu, perturbado pela morte do meu pai?

A angústia continuava a me invadir. Milhares de vozes gritavam para eu recuar, esquecer tudo. Eu tinha a sensação de estar fazendo algo *ruim*. E, no entanto, precisava saber o quê. Talvez a curiosidade me ajudasse a lutar.

Ao bater à porta do nosso quarto, entendi que Sophie ainda estava mergulhada em sua tradução, pois levou certo tempo antes de abri-la.

Quando lhe contei minha aventura, ela acendeu um cigarro e, encostada contra a janela, disse lentamente:

— Pois bem, agora temos certeza de que a Acta Fidei está envolvida. E se está, é porque tudo isso é muito sério.

Evidentemente era a última prova de que Sophie precisava para se convencer de que não estávamos sonhando. A fumaça do cigarro produzia uma cortina vaporosa diante do seu rosto, e eu não conseguia ver se os olhos dela estavam repletos de angústia ou de excitação. Mas então ela ficou em silêncio e imóvel.

Olhei para a escrivaninha do nosso quarto de hotel. As anotações do meu pai estavam espalhadas em volta do manuscrito de Dürer, e Sophie havia coberto várias páginas de uma grande caderneta.

Avancei até o minibar sob a televisão e me servi de um uísque puro.

— Preciso muito de uma bebida. Quer alguma coisa? — perguntei voltando-me à jornalista.

Ela fez sinal que não. Sentei-me diante da escrivaninha, suspirando, e dei uma olhada em suas anotações.

— Vejo que avançou bastante...

Ela demorou para me responder, como se primeiro precisasse assimilar as últimas novidades da linha de frente.

— Pois é, avancei bastante. E... Francamente, tenho a impressão de estar sonhando. Fico me perguntando onde fomos nos meter, Damien. Sem dúvida, é uma história de louco.

— Conte! — pressionei-a.

Apagou o cigarro no cinzeiro do criado-mudo e veio sentarse a meu lado, no braço da minha poltrona. Dei um gole no uísque, e ela se pôs a falar.

— Só tenho o começo, mas já é alguma coisa. A partir do manuscrito de Dürer, pude descobrir mais sobre a pedra de Iorden. E as anotações do seu pai foram muito esclarecedoras. Preste bem atenção, é um pouco complicado.

— Estou ouvindo...

— Para começar, a coisa mais importante, e isso são sobretudo as anotações do seu pai que explicam, é perceber que não existe um único documento contemporâneo de Jesus mencionando sua existência.

— Ou seja?

— Não há vestígio de Jesus nos escritos históricos dos seus contemporâneos. Além dos Evangelhos, a menção mais antiga, da mão de Plínio, o Moço, data de 112, quer dizer, cerca de oitenta anos depois da morte de Cristo.

Ela parou de falar e deu uma olhada em suas anotações. Tinha um jeito todo próprio de arrumar as hastes de seus pequenos óculos enquanto falava que lhe dava ares de uma estudante da faculdade de história, orgulhosa de suas pesquisas.

— Em 125 — retomou —, Minúcio Fudano fala a respeito num relato sobre o imperador Adriano. Mas Josefo Flávio, um dos historiadores mais confiáveis da época, nem chega a mencionar os primeiros cristãos. Em suma, além dos escritos históricos de Plínio, o Moço, os únicos documentos que temos sobre Jesus e os primórdios do cristianismo são textos religiosos, inicialmente os Evangelhos, que, no entanto, foram escritos entre cinquenta e oitenta anos após a morte de Cristo, e, em seguida, os Atos dos Apóstolos e as Epístolas de São Paulo, também posteriores. Resumindo, nada contemporâneo.

— Aonde você está querendo chegar?

— Espere... O último ponto importante nos escritos do seu pai diz respeito à história do Novo Testamento. Uma história conturbada, feita de traduções às vezes arriscadas, cópias edulcoradas e até mesmo cortes radicais durante os primeiros séculos, quando o texto não levava em conta as questões da Igreja. O Novo Testamento só foi consolidado ao final de vários séculos.

— Faz muito tempo...

— Nem me diga. Os Evangelhos, em sua origem, foram escritos tanto diretamente por seus autores quanto por escribas, em folhas de papiro que, em seguida, foram enroladas ou reunidas em códice. Nem um único desses originais chegou até nós. Hoje só possuímos alguns fragmentos de cópias que datam do século II, e a única cópia completa do Novo Testamento de que dispomos data de 340. Além disso, ela está inteiramente em grego. Certamente era a língua mais utilizada para a escrita da época de Jesus, mas, de todo modo, parte dos originais devia estar em aramaico. Resultado: atualmente, quando comparamos as diferentes cópias da época, levantamos, preste bem atenção, mais de 250 mil variantes. As descobertas de Qumran permitiram constatar que nossa versão do Antigo Testamento era muito mais fiel ao texto original, no entanto, bem mais antigo, do que o Novo Testamento.

— Você está me dizendo que o Novo Testamento não é confiável?

— Em todo caso, não podemos absolutamente dizer qual seu grau de fidelidade em relação aos textos originais. Mas isso não é tudo. Há também o que a Igreja reconhece e o que não reconhece. O Evangelho de Tomé, encontrado em Nag Hammadi, e os manuscritos do Mar Morto são apenas dois exemplos entre todos os textos que constrangem a Igreja.

— Constrangem por quê?

— Ah, muitas vezes por detalhes. Jesus era casado? Tinha irmãos? Questões estúpidas que incomodam a Igreja e excitam os anticlericalistas. Mas há outras questões muito mais interessantes. Por exemplo: quando estudamos o início do cristianismo, constatamos que a seita judaica de que os primeiros cristãos mais se aproximam é a dos essênios.

— Os autores dos manuscritos do Mar Morto?

— Entre outros. Nos Atos dos Apóstolos, a imagem que Lucas dá dos primeiros cristãos é curiosamente parecida com aquela que Fílon dará dos essênios. Em sua celebração do Pentecostes, por exemplo. A própria Ceia, um dos símbolos mais profundos do cristianismo, é a reprodução exata de um rito essênio, com a primeira bênção do pão e as mãos esticadas. O conceito de comunidade dos bens é igualmente partilhado pelos essênios e pelos primeiros cristãos. Barnabé, por exemplo, vende sua terra e transfere ò dinheiro aos apóstolos. Muito instruídos, os essênios tinham fortes crenças escatológicas. Portanto, há grandes chances de a maioria deles ter-se convertido ao cristianismo. No entanto, das três grandes seitas judaicas, a dos essênios é a única que nunca é mencionada no Novo Testamento. Sem os Manuscritos do Mar Morto, que a Igreja e Israel tentaram manter escondidos por quase cinquenta anos, não saberíamos grande coisa a respeito. Perturbador, né?

— É. Nunca entendi direito por que levaram tanto tempo para publicar os Manuscritos do Mar Morto...

— Pedro, Tiago e João ocupam no Evangelho o primeiro lugar. Dos doze apóstolos, três são privilegiados. Ora, imagine que, tradicionalmente, o conselho da comunidade essênia compreendia, como por acaso, doze membros, dos quais três eram grandes sacerdotes.

— Realmente, cada vez mais perturbador... A Igreja teria tentado esconder a origem essênia da cristandade?

— É uma pergunta que merece ser feita. Outro exemplo de questão interessante: a importância de Tiago, não o apóstolo, mas o "irmão do Senhor". Segundo seu pai, o papel dele é mal representado na Bíblia, provavelmente porque ele pertencia ao partido rival de Lucas e Paulo. No Evangelho de Tomé, Tiago, o Justo, é aquele a quem os apóstolos devem dirigir-se depois da Ascensão. Clemente, nas hipotiposes, o menciona com João e Pedro como se tivesse recebido a gnose de Cristo ressuscitado. E é aí que a coisa fica interessante e que chegamos ao manuscrito de Dürer... Você sabe qual o sentido da palavra evangelho?

— Não — precisei admitir.

— Vem do grego *euaggelion* e significa "boa nova". E qual é, na sua opinião, essa boa nova?

— Sei lá. Que Jesus ressuscitou?

— Claro que não! A Boa Nova está no ensinamento de Cristo. O problema é que Jesus não para de repetir que veio trazer a Boa Nova, mas nunca a dá claramente. Com pinceladas, ele certamente emite uma mensagem de paz, de amor, mas não é a Boa Nova que ele anuncia. É como se faltasse alguma coisa...

— Bom, mas também não se pode exagerar! A mensagem de Cristo é conhecida, e o mínimo que se pode dizer é que ele teve sucesso...

— Não é porque é conhecida que é completa! A grande força de Jesus é que ele se dirigiu ao povo judaico com simplicidade, enquanto os Talmudes eram muito mais elitistas e estavam totalmente por fora do cotidiano dos contemporâneos de Jesus. Pensando bem, foi um pouco o que aconteceu um milênio mais tarde com os cátaros, no sul da França. Quando o discurso da Igreja se tornou muito mais elitista e se distanciou bastante da mensagem clara e simples de Jesus, quando as missas passaram a ser rezadas em latim, os poucos padres que se puseram a falar com mais simplicidade ao povo, numa língua que este compreendia, tiveram um sucesso fenomenal. Um sucesso tão grande que o papa teve medo da concorrência e ordenou que se acabasse com todos, sem exceção...

— "Matem-nos todos..."

— Sim. Seja como for, você diz que o ensinamento de Cristo é bem conhecido, mas mesmo assim há dois elementos singulares. Para começar, a cena completamente sobrenatural da transfiguração.

— Refresque minha memória...

— Grosso modo, Jesus conduz Pedro, Tiago e João a uma montanha; aliás, não se tem certeza de que monte se trata, talvez o Tabor, talvez o Hermon, e lá ele assume a figura divina.

— Ou seja?

— Essa é a questão... Bom, você lembra que acabei de dizer que Clemente, nas hipotiposes, mencionava outra cena durante a qual Tiago, Pedro e João teriam recebido a gnose de Cristo ressuscitado.

— E daí?

— Segundo o texto de Dürer e as pesquisas do seu pai, é aí que se encontra a chave dos Evangelhos. Jesus teria entregado uma mensagem, um *euaggelion*, mas que não é diretamente revelado na Bíblia.

— Digamos... uma análise da cabala...

— Sim, ou da hermenêutica. Para Dürer, a mensagem real de Jesus não estaria na Bíblia, que, segundo seu pai, não passaria de um histórico truncado do predicado de Jesus. Em suma, sua verdadeira mensagem estaria em outro lugar. A julgar por esses manuscritos, Cristo seria um iluminado, no sentido nobre do termo, o detentor de um segredo ou de um saber absoluto, e seu ensinamento não teria outro sentido além daquele de entregar esse saber.

— Um saber absoluto?

— Não sei... Uma revelação, uma verdade. O *euaggelion*.

— Algo do tipo "Deus existe"?

— Não. Na época, ninguém duvidaria. O furo de reportagem seria, antes, "Deus não existe"... Mas não, acho que é outra coisa.

— Mas o quê?

— Se eu soubesse, não estaríamos aqui... Acho que é justamente esse *euaggelion* que era o objeto das pesquisas do seu pai e que hoje é o da cobiça da Acta Fidei, do Bilderberg e provavelmente de uma porção de outros curiosos.

— Que loucura!

— Nem tanto, se pensarmos bem. Mas, espere, a coisa ainda vai mais longe. O que seu pai concluiu do manuscrito de Dürer, que, vale lembrar, teria sido inspirado naquele de Leonardo da Vinci, é o seguinte: Jesus recebeu um saber, um segredo, não se sabe muito bem quando nem como, talvez de João Batista, talvez diretamente, como uma presciência ou um instinto...

— Do tipo Einstein, que acorda gritando "$E = mc^2$"...

— Quem sabe? Em todo caso, ele começa a dizer que detém um saber, uma boa notícia, digamos assim, que gostaria de anunciar aos homens. Mas, pouco a pouco, descobre a verdadeira natureza de seus contemporâneos e compreende que não lhes pode dar diretamente sua mensagem. Eles não estão prontos. Não compreenderiam. Não é ele mesmo quem diz: "Não deis aos cães as coisas sagradas, não jogueis pérolas aos porcos"?

— Não é muito delicado...

— Não. Jesus nem sempre é delicado. Então ele tenta fazer com que os homens progridam para que estejam prontos para receber sua mensagem. Abre-lhes o espírito. Segundo seu pai, um dos principais ensinamentos de Cristo, "amai-vos uns aos outros", seria apenas um meio de preparar os homens para receber tal saber. De fato, todo o seu mistério ia nesse sentido. Depois, vendo que foi traído e que ia morrer, e constatando que os homens nem sempre estão prontos para receber seu ensinamento, decide, então, confiar seu segredo às gerações futuras, escondendo-o.

— Como?

— Criptografando.

— Tá brincando?

— Nem um pouco. A imagem segundo a qual Jesus lega sua gnose a João, Pedro e Tiago, durante a transfiguração ou depois da ressurreição, viria daí. E é aí que entra em jogo a pedra de Iorden. Vários textos apócrifos fazem referência a ela. Jesus teria oferecido sua única joia, seu único bem, a seu amigo mais fiel. A esse respeito, as versões diferem. Ora é Pedro, ora é Tiago, ora é João, ora são os três. Um dos textos de Nag Hammadi chega a dizer que Maria teria recebido a joia de Cristo.

— A pedra de Iorden conteria a mensagem secreta de Jesus?

Ela deu de ombros e sorriu para mim.

— E você diz que só traduziu o começo? — retomei consternado. — Mas o que conta o restante do texto?

— Calma, né? Está me pedindo demais! O restante do texto parece contar a história da pedra de Iorden ao longo do tempo. Dürer, assim como nossos diversos amigos, certamente devia estar atrás dela e parece ter feito pesquisas sobre o percurso dessa misteriosa relíquia. Mas não sei mais do que isso. Vou continuar a traduzir amanhã. Honestamente, estou esgotada

— E qual é a relação com a *Melancolia*?

— Não sei muita coisa. Talvez ela tenha servido de pretexto para Dürer. Há muitos símbolos que levam a pensar em toda essa história, mas ainda é cedo demais para eu compreender qualquer coisa. Há um quadrado mágico, ferramentas, que fazem muitos pensarem na simbologia maçônica, um anjinho, uma pedra talhada... Não sei. Vou precisar olhar tudo isso mais de perto.

Depois ela se calou. Parecia realmente esgotada. Mas podia-se entrever um sorriso em seu rosto.

Dei um último gole no uísque.

— O que vamos fazer? — perguntei-lhe colocando o copo vazio na escrivaninha à minha frente.

— Como assim?

— Sei lá... Tudo isso parece completamente absurdo. Tem vontade de continuar?

— Quer desistir? — admirou-se. — Na pior das hipóteses, toda essa história é falsa. Mas o que temos a perder? Uma história falsa que interessou a Da Vinci, Dürer e que hoje interessa ao Bilderberg e a uma organização de integristas cristãos é sempre uma história que merece ser conhecida e revelada, não? E, além do mais, há também a possibilidade de essa história ser verdadeira...

— É justamente o que me preocupa! Uma mensagem secreta de Jesus... Criptografada... Que teria ficado oculta por dois mil anos. Acha realmente que cabe a nós procurá-la?

— Prefere que sejam os caras que o espancaram?

Obviamente, era difícil responder essa pergunta! De todo modo, eu sabia que jamais poderia convencê-la a abandonar o caso. Isso quase me convinha, dava-me uma desculpa na falta de coragem... Pois, afinal de contas, tenho de admitir que também estava com vontade de saber.

— Então continuamos?

— Claro! Preciso de uma boa noite de sono e amanhã recomeço minhas pesquisas.

— E eu?

— Você vai à Biblioteca Nacional procurar o microfilme mencionado pelo seu pai no verso da *Gioconda*.

— Ah. Vejo que você previu tudo...

Ela sorriu.

— Previ.

Nesse instante, seu laptop emitiu um ligeiro bipe. Ela voltou a se sentar, e fui olhar por cima do seu ombro.

— *Haigormeyer?*

Era nosso amigo pirata. Não havíamos tido notícias dele desde Gordes. Fazia apenas dois dias, mas parecia uma eternidade.

— *Sim.*

— *Reconheço seu pseudônimo, mas não sua máquina...*

— Como ele consegue reconhecer nosso computador? — espantei-me.

— Simples — respondeu Sophie. — Principalmente para ele.

— *Normal. Mudei de computador... Tive de reinstalar os programas, mas sou eu mesma. Tive alguns problemas. Nada grave.*

— *Justamente. Queria preveni-la de que a coisa esquentou para o meu lado também.*

Sophie franziu as sobrancelhas e me lançou um olhar inquieto.

— *Como assim?*

— *Depois que entramos em contato pelo ICQ, meu computador parece interessar a muita gente. Felizmente, meu PC está blindado, mas os ataques não param.*

— *Alguém tentando invadir?*

— *Totalmente.*

— *O feitiço volta contra o feiticeiro...*

— *Sim, só que não corro nenhum risco. Já você...*

— *Acha que estão tentando invadir nossa máquina?*

— *E você não?*

— *Pois é, parece bem provável. O que podemos fazer?*

— *Como não entende grande coisa do assunto, podíamos começar instalando um logger para você.*

— *O quê?*

— *Um pequeno programa que fiz e que permite salvar um traçado de todas as transações IP na sua máquina. Isso não vai protegê-la, mas vai permitir que veja tudo.*

— *Você não vai me mandar nenhum vírus, vai?*

— *Pfff.*

— *Isso significa que vai ter acesso a meus arquivos?*

— *Se você estiver de acordo. Vale lembrar que o mais quente dos seus arquivos fui eu quem lhe passou!*

Sophie virou a cabeça para mim.

— O que fazemos? Confiamos nele?

— Muito honestamente, se ele quisesse invadir nosso computador, tenho certeza de que já teria feito há muito tempo... Aliás, talvez até já tenha feito.

— Então vamos deixar que instale esse negócio no meu computador?

— Se isso puder nos proteger um mínimo que seja...

— *OK. Pode mandar.*

— *Perfeito. Instale o programa e tire os arquivos realmente importantes da máquina. Grave-os em disquete ou CD.*

— *Certo. A propósito, sua foto vai ser publicada no Libé de amanhã.*

— *É mesmo? Ótimo!*

— *Voltamos a entrar em contato quando tivermos novidades!*

— *Está bem.*

Não havia restaurante no hotel, e decidimos sair para jantar. Paris no mês de maio sempre teve alguma coisa de especial, e não apenas depois de 1968 ou de Aznavour. É o final da primavera, a chegada preguiçosa de um verão que sabe fazer-se esperar, as folhas que retornam, os lilases que começam a aparecer. Entre a torre Eiffel e a catedral dos Invalides, caminhamos um pouco ao longo da Escola Militar, à sombra da margem esquerda, com o sorriso forçado pelo ar fresco da noite.

Após um pequeno desvio rumo ao Sena, finalmente encontramos refúgio numa grande *brasserie* vermelha e preta na praça da Escola Militar, a dois passos do Tourville. Almocei lá diversas vezes em minha adolescência e, portanto, tinha certeza de que seus frutos do mar eram frescos... O local não mudara. Os mesmos bancos de couro, os mesmos utensílios de cobre, a mesma agitação, o eco dos pratos, dos talheres e das vozes que se misturam, a *brasserie* parisiense em todo o seu esplendor. E o garçom, lógico, era um pinguim dopado com anfetaminas que nunca olha você nos olhos, traz o polegar imobilizado no abridor de garrafas no bolso do avental e nunca esquece de trazer o vinho, mas frequentemente esquece a água ou o pão que pedimos várias vezes.

Paris sempre será Paris. Comemos bem e depois voltamos ao Tourville no meio da noite.

Mal entramos no quarto, Sophie tirou os sapatos, jogou-os sob uma cadeira e foi se deitar. Eu a olhei estendendo-se na cama, depois me instalei à escrivaninha e pus a cabeça entre as mãos. O computador portátil da Sophie instalado à minha frente me fez pensar em meu trabalho. Meus roteiros. Tudo havia ficado em Gordes. Eu não tinha nenhum recurso para fazer o que quer que fosse. E, de certo modo, estava quase aliviado. *Sex Bot* já não me motivava. Até mesmo Nova York não me fazia muita falta.

Quando voltei os olhos para a cama da Sophie, vi que ela havia adormecido. A leve luz da luminária da escrivaninha lançava sobre seu corpo longilíneo um suave véu amarelo, e seu sono era cheio de graça. Seu rosto imóvel num sorriso pacífico nunca me parecera tão terno. Ela era ainda mais bela nos braços de Morfeu.

Eu tinha de admitir. Estava apaixonado por essa mulher. Apaixonado por uma mulher que *também* gostava dos rapazes. Para dizer a verdade, eu nunca tinha experimentado nada igual por mulher alguma. Certamente não por Maureen, mesmo nos primeiros dias. Sophie era diferente. Independente. Bela em sua solidão. Inteira. Por que diabos eu voltaria a Nova York?

Abri meu e-mail no computador da jornalista e comecei a redigir um texto para meu agente.

Caro Dave,

Sinto muito por não ter podido lhe dar notícias antes. Surgiram uns assuntos para tratar e realmente não tive tempo para você, nem mesmo, devo confessar, para os roteiros.

Mas talvez seja melhor assim, pois isso já não me interessa. *Sex Bot* já não me interessa. Creio que seja uma péssima notícia para você, para a agência, mas não estou a fim de enganar ninguém. A qualidade da série vai sair perdendo. Peça a um de nossos *script doctors* para fazer a versão final dos cinco últimos roteiros. Dou-lhe meu consentimento. Melhor do que isso: tenho a intenção de ceder integralmente os direitos da série à HBO. E gostaria que você se encarregasse da transação. *Sex Bot* está no auge de sua glória. Você vai conseguir levantar uma bela quantia. Envie-me um contrato, cedo a você 15% daquilo que a HBO me propuser. Faça com que a HBO mantenha os mesmos co-roteiristas, eles fazem parte da equipe, e assim vocês poderão manter o *Sex Bot* no catálogo da agência. Mas, para mim, acabou.

Sinto muito por dar essa mancada com você desse jeito. Mas é irrevogável. Por caridade, não tente me dissuadir.

Mantenha-me informado. Continuarei na França. Por muito tempo, com certeza. Pode entrar em contato comigo nesse endereço de e-mail. Não o dê a mais ninguém.

Obrigado por tudo.

Cordialmente,

Damien."

Hesitei por um instante antes de clicar em "enviar", depois o fiz suspirando. O e-mail foi enviado num segundo. Um único segundo para mudar de vida.

Desliguei o computador e o fechei. Meus olhos caíram então sobre a gravura de Dürer. Eu ainda não tinha tido tempo de observá-la bem.

A cena gravada situava-se num local alto, que oferece vista para o mar e para uma costa. No centro, um personagem alado, talvez uma mulher, talvez um anjo. O rosto e a veste levavam mais a pensar numa mulher, mas seus membros e a largura dos ombros a tornavam extremamente masculina. Sentada diante de um edifício sem janelas, o cotovelo esquerdo apoiado no joelho e a cabeça numa posição triste e graciosa ao mesmo tempo. Na mão direita, um compasso, mas seu espírito parecia em outro lugar, o olhar estava perdido ao longe. Em sua cintura, na ponta de uma fita, um molho de chaves. A seus pés, um cão sonolento. A seu lado, notei um anjo, com asas ridiculamente pequenas e os cabelos cacheados. Com o olhar sério, ele escrevia alguma coisa numa pequena tábua. A seu lado, atravessando a gravura na diagonal, como para separar o primeiro do segundo plano, uma escada encostada contra o muro do edifício. Mas o que eu não podia deixar de notar era o número incrível de objetos colocados no chão ou presos à construção. Aos pés do personagem alado, um fole, pregos, uma serra, uma plaina, uma régua, uma esfera; atrás, uma espécie de enorme pedra talhada com várias facetas, e, junto ao muro do edifício, uma balança, uma ampulheta, um sino, um quadrante solar e um misterioso quadrado mágico...

Uma floresta de símbolos, como diria o outro. Difícil imaginar que se consiga encontrar alguma interpretação naquela desordem que, no entanto, era elegante. Da gravura emanava uma impressão extraordinária. Ilustrando perfeitamente seu título, *Melancolia*, ela evocava a tristeza, a solidão, a nostalgia. Uma espécie de dor suave.

Desliguei a pequena luminária sobre a escrivaninha. Levantei-me e aproximei-me da cama de Sophie. Inclinei-me lentamente por cima dela e dei-lhe um beijo silencioso na testa antes de ir me deitar. Quando já estava instalado em minha cama, ouvi atrás de mim o som de sua voz:

— Boa-noite.

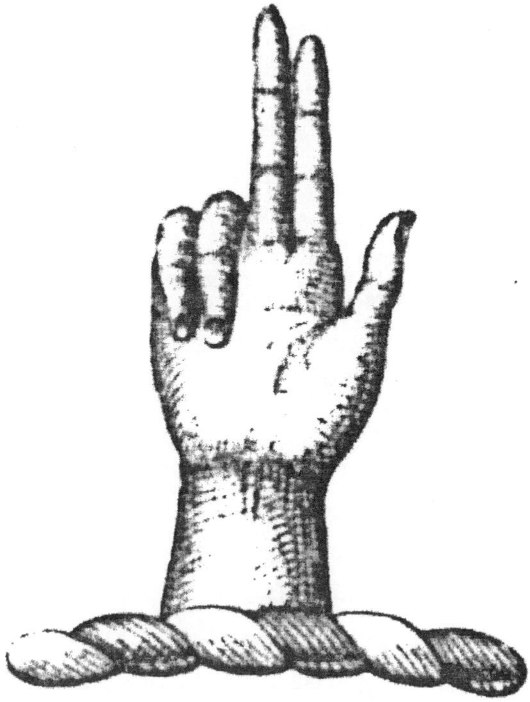

Capítulo Sete

Bem cedinho, fui acordado por três batidas à nossa porta. Sophie já estava toda vestida. Ela se dirigiu à entrada e abriu a porta para deixar passar a pequena mesa com rodinhas, trazida por um empregado do hotel. A jornalista havia pedido dois cafés da manhã.

Deu uma gorjeta para o jovem e empurrou a mesa entre nossas camas.

— Bom-dia, *biker boy*! — disse abrindo as cortinas. — Olhe esse sol! Não está um dia ideal para ir... à Biblioteca Nacional?

Eu me ergui e me espreguicei.

— Ahn? O quê? — balbuciei.

Sophie voltou à pequena mesa, pegou um croissant e deu uma mordida, olhando para mim com um ar zombeteiro.

— Dormiu bem?

— Dormi.

— Que bom. O dia será longo.

Foi sentar-se em sua cama, serviu-se de uma xícara de café e, encostando-se na parede, começou a ler um exemplar do *Monde*.

Eu não conseguia acreditar que, apesar de todos os nossos problemas, ela pudesse ter um humor tão leve. De minha parte, eu tinha dificuldade em recuperar-me das minhas emoções da véspera. Mais uma vez, Sophie me impressionava.

Servi-me de café e peguei um croissant suspirando. Estava exausto. A longa perseguição da véspera me deixara moído. Talvez eu não corresse daquele jeito desde o colégio, e era um dos raros nova-iorquinos a não frequentar academia.

De repente, Sophie se ergueu com os olhos arregalados.

— Há um artigo sobre nós no jornal! — exclamou.

Por pouco não engasguei ao dar um gole atravessado no café.

— Sobre nós?

—Sim, bom, não diretamente, mas sobre nosso acidente em Gordes. Está na crônica policial. O jornalista menciona a morte do seu pai, o incêndio e o carro que explodiu anteontem... Aparentemente, não sabe grande coisa. "A polícia se recusa, por enquanto, a fazer qualquer comentário."

— Merda! E o que vamos fazer? Não podemos continuar assim... Vamos ter que nos explicar!

— Em todo caso, o tempo urge — concedeu Sophie.

— Não podemos ir muito mais depressa...

— Não, mas tampouco podemos ficar eternamente neste hotel.

— Pra onde sugere que a gente vá? Quer voltar para Gordes?

— Claro que não. Ainda temos que ficar escondidos, mas preciso de algumas coisas. Preciso passar em casa...

— Não é muito prudente.

— Não sou obrigada a ficar lá. Só preciso pegar umas coisas e uns documentos. Também vou precisar dar sinal de vida ao pessoal do *90 minutos*. Sabem que eu estava em Gordes. Se derem de cara com esse artigo, certamente vão se preocupar.

— Pensei que precisássemos de um pouco de anonimato enquanto resolvemos tudo isso...

— Eu sei — reconheceu. — Temos que encontrar uma solução. Em todo caso, não há mais tempo a perder! Vou tentar segurar um pouco a pressão por parte dos tiras. Com um pouco de sorte, meu contato no RG talvez possa acalmá-los. Mas não tenho certeza de que conseguirá. Quanto a você, vá à Biblioteca Nacional encontrar o microfilme mencionado pelo seu pai.

— E depois?

— Depois? Sei lá. Vamos ver no que tudo isso vai dar. Ainda ficaremos afastados até eu conseguir terminar a tradução do manuscrito de Dürer.

Suspirei.

— Não vamos dar marcha a ré agora! — disse Sophie colocando minha mão entre as suas.

— Não, claro.

Aproveitei esse momento raro. Suas mãos sobre a minha. Seu sorriso, simples. Depois voltou a ler o jornal.

— Vou me vestir.

Levantei-me e fui para o banheiro. O tempo nos faltava, mas eu precisava de um bom banho, precisava relaxar um pouco, pois sentia que o futuro próximo ia nos deixar pouco descanso.

Deitado sob a espuma branca, ouvi do outro lado da porta Sophie explicar a situação a seu contato no RG. Sem dizer muito, fez-lhe compreender que precisávamos de um pouco de tranquilidade. De um pouco de anonimato. Mas, pelo som de sua voz antes de desligar, entendi que seu interlocutor não se mostrara nem um pouco confiante. Afinal de contas, impedir que os policiais avançassem não era da sua alçada...

Depois de me enxugar, vesti as roupas da véspera e voltei para o quarto.

— Sophie, você tem razão, eu também preciso de umas coisas! Preciso de todo jeito ir buscar minhas roupas. Ficou tudo em Gordes. Vai fazer três dias que não mudo de roupa!

A jornalista se voltou para mim com um sorriso nos lábios.

— Ah — disse constatando que eu usava a mesma camisa do dia anterior. — De fato. Dá uma passada na loja de roupas aqui embaixo. Poderão te vestir da cabeça aos pés em várias versões. Vai cair muito bem.

— Ah, é? — espantei-me. — Você acha?

Ela balançou afirmativamente a cabeça e voltou ao trabalho. Não sabia se estava zombando de mim ou me levando a sério. Mas pouco importava: eu precisava de roupas, fossem quais fossem.

Uma hora mais tarde, eu me havia efetivamente dado um novo guarda-roupa. Devo ter passado por excêntrico quando pedi aos vendedores para trocar todas as roupas no provador, incluídas as de baixo, e foi um pouco difícil fazer com que aceitassem entregar o restante delas no hotel... Mas na França, como em qualquer outro lugar, o dinheiro acaba resolvendo tudo.

Saí para chamar um táxi como um jovem yuppie.

O motorista falou-me durante todo o trajeto da dura vida dos taxistas parisienses, dos horários impossíveis, dos engarrafamentos, das agressões e dos malditos americanos, que só querem pagar com cartão de crédito. Para evitar um incidente diplomático, pedi-lhe então que estacionasse na frente de um banco, a fim de que eu pudesse sacar dinheiro, depois decidi terminar o trajeto a pé.

Caminhei ao longo do Sena até o cais François-Mauriac, reconhecendo com dificuldade essa parte da margem esquerda, que tanto mudara após minha partida. Novo horizonte, nova ponte, novas esplanadas, novos passantes. Novos nomes de ruas também. Aquelas quatro torres erigidas no meio de uma planície de pedras cinza tinha algo de fascinante, mas eu não podia deixar de pensar no charme da antiga plataforma da estação, onde passara tanto tempo durante minha adolescência. O charme da velha Paris, com aquilo que ela comportava de sujeira e desordem, certamente, mas também de vida!

Subi lentamente os degraus cinzentos da Biblioteca Nacional, ao mesmo tempo maravilhado pela majestosidade do lugar e horrorizado com os grandes painéis de madeira alaranjada que apareciam por trás dos vidros das quatro torres. Uma ruptura desajeitada na harmonia do azul-acinzentado do edifício. Caminhei pelo adro gigantesco e decidi deixar-me conquistar por sua beleza simples. Afinal de contas, um dia, em algumas centenas de anos, a velha Paris seria aquilo ali.

Ao chegar ao centro da esplanada, descobri, aliás com prazer, os jardins flamejantes, escondidos na parte baixa da biblioteca. Tudo ali era só vidro e concreto. E até que a alquimia funcionava bem. Lembro-me de ter tido, antes de partir para os Estados Unidos, a mesma reação com a pirâmide do Louvre... Inicialmente, a ideia me parecera ridícula, até mesmo cafona, mas, uma vez no local, a beleza natural do monumento me seduzira. A pirâmide de vidro nada tinha de cafona. Ao contrário, o Louvre nunca me parecera tão belo.

Levado pelo vento que deslizava ao longo do adro da biblioteca, dirigi-me rapidamente para a entrada. Depois de preencher as formalidades administrativas, lancei-me à pesquisa do meu microfilme. Não fazia ideia do que estava procurando. Tudo o que tinha era uma simples referência. Procurar daquele modo um microfilme sobre o qual eu nada sabia tinha algo de instigante.

Impaciente, eu precisei, todavia, encontrar a sala certa. A Biblioteca Nacional é dividida em dois níveis, o que fica acima do jardim, de livre acesso, e o que fica no mesmo piso do jardim, onde se encontra a biblioteca de pesquisa, que só é acessível com autorização. Os dois andares contornam esse surpreendente jardim retangular. Junto à vidraça, admirei por um momento as inúmeras árvores, lançando um olhar perspicaz às que serviram para fabricar os milhares de livros acumulados naquelas altas torres.

Se o microfilme estivesse no andar de baixo, minha ida à biblioteca de nada teria servido, e provavelmente seria necessário que a própria Sophie se deslocasse até lá, munida de sua carteira de jornalista. Porém, após algumas pesquisas no catálogo interno, que podia ser consultado nos computadores da biblioteca, descobri que o microfilme estava no piso acima do jardim e, portanto, a meu alcance.

Dei algumas voltas antes de encontrar meu caminho naquele labirinto de vidro e, finalmente, cheguei à sala J, alojada num nível intermediário, do lado da torre das Letras. Era o departamento de Filosofia, História e Ciências Humanas. Uma espécie de alívio: eu não ia cair sobre um obscuro tratado de matemática!

Subi os degraus e descobri a imensa sala de leitura, silenciosa, alta e calorosa. Deixei-me embalar por um instante pela atmosfera única das bibliotecas. A calma sagrada de uma sala de orações. A presença discreta, mas palpável, dos outros leitores. O ruído das páginas que viram, dos teclados de computador, algumas palavras sussurradas.

Lancei um olhar circular na sala e no mezanino. Depois, avancei na direção de uma bibliotecária, sentada atrás de um guichê oval, com os olhos mergulhados na tela do seu computador. Levantou a cabeça para mim. Era uma jovem de cerca de vinte anos, cabelos castanhos, curtos, óculos espessos, e tão esbelta quanto uma modelo inglesa dos anos 90. Tinha um ar um pouco entorpecido, mas sorridente.

— Posso ajudá-lo? — perguntou-me com uma voz fina.

Dei-lhe o número do microfilme, e ela foi vasculhar numa gaveta a alguns metros dali. Esperei, impaciente, quase inquieto. E se Sophie tivesse se enganado? Se aquele documento nada tivesse a ver com nosso caso?

A moça parecia não conseguir encontrar. Com gestos seguros, fazia desfilar centenas de fichas sob seus dedos. Quando chegou ao final da gaveta, levantou as sobrancelhas com um ar espantado e recomeçou desde o princípio.

Comecei a ficar de fato inquieto. Será que os outros foram mais rápidos do que nós? Teriam roubado o microfilme?

A bibliotecária voltou com um sorriso contraído.

— Não o estou encontrando — disse com uma voz desolada.

— Ah, não? É possível que alguém tenha levado emprestado? — espantei-me.

— Não, normalmente os documentos não saem da biblioteca. Mas pode ser que alguém o esteja consultando neste momento. Vou verificar.

Fiquei imóvel. De repente, a ideia de que outra pessoa pudesse estar naquela sala de leitura para consultar o microfilme me parecia não apenas improvável, mas também aterrorizante. Um homem da Acta Fidei ou do Bilderberg talvez estivesse a alguns metros dali. Talvez até me observasse sem que eu pudesse vê-lo! Tentando não demonstrar minha angústia, lancei um olhar ao meu redor.

— Que engraçado — retomou a bibliotecária sem tirar os olhos da tela do computador.

— O quê? — pressionei-a.

— Esse microfilme foi depositado na Biblioteca Nacional há quase dez anos, antes mesmo que mudássemos para cá. Não foi consultado uma única vez nos últimos três anos — meus registros não vão muito longe —, e há duas semanas foi consultado quatro vezes! É algum tema da atualidade?

— Bem, sim — balbuciei. — Mais ou menos...

— Mas o curioso é que não está sendo consultado no momento. Portanto, deveria estar na gaveta... Espere...

Voltou a digitar em seu teclado.

— Bem, aqui está. O senhor tem sorte. Há uma cópia do microfilme com outra referência. Espere, vou ver se encontro na gaveta.

Ela desapareceu novamente.

Eu tinha a impressão de estar sendo vigiado. Sentia como um formigamento na nuca. Gotas de suor escorriam em minha testa. E, em minha língua, um gosto que eu já começava a conhecer. O sabor da angústia, da paranoia que desde o dia anterior tinha decidido brincar com minha saúde mental.

A moça voltou com um belo sorriso nos lábios. Tinha algo na mão.

— Aqui está. É a cópia. Vou precisar fazer uma pesquisa quanto ao original. Espero que não tenha sido roubado...

Estendeu-me o microfilme, colocado dentro de uma pequena caixa de papelão.

— Obrigado — disse dando um suspiro de alívio.

— O senhor sabe como funciona? — perguntou-me ao se sentar.

— Não.

— Vá até aquela sala — disse-me indicando a porta do mezanino —, nela há retroprojetores, e passe o microfilme por baixo da lâmpada... Se não conseguir, volte aqui.

— Muito obrigado — disse dirigindo-me para o mezanino.

Caminhei dando passos rápidos, lançando olhares para a direita e para a esquerda, vigiando os outros visitantes, espiando o menor movimento suspeito. Mas ninguém parecia prestar atenção em mim. A impressão de estar sendo observado começava a se esvair.

Depois de ter subido as escadas, entrei na pequena sala. Constatei com alívio que não havia mais ninguém lá dentro. Havia vários retroprojetores alinhados em duas longas mesas, e escolhi o mais distante da porta.

Levei certo tempo para encontrar o interruptor, depois passei o microfilme pela fenda. Um longo texto manuscrito apareceu sobre a placa branca. Várias páginas se sucediam em aposição, como sobre a chapa de um tipógrafo. O menor movimento fazia a imagem desfilar a toda velocidade, tão grande era a ampliação. Era preciso proceder com muita delicadeza. Puxei lentamente o microfilme para baixo para ler o início do texto na página que trazia em algarismos romanos o número um.

Pude ver então o título do microfilme. "A retirada dos Assayya." Comecei a ler o texto com curiosidade. Estava escrito num estilo pseudojornalístico um pouco afetado — o que era de surpreender, pois se tratava de um manuscrito. Em nenhuma parte mencionava-se o autor do texto nem o âmbito em que havia sido escrito. Mas logo fui cativado por seu conteúdo. Depois compreendi que tinha sim um vínculo com nossa história, ainda que eu não captasse bem o sentido.

"(...) O deserto da Judeia costeia o Mar Morto. Nele, o sol deixa as pedras ardentes às dez horas da manhã. Encostado à montanha esconde-se um monastério, que sobreviveu desde os primeiros séculos às agressões dos homens e do tempo. Nenhum viajante vindo da Europa, nenhum nômade surgido do deserto profanou esse lugar ainda? Os monges que ocupam essa região desolada são descendentes diretos dos membros de uma seita — os Assayya, uma comunidade religiosa marginal, contemporânea de Jesus? (...)"

Impaciente, pulei algumas linhas para ter uma ideia global do conteúdo do texto antes de mergulhar nele com mais atenção. O autor envolvia sua história em frases misteriosas, que me faziam lembrar o que Sophie me dissera das palavras do meu pai: "Nenhum beduíno teria tentado arrancar o arcano que preside o destino desses dissidentes espirituais, dissimulados em grutas! Os reclusos do deserto.

Sim! Durante dois mil anos, os Assayya permaneceram em sua posição. Preservaram um cisma, que os manteve separados das outras correntes do judaísmo, e foram refugiar-se no seio mais árido da Palestina — o antigo Reino de Judá, domínio dos uádis,* dos canyons, das cristas e dos ascetas.

'Convertei-vos, pois próximo é o Reino dos Céus!', proclamou ali João Batista."

Mais adiante, o microfilme relatava como os historiadores pensavam que aquela comunidade havia desaparecido:

"(...) No entanto, em 70 d.C., na época da destruição do Templo de Jerusalém e três anos antes da queda de Massada, um massacre fez desaparecer os eremitas daquela região inóspita e destruiu seu asilo. É o que se acreditava!"

A história do massacre era contada em detalhes. Pulei mais alguns parágrafos. Sentia que o autor agora abordava o tema central. Sua empolgação transparecia no tom das frases e até na escrita. O estilo de sua prosa traía a vontade de convencer o lei-

* Cursos temporários de água. (N. T.)

tor de que estava para lhe dar uma informação da maior importância. Assim, revelava que naquele monastério escondido nas montanhas do deserto da Judeia ainda viviam os descendentes diretos daqueles estranhos Assayya. Atualmente. Quase dois mil anos mais tarde. Eu começava a compreender o possível vínculo com a nossa história...

Nesse instante, a porta da sala se abriu bruscamente. Tive um sobressalto, e o microfilme escorregou da fenda para cair sobre a mesa de madeira. Voltei-me e vi um homem de seus trinta anos que entrava com um microfilme na mão. Não estava vestido com o terno preto dos nossos amigos da Acta Fidei, mas sua cara de mafioso sádico tampouco me inspirava confiança. Ou talvez fosse minha paranoia que continuava a me pregar peças.

— Bom-dia — disse ele ao sentar-se e acender um retroprojetor à sua frente.

Respondi com um sorriso e recolhi o microfilme sobre a mesa. Ia reintroduzi-lo sob a lâmpada quando a voz do recém-chegado me sobressaltou novamente.

— É incrível o que dá para encontrar nesses microfilmes, hein? — disse sem me olhar.

Será que era minha desconfiança exagerada ou ele acabava de dar uma evidente indireta? Eu sabia do que nossos perseguidores eram capazes e decidi não correr nenhum risco.

— Sim, é incrível — respondi sem convicção ao me levantar.

Passei o microfilme para a pequena caixa e precipitei-me para a saída sem hesitar. Não tive coragem de me voltar para ver se o desconhecido me seguia e corri direto para as escadas. A bibliotecária ainda estava atrás do guichê. Avancei rapidamente em direção a ela.

— Já terminou? — perguntou-me levantando os óculos sobre a testa.

— Bem, sim.

Lancei um olhar ao mezanino. A porta da pequena sala estava fechada. Mas o desconhecido teria tido todo o tempo para sair enquanto eu descia as escadas. Talvez estivesse esperando por mim no hall.

— Só uma pergunta — disse aproximando-me da moça. — Poderia me dizer quem depositou esse microfilme na Biblioteca Nacional?

— Claro.

Fez uma pesquisa no computador. Minhas mãos estavam suadas, e minhas pernas, formigando.

— Certo Christian Borella. Há dez anos.

— Tem mais outros dados?

— Ah, não. Sinto muito.

— Não tem problema. Obrigado. Até mais.

Ela se despediu e voltou à sua papelada. Respirei fundo e dirigi-me à saída angustiado. Será que eu ia dar de cara com o desconhecido? Teria que fugir novamente? Teria forças para isso?

Com prudência, olhando para todos os lados ao meu redor, saí da sala de leitura. Não o vi em parte alguma. Sorri à ideia de que talvez eu tivesse agido rápido demais, mas ainda não estava totalmente tranquilo. E, sobretudo, fiquei com raiva por não ter podido ler o microfilme em detalhes.

Atravessei o longo corredor da biblioteca até a entrada. Ninguém parecia seguir-me. Mas continuei sem parar. Uma vez do lado de fora, tomei um táxi e só me senti aliviado depois de alguns minutos, quando tive quase certeza de não estar sendo seguido.

Era meio-dia quando cheguei à alameda lateral da avenida de Tourville, diante da fachada branca do hotel. Paguei o táxi e me precipitei para dentro, impaciente para contar minha pequena aventura a Sophie e descobrir o que ela havia traduzido.

Porém, mal cruzei a porta, fui interpelado pela recepcionista:

— Senhor!

Voltei-me espantado. Em geral, quando uma recepcionista chama você é para lhe dar um recado. Ora, supostamente ninguém sabia que eu estava ali. A não ser Sophie. E Sophie devia estar lá em cima, em nosso quarto...

— Senhor — retomou a moça com um sorriso sem graça. — Sua mulher partiu há meia hora e me pediu que lhe entregasse este recado.

Peguei o envelope que ela me estendia. Li o recado ali mesmo, impaciente.

"Damien - temos que mudar de hotel - peguei nossas coisas - não paguei - encontro você às 14 na frente do prédio onde trabalha aquele cujos homens são do meu filme preferido."

Reli o recado duas vezes para ter certeza de que não estava sonhando e porque o final da frase tinha um sentido obscuro. Parecia a carta anônima de um antigo filme de espionagem. Mas eu sabia que provavelmente era sério. Já não precisava de provas para saber que Sophie e eu estávamos em perigo permanente. Mas de que prédio ela estava falando?

Refleti por um instante, depois, finalmente entendi. *Aquele cujos homens.* Alan J. Pakula. *Todos os homens do presidente.* Era seu filme preferido. Não havia dúvida. Ela falava do Élysée. Tínhamos de nos encontrar às 14 horas diante do Palácio do Élysée. Não tão obscuro assim. Mas o que me espantava era que ela havia utilizado um código para marcar um encontro comigo.

Significava que estávamos sendo seguidos de perto? Hipótese das mais prováveis, já que Sophie dizia mesmo que tínhamos que mudar de hotel. Eu só esperava que não fosse tarde demais...

— O quarto está vazio? — perguntei à recepcionista fechando a carta e colocando o envelope no bolso.

— Sim, senhor. Aqui está o cartão de crédito da sua esposa. Ela insistiu em deixá-lo conosco como caução. Realmente não era necessário...

Recuperei o cartão de Sophie sorrindo, achando graça que ela se tivesse passado por minha mulher.

— Pode fazer o check-out? — perguntei ao pegar minha carteira. — Vou acertar agora, preciso partir.

— Claro, senhor. Há também um entregador que trouxe essas duas sacolas para o senhor.

Reconheci minhas roupas. Apressei-me para pagar e recolhi as sacolas.

Eu tinha tempo de almoçar antes do encontro misterioso com Sophie, mas alguma coisa me dizia que não era prudente ficar por ali, então peguei outro táxi para me aproximar do Élysée.

Pedi ao motorista que parasse nos Champs-Élysées e comi rapidamente no Planet Hollywood, não por gosto, mas para garantir o anonimato. Esse restaurante era escuro e cheio, um bom jeito de passar despercebido. Eu parecia um turista a mais no meio dos diversos acessórios e das roupas que pertenceram às estrelas do cinema. Não havia janelas, só a luz artificial dos néons rosa e azul e decorações tão chamativas que não dava para reconhecer ninguém. Engoli um menu americano, porém, não sem prazer, e um pouco antes das 14 horas saí para os Champs-Élysées.

Aqueles que subiam rumo à Étoile encontravam aqueles que desciam rumo à Concorde, como dois exércitos de formigas que se ignoram. Já tanta gente, no meio do dia, no mês de maio. Sempre tanta gente. Muitas moças bonitas, japoneses curvados pelo peso das Nikons, estudantes matando aula, jornalistas de meia-tigela em fila para assistir às sessões para a imprensa, artistas de rua divertindo os turistas nos terraços dos cafés um ao lado do outro, seguranças de braços cruzados diante das lojas de grife, mendigos, tiras, cães, uma Paris totalmente diferente, mas Paris de todo jeito.

Depois, as silhuetas dos passantes cederam lugar àquelas das árvores, e continuei até a praça Clemenceau. À direita, percebi a esbelta estátua do general De Gaulle, caminhando com um passo decidido, o torso curvo, as pernas retas. Outra novidade que surgira durante minha longa ausência. Virei à esquerda na avenida Marigny e finalmente cheguei à rua do Faubourg-Saint-Honoré, diante das muralhas bem vigiadas do palácio presidencial. A bandeira francesa flutuava por cima da grande porta abobadada, e uma figura de pedra parecia lançar-me um olhar acusador.

Eu não tinha certeza de estar sendo discreto ao caminhar de um lado para outro feito um imbecil, com minhas duas enormes sacolas de roupas. Os militares que guardam o Élysée deviam observar-me com um olhar esquisito. Mas, felizmente, não precisei esperar muito tempo.

Ao final de alguns minutos, um New Beetle cinza parou ao longo da calçada da frente, e vi aparecer o rosto de Sophie lá dentro. Ela me fez sinal para entrar no carro. Atravessei a rua, joguei minhas duas sacolas no banco de trás e sentei-me do lado da jornalista.

— O que aconteceu com o seu Audi? — espantei-me admirando o interior impecável do Volkswagen.

— Preferi alugar um carro. Precisamos de anonimato...

— Ah, sim, muito discreto esse New Beetle! Decididamente, você adora os alemães! Bom, que história é essa de troca de hotel e encontro secreto?

— A Esfinge me mandou uma mensagem nesta manhã, dizendo que meu laptop havia sido invadido por um hacker — anunciou-me Sophie, partindo com o carro. — Segundo ela, alguém vasculhou meu computador a distância. E esse alguém em questão também teria localizado meu ponto de conexão com a web, o que, ainda conforme a Esfinge, não é dado a qualquer um... Ela não pôde me garantir que isso tivesse uma relação com minhas pesquisas, mas achei que mesmo assim seria melhor darmos o fora e deixar de utilizar meu laptop para nos conectarmos.

— Que história de maluco!

— Estamos mesmo bem perto de enlouquecer! — ironizou Sophie.

— Acha que foi a Acta Fidei?

— Ou o Bilderberg, ou qualquer outra pessoa... Mas se são eles, quer dizer que têm um meio de saber que estávamos no Le Tourville! Talvez também tenham conseguido ler os arquivos que eu ainda não tinha tirado.

— Você deixou no computador? A Esfinge te disse para colocar tudo num CD!

— Tirei tudo o que lembrei. Mas a Esfinge me disse que não suprimi meus e-mails nem alguns arquivos temporários que ficam salvos na memória. E isso inclui o início da tradução do manuscrito de Dürer! Realmente sou muito estúpida!

— Você não podia saber...

— A Esfinge tinha acabado de nos prevenir! Sou uma imbecil!

— O principal é que percebemos cedo o suficiente para sair do hotel! Agora entendo melhor por que você codificou sua mensagem para nosso ponto de encontro.

— Pois é, não foi uma codificação de alto nível, mas não tive tempo de refletir. Em todo caso, devemos um belo favor à Esfinge! Preciso de todo jeito entrar em contato com ela novamente. Pouco antes de me desconectar, ela disse que ia tentar identificar as pessoas que invadiram meu laptop graças ao logger que nos enviou...

— Como podemos entrar em contato com ela se não podemos utilizar seu computador?

— De um cibercafé. É o que há de menos arriscado.

Exprimi minha concordância com um gesto vago de mão.

— De todo modo — retomei —, com o que encontrei na Biblioteca Nacional, a web ainda pode ser muito útil para nós... Vamos precisar nos conectar em algum lugar.

— Encontrou o microfilme?

Enquanto o New Beetle entrava na praça Étoile, contei-lhe minha história em detalhes. Quando lhe disse que os religiosos aos quais o texto se referia chamavam-se Assayya, Sophie arregalou os olhos.

— Não pode ser! — exclamou.

— O quê?

— Esse manuscrito sustenta que atualmente existe um monastério dos Assayya no deserto da Judeia, é isso?

— Sim. Por quê? Sabe quem são? — perguntei intrigado.

— Sei. Assayya, em aramaico, significa "aqueles que cuidam".

— E daí?

— Em grego, isso deu *essaioi*... e, em francês, essênios! São os essênios, Damien!

— Tem certeza?

— Ouça, não sei se esse texto diz a verdade, não sei se é possível que uma comunidade de essênios tenha sobrevivido durante dois mil anos, quando os historiadores dataram seu desaparecimento no século II. Isso me parece possível, mas o que sei é que *Assayya* era o nome dado aos essênios. E se esse texto não estiver falando muita bobagem, isso quer dizer... Não. É impossível. É completamente surrealista. Seria demais! Como poderiam ter passado despercebidos por tanto tempo? Como teriam se renovado? É loucura!

— Se você está dizendo... Em todo caso, é intrigante! Vou precisar olhar esse texto mais de perto.

Sophie ficou em silêncio até chegarmos à avenida Carnot. Eu bem reparei que ela estava refletindo, analisando a verossimilhança daquela revelação. Corríamos de surpresa em surpresa. E o pior é que provavelmente não estávamos no fim.

*

Chegamos ao hotel Splendid, a poucos passos da praça Étoile, onde desta vez pegamos dois quartos separados. Sem o laptop, realmente já não tínhamos desculpa para dividir o mesmo quarto.

O hotel, na esquina da rua de Tilsitt com a avenida Carnot, era um quatro estrelas mais luxuoso e menos íntimo que o Tourville. No entanto, tinha uma belíssima desculpa para a tranquilidade perdida: meu quarto Luís XV dava diretamente para o Arco do Triunfo.

Depois que cada um de nós desfez as malas, fomos nos sentar nas poltronas redondas do bar do hotel.

— O que você quer beber? — perguntou-me Sophie quando me sentei à sua frente.

Hesitei por um momento. Sophie deu um breve suspiro e aproximou-se de mim:

— Escute, Damien, você está levando muito a sério essas suas histórias com a bebida! — cochichou fitando-me diretamente nos olhos. — Solte-se um pouco, caramba! Não é o fim do mundo você tomar umas doses, né? Não vai fazer besteira sempre que tiver vontade de beber, vai?!?

Fiquei tão surpreso que nem consegui responder.

— Damien — retomou com um tom solene —, já é hora de você voltar a confiar um pouco mais em si próprio. Não vou dar uma de psicóloga de botequim, mas, francamente, você se aflige demais!

Continuei imóvel. Eu estava ao mesmo tempo furioso e desorientado.

— Não sei que merda de vida você teve antes, mas hoje a vida é bela. Você tem o direito de relaxar.

Olhei-a com um ar estupefato. Eu nunca a tinha ouvido nesse tom. Nunca vira aquele olhar. Tinha a impressão de estar ouvindo Chevalier. Um grande irmão. Uma grande irmã. Tocante e irritante ao mesmo tempo. Tão segura de si!

— A vida é bela? Relaxar? — consegui, enfim, balbuciar.

— Sim. Viver, ora! Você é um cara legal, mas torna a vida complicada demais.

Fiquei com vontade de lhe dizer que ela era um dos elementos que deixavam minha vida complicada naquele momento, mas não encontrei coragem.

— Nem todo o mundo consegue ficar tão relaxado quanto você! — retorqui mesmo assim. — Claro, você não tem nenhum complexo, parabéns! Mas nem todo o mundo pode ser assim... extrovertido!

— Não sou extrovertida! Sou livre e não me preocupo com o olhar das pessoas... Por exemplo, você se incomoda que eu possa gostar tanto de garotas quanto de rapazes? Mas não estou nem aí. Deixo a vida me levar. Se eu me apaixonar, me apaixono e pronto...

— Assim é fácil!

— Nem tanto, mas, de todo modo, não é disso que se trata! — defendeu-se.

— Se trata o quê?!? Não estou certo de ter entendido o que você está tentando me dizer. Nem sei por que você veio com essa conversinha!

— O que estou tentando lhe dizer é que você se culpa demais. Em relação à sua ex, em relação ao seu pai, em relação ao seu passado em geral, ao álcool, à cocaína, a Nova York e não sei mais o quê... Você deveria respirar um pouco.

— Não estamos no contexto ideal para relaxar — repliquei ironicamente.

— Tem toda razão — concedeu Sophie. — Mas, se você conseguir relaxar agora, quando está mais difícil, então será uma vitória. E me deixaria muito contente.

Fiquei em silêncio por um momento. No fundo, eu sabia o que ela queria dizer. Talvez ela não tivesse encontrado as palavras certas, mas tinha razão. Meu problema era simples: eu não gostava do que havia me tornado em Nova York e tinha vontade de me desintoxicar de tudo. De me purificar. Absolver-me. E nunca poderia acreditar que conseguiria até o dia do nosso encontro. Sophie era aquela que me podia fazer renascer. Devolver-me o que meu passado me havia tirado. Mas, pronto, havia um problema: eu a amava, e ela amava as mulheres.

— Por que você está me dizendo isso agora, assim? — perguntei-lhe baixando os olhos.

— Porque gosto de você. De verdade.

Por mais simples e desajeitada que fosse, essa era a coisa mais gentil que me haviam dito depois de muitos anos. E também era a mais embaraçosa.

— E depois — confessou —, porque fico bastante incomodada de vê-lo entrar em pânico sempre que tem vontade de tomar uma bebida. Ou de ficar comigo.

— Ficar com você? — melindrei-me.

— Isso mesmo, ficar comigo. Está tudo bem, Damien, você tem o direito de querer ficar comigo! Você tem o direito de ficar com quem quiser, assim como a pessoa com quem você quer ficar tem o direito de ser receptiva ou não! Vê como você leva tudo muito a sério?

Eu ainda estava chocado. Completamente perdido na poltrona, e a olhava com um ar assustado.

— Então — insistiu sem pena —, o que vai beber?

Era inútil lutar. Sophie era uma adversária imbatível.

— Um uísque.

Ela sorriu.

— Duplo — acrescentei esboçando um sorriso.

Ela aplaudiu e fez sinal para o garçom. Ele anotou nosso pedido e ficamos em silêncio, talvez um pouco incomodados, até que nossas bebidas fossem servidas.

— Me desculpe por ter sido dura com você — insinuou timidamente depois de dar alguns goles em seu Cosmopolitan.

— Não, você fez bem. Tem razão. Não consigo relaxar... Sabe, às vezes a psicologia de botequim não é totalmente desprovida de sentido... De fato, acho que preciso parar de me culpar.

E, nesse instante, no meio daquela tarde estranha, à sombra daquele bar luxuoso, Sophie me beijou. Na boca. Longamente.

Entreguei-me. Impotente. Estupefato. Extasiado. Depois ela afundou na poltrona, deu-me um largo sorriso, bebeu um gole e, olhando o canudo do seu Cosmopolitan na boca, mandou:

— Nada mal para uma lésbica, né?

E deu uma risada. Mas não era uma risada zombeteira. Era uma risada agradável, cujas notas eu não ouvia por completo, de tanto que se misturavam no eco do meu estupor.

Virei meu uísque num gole só.

Depois também dei uma risada. Era como se a pressão incrível que nos perseguia havia vários dias finalmente diminuísse. Um segundo de repouso em nossa corrida desenfreada.

E, para mim, o beijo mais inesperado.

Ficamos em silêncio por mais alguns longos minutos antes de Sophie decidir-se a retomar a conversa:

— Seja como for, tive tempo de avançar um pouco na tradução — anunciou em outro tom.

— Excelente! E então? — apressei-a aprumando-me em minha poltrona para fingir desenvoltura.

Na verdade, eu estava com dificuldade em pensar em qualquer coisa além daquele beijo que ela acabara de me dar, mas precisava me concentrar no *trabalho*. E Sophie mantivera os pés no chão. Para ela, a vida era tão simples. Não estava mentindo nem se fazia essas perguntas absurdas que me impediam de avançar. E o beijo estava lá para provar isso.

— Não tenho nada muito concreto por enquanto. A grande dificuldade consiste em compreender o texto que estou traduzindo graças às notas do seu pai. E, francamente, preciso de mais documentos para fazer minhas próprias verificações.

Havia muito tempo eu esquecera o sabor desse tipo de beijo. Um simples beijo de estudante. Não esses beijos desenfreados que eu dava nas ficantes noturnas que iam parar na minha cama nova-iorquina. Não, um beijo verdadeiro, simples. Um beijo de apaixonados.

— E em que ponto você está? — perguntei um pouco distraído.

— Ainda estou no começo. Dürer deu pistas para seguir a história da pedra de Iorden, e seu pai fez algumas pesquisas, mas estão incompletas. Por enquanto, se entendi direito, Dürer explica que aquele a quem Jesus teria dado esse objeto misterioso — quer se trate de João, de Tiago ou de Pedro — confiou-o antes de morrer a monges da Síria. Preciso verificar se isso é plausível e se podemos encontrar alguma coisa a respeito na História... Honestamente, não creio que eu vá conseguir fazer isso no hotel. Preciso ir trabalhar na biblioteca.

— Talvez eu possa ajudá-la — propus.

— Não. Você precisa seguir a pista do microfilme. Essa história dos essênios é incrível!

— Não vou voltar à Biblioteca Nacional! É muito perigoso...

— Com certeza — admitiu —, mas como você tem o nome da pessoa que depositou o microfilme, poderia tentar entrar em contato. Ver se é um louco de pedra ou se é um cara sério.

— OK.

— Lembra do nome dele, não?

— Christian Borella — confirmei.

— Ótimo. Tente encontrá-lo. Enquanto isso, vou trabalhar no Beaubourg.*

— Certo, chefa.

— Primeiro vamos a um cibercafé entrar em contato com a Esfinge, depois você pode fazer suas pesquisas sobre o autor do microfilme.

— Vamos nessa — cedi colocando meu copo sobre a mesa.

Sophie me lançou um olhar intenso. Eu sabia exatamente o que queria dizer esse olhar. Ela me perguntava se estava tudo bem, se eu estava chateado por ela ter me beijado. Devolvi-lhe um sorriso. Eu estava bem, bem demais.

*

— *Os caras que a hackearam são profissionais, não são garotos se divertindo, e parece que agiram dos Estados Unidos, mas não tenho como verificar isso por enquanto.*

Sophie havia escolhido um cibercafé da moda, no coração da avenida Friedland. Era um gigantesco loft mergulhado numa penumbra elétrica, e a decoração parecia, ao mesmo tempo, uma discoteca rococó dos anos 80 e uma lan house de Los Angeles. Néons, diodos, spots, luz baixa dos monitores, e a sombra dessa toca era transpassada por raios fluorescentes. Ao longo das paredes alinhavam-se fileiras de computadores, diante dos quais aglutinavam-se adolescentes inquietos, com fones nos ouvidos, o olhar de mortos-vivos, lançando rajadas com metralhadoras Uzi ou fuzis Kalachnikov em combates em rede. Um dos rapazes da recepção, com cara de louco e cerca de trinta anos, guiou-nos até o fundo do loft. De cabelos longos, olhos vermelhos e olheiras por trás dos óculos de armação pesada, com o corpo magro flu-

* Museu de Arte Moderna de Paris. Centre Pompidou. (N. T.)

tuando numa camisa e em calças largas demais, ele parecia não comer nem dormir havia dias. Nós o seguimos por uma estreita escada de caracol, e ele enfim nos arrumou um canto no mezanino.

— Podem ficar aí. Tem Explorer e Netscape. Não é possível fazer nem instalação nem gracinhas. Para jogar é preciso...

— Não pretendemos jogar. Mas tem mIRC instalado?

Ele suspirou, vasculhou alguma coisa no computador, e um ícone surgiu. O único programa de que precisávamos. Saiu resmungando, com um cigarro na boca.

Estávamos bem tranquilos no canto do mezanino. A garotada em volta habitava um mundo completamente diferente e nem nos viu chegar. Com seus fones de ouvido e a música tecno difundida pelas caixas de som espalhadas por toda parte, eles tampouco conseguiam nos ouvir, e podíamos conversar sem medo. Ausentei-me por um momento, cedendo a uma necessidade urgente, e Sophie aproveitou para sociabilizar um pouco com a Esfinge. Revelou-lhe, entre outras coisas, minha existência, além das informações relacionadas à nossa pesquisa.

A foto de Bush que o hacker nos havia enviado acabava de ser publicada no *Libération*, o que deixou nosso amigo invisível muito contente.

Ele era cada vez mais simpático conosco, e eu tinha vontade de saber mais sobre ele. Afinal de contas, nem sabíamos qual era a sua idade, embora tudo parecesse indicar que devia tratar-se de um jovem de cerca de vinte anos.

Ao nos prevenir que havíamos sido hackeados e vigiados, talvez tenha salvado nossa vida. Sophie prometeu-lhe que saberíamos provar nosso reconhecimento.

— *Você sabe se eles tiveram tempo de vasculhar todo meu disco rígido?*

— *Sem nenhuma dúvida.*

— *Tem como identificá-los a curto prazo?*

— *Talvez com o programa que pedi para vocês instalarem. Mas vai levar tempo. Esses malditos mandaram para vocês um Cavalo de Troia, devem ter esperado o momento em que vocês não estavam usando o PC para tomar conta da máquina.*

— *Interessante. Só que agora já não posso utilizar meu laptop, e isso não vai nos ajudar a terminar nossas pesquisas.*

— *Posso fazer mais alguma coisa por vocês?*

— *Por enquanto, nada de específico. Mas tenho certeza de que em breve teremos novas perguntas a lhe fazer. Enquanto isso, você poderia tentar identificá-los?*

— *Vou fazer todo o possível. Vou tentar encontrar mais coisas sobre a Acta Fidei. Essa história realmente está me intrigando.*

— *Também pode tentar alguma coisa sobre o Bilderberg. Ficamos sabendo, de fonte segura, que acabou de ocorrer um cisma dentro do grupo... Certamente há o que procurar por aí.*

— *OK. Voltamos a nos falar hoje à noite?*

— *OK. Depois do jantar.*

Sophie fechou o programa e me cedeu seu lugar.

— Faça suas pesquisas sobre o autor do microfilme — disse ela. — Vou ao Beaubourg. Nos vemos esta noite no hotel, às oito horas, para jantar, depois vamos reencontrar a Esfinge on-line.

— Combinado.

Ela me deu um beijo na testa e desapareceu por trás das colunas de pedra que quadriculavam o mezanino do cibercafé.

Suspirei e abri um navegador no micro à minha frente. Decidi começar pelo site das Páginas Amarelas, mas como não havia cidade específica nem mesmo região, logo descobri que havia Borella demais na França para que minha pesquisa fosse possível desse jeito. Só na região parisiense já havia vários.

Sem grande convicção, abri um site de buscas e digitei o nome do autor do microfilme. Após algumas páginas sem importância sobre diversos homônimos, vi com surpresa um link para um comunicado da AFP,* de título sugestivo. Impaciente, cliquei no título "Israel: assassinato inexplicável de um diretor da missão para os Médicos sem Fronteiras".

Lentamente, a página foi abrindo na tela do meu computador. Era uma nota curta, de algumas linhas:

"JERUSALÉM (AFP). O corpo de Christian Borella, diretor da missão para os Médicos sem Fronteiras, foi encontrado esta manhã num apartamento nos arredores de Jerusalém. Morto com dois tiros na cabeça, o francês de 53 anos passou boa parte da vida junto aos beduínos do deserto da Judeia. Dado o caráter puramente humanitário de sua missão, a polícia israelense estima que há poucas chances de o assassinato ter relação com o conflito entre israelenses e palestinos. Sendo assim, o motivo do assassinato permanece misterioso por enquanto. Talvez um crime passional..."

Não havia dúvida. Certamente se tratava do autor do microfilme. A coincidência era grande demais. O monastério a que o manuscrito da Biblioteca Nacional fazia referência encontrava-se justamente no deserto da Judeia. Portanto, eu tinha quase certeza de ter encontrado a pista. Mas, infelizmente, era um provável beco sem saída, já que o famoso Borella estava morto.

Em todo caso, definitivamente, havia o que pesquisar naquilo tudo: dizer que sua morte tinha alguma relação com o microfilme certamente não seria nenhuma viagem. Olhei a data da nota. Era de quase três semanas. Cada vez mais perturbador.

Agitado, continuei a esquadrinhar os anuários de pesquisa para encontrar outras informações sobre Borella, mas, além de uma notinha da Reuters mais ou menos similar àquela da AFP, nada encontrei de concreto. Decidi então seguir a pista dos Médicos sem Fronteiras e procurei seu número de telefone.

---

* *Agence France-Presse*: agência de notícias francesa. (N. T.)

Anotei as informações num pedaço de papel e apressei-me em deixar a cacofonia do cibercafé.

Quando cheguei ao piso inferior, notei dois carros da polícia estacionados em fila dupla bem na frente da entrada. Parei de imediato. Estariam ali por minha causa? Eram policiais comuns, e não investigadores. E daí? Eu não podia correr nenhum risco. Praguejei. Talvez até já tivessem interpelado a Sophie!

Devo ter feito uma cara muito esquisita, pois o sujeito da recepção bateu no meu ombro.

— Preocupado?

Estremeci.

— Hein?

— Está preocupado? — repetiu o cabeludo, lançando um olhar para a rua.

Hesitei.

— Tem outra saída?

Ele inclinou a cabeça. Olhou-me com um ar zombeteiro, como se fosse dizer: "Quem poderia imaginar que um cara como eu pudesse tirar um cara como você de uma encrenca, hein?"

— Siga-me — propôs finalmente, como se tivesse decidido que eu não tinha cara de criminoso.

E foi para o fundo do loft. Sem hesitar, segui seus passos por entre as fileiras de *gamers*. Ele abriu uma pesada porta de ferro bem ao lado da entrada dos banheiros. Dava para um corredor cheio de caixas de computadores e cabos velhos enrolados. Passei por trás dele.

— Pode sair por ali — disse-me indicando uma saída de emergência no final do corredor.

— Muito obrigado — respondi meio sem graça.

— Sem problemas.

Voltou ao interior do cibercafé antes mesmo que eu pudesse apertar sua mão.

Decidi sair. Eu estava do outro lado do imóvel e, para meu alívio, não vi nenhum policial naquela rua.

Caminhei a passos rápidos, voltando-me frequentemente para trás, temendo vê-los na minha cola sempre que vibrava o motor de um carro. Atravessei várias ruas até conseguir encontrar um lugar calmo, longe das viaturas da polícia, longe da Paris dos turistas, longe dos rostos tão numerosos que não me deixavam esquecer a paranoia crescente.

Sentei-me num banco verde, à sombra das primeiras folhas de um jardim, numa praça silenciosa. Dei um longo suspiro. Não conseguia me habituar a essa nova vida. À fuga.

Pombos saltitavam na areia ao meu redor, em busca de migalhas de pão que uma senhorinha devia jogar regularmente daquele banco. Alguns arbustos, a estátua de bronze de um marechal qualquer, treliças verdes ao pé dos plátanos, eu estava na Paris da minha infância. Aquela onde minha mãe me levava para passear às quartas-feiras à tarde. Eu me lembrava da mão dela segurando a minha, me ajudando a subir o meio-fio. O mercado de flores, os espetáculos de marionetes no Jardin d'Acclimatation, os sorvetes da sorveteria Berthillon... Era essa Paris que mais me fizera falta.

Mas a hora não era para lembranças. Eu não podia deixar a melancolia me vencer. Não nesse momento. Peguei o celular no fundo do bolso. Ainda não tinha colocado o chip provisório que havia comprado na véspera. Introduzi-o no telefone e verifiquei que funcionava.

O logotipo de minha operadora apareceu na tela, e os quadradinhos do sinal empilharam-se um a um. Digitei o número dos Médicos sem Fronteiras. Uma moça atendeu. Eu não havia preparado minha ligação. Improvisei.

— Bom-dia, aqui quem fala é Laurent Chirol.

Foi o primeiro nome que me veio à cabeça.

— Sou jornalista do Canal Plus — acrescentei.

Pura precaução. Na pior das hipóteses, se precisasse comprovar minhas fontes, Sophie certamente poderia assegurar minha retaguarda junto à emissora.

— Estou preparando uma pauta sobre Christian Borella... Gostaria de falar com alguém daí que o conhecesse.

— Um momento — respondeu a telefonista num tom bem artificial.

Cerrei os punhos, esperando que não me mandassem passear. Quando a musiquinha de espera parou, foi uma voz masculina que rompeu o silêncio. A telefonista havia passado minha ligação.

— Senhor Chirol?

Era uma voz grave, segura, até um pouco pedante.

— Sim — respondi.

— Bom-dia, sou Alain Briard, trabalho no setor de expedição da seção francesa e conhecia muito bem Christian. Line me disse que o senhor está preparando uma pauta a seu respeito...

— Exatamente.

— Muito bem. Na verdade, não sei se poderei ajudá-lo, mas ficaria muito curioso para ver os resultados de sua matéria.

— Enviarei uma fita para o senhor — menti.

— O que quer saber?

— Christian chegou a lhe falar sobre temas de pesquisa ligados a seu trabalho para os Médicos sem Fronteiras?

— Não exatamente.

— Nunca lhe falou de uma paixão que nada tinha a ver com a humanitária? Ou de uma descoberta um tanto... digamos... fora de propósito?

— Não — respondeu o interlocutor com uma voz perplexa. — Sua grande paixão era o deserto da Judeia. Passava seu tempo lá, e não creio que tenha havido espaço para muitas outras coisas em sua vida...

— Sim, mas justamente, nunca lhe falou de qualquer coisa a respeito do deserto da Judeia que não tivesse nenhuma relação com os Médicos sem Fronteiras?

— Não entendo aonde o senhor quer chegar. Por acaso ele encontrou algum tesouro por lá?

— Não, não, absolutamente — tranquilizei-o.

— Sabe, ele não tinha tempo para se ocupar de outra coisa, nem mesmo para se ocupar de sua filha em Paris...

— Filha?

— Sim, Claire, sua filha. Não sabia que ele tinha uma filha?

— É... não, estou bem no início da minha investigação...

— Deveria começar por aí! Ela certamente sabe mais do que eu a respeito dele.

— Tem o endereço dela?

Hesitou por um instante.

— Ela morava na casa do pai, acho... Mas não posso lhe dar o endereço. Isso faz parte de sua vida particular...

— Entendo.

Não quis pressioná-lo. Sobretudo, eu não podia chamar a atenção. Mas já possuía todas as informações de que precisava. Procuraria o endereço de certa Claire Borella ou de seu pai, Christian, que morava em Paris. Desta vez, eu tinha elementos suficientes para não tatear no escuro.

Agradeci ao senhor Briard, visivelmente decepcionado por eu não lhe ter feito nenhuma outra pergunta, e desliguei. Digitei em seguida o número da central de informações e pedi sobre Christian Borella. Por sorte, havia apenas um em Paris. Infelizmente, seu nome não estava disponível para consulta.

Provavelmente eu não poderia ir muito mais longe sozinho, ia precisar da ajuda da Sophie e do tal amigo do RG. Mas eu ainda tinha tempo até as vinte horas e, podendo dar outros telefonemas, decidi lançar mão de uma antiga pista que havíamos negligenciado um pouco. O padre de Gordes.

Encontrei o número do presbitério com a ajuda do departamento de informações e resolvi ligar para ele. Muitas perguntas haviam ficado em suspenso depois do nosso encontro.

Ele atendeu após o segundo toque.

— Bom-dia, padre. Aqui é Damien Louvel.

Ouvi-o suspirar.

— Bom-dia — respondeu igualmente.

— Incomodo? — arrisquei, embora a resposta não deixasse dúvidas.

— Sim.

A situação tinha o mérito de ser clara.

— Sinto muito, padre, mas...

— Sabia que está sendo procurado pela polícia?

— Entre outros, sim...

— E não se abala?

— Digamos que isso ainda não está no topo da minha lista de prioridades. Sinto muito por incomodá-lo, repito, mas admita que o senhor terminou nossa conversa de modo um pouco seco da última vez e...

— Imagine que, neste exato momento, estou encaixotando minhas coisas — interrompeu-me exasperado.

— Vai partir? — espantei-me.

— Sim.

— Para onde?

— Para Roma.

— Como assim?!? — exclamei.

— Isso mesmo. Para Roma. Fui transferido, senhor Louvel.

— Transferido para Roma? Nossa, que bela promoção!

— Na verdade, não... Gosto muito da paróquia de Gordes e bem que terminaria minha vida por aqui. Em suma, senhor Louvel, não é exatamente uma promoção. É mais um beco sem saída.

— Ah. E o senhor não pode recusar?

Ele suspirou novamente, tentando acalmar a voz.

— Claro que não!

— Não sei, não estou muito por dentro do direito do trabalho eclesiástico — insinuei ironicamente.

— Fui transferido e pronto. Estou de partida.

Perdi o fôlego. Obviamente o padre recebera uma alta promoção, e, sem querer, eu achava isso quase divertido.

— Acha que o transferiram para... silenciá-lo?

— Sem comentários.

Ouvi o barulho de um isqueiro. O padre estava acendendo um cigarro. Cada vez melhor!

— Sabe quem pediu sua transferência?

Ficou em silêncio por um momento.

— Não. *Nunca* se sabe de quem vem.

Precipitei-me.

— E se eu lhe disser que sei de quem vem?

— Como assim?

— Sei exatamente quem pediu sua transferência e por quê. Eu poderia lhe dizer mais, mas o senhor também tem umas coisas a me dizer sobre meu pai, não é verdade?

Novo silêncio embaraçoso.

— Talvez — admitiu finalmente.

Cerrei os punhos. A coisa estava ficando interessante.

— Escute, seu padre, acho que precisamos conversar a respeito de tudo isso com mais calma. Será que o senhor poderia tirar um dia ou dois de folga e me encontrar em Paris?

Hesitou.

— Por que não...

— Anote o número do meu telefone. Não o divulgue em hipótese alguma. Ligue-me assim que estiver em Paris. E tome cuidado. De verdade.

— E a polícia?

— Não é obrigado a dizer a eles que falou comigo ao telefone.

— Claro, claro. Segredo profissional, filho — respondeu antes de desligar.

Capítulo Oito

O Le Pré Carré, restaurante do hotel Splendid, contava com ambiente discreto e, no terraço, com uma calma ideal para se conversar com tranquilidade. O problema é que já eram 20h30 e Sophie ainda não tinha chegado. Estava meia hora atrasada, e eu começava não apenas a ficar enjoado por causa dos pistaches que a garçonete me havia trazido, mas também seriamente preocupado.

Eu já tivera tempo suficiente para imaginar centenas de cenários catastróficos nos quais Sophie era assassinada pelos cães de guarda de um ou outro dos nossos obstinados perseguidores. Sem falar da eventualidade cada vez mais plausível de que os tiras a tivessem prendido na saída do cibercafé. E eu não me imaginava assumindo nossa história sozinho. Eu não era nada sem a Sophie. Precisava dela, da sua coragem, da sua determinação, dos seus sorrisos, dos seus...

Estava para pedir um segundo uísque quando vislumbrei com felicidade a silhueta da jornalista através da janela do restaurante.

Ela se aproximou da minha mesa, e na luz dos seus olhos vi que nada grave havia acontecido.

— Sinto muito, me atrasei, fui cativada por minha tradução... E estava com o pessoal do Canal ao telefone, eles estão impacientes.

Sentou-se à minha frente. Os reflexos azulados dos discretos *plafonniers* iluminavam seu semblante como um raio de sol através de um vitral. A iluminação do Pré Carré tinha algo feérico. Azul no teto, âmbar nos revestimentos de madeira e nas paredes claras, alinhadas atrás dela. Pequenos biombos de madeira, estofados em capitonê, separavam-nos das mesas vizinhas a uma altura considerável, oferecendo ao nosso canto um ar intimista. A mesa estava magnificamente arrumada. Pratarias, cristais, toalhas macias e espessas. Sophie acariciava com nervosismo a superfície do guardanapo com o dorso da mão. Estava visivelmente aflita para me contar o que havia descoberto, mas, tão logo se instalou, pediu que eu começasse.

— Acho que os tiras estão atrás de nós. Havia duas viaturas da polícia na saída do cibercafé.

— É mesmo? Tem certeza?

— Não fui até lá para perguntar. Saí pelos fundos. Mas se nos seguiram até o cibercafé, quem nos diz que não sabem em que hotel estamos?

Lançou um olhar ao nosso redor.

— Por enquanto, está tudo tranquilo — disse sorrindo. — Vamos ver...

— Vamos ver? Essa é boa! Não costumo ser procurado pelos tiras.

— Nem eu, mas não podemos fazer grande coisa, a não ser vigiar nossa retaguarda, como se diz. Então, o que você descobriu?

— Borella já era — respondi logo, bastante à vontade após ter mudado completamente de assunto. — Foi assassinado em Jerusalém. Tem uma filha em Paris. Seu nome não está disponível para consulta, acho que será preciso ligar para aquele seu amigo do RG novamente.

Sophie riu.

— Coitado, vai ficar uma fera! — avisou-me. — Se em vez disso pedíssemos à Esfinge...

— Por que não? De todo modo, você lhe disse há pouco que voltaríamos a entrar em contato esta noite.

Uma funcionária do restaurante aproximou-se da nossa mesa e nos estendeu o cardápio. Agradeci-lhe com um sorriso.

— Está com fome? — perguntou-me Sophie quando a garçonete se afastou.

— Digamos que nós dois merecemos uma bela refeição e que falta em Nova York restaurantes como este...

— Pensei que houvesse um monte de excelentes franceses por lá.

— Não é como aqui. A cozinha francesa nunca tem realmente o mesmo gosto no exterior. Não sei por quê. Talvez porque não se encontrem os mesmos ingredientes.

Ela aquiesceu sorrindo, depois mergulhou o olhar no menu.

— Então, vai pedir o quê? — perguntou sem levantar os olhos.

Deslizei o dedo várias vezes pelo menu, indeciso. Que suplício ter de escolher numa lista em que tudo parece suculento!

— Acho que de entrada vou sucumbir aos escalopes de *foie gras* com pêssegos assados — anunciei finalmente.

Ela sorriu.

— Só isso? Ah, é verdade, você tem razão, vou pedir o mesmo. E depois?

— Estou entre as costeletas de cordeiro assadas com tomilho e o coelho com pinhões e acelga...

Coçou o queixo, depois, ajustando os óculos, levantou a cabeça para mim.

— Bom, peça o cordeiro que eu peço o coelho, e provamos um do prato do outro.

— Combinado!

Chamei a garçonete, que não tardou em vir tomar nota dos pedidos. Retirou-se depois que anunciamos nossas escolhas e cedeu lugar a um rapaz gordinho.

— Vão querer vinho? — perguntou estendendo-me a carta.

Hesitei por um instante diante da lista bastante completa.

— Para o *foie gras*, acho que um Sauternes cai bem... Sophie?

— Pode ser. Ou um Barsac — sugeriu maliciosamente. — Conhece? É bem próximo do Sauternes, porém mais suave para o meu paladar.

— Perfeito — respondi entusiasmado.

Estendi-lhe a carta de vinhos um pouco envergonhado. Sabia que ela era muito mais competente do que eu para escolher nossa bebida. Aos diabos a tradição que mandava o homem escolher! Eu preferia passar por um ignorante e beber um bom vinho.

— Então vamos de Château Climens — concluiu Sophie.

— 1990? — sugeriu o sommelier.

— Ótimo. Em seguida, para os pratos, é difícil encontrar um vinho que combine ao mesmo tempo com o coelho e o cordeiro...

— Nesse caso, não conte comigo. Confio em você, Sophie.

— Um Panillac deveria dar conta do recado — propôs olhando para mim. — Pelo menos para o cordeiro, não há nada melhor.

Aquiesci, achando graça.

— Então aceitamos seu Pichon-Longueville.

— Temos um 90 também — respondeu o rapaz sorrindo. — Safra excelente.

— Perfeito.

Pegou as cartas e partiu para a cozinha.

Quando Sophie se voltou para mim, dei uma risada.

— O que foi?

— Não, nada — respondi dando de ombros. — Você me faz rir.

— Porque escolhi o vinho?

— Sei lá. Por tudo.

— *Obrigada!*

Creio que essa foi a primeira vez que a vi ofendida. Não sei por quê, mas disse a mim mesmo que devia ser bom sinal.

— Onde aprendeu enologia? — perguntei-lhe com mais gentileza.

— Não sou enóloga! Simplesmente meu pai tinha ótimas garrafas, e eu o ajudava a atualizar seu livro de adega. Desde os quinze ou dezesseis anos fui iniciada nos diferentes vinhos.

— Você tem sorte...

— Sim. A vantagem, quando se começa a entender um pouco do assunto, é que você pode encontrar ótimas garrafas por um preço razoável, enquanto um leigo será obrigado a se servir das coisas garantidas e mais caras...

— Tão caros quanto um Panillac, por exemplo? — ironizei.

— É verdade. No restaurante então...

— Imagino, depois sou eu quem paga a conta!

Começamos a rir. Nem era tão engraçado, mas nossos nervos, submetidos havia vários dias à dura prova, não estavam exatamente num estado normal.

— Bom, quando você terminar de zombar da minha cara — retomou acendendo um cigarro — vai ter que me contar o que mais encontrou em relação à nossa história...

— Pois bem, como não consegui o telefone da filha do Borella, fui atrás de outra pista. Liguei para o padre de Gordes.

— Boa ideia. E então?

— Ele estava fazendo as malas. Foi transferido para Roma, um beco sem saída, segundo ele.

— Veja só! Na sua opinião, isso tem alguma relação conosco?

— Deve vir da Acta Fidei, não? Me parece evidente.

— É provável.

— Em todo caso, não parecia contente. Mas a boa notícia é que aceitou vir a Paris para podermos trocar informações. Vou revelar a ele o que sabemos sobre a Acta Fidei, e acho que ele ainda tem algumas coisas a me dizer sobre meu pai. Dei meu número de telefone a ele.

— Você é louco! — exclamou.

— Não. Não sei por quê, ele me inspira confiança, apesar de tudo.

— Espero que ele não te entregue! Sem contar que o telefone dele provavelmente está grampeado...

— É verdade — concordei. — Talvez não tenha sido muito inteligente da minha parte... Mas não via como agir de outro modo para encontrá-lo. Não ia dar a ele o endereço do hotel!

Sophie fez uma expressão de incredulidade.

— E você? — retomei. — Avançou bastante?

— Até que sim! — respondeu com uma ponta de orgulho.

— Sou todo ouvidos...

Sophie inspirou profundamente e pôs as mãos sobre a mesa.

— Por onde começar? É um pouco confuso. Tenho várias pistas ao mesmo tempo...

— Vou tentar acompanhar — prometi.

Um casal acabava de se sentar à mesa atrás de nós, e Sophie baixou um pouco a voz.

— Grosso modo, é o seguinte: se aceitarmos o fio condutor de Dürer e do seu pai, supomos a existência de uma mensagem criptografada de Jesus. Quem diz criptografia diz chave. Portanto, há dois elementos. De um lado, uma mensagem codificada, de outro, a chave que permite decodificá-la. E, se entendi direito, a chave é a pedra de Iorden.

— Ou seja?

— Acho que a pedra de Iorden é, de fato, uma espécie de artefato que permite decodificar a mensagem de Cristo. É também a conclusão à qual chegou seu pai.

— Vamos admitir essa hipótese. Então a pedra seria a chave. E onde está a fechadura?

— Não faço a menor ideia e acho que seu pai também não sabia. Parece que temos em mãos apenas metade das peças do quebra-cabeça. Aquelas que dizem respeito à pedra de Iorden. Em todo caso, decidi me concentrar inicialmente nisso.

— Certo. E então?

— Então encontrei muito mais coisas do que havia esperado. Você se lembra de que vários textos apócrifos contavam que Jesus tinha dado a pedra ora a João, ora a Tiago, ora a Pedro?

— Ou talvez aos três — lembrei-me.

— Exato. Pois bem, segundo seu pai, seria antes Pedro quem a teria herdado. O jogo de palavras sobre o nome do apóstolo é um pouco fácil, e os próprios tradutores o adotaram com prazer.

— "Tu és Pedro e sobre esta pedra construirei minha Igreja" — enunciei. — Mas Jesus não estava falando da pedra de Iorden...

— Não, claro. Embora a aproximação seja tentadora.

— Então o que a faz pender em favor de Pedro?

— Dürer conta que inicialmente a relíquia teria sido escondida na Síria. Outros documentos parecem confirmar essa tese. Durante os primeiros anos que seguiram a morte de Jesus, a principal fonte de expansão do cristianismo nascente foi a Síria. Era de fato o primeiro centro cristão, depois de Jerusalém, é claro. No final dos anos 30, quase todos os helenistas expulsos de Jerusalém foram para Antioquia. Aliás, a primeira crise da história cristã gira em torno da oposição entre os cristãos helenistas da Síria e os judeus cristãos de Jerusalém.

— Que tipo de crise?

— Como sempre, picuinhas. Histórias de tradições, de ritos. Os helenistas questionavam a prática da circuncisão, o que evidentemente não agradou aos cristãos da Judeia... E adivinhe quem vai à Síria em 49 para tentar acalmar os ânimos?

— Pedro?

— Exatamente. O ancestral dos papas. No fim das contas, Pedro não alcança êxito na missão. Aquele ano de 49 marca, ao contrário, a ruptura entre ambas as facções cristãs. Foi aí que as coisas começaram a dar errado. De um lado, o nacionalismo judaico, estimulado pelos zelotes, aumenta em relação às pressões romanas, e, de outro, com Paulo, desenvolve-se uma Igreja voltada mais para os gregos.

— Por que Paulo?

— Um ano antes, em 48, os apóstolos reuniram-se no que se chama Concílio de Jerusalém. Ao final dele, decidiu-se que Pedro tinha por missão converter os judeus ao cristianismo e que Paulo, por sua vez, tinha por missão converter os pagãos.

— Sei...

— E, segundo seu pai, Pedro teria sentido que as coisas poderiam funcionar melhor em Antioquia do que em Jerusalém e decidido confiar a misteriosa relíquia aos primeiros cristãos da Síria. Talvez esperasse recuperá-la quando os ânimos se acalmassem, mas, infelizmente, cerca de quinze anos mais tarde, acabou sendo crucificado no monte Vaticano.

— Não entendo por que não teria ficado com a pedra de Iorden...

— É o que também me perguntei. Mas Jesus, ao que parece, havia explicado que esse objeto era dos mais preciosos e que devia continuar sendo conservado em segurança. Imagino que Pedro pensasse que se tornara perigoso demais guardá-lo consigo, simplesmente. Então o teria entregado a uma comunidade de cristãos da Síria, na qual devia confiar.

— Pode ser. Mas como podemos ter certeza de que a pedra estava bem escondida na Síria?

— Justamente. Seu pai tinha encontrado a pista certa. Você se lembra das duas cartas que ele me passou por fax para me convencer a ir a Gordes?

— Sim, uma era o início do manuscrito de Dürer, e a outra, um documento relativo a Carlos Magno...

— Exatamente! Temos, portanto, uma prova da existência da pedra de Iorden nesse documento referente a Carlos Magno. O que permitiu a seu pai, e a mim, em seguida, voltar no tempo e reconduzir nossa pesquisa em sentido contrário...

Nesse instante, o sommelier nos trouxe o vinho de Barsac. Sem se enganar, serviu um pouco a Sophie, para que ela pudesse experimentá-lo. Segurando a taça com a mão direita, ela girou o líquido xaroposo diante dos olhos, deixando escorrer a fina camada dourada para observar as lágrimas espessas desse vinho botritizado. Depois mergulhou o nariz no copo, inspirou sem fazer barulho, antes de dar, enfim, um pequeno gole. Manteve o vinho por um momento na boca, aerou-o aspirando entre os lábios, bebeu-o e depois fez sinal de que estava delicioso.

Sorri para o sommelier, que encheu ambas as taças.

— À sua saúde! — propôs Sophie.

Brindamos e, depois que nos trouxeram os escalopes de *foie gras*, Sophie pôde continuar sua teoria.

— Pude constatar que, de fato, vários livros de história faziam menção a relíquias cristãs, a pedra de Iorden não era necessariamente nomeada, que Carlos Magno teria recebido de presente de Harun al-Rashid. Então tentei voltar para trás seguindo essa pista...

Dei de ombros.

— Sinto muito, mas agora você me pegou. Não faço a menor ideia de quem seja esse Harun al-não-sei-do-quê...

Sophie não conseguiu segurar o riso.

— Al-Rashid. Deixe-me contar a história direito — propôs. — É preciso voltar a Maomé. Você sabe que ele revirou a história do mundo árabe...

— Claro.

— Logo no início do século VII, Maomé tem uma revelação, uma iluminação. Convencido da existência de um deus único e da iminência de um julgamento divino, entra em conflito com a religião politeísta de Meca. É preciso observar que Maomé havia se casado com a filha de um rico mercador e que sua atividade de comerciante lhe permitiu encontrar judeus e cristãos, o que explica especialmente seu conhecimento das Escrituras e talvez seu gosto pelo monoteísmo. Exatamente como Jesus, cuja força era falar a língua do povo, Maomé prega em árabe, o que toca mais diretamente o povo e, sobretudo, os pobres. Conhece tanto sucesso que, novamente como Jesus, começa a incomodar. Portanto, é perseguido, até que Medina, uma cidade vizinha e concorrente de Meca, propõe recebê-lo. Em Medina viviam ao mesmo tempo tribos judaicas, refugiadas da Judeia, e tribos árabes...

— Tenho a impressão de estar voltando à escola...

— Espere, logo vai entender aonde quero chegar. Pouco a pouco, os habitantes de Medina se unem a Maomé, tanto que em 622 sua instalação na cidade é oficializada. Aliás, 622 é convencionalmente o início da nova era para o islã. A força de Maomé é ter estabelecido ao mesmo tempo um sistema religioso e político que não estava em ruptura com as tradições locais. A Arábia da época era tribal, e as tribos eram dirigidas por um chefe, o xeque. Maomé reproduz o mesmo esquema, torna-se ele próprio um xeque, com a diferença de que seu poder foi investido por Deus. Em contrapartida, sua oposição aos coraixitas de Meca só aumenta, até que em 630 os discípulos de Maomé tomam de assalto a cidade e obrigam os coraixitas a se integrar ao sistema político e religioso do profeta. Maomé morrerá dois anos mais tarde, mas o islã havia nascido, e aquele era o início da sua incrível expansão. Isso refresca sua memória?

— Totalmente — menti.

— É preciso saber que, naquela época, o Oriente Próximo e o Oriente Médio estão divididos entre dois impérios que se opõem: Bizâncio e a Pérsia sassânida.

— Estamos bem na sua área!

— Sim, por enquanto! Infelizmente, as pesquisas que me esperam em seguida podem estar muito mais fora do meu assunto predileto, é o que temo. Seja como for, vou continuar, se você me permitir...

Bebeu um gole e depois retomou:

— Em 628 acontecerão as duas últimas guerras entre esses dois impérios. Lógico que Bizâncio sai vitoriosa, mas ambos estão completamente enfraquecidos, o que vai deixar uma brecha que logo os muçulmanos vão tratar de usar. Abu Bakr, o sogro de Maomé, impõe-se como sucessor dele. É nomeado califa, o que significa "deputado do Profeta", e, para afirmar sua autoridade, vai começar as invasões e conversões da Arábia. O movimento é lançado; o Iraque, a Síria e o Egito virão em seguida.

— Voltamos à Síria! — intervim.

— Exatamente! Em 636, ou seja, quase seiscentos anos após a viagem de Pedro a Antioquia, o exército do califa Abu Bakr tomou toda a Síria. Jerusalém virá em seguida, em 638. O importante é que, contrariamente às ideias preconcebidas, os árabes não são bárbaros que destroem sistematicamente tudo por onde passam. Ao contrário, têm a inteligência de integrar as regiões que conquistam a seu próprio sistema, de maneira suficientemente flexível para que essa integração funcione. Praticam uma conversão progressiva. Assim, as relíquias encontradas em Antioquia e em Jerusalém não foram destruídas. Às vezes, os califas se apoderam delas, mas as conservam por aquilo que têm de sagradas. Portanto, é provável que a pedra de Iorden tenha sido recuperada naquele momento por um califa e que, em seguida, tenha sido transmitida de geração em geração. Em todo caso, de uma coisa se tem certeza: no final do século VIII, ela estava em posse de Harun al-Rashid, provavelmente o califa mais importante da dinastia abássida.

— E como passou dele para Carlos Magno?

— Tenho uma pequena teoria a respeito, mas ainda não pude verificá-la. Se tudo der certo, vamos falar sobre isso amanhã.

— Muito bem! Parabéns! É no mínimo... empolgante!

— É apenas uma hipótese, mas, como sabemos que a pedra de Iorden passou de Jesus para Carlos Magno *via* Harun al-Rashid, acho que é a hipótese mais verossímil.

— Em todo caso, é incrível!

— O mais espantoso é que nenhum dos seus detentores parece saber o que realmente representa essa pedra. Em todo caso, nenhum deles tem consciência de que se trata de uma chave para decodificar uma mensagem de Cristo...

— Se for realmente o caso — atenuei.

— Claro. Mas, seja como for, a relíquia está rodeada por uma aura excepcional. Todo o mundo sabe que ela vem diretamente de Jesus, e todo o mundo parece lhe atribuir uma importância sem igual. É um pouco como se, tradicionalmente, seus sucessivos donos tivessem passado adiante a mensagem. Talvez o próprio Pedro estivesse na origem dessa tradição. Certamente ele confiou aos cristãos da Síria o valor inestimável da relíquia.

— Provavelmente — admiti.

Quando terminamos o *foie gras*, a garçonete levou nossos pratos e voltou um instante depois com os pratos principais e a garrafa de Pauillac.

Do lado de fora, a noite havia caído. As horas passavam, e estávamos completamente enterrados em nossa incrível pesquisa. Era como se estivéssemos fora do mundo, fora do tempo. Eu me perguntava como tudo isso poderia terminar.

Ficamos em silêncio, degustando com prazer a delicadeza dos nossos pratos, trocando discretamente algumas garfadas. No final, já não tínhamos fome para uma sobremesa, mas pedimos um café para cada um.

— Sophie — disse eu —, amanhã vai fazer mais de 48 horas.

— Como?

— Lembra-se? Havíamos decidido esperar 48 horas antes de avisar os tiras... Nos demos 48 horas para resolver esse enigma.

Ela colocou um cotovelo sobre a mesa.

— Está com vontade de desistir? — perguntou levantando uma sobrancelha.

— Não exatamente. Mas devo confessar que não estou muito tranquilo. Não sei bem aonde vamos parar... Será que estamos tentando entender essa história ou...

— Ou o quê?

Eu não conseguia acreditar no que estava para dizer:

— Ou será que... Será que estamos procurando a pedra de Iorden?

— Sabe, Damien, acho que a pedra de Iorden não será suficiente... Ela é apenas a chave que serve para decodificar a mensagem.

— Sim, mas isso significa que a estamos procurando? — insisti.

Sophie me encarou. Inclinou a cabeça como para adivinhar meu pensamento.

— O que lhe dá mais medo? O fato de procurar ou a possibilidade de encontrar a mensagem de Cristo?

— Você se dá conta do que acabou de dizer? Percebe a que ponto somos pretensiosos de querer encontrar isso?

— Escute, Damien, quando os manuscritos do Mar Morto foram descobertos, a Igreja se precipitou em cima deles e nada ficamos sabendo de concreto durante quase cinquenta anos. Se essa pedra for encontrada, a edição completa que acaba de ser publicada não será tão completa assim... Quando JFK foi assassinado, a CIA se lançou sobre os dados da investigação, que permanecerão secretos ainda por vários anos, e olha que os fatos remontam a meados do século XX! Se não formos nós a descobrir o sentido da pedra de Iorden, quem nos garante que aquele que o fizer vai tornar pública sua descoberta? Não sei se essa descoberta é realmente importante, não sei se há realmente uma mensagem oculta de Jesus, mas o que sei é que eu não vou deixar o Bilderberg ou a Acta Fidei encontrar antes de nós.

— E você me pergunta por que tenho medo? — ironizei.

— Até agora estamos nos saindo bem, não acha?

— Cada dia que passa multiplica nossas chances de encontrarmos problemas. Quando você se atrasou agora há pouco, fiquei realmente com muito medo.

— Sinto muito. Vamos ao cibercafé?

Sophie tinha o dom de passar de um assunto a outro, sobretudo nos momentos dramáticos. Era sua força. Dar a volta por cima. Sempre.

— Bem... não sei.

— Vamos, você acabou de dizer que já não tínhamos tempo a perder...

— Sim, mas e os tiras que estavam lá há pouco?

— Podemos ir a outro...

Concordei. Paguei rapidamente a conta, e, meia hora mais tarde, estávamos conectados à web, em meio a gamers obstinados em trucidar os colegas na rede...

*

Outro cibercafé, outro ambiente. Com ar mais estudantil, confinado, cabos para todos os lados, monitores grandes, luz branca, paredes recentemente repintadas. Um pouco maior do que uma padaria. A intimidade era menos evidente ali.

— *Tenho uma notícia quentíssima para vocês!*

A Esfinge nos esperava havia quase uma hora. Estava bastante agitada.

— *O que encontrou?*

— *Encontrei quem hackeou vocês!*

— *Fabuloso!*

— *Não pensei que eu fosse conseguir, mas coloquei várias pessoas em ação nos provedores, e conseguimos chegar até a origem. Esses filhos da puta são malandros. Utilizaram vários provedores em série para tentar despistar, mas chegamos até a origem, e imaginem que batemos num número de celular nos Estados Unidos.*

— *E então?*

— *Não vão acreditar... O número está registrado em nome da Simon D. School of Law & Diplomacy de Washington.*

— *E daí?*

— *Sabem quem é o presidente?*

— *Não.*

— *Victor L. Dean, um antigo embaixador americano, que atualmente é... o secretário-geral do Steering Committee* do grupo Bilderberg para os Estados Unidos!*

Sophie me lançou um olhar estupefato.

— O Bilderberg está atrás de nós! — cochichou.

Eu não conseguia descobrir se ela achava isso aterrorizante ou excitante. Talvez um pouco de cada. Quanto a mim, estava horrorizado.

— *Já se deram conta? O Bilderberg está no encalço de vocês! É incrível!*

— *Você acha? Não faço a menor questão...*

— *Não é para qualquer um! Para que tenham até hackeado seu computador é porque vocês realmente estão incomodando!*

— *Provavelmente... Nem sei por quê.*

— *Ora, vamos, é evidente. Vocês estão procurando a mesma coisa que eles e devem estar lá na frente. Isso não parece deixá-los contentes...*

* Comitê dirigente. (N. T.)

— *Ainda não encontrei...*

— *Que bom! Do contrário, isso significaria que estão me escondendo alguma coisa... Espero ser informado antes de todo o mundo, hein?*

— *Fechado. Ainda precisamos de uma pequena informação.*

— *O que quiserem.*

— *Você consegue encontrar os dados de uma pessoa cujo nome não está disponível para consulta?*

— *Moleza!*

— Quanto mais isso dá certo — intervim sorrindo —, mais me pergunto se não estamos lidando com um garoto de catorze anos!

Sophie balançou a cabeça.

— Se for verdade, ele pode estar nesta sala! — disse mostrando todos os adolescentes cheios de espinhas ao nosso redor.

— *Christian Borella, talvez também esteja no nome de sua filha, Claire. Moram em Paris.*

— *OK. Já volto.*

Quinze minutos mais tarde, a Esfinge nos enviou o número de telefone e o endereço da nossa misteriosa desconhecida. Despediu-se de nós, e Sophie prometeu falar-lhe das novidades assim que possível.

Saímos do pequeno cibercafé e voltamos à Étoile. Esse bairro de Paris nunca fica vazio. Há sempre gente nas calçadas, luzes nas vitrines. Mas não são os mesmos semblantes. Me fazia lembrar Nova York.

Quando chegamos ao bar do hotel, já era um pouco tarde, mas assim mesmo decidi ligar para a filha do Borella. A ansiedade acabava com toda a minha educação.

Chamou, chamou e entrou o bipe de uma secretária eletrônica: "Você ligou para Claire. Por favor, deixe sua mensagem após o sinal."

Hesitei. A vantagem da secretária é que não ia desligar na minha cara, e a moça talvez pudesse ouvir minha mensagem até o fim. Lancei-me.

— Bom-dia, a senhora não me conhece, mas acho que sei por que seu pai foi assassinado e gostaria de falar-lhe a respeito...

Houve outro clique, e entendi que ela havia tirado o fone do gancho.

— Alô? — disse uma voz feminina.

Ela filtrava suas chamadas.

— Bom-dia.

— Quem é o senhor?

— Prefiro não lhe dar meu nome pelo telefone, se não for um incômodo. Poderia lhe dar um nome falso, mas prefiro ser sincero...

Ela ficou em silêncio.

— Concordaria em me encontrar? — arrisquei.

— Não se náo me disser quem é...

— Realmente, não posso...

Novo clique. Ela havia desligado.

— Que merda! — soltei. — Ligo de novo?

Sophie sorriu.

— Não. Não é boa ideia. Acho melhor que vá ao encontro dela. Tenho certeza de que você é mais convincente pessoalmente.

— Ah é?

— É, depois vai poder dizer seu nome...

— De todo modo, o Bilderberg e a Acta Fidei já sabem quem somos há muito tempo. Não vejo motivo para preocupações.

Sophie aquiesceu.

— Tá tarde — disse ela. — Acho que eu vou me deitar.

— Posso acompanhá-la? — propus.

— Acho que consigo encontrar o caminho até meu quarto!

Beijou-me carinhosamente na bochecha e desapareceu rumo ao seu quarto. Dei um longo suspiro.

Nessa noite, passei várias horas sentado numa poltrona do bar do Splendid. Pedi um uísque, depois outro, em seguida o barman me ofereceu um terceiro, e bebi tranquilamente, deixando meu espírito vagar. Vi passar vários clientes do hotel diante do salão vermelho e dourado onde eu estava *viajando*. Divertia-me imaginando de onde vinham, o que haviam feito à noite, quem eram. Eu lhes inventava nomes, profissões, histórias de amor. Simplesmente não estava com vontade de ir me deitar e achei a atmosfera do hotel ideal para acompanhar meu estranho humor. Uma mistura de melancolia, esperança, medo e tesão.

Perto do final da noite, senti uma profunda vontade de ligar para o François. Precisava falar com ele. Precisava ouvir sua voz. Procurei o número na carteira e o digitei no celular.

— Alô?

Ficou visivelmente surpreso que ligassem para ele tão tarde.

— François, aqui é o Damien...

— Damien! Seu cretino, faz dois dias que estou tentando encontrá-lo! Que diabos você fez com seu telefone?

— Mudei de número. Anote este, é o que estou usando. Sinto muito por não ter dado notícias.

— Como andam as coisas?

— Avançando.

— Ainda não quer avisar a polícia?

— Ainda não. De todo modo, os investigadores já estão mais ou menos informados — ironizei.

— Damien, você está me assustando. Em que encrenca você foi se meter?

— E você não sabe do pior — disse-lhe em tom de confidência. — Estou apaixonado por uma lésbica!

Ele ficou em silêncio por um momento. Eu podia imaginar sua expressão.

— Hein?

Dei uma gargalhada. O álcool começava a fazer efeito...

— Não, nada, estou um pouco bêbado — confessei.

— Damien, sinto falta de você. Vai com calma, quero vê-lo inteiro, certo?

— Está bem, não se preocupe, cara. Te acordei?

— A mim não, mas acordou minha mulher.

— Estelle? Como ela está?

— Bem. Ela também gostaria muito de revê-lo.

— Mande um beijo para ela. E diga que mando parabéns pelo bebê. Ela deve estar enorme! Onde vocês estão morando agora?

— Numa casinha em Sceaux.

— Tá ganhando bem, deputado!

— Que nada. A bem da verdade, é a farmácia da Estelle que está faturando...

— Sei. E pensar que da última vez que a vi ela acabava de se formar, e agora vai ser mãe! Realmente sou um imbecil de não ter voltado à França durante todos esses anos!

— E desta vez vai ficar?

Hesitei por um segundo. Olhei o bar ao meu redor.

— Acho que sim.

— Então está mesmo apaixonado! — exclamou François do outro lado da linha.

— Boa-noite, amigo. Obrigado por tudo!

Desliguei. Fiz bem em ligar para ele. Isso me dava coragem para continuar. Uma motivação a mais. Reencontrar François, com o espírito livre. Por volta das duas da manhã, o barman me propôs outra dose, mas resolvi ir deitar.

*

Quando me levantei na manhã seguinte, com a boca amarga e a cabeça pesada, encontrei o bilhete que Sophie havia deixado sob a porta: "Vou passar o dia no Beaubourg. Espero terminar tudo hoje. Boa sorte com a filha do Borella. Beijos, Sophie."

Essa era Sophie. Telegráfica. Quanto aos seus beijos, teria preferido tê-los na pele a tê-los no papel, mas até que o dia não começava tão mal.

Foi o tempo de tomar café da manhã no hotel, e já peguei um táxi para o início da rua de Vaugirard, do lado dos bulevares externos, onde se encontrava o apartamento de Claire Borella. A rua de Vaugirard é a mais longa de Paris. E, na parte onde eu estava, também era a mais impessoal. Alinhamento de imóveis residenciais tipicamente parisienses, algumas lojas aqui e ali, nada de fascinante. Uma rua cinza, falsamente viva e sem graça.

Deviam ser umas dez da manhã quando toquei o interfone no portão, e minhas chances de encontrar Claire Borella eram bem pequenas. De fato, não houve resposta.

Decidi esperar num café bem na frente do edifício. Um desses pequenos cafés inimitáveis, cujo segredo só a França tem. Pequenos anúncios de revistas femininas na fachada de vidro, um toldo vermelho estampado com marcas de cerveja, algumas mesinhas redondas na calçada, o *Parisien* fixo a um prendedor de jornais, cinzeiros, espelhos, apetrechos de cozinha, cabideiros, tabacaria, uma vitrine da loteria nacional, mesas em compensado alinhadas no salão, um bar de zinco, onde bebem os *habitués* que falam alto e chamam a dona pelo nome, e, no subsolo, os banheiros mais sujos do planeta. Tudo banhado num odor de cigarro apagado, no barulho da longa máquina de expresso prateada e no vago eco da rádio Europe 1 no recinto de lastimável qualidade.

Instalei-me num canto, bem na frente da vitrine, e bebi várias xícaras enquanto vigiava a entrada do imóvel. Um rapaz entrou no prédio para sair quinze minutos mais tarde; houve também uma senhora de idade que saiu com seu cachorrinho, mas nenhuma moça suscetível de ser minha interlocutora misteriosa. O tempo passava.

Um casal de turistas americanos entrou no café, tentando, sem grandes resultados, comunicar-se com o dono do local, cujo nível de inglês não honrava o sistema escolar do nosso belo país, e, em vez de ajudá-los, diverti-me em ouvi-los. Houve até um momento em que o barman tentou fazer graça, deu risada de tanto que a situação era cômica, e os dois americanos riram juntos para não ofendê-lo, depois a mulher voltou-se para o marido e cochichou: *"What did he say?"*, *"I have no idea!"*,* murmurou o brincalhão como resposta, sem deixar de sorrir para o barman. Foi meu único divertimento da manhã, e, por volta do meio-dia, quando terminei de tirar um por um todos os papéis que estavam na minha carteira e de recolocá-los com cuidado exatamente no mesmo lugar, comecei a ficar impaciente de verdade.

Nesse instante, meu celular tocou. Olhei a tela e vi o número da Sophie. Atendi.

— Damien, sou eu. Alguma novidade?

— Não por enquanto. E você?

— Estou avançando. Mas você vai precisar ligar para o seu amigo Chevalier...

— Falei com ele ontem pelo telefone.

— Perfeito. Ligue de novo para ele.

— Por quê?

— Ainda não sei direito, mas há uma relação entre a pedra de Iorden e a franco-maçonaria.

— Só faltava essa...

— Você tinha dito que ele era maçom, não?

— Sim. Que relação?

* "O que ele disse?", "Não faço a menor ideia!" (N. T.)

— Eu disse que não sei. Mas acabo de entender outra passagem nas notas do seu pai. Ele faz uma ligação entre o histórico da pedra de Iorden e o Grande Oriente da França. Não tive tempo de me aprofundar, estou trabalhando com outra coisa, mas talvez seu amigo saiba algo a respeito.

— OK, vou ligar para ele.

— Boa sorte.

Ela desligou em seguida. Sem esperar, digitei o número de François.

— Alô?

— Sou eu, Damien.

— Tudo bem?

— Tudo.

— Depois de ontem à noite...

— Está tudo bem. Mas preciso ver você. Precisamos falar de um assunto. Não pelo telefone.

— É urgente?

— Tudo tem ficado urgente no momento...

— Onde você está?

— No XV *arrondissement*. Mas antes tenho uma coisa para fazer.

Hesitou.

— Bom, vou mandar o Badji até você.

— Quem?

— O Badji. É um amigo que trabalha na segurança. Um guarda-costas que abriu sua própria empresa. Prestou serviço muitas vezes para mim. É um cara de confiança.

— Vai me mandar um cão de guarda?

— Vou. Essas suas histórias não me deixam muito sossegado. Se quer que a gente se veja, ficarei satisfeito se ele o escoltar. Se não tiver terminado o que tem a fazer, ele espera. Depois, traz você até onde eu estiver. Está bem assim?

— Combinado — disse agradecido.

Dei-lhe o endereço de Borella e desliguei. Era agradável dizer a mim mesmo que eu podia contar com ele. Como antigamente, François era um cara que nunca dizia não aos seus amigos. Existem outras maneiras de viver uma amizade?

Já ia pedir outro café quando vi aparecer uma moça que se aproximava do pórtico do imóvel. Deixei uma cédula sobre a mesa e precipitei-me para fora, quase deixando uma cadeira cair.

— Claire! — gritei do outro lado da calçada.

Eu tinha uma chance em dez de que fosse ela.

Ela se voltou. Era uma moça de seus 25 anos, cabelos castanhos cortados curtinhos, baixa e um pouco gordinha. Lançou-me um olhar espantado. Tentou me reconhecer. Atravessei e fui a seu encontro na entrada do edifício.

De pele alvíssima, tinha olheiras, algumas manchas vermelhas no rosto e um ar cansado. E, no entanto, era muito charmosa. Lábios bem desenhados, olhos muito sorridentes e curvas que atenuavam-lhe os traços. As roupas, largas demais, conferiam-lhe certa desenvoltura. O longo lenço de seda fina chegava até a lhe dar um aspecto de hippie anacrônica.

— Nos conhecemos? — perguntou ao me observar.

— De certa maneira, sim. Você desligou o telefone na minha cara ontem à noite...

Ela suspirou.

— Ah, é você! Escute, não estou a fim de falar disso!

Virou-me as costas e tirou a chave do bolso.

— Espere! Me dê ao menos uma chance! Encontrei o microfilme do seu pai na Biblioteca Nacional!

Sua mão parou de imediato, a poucos centímetros da fechadura. Ficou imóvel por um momento, depois se voltou lentamente para mim.

— Você encontrou o quê?

— O microfilme do seu pai. O texto sobre os Assayya.

De repente, pareceu inquieta. Abriu rapidamente a porta do prédio e me puxou pelo braço.

— Entre, depressa!

— Eu...

— Shhh! — disse-me, fazendo sinal para eu me calar.

Segui-a pelo hall do edifício, entramos num minúsculo elevador, e ela ficou em silêncio até fechar a porta do apartamento.

Era um imóvel grande, típico desses prédios do final do século XIX, que enchem o bairro. Assoalho de madeira rangente, pé-direito alto, molduras de gesso, grandes portas-balcão, móveis antigos, quadros nas paredes... Não correspondia ao personagem. Gótico flamejante demais. Chique demais e clássico demais. Mas talvez fosse o estilo do pai.

— O que você sabe sobre meu pai? — perguntou pegando-me pelo cotovelo.

Ela nem havia tirado o sobretudo, e seu olhar estava, ao mesmo tempo, cheio de angústia e furor.

— Sei que ele fez uma descoberta extraordinária sobre uma comunidade religiosa no deserto da Judeia, sei que escreveu um texto a respeito e que o depositou na Biblioteca Nacional há dez anos, sei... que foi assassinado há três semanas em Jerusalém e acho que tudo isso tem uma relação com uma investigação que estou fazendo.

— Uma investigação sobre o quê? — pressionou-me.

— Realmente não poderei adiantar o assunto.

— Não vai começar de novo, vai? — retorquiu.

— Escute, já disse o bastante, e você não me disse nada.

— Qual é o tema da sua maldita investigação? — insistiu.

Mostrava-se quase ameaçadora. E isso tinha algo de tocante. Eu entendia o que ela devia estar sentindo. A moça parecia realmente estar com os nervos à flor da pele, e eu sabia que não havia a menor maldade em seu coração. Recobrei o fôlego.

— Meu pai foi assassinado mais ou menos na mesma época que o seu. Eu não tinha nada a ver com isso. Moro nos Estados Unidos. Mas quando comecei a investigar sobre o que meu pai andava fazendo antes de morrer, descobri um monte de coisas a respeito de Jesus, dos essênios, de um grupo religioso chamado Acta Fidei e de um *think tank* mais ou menos secreto chamado Bilderberg. Tenho todas as razões para acreditar que meu pai foi assassinado por uma dessas duas organizações ou por dissidentes. A referência ao microfilme do seu pai se encontrava nas anotações do meu, e, portanto, tenho quase certeza de que nossos pais foram assassinados pelas mesmas pessoas. Pronto! Está satisfeita?

— Você é o filho de Étienne Louvel? — perguntou a moça franzindo as sobrancelhas.

Peguei minha carteira no bolso interno do blazer e tirei o passaporte. Claire Borella viu meu nome e minha foto. Soltou um longo suspiro.

— Ah, meu Deus! — desabafou quase chorando. — Eu... Eu não sabia que Louvel tinha um filho...

Tirou o sobretudo, jogou-o sobre a mesinha da entrada e dirigiu-se à pequena sala do apartamento. Deixou-se cair num sofá Luís XV e segurou a cabeça com as mãos.

Entrei timidamente na sala e sentei-me numa cadeira à sua frente. Ficamos em silêncio por um momento. Eu via que ela precisava recobrar o ânimo.

— Certamente teria sido mais fácil se eu tivesse dito meu nome ontem ao telefone — falei quando ela levantou a cabeça. — Mas ando meio paranoico.

— Com razão. Você fez bem. Sinto muito. Seja como for, acho que fiquei ainda mais paranoica do que você. Estou sempre com a sensação de estar sendo vigiada...

Levantou-se.

— Quer uma bebida?

— Com prazer — aceitei.

— Uísque?

— Perfeito!

Desapareceu na cozinha e voltou alguns instantes depois com um copo em cada mão.

Parecia perdida naquele apartamento tão grande. Confusa pelos acontecimentos, abatida pela morte do pai, angustiada, sozinha naquele imóvel fora de moda. Era como se não estivesse à vontade em sua própria casa. A tristeza em seu olhar era tão sincera que me senti quase embaraçado.

— Como disse que se chamam essas duas organizações? — perguntou estendendo-me o uísque.

— Acta Fidei e Bilderberg. Que eu saiba, não têm ligações. A primeira está sediada no Vaticano, mais ou menos vinculada ao Opus Dei, e a segunda é uma espécie de sociedade secreta ultraliberal, ultrapoderosa e internacional.

Aquiesceu lentamente.

— Acho que papai chegou a me falar delas. Aquele idiota não queria me dizer nada! Para me proteger!

— Não quer me contar o que aconteceu?

Ela me observou longamente, hesitante. Talvez tivesse perdido o hábito de se entregar, fechada pela angústia desde a morte do pai. Mas dava para sentir que ela estava precisando. Falar. Desabafar. Sem deixar de me olhar, bebeu um gole de uísque e lançou:

— Meu pai passou a maior parte da vida na Palestina. Principalmente no deserto da Judeia. Trabalhava para os Médicos sem Fronteiras, e sua verdadeira paixão eram os beduínos do deserto.

Concordei sorrindo, para exortá-la a continuar. Começou a tomar confiança.

— Há cerca de quinze anos, descobriu uma espécie de monastério, não muito longe de Qumran. Há muitas comunidades religiosas instaladas na região, mas essa era muito... fechada. Quando ele quis se informar a respeito, obteve respostas tão diferentes que isso o intrigou. Alguns lhe diziam que se tratava de uma comunidade judaica, outros sustentavam que se tratava de cristãos. Eram muito herméticos e não aceitavam visitantes. Mas meu pai era um homem teimoso. Muito teimoso. Tinha aprendido a ser paciente com os beduínos. Acabou conseguindo entrar no monastério e falar com seus ocupantes. E aí descobriu essa coisa incrível.

— Eram essênios?

Balançou a cabeça afirmativamente.

— Em todo caso, é o que declaravam. Segundo eles, a comunidade remontava à época de Cristo, e asseguravam que a comunidade nunca havia mudado desde então.

— Parece incrível! Como encontraram novos membros?

— Não sei. Tudo o que sei é que meu pai apaixonou-se pela história deles. Ficou completamente louco. Escreveu montanhas de textos sobre o assunto. Esse que está na Biblioteca Nacional é apenas um excerto do que ele anotou.

— Por que o depositou?

— Não queria revelar sua descoberta a ninguém, mas queria que ficasse protegida em algum lugar se lhe... Se lhe acontecesse alguma coisa.

Bebeu outro gole de uísque, depois retomou:

— Há algumas semanas, quando ele estava em Jerusalém, comecei a receber telefonemas estranhos. Gente que queria falar com ele e que desligava quando eu explicava que não estava em casa. Avisei meu pai, que me prometeu voltar o mais rápido possível. Morreu alguns dias depois. Desde então, não sei o que fazer. Não ouso atender ao telefone, não ouso contar essa história à polícia e não vou ao trabalho há três semanas. Estou aterrorizada.

Levantei-me e me instalei ao seu lado. Tentando esconder o que passava na minha cabeça, coloquei suas mãos nas minhas e procurei confortá-la. Ela se acalmou e me dirigiu um sorriso, mas seus olhos não mentiam, estava apavorada.

— Como sabia o nome do meu pai? — perguntei-lhe.

— Papai me falou dele. Ele me disse que seu pai talvez tivesse uma explicação sobre os Assayya. Dizia que seu pai era um sujeito extraordinário, talvez o único em que ele confiava. Essa história também o deixou completamente paranoico!

— Entendo...

— Mas não é tudo — disse Claire endireitando-se no sofá. — Soube o que aconteceu com a comunidade?

— O quê?

— Encontrei um artigo alguns dias depois da morte do meu pai, no *Le Monde*. Falava do massacre de uma comunidade religiosa no deserto da Judeia. Simplesmente. Como um caso da crônica policial em meio ao conflito entre israelenses e palestinos!

— Foram massacrados? — espantei-me.

Ela aquiesceu febrilmente.

— Nem um único sobrevivente. E o monastério foi queimado.

Fiquei boquiaberto. Mal conseguia acreditar.

— Guardou o artigo?

— Sim, claro.

Levantou-se e, nesse exato momento, houve uma violenta deflagração. A janela da sala explodiu em mil pedaços. Cacos de vidro voaram por todo o cômodo.

Tudo se passou em poucos segundos. Segundos confusos. O barulho me fez dar um pulo tão grande que caí de costas. Quando me preparava para levantar, senti um líquido pegajoso sob a mão, no tapete. Baixei os olhos e descobri, horrorizado, uma poça de sangue.

Lentamente, levantei a cabeça. Dei um grito de terror. O corpo da moça estava estendido, imóvel, à beira do sofá, e sangue escorria sobre o tecido branco ao seu redor. Fechei os olhos. Não. Não era possível.

Um pedaço de vidro que havia ficado preso em equilíbrio na borda da janela despencou no chão. O barulho me tirou do torpor. Avancei um pouco. Vi então que a moça ainda respirava. Não estava morta. A bala a atingira no ombro. A dor ou provavelmente o choque a fez perder a consciência.

Levantei-me e dei um pulo ao som de uma nova deflagração. A bala assobiou a poucos centímetros do meu rosto. Mergulhei e rolei no chão, cortando as mãos e os pulsos nos cacos de vidro.

A bala se alojou na parede. Lancei um rápido olhar em direção à janela. Havia uma janela bem em frente. Certamente o atirador estava ali. Não hesitei nem um segundo a mais. Peguei a moça pelo tornozelo e comecei a rastejar em direção à entrada, arrastando-a atrás de mim, fora do alcance da janela.

Quando estávamos protegidos, aproximei-me do rosto de Claire Borella. Ela voltava lentamente a si. De repente, arregalou os olhos. Estava entendendo o que havia acontecido. O pânico invadiu seu olhar.

— Fique calma, fique calma! — cochichei. — Vou tirar você daqui!

Ela olhou para mim aterrorizada. Minhas mãos tremiam. Eu estava desnorteado. Não conseguia refletir. O que fazer? Fugir? Esperar pela polícia? Ambas as alternativas eram péssimas.

Se fugíssemos, o atirador ou um de seus cúmplices provavelmente nos mataria na saída do prédio. Mas, se esperássemos pela polícia, tudo iria pelos ares.

O problema é que, se escapássemos, a polícia acabaria por me identificar. Havia sangue meu por toda parte no assoalho. E tinham me visto no café a manhã inteira.

Mas eu não podia abandonar o caso naquela hora. Meu pai e o da moça estavam mortos por causa dessa investigação, era preciso ir até o fim. Custasse o que custasse. E a polícia nunca iria me permitir isso. Tínhamos que sair dali.

Nesse instante, o celular tocou no meu bolso. Tive um sobressalto. Quem poderia ser? Somente três pessoas conheciam meu número: Sophie, François e o padre de Gordes.

Claire olhou para mim. Estava se perguntando se eu iria atender. Ouvi sua respiração a meu lado. O telefone continuava a tocar. Decidi atender e enfiei a mão ensanguentada no bolso da calça.

— Senhor Louvel?

Não era a voz do padre. Era uma voz grave. Uma voz que eu não reconhecia.

— Quem está falando?

— Foi o senhor Chevalier que me mandou. Estou na entrada do prédio. Vim para buscar o senhor... E acabo de ouvir tiros...

Mordi o lábio. Refleti. E se fosse uma armadilha? Tudo estava indo tão rápido.

— Quem me garante que está com Chevalier?

— Sou Stéphane Badji. O deputado me disse que, se precisasse me identificar, bastaria lhe falar do *Alice no país das maravilhas* que o senhor acreditaria em mim.

Não havia dúvida. Era mesmo o amigo de François.

— Está certo. Pode nos tirar daqui?

— Bom, escute — retomou o sujeito com uma voz apressada —, há uma escada metálica de incêndio que desce pela fachada. Espero pelo senhor aqui embaixo, num Safrane azul-marinho. Seja rápido, vi uns caras entrar no prédio.

Desliguei de imediato. Não havia tempo a perder.

Inspirei profundamente. Para ir ao outro lado do apartamento precisávamos passar de novo pela zona exposta ao campo do atirador. Eu conseguia ouvir as batidas do meu coração. Claire Borella me olhava com um ar desorientado. O sangue continuava a escorrer do seu ombro.

— Vamos descer pela escada de incêndio — expliquei-lhe.

Ela balançou a cabeça, balbuciando alguma coisa inaudível.

— Shhh! — interrompi-a. — Confie em mim. Pelo amor de Deus. Se quiser que a gente saia vivo daqui, confie em mim.

Fechou os olhos e me fez sinal de que estava pronta, tremendo.

Quando vi que ela estava preparada, resolvi agir. Levantei-me para ir mais rápido, ajudei-a a se levantar e, encurvado, atravessei o apartamento segurando-a à minha frente para cobri-la. Empurrei-a para o cômodo oposto à sala. Ouvi outro disparo. Rolamos para o lado. Mas a bala se alojou a pelo menos um metro de distância, num armário. Estávamos novamente abrigados. Era um pequeno escritório, com outra porta à esquerda.

Claire estava encolhida contra a parede. Rastejei até a janela, depois me estiquei para olhar do lado de fora. Lentamente, conduzi meus olhos à altura da vidraça. Fiquei aterrorizado. Talvez ali também houvesse um atirador. Não vi nada à direita. Nenhuma escada. Inclinei-me para o outro lado. E ali, duas janelas mais adiante, entrevi a tal escada metálica que descia pelo prédio.

Deslizei para o lado, voltei a me levantar e abri a porta à esquerda do cômodo. Prudentemente, entrei no quarto e aproximei-me da janela, com as costas coladas contra a parede.

Seria preciso fazer um pouco de escalada. Nada ideal para uma vítima de vertigem como eu. Mas ainda era melhor do que uma bala na cabeça.

Nesse instante, ouvi vozes na entrada. Alguém estava tentando arrombar a porta. O tempo urgia.

Abri a janela e fiz sinal para a moça vir a meu encontro. Ela hesitou, mas as vozes do outro lado da porta de entrada a convenceram. Passou uma perna para fora. A escada estava a dois metros de distância, no eixo do que devia ser o poço do elevador do prédio vizinho. Havia uma cornija a meia altura da janela. Não muito larga, mas suficiente para se colocar o pé sobre ela. Ajudei Claire a subir enquanto eu me segurava na moldura da janela. A moça soltou um grito de dor. Seu ombro devia estar deslocado. Mas já não podíamos esperar.

Os golpes estavam cada vez mais violentos contra a porta de entrada. Logo ela iria ceder, não havia dúvida. Minhas mãos estavam úmidas e meus dedos escorregavam. Foi minha vez de passar para fora. Com as pernas tremendo, colado contra a parede do prédio, esforcei-me para não olhar o vazio atrás de mim. Deslizei o pé direito para a escada. Depois o esquerdo. Pouco a pouco, afastei-me da janela. Ao menor passo em falso, cairíamos no vazio. Sem soltar a mão esquerda da janela, estiquei o braço direito o mais longe possível e coloquei a mão sobre o quadril de Claire, para tentar tranquilizá-la.

— Avance lentamente — disse-lhe sem fôlego. — Um pé depois do outro. A escada está bem próxima. Assim que conseguir, segure-se no corrimão!

Ela avançou. Eu a segui. Depois tive de soltar a janela. Crispei os dedos da mão esquerda contra o muro. Já não tinha onde segurar. Mal conseguia respirar, tão grande era meu medo. Um passo. Depois outro. Estávamos nos aproximando da escada enferrujada. O vento soprava em meus ouvidos. Em pouco tempo o corrimão já estava ao alcance de Claire.

— Vamos, estique a mão.

— Estou com muito medo! — respondeu chorando.

Aproximei-me dela.

— Estou segurando você. Não corre nenhum risco.

Mentira. Nós dois corríamos risco de vida, nada menos. Esticou o braço na direção da balaustrada. O contrapeso quase a fez perder o equilíbrio. Voltou a se encostar contra a parede. Recuperou o fôlego, deu um pequeno passo à direita e tentou novamente. Esticava o braço como se tateasse no escuro e estava com muito medo de olhar para trás.

— Mais alto — incentivei. — Levante o braço mais alto.

De repente, sentiu o contato do metal sob seus dedos.

Finalmente. Agarrou-se ao corrimão e deu os últimos passos sobre a cornija antes de saltar para a escada. O degrau metálico ressoou no corredor do prédio.

Fui a seu encontro.

— Desça! Depressa!

As vozes haviam cessado. Provavelmente a porta tinha cedido. Claire pôs-se a descer os degraus o mais rápido que conseguia. Eu a segui. Estava só um passo atrás dela.

Minha cabeça girava, mas eu me segurava firme no corrimão para não cair. Descemos os seis andares a toda velocidade, sem olhar para trás nem uma vez. Quando faltavam apenas alguns degraus, pulei por cima da balaustrada e aterrissei na calçada do beco, bem na frente de Claire. Estendi-lhe a mão para ajudá-la a descer.

Mais adiante, no final do beco, vi com alívio um Safrane azul-marinho. Fiz sinal para Claire.

— Rápido, precisamos entrar naquele carro! — apontei.

A moça começou a correr.

Nesse momento, houve novo tiro. A bala ricocheteou contra um muro de tijolos vermelhos à nossa frente. Levantei os olhos. Um homem à janela. Mirava-me com um revólver.

A porta traseira do Safrane se abriu. Faltavam poucos metros. Disparei. Claire pulou dentro do carro. Ela gritava de horror. Outro tiro. Foi minha vez de me precipitar.

O carro partiu a toda velocidade. Os pneus cantaram no asfalto. A traseira do carro jogou para a direita. Fechei a porta.

Depois, o Safrane entrou na rua de Vaugirard.

— Belo drible! — disse o motorista sem se voltar. — Tome, o senhor Chevalier quer falar com você.

Estendeu-me um telefone. Dei uma olhada em Claire. Ela retomara um semblante de calma e segurava o ombro fazendo careta de dor.

— Damien? — exclamou François do outro lado da linha.

— Sim...

Eu estava sem fôlego, e o sangue pulsava contra minhas têmporas.

— Está ferido?

Olhei minhas mãos ensanguentadas.

— Um pouco, mas quem está mesmo ferida é a moça que está comigo. Ela levou um tiro no ombro.

— Quem é? A moça com quem você está desde...

— Não, não, depois te explico.

— Sim, claro. Eu... eu estou voltando para casa. Peça a Stéphane para levá-los diretamente para lá. Vou falar para a Estelle nos encontrar também. Aguente firme, a Estelle cuidará de vocês em casa.

— Está certo. Obrigado...

— Até mais!

Desligou.

Estendi o telefone para o motorista.

— François nos espera em Sceaux — expliquei-lhe.

Ele aquiesceu. Era um cara de cerca de trinta anos, ombros largos, negro, corpo de lutador de boxe, mas alto como um jogador de basquete. Cabeça raspada, pequenos olhos escuros, traços duros. Um físico de matador, mas um matador que acabava de salvar nossa vida!

— Há uma caixa de primeiros socorros embaixo do seu banco — disse ele recuperando o telefone.

Abaixei-me e peguei a caixinha branca. Quando levantei a cabeça, vi que Claire havia desmaiado.

Tentando não ceder ao pânico, peguei o necessário na caixa de primeiros socorros para cuidar melhor do ferimento dela.

Do lado de fora, as ruas desfilavam umas após as outras. O motorista corria para fora de Paris.

As imagens se confundiam em minha cabeça. A morte, mais uma vez, havia passado bem perto.

Capítulo Nove

A pequena casa onde vivia o casal Chevalier tinha tudo da arquitetura inglesa. Na parte alta de Sceaux, numa longa rua margeada por árvores e arbustos, ela se erigia, adelgaçada, em meio a residências idênticas, todas elas em tijolinhos vermelhos. Por trás de um modesto jardim, a fachada branca e vermelha imitava a das casas vitorianas da periferia de Londres. Devia haver nos fundos outro jardim, exatamente do mesmo comprimento daquele.

A rua parecia adormecida de tão calma. Mas no silêncio dessa periferia chique eu ainda ouvia o eco irreal dos tiros atrás de mim. Meus punhos só se soltaram quando finalmente vi François no pequeno vestíbulo.

François Chevalier. Não havia mudado muito. Talvez engordado um pouco. Mas sempre com aquele sorriso profundo, perpétuo e, no entanto, sincero, aquele carisma cativante, do alto do seu metro e noventa. Quando o conheci, François já se vestia tão bem que tínhamos a impressão de que havia nascido numa loja Yves Saint Laurent. Os outros alunos do liceu Chaptal nos olhavam como ETs. Eu com meus cabelos longos e minhas camisetas sujas, ele com seus ternos e seu relógio de bolso. Eu, o rebelde um pouco perdido, e ele, o rapaz bonito, cheio de charme, que sempre teve no fundo dos olhos a chama do sucesso. Por trás de um grão de malícia.

Abraçou-me com certa força, depois acolheu a filha de Borella e nos conduziu pela escada até uma salinha de televisão, onde o conforto bem-vindo de um enorme sofá nos aguardava. Acho que François falava comigo, mas eu não o ouvia de fato. Era como se o choque tivesse esperado todo aquele tempo para me paralisar inteiramente.

Estelle chegou alguns minutos depois de nós e também me abraçou longamente. Já com a barriga bem redonda. Senti meus olhos marejados. Ela estava esplêndida com seus longos cabelos louros e as sardas, o rostinho de menina e o olhar brilhante. Eu queria muito tê-la encontrado em outras circunstâncias. Deu-me um beijo e cochichou “bem-vindo” em meu ouvido.

— Eu... eu sinto muito — balbuciei sem graça.

Eu tinha sangue nas mãos, a aparência provavelmente desnorteada, e de repente desembarcava na casa com uma moça ferida. Condições nada ideais para um reencontro.

— Não tem que se desculpar... François e eu faremos de tudo para ajudá-lo, Damien. Mas estou preocupada com você.

Abracei-a de novo. Senti seu ventre redondo contra o meu. Depois vi que ela olhava Claire por cima do meu ombro.

— Vamos, venha, senhorita, vamos cuidar de tudo isso lá em cima.

— Fique bem relaxada — aconselhei.

Estelle levantou os olhos para o teto, depois levou Claire para o primeiro andar para lhe dispensar cuidados muito mais profissionais do que os meus.

Fiquei no térreo com François e seu amigo, que me trouxe um pouco de álcool e algodão para desinfetar os cortes nas mãos e nos pulsos.

— Acho que seu amigo salvou nossa vida — disse eu sem jeito, esboçando um sorriso.

— Tanto melhor — respondeu François dirigindo-se para o sofá. — Ele tem esse costume. Mas agora você vai me contar sua história, porque ela já está ficando séria demais...

— Não, François. Não agora.

— Não está falando sério!!! — encolerizou-se Chevalier.

— Você vai precisar confiar mais em mim — disse eu, tentando acalmá-lo. — Não posso contar tudo agora; seja como for, não tenho tempo. Em compensação, você pode me quebrar mais um galho...

— Damien! Você acaba de ser perseguido com tiros em pleno centro de Paris! Já passou da hora de você me dizer o que está acontecendo...

— Não tenho tempo. Tudo o que posso lhe dizer é que, resumindo, estou procurando uma coisa que meu pai procurava e que, ao que parece, muitas outras pessoas também estão procurando.

— O Bilderberg? Acha que foram eles que atiraram em você?

— Eles ou outros.

— Mas o que vocês estão procurando?

— Nem sei direito o que é...

— Deixe de brincadeira!

— Escute, François, ainda preciso da sua ajuda. Então, ou você confia em mim e prometo lhe dizer tudo quando eu souber mais, ou você esquece, eu desapareço e paro de enchê-lo.

Suspirou.

— Que bela escolha!

— Preciso que você me faça dois favores.

— Estou ouvindo — soltou num tom exasperado.

— Primeiro, quero que mantenha essa moça em segurança. Aliás, ela vai lhe contar um pouco melhor toda a história. Não a conheço bem, mas sei que é uma moça direita.

— Então não é a moça de quem você me falou ontem ao telefone?

— Não, absolutamente. A moça de quem lhe falei ontem ao telefone é jornalista e também está metida comigo nessa história. Aliás, preciso encontrá-la o mais rápido possível. Mas primeiro me prometa que vai proteger Claire.

— Mas claro que vou protegê-la! — irritou-se.

— Bom. O segundo favor diz respeito a um objeto de que talvez tenha ouvido falar, já que sempre se interessou por coisas curiosas, com essas suas histórias de maçonaria...

Lancei um olhar sem graça a seu amigo guarda-costas. Eu tinha quase esquecido sua presença.

— Não tem problema — tranquilizou-me François. — Stéphane sabe que sou franco-maçom. Que objeto é esse?

— Uma relíquia. A pedra de Iorden. Já ouviu falar?

— Nunca...

— É uma relíquia que teria pertencido a Jesus e, aparentemente, tem uma relação com o Grande Oriente da França. Não me pergunte por quê, não faço a menor ideia. Pode verificar isso?

— Claro. A pedra de Iorden.

Pegou um bloco de notas, escreveu o nome, destacou a pequena folha e a colocou no bolso.

— É só — disse ao me levantar. — Agora preciso ir. Sinto muito, sei que estou abusando, mas preciso de todo jeito terminar o que comecei.

— Espere! — interrompeu-me François, também ao se levantar. — Aceito lhe fazer esses dois favores com uma única condição.

— O quê?

— Que leve Stéphane com você.

Levantei as sobrancelhas.

— Hein?

— Badji. Ou você deixa que ele o acompanhe, ou vou pedir que ele lhe dê uma surra agora mesmo e o mande para um hospital psiquiátrico.

Não pude deixar de sorrir. Depois refleti por um instante.

— Honestamente, bem que eu gostaria que Stéphane, ou melhor, o senhor Badji, viesse comigo... Se puder, é claro.

François finalmente deu um sorriso. Voltou-se para o amigo. Este se levantou e voltou a abotoar o paletó do terno escuro.

— Posso ficar alguns dias com o senhor — afirmou-me Badji. — Vou avisar lá na empresa e sou todo seu.

— Stéphane trabalhou várias vezes para mim ao longo dos últimos cinco anos — explicou-me François, apontando para o guarda-costas. — Tenho absoluta confiança nele. Trabalhou muito tempo na Place Beauvau.* Conhece muito, muito bem o métier.

— Deu para perceber.

Nesse instante, Estelle e a moça desceram as escadas. Claire Borella tinha um curativo em volta do ombro e uma tipoia para sustentar o braço.

— Vai embora? — perguntou-me a mulher de François.

— Sim — confessei meio sem graça. — Não tenho escolha. Preciso de todo jeito terminar o que tenho a fazer. Fico envergonhado de me aproveitar assim de vocês, mas não tenho escolha. Tudo bem? — perguntei olhando o ombro de Claire.

— Vai melhorar. Extraí a bala — explicou Estelle apertando a mão da moça. — Vou tirar uns dias de férias para ficar aqui com Claire para que ela possa se recuperar de tudo isso. De todo modo, com o bebê, que começa a mexer, ando morta de cansada, também preciso de repouso.

— Obrigado. Mil vezes obrigado. Vocês são os melhores...

Estelle me deu um sorriso afetuoso. Pisquei para ela. Onze anos não tiraram nada da amizade que unia a nós três. E a gravidez lhe caía muito bem.

— Manterei vocês informados — prometi dirigindo-me à porta.

O guarda-costas passou à minha frente.

Alguns minutos mais tarde, estávamos no Safrane e voando rumo ao Beaubourg.

*

* Ministério do Interior da França. (N. T.)

— Mais uma vez, obrigado pelo que fez há pouco — disse a Badji enquanto ele dirigia. — Sem você, acho que teríamos morrido.

Com a nuca colada contra o apoio de cabeça, os olhos fixos na rua, eu me sentia um pouco idiota. Já era a segunda vez em uma semana, e eu realmente não estava acostumado a levar tiros. Mas imaginava que ele já devia ter visto coisa parecida...

— O senhor se saiu muito bem.

— Pois é. Mas devo confessar que tive muito medo. Além disso, sofro de vertigem. Eu não estava nem um pouco tranquilo na cornija!

Dirigiu-me um sorriso compreensivo.

— Agora vai precisar tomar muito cuidado. Já teve guarda-costas?

— Não.

— Vou tentar permanecer o mais discreto possível e não incomodá-lo, mas há certas regras básicas que será preciso respeitar. A ameaça que espreita o senhor é muito séria...

— Deu para perceber? — ironizei.

— Deu. Fazia muito tempo que eu não via uma ação como aquela. O senhor deputado não tem uma vida assim tão movimentada...

— Trabalha bastante para ele? — espantei-me.

— Não, na verdade, muito raramente.

— Mas por que continua trabalhando de guarda-costas se tem sua própria empresa?

— Ah, já não faço isso com tanta frequência. Agora trabalho sobretudo com treinamento. Preparo garotos de vinte anos para se tornarem agentes de proteção a curta distância. Todos eles imaginam que vão poder trabalhar com segurança de um dia para o outro. A profissão está virando uma bagunça. Tento transmitir o que aprendi. E, de tempos em tempos, trabalho para o senhor

Chevalier. Não exatamente como guarda-costas, mas sim para supervisionar a segurança quando ele organiza colóquios ou coisas do tipo. Na verdade, ele nem precisa de mim, mas nos entendemos muito bem. E, além do mais, temos uma paixão em comum...

— Ah, entendi! — repliquei. — Você também é franco-maçom.

Ele deu uma risada.

— Não, absolutamente! Sei que há muitos negros no Grande Oriente, mas não eu!

— Desculpe — falei. — Então, o que é?

— O boxe.

— Hein? François luta boxe? — espantei-me.

Pôs-se a rir de novo. Tinha uma risada extraordinária, grave e profunda, extremamente comunicativa.

— Não — explicou. — Vamos juntos assistir às lutas. Somos dois grandes amantes do boxe. Gosta do esporte?

— Nem um tiquinho — confessei. — É um pouco violento demais para mim... Não sabia que François gostava disso!

— Tá brincando. Não perdemos uma luta! Vamos sempre que há competição na região parisiense e, quando não, seguimos a WBC, a WBA e todos os campeonatos na casa dele, em widescreen! A senhora Chevalier fica pra morrer!

— Imagino! E você já lutou boxe?

Levantou as sobrancelhas.

— Diz isso porque tenho nariz de boxeador?

Pôs-se a rir novamente. Comecei a achá-lo um sujeito realmente simpático.

— Não — retomou. — Pratico muitos esportes de combate, mas não o boxe. Pelo menos não pra valer.

Balancei a cabeça. Agora entendia por que François deve ter simpatizado com ele. Parecia ser competente, honesto e não se levar muito a sério. Talvez uma qualidade rara naquela profissão. Em geral, costuma-se medir o profissionalismo de um guarda-costas por sua seriedade... Mas Badji não tinha medo de brincar. No entanto, alguma coisa me dizia que isso não o impedia de ser extremamente profissional.

— Como se tornou guarda-costas? — perguntei quando saíamos da via expressa.

— Ah! É uma longa história!

— Adoro longas histórias.

— Então vou lhe dar uma *director's cut.** Cheguei à França com quinze anos — começou.

— Chegou de onde?

— Do Senegal. Só fiz dois anos de escola, de tanto que eu era largado. E não apenas no nível escolar, mas na vida em geral. Uma coisa eu lhe asseguro: depois que o senhor passa a infância inteira na África e de repente desembarca em Paris, leva um baita de um choque. Eu não era muito feliz. Não gostava das pessoas, não gostava das meninas, não gostava do clima. Não gostava de quase nada, a não ser da televisão, talvez. Resumindo, depois de bancar o ridículo na escola, fiz a maior besteira da minha vida.

— Qual?

— Entrei para o curso preparatório dos fuzileiros navais e de comando, em Lorient. Depois integrei o comando de Penfentenyo.

— Isso não me diz grande coisa — confessei.

— Para lhe dar uma ideia, minha companhia era especializada no reconhecimento de áreas e na informação tática. Nossas operações habituais eram a coleta de informações, a infiltração e a exfiltração de pessoal... Esse tipo de divertimento.

— Legal.

---

* Versão do diretor. (N. T.)

— Pois é. Me tornei especialista em combate em ambiente restrito, e nem sempre isso era divertido. Participei de operações que não me trazem necessariamente boas lembranças...

— Do tipo?

— Algumas missões no Líbano, entre 1983 e 1986, depois em Mururoa, nas Comores, no Golfo. Na Somália, onde participei da evacuação de residentes estrangeiros...

Levantei as sobrancelhas, perplexo.

— Pois é — retomou. — Nada de boas lembranças! Servi até os 29 anos. Não é que eu não gostasse, mas, quanto mais os anos passavam, mais eu me arrependia por não ter estudado. Parece idiota dito assim, mas me dei conta de que tinha perdido alguma coisa... Também não tinha nenhuma vontade de fazer Ciências Políticas, sabe, isso eu lhe garanto! Portanto, quando fiz 29 anos, época em que voltávamos de uma operação na Bósnia, decidi pendurar o uniforme. Refleti e, com aquilo que o exército me havia ensinado, entendi que o melhor era me voltar para o treinamento ou para a segurança. Aos poucos, decidi fazer direito.

— Ah, é?

— Difícil de acreditar, né? Um negão deste tamanho, do comando da marinha, nos bancos da faculdade!

— Tinha seu diploma de segundo grau?

— Não, primeiro tive que fazer uma capacitação em direito durante dois anos. Eu estava muito motivado. Em seguida, pude me inscrever na faculdade.

— Parabéns!

— Obrigado. Depois, bem que eu gostaria de ter continuado, mas financeiramente estava ficando difícil. Então montei uma empresa de segurança, especializada na proteção a curta distância de políticos. Com um currículo como o meu, logo fui parar na Place Beauvau. Eu era meu próprio patrão, tinha começado com dois funcionários, e, ao final de cinco anos, éramos oito, e, com toda a franqueza, fiquei muito contente. E o senhor? O que faz?

Dei uma risada.

— Eu? Bom, não sei bem. Antes eu escrevia histórias idiotas para a TV nova-iorquina, e agora sou alvo móvel de todas as máfias do mundo!

*

Reencontramos Sophie no último andar do Centre Pompidou, no terraço da cafeteria. Eu havia conseguido falar com ela pelo celular e lhe resumira a situação. A filha do Borella, os tiros, François...

Quando cheguei, ela me abraçou e deu um longo suspiro.

— Quer desistir? — perguntou com ar desolado.

— Pelo contrário, nunca tive tanta vontade de continuar!

Ela aquiesceu, depois cumprimentou o guarda-costas atrás de mim. Fiz as apresentações:

— Sophie de Saint-Elbe, Stéphane Badji, um grande amigo de François que se propôs a nos ajudar. Ele trabalha com segurança pessoal...

— Prazer. Como aconteceu? — perguntou ela, pegando-me pelo braço.

— Não sei — confessei. — Acho que alguém devia estar vigiando Claire havia muito tempo. Deve ter me visto entrar no apartamento, e talvez até por isso tenham dado ordem para atirar. É a explicação mais simples que consigo encontrar. A filha do Borella foi baleada no ombro, e eu tive uma sorte incrível.

— É hora de terminarmos. Não sei como acelerar as coisas. Acho que teremos de encontrar a pedra...

— Pedi a François que se informasse a respeito. E você? Terminou? — perguntei-lhe.

— No que se refere ao manuscrito de Dürer, sim.

As pessoas nos olhavam com estranheza. Eu com as mãos machucadas, e Badji com seus ombros mais largos do que uma cama de casal, realmente não éramos os mais discretos. Fomos nos instalar numa mesa. Sophie pegou minhas mãos, os cortes cheios de ataduras.

— Está doendo?

— Não, não.

Badji pigarreou e interveio:

— Sinto muito, mas vou ter de verificar uma coisa.

— O quê? — perguntei.

— Seu celular está no seu nome?

— Não. Peguei um chip provisório e estou usando um nome fictício.

— Perfeito. E a senhora? — perguntou dirigindo-se a Sophie.

— Sim, ele está no meu nome. É o celular que costumo usar... Acha que...

— Sim — interrompeu Badji. — Tire o chip agora mesmo. Seria mais prudente que a senhora também usasse um provisório por enquanto. Além disso, tenho coletes à prova de bala no carro, seria bom os dois usarem.

— Está brincando? — riu Sophie.

— Não, ele não está brincando — repliquei. — Acho que tem razão. Garanto a você que a bala não passou longe, e quero usar todos os coletes do mundo!

— Bom, então está certo — cedeu Sophie.

— Vistam assim que voltarmos para o carro — sugeriu Badji. — Sinto muito por importuná-los com isso, mas, bem...

— Entendo — afirmou Sophie.

Dirigi-lhe um sorriso. Apoiei-me na mesa e aproximei minha cadeira da dela.

— Então? — comecei. — O manuscrito...

— Sim. O manuscrito. Onde havíamos parado? — perguntou um pouco desorientada.

Sorri. Nossa conversa era quase surrealista, empoleirados que estávamos no alto do Centre Pompidou.

— Em Carlos Magno — cochichei.

— Ah, sim. Quer realmente que eu conte isso agora?

— Resuma!

— Espere — propôs Sophie. — Primeiro vamos pedir alguma coisa para beber.

— Eu não recusaria um uisquinho — concedi. — Badji, você toma alguma coisa?

— Uma Perrier com uma rodela de limão — respondeu o guarda-costas mecanicamente.

Sophie fez o pedido.

— Então — retomei. — Você estava para me dizer como a pedra de Iorden passou das mãos de Harun al-Rashid para as de Carlos Magno.

Sophie me lançou um olhar cheio de simpatia. Parecia achar engraçado o fato de eu estar com tanta pressa para saber o que ela havia descoberto. Na verdade, a história da pedra de Iorden era empolgante e, de mais a mais, eu não via a hora de chegar ao fim. Eu só sonhava com uma coisa: colocar um ponto final nesse caso e poder respirar junto com ela. Tirar um descanso merecido. Oferecer a nós dois uma viagem, por exemplo, longe de tudo aquilo. Mas, nesse momento, eu só queria saber.

— Na verdade — começou, olhando ao redor para verificar se alguém estava nos escutando —, tudo partiu de Carlos Magno e da sua vontade de bancar o protetor do cristianismo. Naquela época, os olhos dos cristãos do mundo inteiro estavam voltados para Jerusalém. Ora, havia um século e meio que a cidade santa estava nas mãos dos árabes.

— Isso não devia facilitar as coisas — supus.

— Era menos complicado do que se poderia acreditar — retorquiu Sophie. — Como disse ontem, os muçulmanos deixavam os cristãos tranquilos, chegavam até a coabitar sem grandes problemas. Uns rezavam na mesquita de Omar, mas não impediam que os outros seguissem em peregrinação os vestígios de Cristo nem o patriarca de Jerusalém de celebrar todas as festas que quisesse. Em contrapartida, frequentemente as comunidades cristãs da Palestina eram vítimas dos ataques de beduínos nômades. E é por essa razão que Carlos Magno decidiu enviar embaixadores para restabelecer o contato com o califa de Bagdá, a fim de que este melhorasse a segurança dos cristãos.

— Mas Carlos Magno não estava em guerra contra os muçulmanos?

— Não, não contra esses muçulmanos. Aliás, tinham até inimigos comuns.

— Quais?

— O califado da Espanha, que representava ao mesmo tempo uma ameaça de invasão para Carlos Magno e uma oposição para Harun al-Rashid no mundo muçulmano, mas sobretudo o Império Bizantino. Em resumo, como Carlos Magno e al-Rashid tinham os mesmos inimigos, também tinham um ponto de entendimento. Assim, os embaixadores francos foram muito bem recebidos pelo califa de Bagdá. Entre 797 e 802, houve vários intercâmbios de embaixadores entre Harun al-Rashid e Carlos Magno, e, a cada vez, essas missões foram acompanhadas por inúmeros presentes. O mais célebre deles era um elefante, o famoso Abul-Abbas, que o califa ofereceu ao imperador.

— Ah, sim, isso me diz alguma coisa...

— Mas o mais interessante é uma história de protetorado sobre os Lugares Santos.

— Ou seja? — perguntei completamente ignaro.

Nesse momento, a garçonete trouxe nossas bebidas. Tomei com prazer um gole de uísque.

— Nem todos os historiadores concordam a esse respeito — retomou Sophie —, mas, grosso modo, entre os favores que o califa teria feito a Carlos Magno, teria havido uma soberania sobre Jerusalém. Para alguns historiadores, al-Rashid teria concedido ao imperador a soberania sobre toda a Terra Santa; segundo outros, como Arthur Kleinclausz, mais realista na minha opinião, ele apenas lhe teria oferecido simbolicamente um protetorado sobre o Santo Sepulcro, e até mesmo apenas sobre o túmulo de Cristo. Seja como for, o símbolo era forte. O califa dava ao imperador a autoridade sobre o centro geográfico da cristandade. Mas o que Kleinclausz não conta é que Harun al-Rashid enfatizou esse símbolo ao oferecer a Carlos Magno outro objeto simbólico...

— A pedra de Iorden.

— Sim. A joia que pertenceu a Cristo e que, segundo nossa hipótese, estava em posse dos califas havia várias gerações.

— Como podemos ter certeza já que os próprios historiadores não contam essa história?

— Eu não disse que *os historiadores* não a contavam. Disse que Kleinclausz não a contava. Por outro lado, e acredite, pastei para verificar, num número da *Revue historique* de 1928, um artigo de Bédier sobre os presentes dos embaixadores de Harun al-Rashid faz menção à pedra de Iorden! E, para concluir, o documento do seu pai prova que Carlos Magno estava de posse dela. Q.E.D.*

— Bravo! É aí que termina o texto de Dürer?

* *Quod erat demonstrandum* (o que devia ser demonstrado). Fórmula usada para enunciar o resultado de uma demonstração. (N. T.)

— Não, absolutamente. Você se lembra de que o texto que seu pai encontrou provava que Carlos Magno tinha oferecido a pedra a Alcuíno...

Como sempre acontecia quando Sophie me fazia seus pequenos discursos, eu me sentia completamente inculto. Tinha cada vez mais vergonha, mas isso devia diverti-la mais do que qualquer coisa. E eu via que, ao meu lado, Badji não podia evitar ouvir nossa conversa. Ele também parecia achar o assunto empolgante.

— ... Alcuíno era um clérigo anglo-saxão que dirigia a Escola Catedral de York. Autor e pensador de rara inteligência, era considerado um dos mestres da cultura cristã inglesa. Tanto que Carlos Magno o mandou vir à França e decidiu oferecer-lhe a presidência da escola do palácio de Aix-la-Chapelle. Os dois se entenderam maravilhosamente bem, e Alcuíno dirigiu a política educacional de Carlos Magno. Alcuíno encontra-se na origem do que os historiadores chamam de renascimento carolíngio. No final das contas, ele acaba se tornando o conselheiro mais fiel do imperador e, em 796, quando se retira na abadia Saint-Martin de Tours, Carlos Magno o cobre de presentes, entre os quais a famosa pedra. Temos prova disso especialmente pelo texto que seu pai havia encontrado e me enviado por fax. Quando Alcuíno morre, em 804, supõe-se que tenha deixado a pedra aos monges da abadia, provavelmente aos copistas do *scriptorium*. Depois, já no século IX, a abadia é saqueada pelos normandos. E é aí que se perdem as pistas da pedra de Iorden. Seu pai fez muitas pesquisas, mas visivelmente não encontrou o paradeiro. Eu também pesquisei um pouco, mas não obtive nenhum rastro da pedra durante quase três séculos, até ela reaparecer em 1130, nas mãos de São Bernardo, que fundou a abadia de Claraval, em 1115, e, por conseguinte, tornou-se seu primeiro abade. É um personagem essencial no mundo cristão, que intervinha muito nas questões públicas sob Luís VI e seu filho, Luís VII. Bastante polêmico, tampouco hesitou em aconselhar os papas ou criticá-los. Mas o que nos interessa aqui é sua relação com os templários...

— Não me diga que a pedra de Iorden também tem uma relação com a Ordem do Templo? — interrompi-a incrédulo.

— Quem melhor que os guardiães do túmulo de Cristo podia conservar um tesouro tão sagrado? Mas ainda não chegamos lá... Vou lembrar o contexto para você. No final do século X, as relações entre a França e os árabes já não são as mesmas da época de Carlos Magno. Em 1095, o papa Urbano II faz a convocação para a primeira cruzada. O momento é de hostilidades. Os cruzados passam por Constantinopla, depois pela Síria, tomam Antioquia...

— De fato...

— Pois é, e em 1099 tomam Jerusalém. Aos poucos, quatro Estados latinos foram formados: o condado de Edessa, o principado de Antioquia, o condado de Trípoli e, por fim, o famoso reino de Jerusalém. O Ocidente cristão se instala bem no meio do território ocupado pelos árabes. As peregrinações podem começar, mas é uma viagem perigosa, e é por essa razão que, bem no início do século XII, um cruzado, Hugo de Payns, decide criar uma milícia para proteger os que chegam a Jerusalém seguindo os passos de Cristo.

— A Ordem do Templo...

— Exatamente. Mas ainda não tem esse nome. No início, são chamados de Cavaleiros de Cristo, *Miles Christi*, e até mesmo, na versão mais longa, a milícia dos Pobres Cavaleiros de Cristo. Estamos por volta de 1120. A Ordem, já religiosa, ainda não está oficializada e, para dizer a verdade, causa alguns problemas devido à incompatibilidade entre o estatuto de monge e aquele de cavaleiro. No princípio, São Bernardo, que como eu dizia é um homem bastante influente, se mostra hostil a essa milícia. Mas, quando encontra Hugo de Payns, fica convencido da pureza de suas intenções e sobretudo da necessidade desses famosos Cavaleiros de Cristo. Em 1129, a regra dos templários é estabelecida durante o Concílio de Troyes, na presença de São Bernardo. E, para confortá-los, este último irá até escrever um texto célebre, o *De laude novae militiae*. Com esse texto, justifica a missão, explica que os lugares sagrados lhes devem ser confiados, mas também que doações lhes devem ser feitas para facilitar sua missão e a constituição da Ordem. E, é lógico, dá o exemplo.

— Oferece a eles a pedra de Iorden?

— Não apenas ele a dá a eles, mas também lhes pede que a levem a Jerusalém, de onde ela nunca deveria ter saído. Alguns anos mais tarde, Balduíno II, que é o rei de Jerusalém, os aloja numa ala do palácio, no local do Templo de Salomão. É quando eles assumem o nome de Ordem do Templo. Vários documentos da época mostram que a pedra ficará em posse deles durante quase duzentos anos. Os templários acabam perdendo Jerusalém em 1187, mas se instalam em Acre e depois em Chipre, e, a cada vez, o grão-mestre da Ordem leva consigo a pedra de Iorden entre inúmeras outras relíquias do Santo Sepulcro. São Bernardo havia feito uma previsão correta, pois os templários são os guardiães mais seguros dessa preciosa relíquia. Infelizmente, no início do século XIV, Filipe, o Belo, que deve muito dinheiro aos templários e que inveja sua riqueza lendária, busca um meio de eliminá-los...

— Ainda estamos falando do tesouro dos templários, mas será que eram mesmo tão ricos?

— E como eram! A bula do papa Inocêncio II em 1139 não apenas os exonerava dos dízimos, como ainda lhes dava o direito de arrecadar fundos e esmolas. E quando se tratava de fazer oferendas aos protetores do túmulo de Cristo, os cristãos se mostravam muito, muito generosos. Além disso, todos os nobres que entravam para a Ordem lhe cediam seus bens, suas casas, suas terras, seu dinheiro... Em resumo, o Templo, que também banca o usurário, possui uma fortuna colossal, na mesma medida do ódio que lhes dedica o rei de França. Os bens imobiliários da Ordem são extraordinários. Só em Paris os monges-soldados possuem um bairro inteiro...

— O bairro do Templo...

— Elementar meu caro Watson! — zombou Sophie. — Após muitas manipulações, e apesar da proteção do papa, Filipe, o Belo, manda prender os templários. No início, o papa Clemente V condena; depois, vendo que talvez seja tarde demais, não se opõe ao rei, mas exige que os bens do Templo sejam tutelados pela Igreja.

— Não é bobo não...

— Os bens da Ordem haviam sido confiscados pelos agentes do reino, mas, como o papa os reivindicou, depois de muitas negociatas, no final do pseudoprocesso, Filipe aceita confiar todas as posses dos templários à Ordem do Hospital, que havia nascido mais ou menos na mesma época em Jerusalém. Resumindo, em 1312, depois de já estarem instalados há dez anos na ilha de Rodes, os hospitalários de São João herdam o famoso tesouro do Templo.

— Ao qual pertencia a pedra de Iorden.

Sophie confirmou com a cabeça.

— Exato. É assim que termina o manuscrito de Dürer. Segundo ele, uma das relíquias mais misteriosas da História se encontra em posse dos hospitalários. É preciso lembrar que Dürer escreve isso por volta de 1514, pouco antes de a Ordem do Hospital ter sido expulsa de Rodes pelo sultão Solimão, o Magnífico, e de Carlos V lhes ceder a ilha de Malta em troca de sua ajuda contra os turcos. Aliás, na época são rebatizados de cavaleiros da Ordem de Malta... Mas, a partir de então, já não há nenhum vestígio da pedra de Iorden. Foi aí que parei... E seu pai tampouco foi mais longe.

— Então precisamos fazer mais pesquisas — propus.

— Sim. Temos a pista da franco-maçonaria, que seu pai mencionou vagamente. O vínculo que surgiu com a Ordem de Malta ou, pior, com os templários, me parece um pouco forçado...

— Pedi a Chevalier que fizesse pesquisas a respeito. Um nome como o dele tem autoridade.

Ficamos em silêncio por um instante. Eu a olhava com admiração. Ela trabalhara com uma rapidez incrível. Meu pai tinha acertado na mosca ao escolhê-la para ajudá-lo em suas pesquisas. Sophie estava no seu hábitat, estava empolgada, e sua erudição lhe permitia avançar muito mais depressa do que eu.

— Sophie... Estou morrendo de fome!

— Não comeu?

— Entre os dois tiros que dispararam contra mim? Não, não tive tempo! — ironizei.

— São quase oito horas. Um pouco cedo para jantar, mas podemos descer para pegar um sanduíche para você num café ou num McDonald's.

— Então vamos.

Badji nos precedeu prontamente. Quase me sobressaltei. Tinha passado para o modo guarda-costas, e eu sentia um pouco de dificuldade em me habituar. Seguimos logo atrás dele.

Havia bastante gente nas escadas rolantes, que deslizavam ao longo dos grandes tubos de acrílico transparente do Beaubourg. Dezenas de visitantes que se deixavam levar, que subiam ou desciam entre os andares. Pouco a pouco, senti subir em minhas costas o formigamento familiar que me havia feito fugir da Biblioteca Nacional. A impressão de estar sendo observado. Todos aqueles olhares que encontrávamos, será que um ou outro não estava demorando demais sobre nós? Estaríamos realmente protegidos naquela grande estrutura de vidro e acrílico?

Aproximei-me de Sophie nos degraus de aço da escada rolante e peguei em seu braço. Ela me sorriu. Lancei um olhar a Badji. Tentei ler em seu rosto o menor sinal de alerta, a menor inquietação. Mas ele parecia sereno. Talvez meu instinto estivesse me pregando uma peça. Tentei relaxar. Esquecer os ferimentos nas mãos. O eco dos tiros. A sombra dos corvos por toda parte ao meu redor.

Chegamos à praça externa do Centre Pompidou. Os turistas se reuniam em torno dos artistas de rua. Um grande guitarrista negro, de cabelos longos, agitava-se do lado de seu amplificador, tocando Hendrix. Mais adiante, um faquir caminhava sobre cacos de vidro. Insinuamo-nos entre os curiosos e caricaturistas.

Quando chegamos à rua Berger, Badji me indicou uma lanchonete com ar interrogativo. Aquiesci. Fomos nos sentar na parte de dentro, e fiz o pedido.

Sophie começou, em voz baixa:

— Damien, precisamos definir nossa situação, decidir o que vamos fazer agora. Quanto a mim, terminei o trabalho sobre Dürer. Precisamos nos organizar.

— Qual pode ser a próxima etapa? Encontrar a pedra de Iorden? — perguntei timidamente.

— Sim, mas isso não será suficiente. Vale lembrar que não é a chave que permite decifrar a mensagem de Cristo, e sim a mensagem em si, e ainda não sabemos onde ela está. Eu esperava encontrar alguma coisa a respeito no final do texto de Dürer, mas não há nada.

Dei um longo suspiro. Ambos tínhamos vontade de avançar o mais rápido possível em nossas investigações, mas já não sabíamos que pista seguir.

— Espere! — exclamei de repente. — Me esqueci de contar uma coisa que talvez possa nos dar uma pista de investigação.

— O quê? — replicou Sophie, impaciente.

A garçonete trouxe meu sanduíche e paguei a conta. Dei uma mordida. Sophie fez sinal para eu me apressar. Engoli com dificuldade uma mistura um pouco seca de pão com frios.

— A filha do Borella — retomei — encontrou um artigo no *Le Monde* que falava do massacre dos religiosos relatado pelo pai dela.

— Os essênios?

— Sim, se de fato se trata de essênios... Seja como for, o monastério teria sido inteiramente destruído e não haveria nenhum sobrevivente. Aparentemente, o artigo não dizia grandes novidades além disso... Era tratado como um simples caso de polícia. Com tudo o que acontece na região, os jornalistas já não se impressionam com qualquer coisa. Mas, de todo modo, são muitas coincidências. Borella assassinado, a comunidade que ele havia descoberto massacrada na mesma semana, meu pai, e hoje tentaram matar a filha do Borella...

— Dá para supor que são as mesmas pessoas que fizeram o serviço. Mas o que isso significa na sua opinião?

— Os essênios sabiam de alguma coisa... Queriam calá-los. Ou então, o que é mais verossímil, eles possuíam alguma coisa...

— O texto criptografado de Jesus? — sugeriu Sophie com brilho no olhar. — Ou então a pedra de Iorden...

— Não — repliquei. — É mais verossímil que seja o texto de Jesus, já que a comunidade se diz descender em linha direta dos contemporâneos de Cristo. Ora, você descobriu que a pedra de Iorden viajou um pouco por toda parte através da História. Não, se essa comunidade permaneceu secreta durante quase dois mil anos, provavelmente é porque ela velava algo precioso, que permaneceu no lugar. À imagem dos templários que guardavam o túmulo de Cristo, esses religiosos protegiam outra coisa. Tiveram a sorte de estar num lugar mais isolado, e não no coração de Jerusalém. E se foram mortos depois de dois mil anos, é porque ainda possuíam esse bem precioso. Eu tenderia mais a crer que era a mensagem criptografada de Jesus.

Sophie concordou.

— Faz sentido. Devem ter ido lá para roubá-los; depois, para evitar que falassem, devem ter matado todos. Em seguida, eliminaram Borella, que sabia demais.

— Quanto à filha, devem ter esperado para ver se ela sabia de alguma coisa, e, quando me viram entrar na casa dela, decidiram acabar com ela também.

— "Eles" quem?

— Essa é a grande pergunta! O Bilderberg ou a Acta Fidei — propus. — Agora sabemos do que são capazes.

— É só uma hipótese, mas é plausível. Isso quer dizer que um dos dois elementos da investigação foi encontrado por nossos inimigos invisíveis. O texto criptografado.

— E o segundo elemento, a chave, continua desaparecido.

— Mas, na minha opinião, nossos inimigos deviam acreditar que seu pai possuía esse segundo elemento, a pedra de Iorden, e é por isso que o assassinaram e que voltaram para vasculhar a casa de Gordes quando você chegou.

— Claro! No momento, devem estar pensando que sou eu quem tem a pedra de Iorden!

— A hipótese está cada vez mais plausível. Só tem uma coisa que me aflige.

— O quê? — perguntei.

— A *Gioconda*. Leonardo da Vinci. Ainda não sabemos o que isso tem a ver com o caso.

— Ah, sim. E a máquina estranha no porão do meu pai. Sem falar na *Melancolia*, de Dürer. Ainda que seu manuscrito nos tenha ensinado muito, não sabemos realmente qual é a ligação do enigma como um todo com a gravura. Isso já nos fornece um tema de pesquisa...

— Enquanto Chevalier encontra novas informações sobre a pedra de Iorden.

— Excelente! — confirmei. — O que me dá medo é que, se quisermos resolver esse enigma, uma hora vamos ter de recuperar a mensagem criptografada de Jesus... Bom, segundo nossa hipótese, uma das duas organizações a roubou dos essênios. E acho difícil recuperá-la, quer junto ao Bilderberg, quer na Acta Fidei. Não estou pronto para voltar a pôr os pés lá.

— Cada coisa a seu tempo... Primeiro, a *Gioconda*.

Sophie se levantou e vestiu o sobretudo.

— Aonde vamos? — perguntei imitando-a.

— Para Londres.

Arregalei os olhos

— Como?

— Vamos para Londres — repetiu Sophie, toda orgulhosa do seu efeito.

Stéphane Badji, por sua vez, não parecia achar isso divertido.

— Está de brincadeira! O que vamos fazer em Londres? — espantei-me.

— Vamos à casa de uma das minhas amigas que talvez possa nos ajudar quanto a Da Vinci e Dürer.

— Em Londres?

— Sim. Vamos, Damien, afinal, com o Eurostar,* não é assim tão longe.

Dei de ombros.

— Vamos partir assim, sem nada?

* Trem expresso. (N. T.)

— Como assim sem nada?

— Bom, sei lá. Se quer mesmo que sua amiga nos ajude, vamos precisar levar documentos para ela! O manuscrito de Dürer, por exemplo...

— Está aqui.

Ela esticou o polegar por cima dos ombros para me mostrar sua mochila.

— A cópia da *Gioconda*?

— Está aqui.

— Bom — suspirei. — Estou vendo. François é que vai ficar contente! Não há ninguém um pouco mais próximo que possa nos ajudar com Da Vinci e Dürer?

— Não. Não tão bem quanto ela. E sei que ela fará de tudo para me ajudar.

— É uma artista? — perguntei.

— Não. Melhor do que isso. É uma pessoa que, ao mesmo tempo, faz uma especialização em matemática e um doutorado em história da arte.

— Original. E o que faz em Londres?

— Pesquisas sobre o Renascimento. Vai poder nos ajudar. Conhece bem esse período, fez seu trabalho de conclusão de curso sobre a homossexualidade nas pinturas do Renascimento.

— Ah, entendo. Uma amiga sua... Mas, espere — dei-me conta de repente. — Essa é aquela pessoa de que você me falou outro dia?

Sophie se voltou e me lançou um olhar zombeteiro.

— Falei dela para você?

— Sim... Uma *pessoa que ensina matemática e história da arte* e por quem você estaria apaixonada...

Ela deu meia-volta e partiu na nossa frente, rindo. Fiquei surpreso. Sophie estava nos levando para ver uma de suas antigas namoradas. Em Londres. Realmente, não era o modo ideal de terminar a tarde.

Levantei os olhos para Badji, confuso.

— *London, baby, yeah!* — soltei ironicamente. — Vem conosco?

— Claro. Não vou largar do pé de vocês. Mas teremos de informar Chevalier. E, como o senhor disse, acho que ele não vai ficar muito contente...

Dei de ombros.

— Mulher quando quer uma coisa...

Badji aquiesceu, depois esperou que eu avançasse para seguir meus passos. Paramos diante de uma cabine, Sophie telefonou para Londres para avisar sua amiga, e depois, seguindo os conselhos de Badji, foi comprar um chip para o celular. Enquanto isso, liguei para François para avisá-lo de que faríamos um bate-e-volta até Londres.

No carro, Sophie e eu tivemos bastante dificuldade para vestir os coletes à prova de balas de Badji. O Safrane foi transformado em provador, o que provocou gargalhadas fora de hora, devido à gravidade da situação.

Pouco menos de uma hora depois, chegávamos à Gare du Nord.

*

Ao sair do carro na praça Napoléon-III, levantei os olhos para a gigantesca fachada da Gare du Nord e suas pilastras coríntias. Notei com prazer como a pedra neoclássica opunha-se com elegância às estruturas de ferro fundido e vidro. A mistura de estilos havia sido levada ainda mais longe desde que eu deixara a França: acrescentaram à direita do edifício um novo terminal.

Aliás, foi na direção desse novo galpão branco que Badji nos conduziu. Provavelmente queria evitar a multidão que se apressava diante da entrada principal. Quando chegamos à altura do hotel Apollo, atravessamos a rua em meio aos táxis e ao engarrafamento, a buzinas e ruídos estridentes, depois o guarda-costas nos deixou passar à sua frente no novo edifício.

Empurrei a porta de vidro. A noite não ia demorar a cair, mas a imensa cúpula ainda estava inundada de luz. A ampla vidraça no teto e os vãos de vidro por cima das portas deixavam entrar os últimos raios de luz, que se refletiam nas paredes e no chão branco como em pleno dia.

Dirigi-me para os primeiros guichês, bem à minha frente. A meio caminho, Sophie me deteve.

— Espere. Aqui só vendem passagens para a Île-de-France. O nosso é daquele lado — disse-me indicando a parte mais antiga da estação, à esquerda.

Aquiesci, depois me voltei bruscamente. Sophie me olhou franzindo as sobrancelhas. Fiz-lhe sinal para avançar. Colocamo-nos a caminho.

Houve um anúncio indistinto nos alto-falantes do hall vizinho. A voz da mulher ressoou no espaço imenso da estação. Virei novamente a cabeça. Sophie me interrogou com o olhar. Não respondi. Aproximei-me dela e peguei seu braço. Quando um franco-atirador tenta te matar numa emboscada e você sabe que é objeto de muita cobiça e pouca simpatia, tem-se a desagradável tendência a ver inimigos por toda parte...

De repente, Badji, também olhando para trás, empurrou nossas costas para que acelerássemos o passo, e então entendi que estávamos com a mesma impressão. Eu não estava sonhando.

Ainda nos seguiam.

Os corvos. Como conseguiam seguir tão facilmente nosso rastro? Desde quando estavam nos seguindo? Eu não os havia visto ao sair da casa de François. Nem no Centre Pompidou.

Percebi no olhar de Sophie que ela também passara a sentir a presença deles. Estavam bem ali. Como uma ameaça, uma tempestade que se arma. Uma ou duas silhuetas vistas com muita frequência. Um movimento na multidão. Cada vez mais próximo.

Tinham me perdido na rua de Vaugirard, não me perderiam ali. Eu não poderia ficar fugindo eternamente.

— Não sei quanto a vocês — soltei ao me virar para Sophie —, mas estou começando a ficar cheio dessa caçada humana.

Sophie pareceu espantada. Provavelmente havia na minha voz algo que ela jamais ouvira antes. A indignação.

— Stéphane — retomei sem parar de avançar —, você os viu?

Ele aquiesceu.

— Quantos são?

— Dois — respondeu fazendo-me sinal para não me voltar.

— Tem certeza?

— Noventa por cento.

— O que vamos fazer?

Badji hesitou, deu uma olhada na direção deles, depois fez uma careta.

— OK — disse segurando nós dois firmemente pelo ombro. — O embarque do Eurostar é feito no andar de cima. Se nos virem subir, saberão que vamos à Inglaterra. Precisamos dispersá-los a qualquer custo.

— Não aguento mais fugir — repliquei. — Você não pode simplesmente dar um jeito neles?

— Não dá, né? Vamos, não temos tempo a perder. Quando eu der o sinal, vocês correm a toda na direção das escadas rolantes, bem na frente da *brasserie*. Precisamos desaparecer o mais rápido possível no andar de baixo. Lá existem longos corredores que dão para o embarque no RER.* Vamos tentar essa jogada. Eles pensarão que faremos uma viagem local. Na verdade, vamos logo voltar aqui por outra escada. É arriscado, mas é preciso tentar.

— Vamos perder o trem — interveio Sophie.

— Mexam-se, eles estão se aproximando.

Ela aquiesceu.

— *Go!* — lançou Badji logo em seguida, empurrando-nos à sua frente.

Sophie passou primeiro, e corri atrás dela. Sem nos voltarmos para trás, precipitamo-nos na direção das escadas rolantes, introduzindo-nos entre os passantes assustados e as fileiras de colunas verdes de ferro fundido que sustentavam a imensa vidraça da estação. Corríamos os três, um atrás do outro. Com um pouco de sorte, as pessoas poderiam nos tomar por retardatários e não nos dar muita atenção. Mas não por muito tempo. Os corvos certamente iriam chegar. Sophie saltou por cima de uma mala. Contornou uma pilastra. Ladeou um quiosque. Depois, escorregando um pouco no chão de plástico branco, lançou-se nas escadas rolantes, deixando a mão deslizar ao longo do corrimão de borracha. Eu tinha dificuldade em segui-la.

— Afastem-se! — gritava.

Saltávamos os degraus de dois em dois. Badji me segurava pelos quadris, como se tivesse medo que eu caísse. As pessoas se afastavam à nossa frente, deixando-nos descer a escada, perplexas. Ainda não sabíamos se os corvos estavam nos seguindo, mas, se estivessem, não tardariam a aparecer no alto da escada rolante. Não podíamos perder nem um segundo sequer.

Ao chegarmos lá embaixo, Sophie voltou-se para Badji com os olhos arregalados. Ele apontou o dedo para uma das alamedas brancas que conduziam ao RER.

---

* *Réseau Express Régional*: linha ferroviária metropolitana expressa da região parisiense. (N. T.)

— As escadas, ali! — cochichou.

Pusemo-nos de novo a caminho. Corríamos com todas as nossas forças. Nossos passos ressoavam no longo corredor subterrâneo. Comecei a ficar sem fôlego quando chegamos ao final dos degraus. Ao subirmos novamente para as plataformas, corríamos um grande risco. Se não nos tivessem seguido, daríamos de cara com eles.

— Rápido! Subam! Fiquem rentes à parede! — ordenou Badji.

E se por sorte nos tivessem seguido, não era para nos verem subır novamente. Sophie se decidiu. Eu a imitei. Meu coração batia a toda. Sentia gotas de suor escorrerem pelas têmporas e pela nuca. Os últimos degraus foram os mais duros. A fadiga e o medo se misturavam. Sophie foi a primeira a chegar. Eu a vi girar várias vezes em torno de si mesma, buscando-os com o olhar. Mas Badji não nos deixou nem um segundo sequer.

— Precisamos ir aos guichês. Andem depressa, mas não corram mais. Não devemos chamar a atenção. Caminhem discretamente os dois, vou ver se os dispersamos. Comprem as passagens. Nos encontramos na frente da escada que leva ao embarque no Eurostar.

Hesitei por um instante. Não estava certo de querer me separar do negão, mas Sophie me pegou pelo braço e me puxou para os guichês.

Passamos sob o painel com os horários das chegadas. Havia muita gente. Pessoas que se cruzavam em todas as direções. Viajantes que esperavam, sentados sobre suas bagagens ou então no final das plataformas para receber alguém. Alguns nos olhavam quando passávamos. Estávamos ensopados de suor. Sem fôlego. Mas, numa estação, logo se recupera o anonimato.

À medida que avançávamos até os guichês, ficava cada vez mais difícil ver Badji. Eu me voltava regularmente, mas, depois de algum tempo, perdi-o de vista.

Chegamos diante de um longo balcão com os guichês de venda e sua fileira de vidraças. Sophie se inclinou até uma fresta do vidro

— Três passagens de ida e volta para o próximo Eurostar, por favor.

Fiquei de costas para Sophie e apoiei os cotovelos na borda para olhar ao redor enquanto ela comprava as passagens. Esperava ver os dois corvos surgirem entre duas colunas verdes. Atrás dos outros usuários ou dos enormes vasos de flores, dispostos na frente do vendedor de jornais. Mas não. Já não estavam lá. O plano de Badji dera certo. Era o que parecia.

Eu ainda estava perscrutando a multidão quando Sophie bateu em meu ombro.

— Partida em 22 minutos — disse-me mostrando as passagens. — Volta para amanhã. Temos que nos apressar.

— Perfeito. Vamos encontrar Badji.

Agilizei para dar meia-volta, mas logo vi o terror nos olhos de Sophie. Como um choque elétrico. Nem tive tempo de lhe perguntar o que estava acontecendo, ela me pegou pela mão e me arrastou no sentido contrário. Fiquei sem fôlego. Mas comecei a correr atrás dela. Por instinto. E logo entendi.

Sophie derrubou uma mulher de cerca de quarenta anos sem nem mesmo pedir desculpas. A mulher caiu no chão e por pouco não passei por cima dela. Quase perdendo o equilíbrio, segurei na ponta do guichê à minha esquerda. Ao me recompor, dei uma olhada para trás. E o que vi já não podia me surpreender. O corvo não estava longe.

Sophie corria mais à frente. Hesitei por um segundo. Conseguiríamos escapar dele? Até onde poderíamos fugir? Mas se eu decidisse ficar para enfrentá-lo, não teria chance alguma. Aqueles caras estavam prontos para me matar. É o que tinham provado várias vezes. De punhos cerrados, precipitei-me para alcançar Sophie.

As pessoas começaram a gritar na estação. O corvo devia derrubar mais gente do que nós. Sophie corria à minha frente, com as passagens na mão. Lançava olhares rápidos na minha direção para verificar se eu a seguia. E, de fato, eu corria bastante. Mas ainda não conseguia ver aonde aquilo ia nos levar.

O condutor de um longo carro elétrico, que vinha em sentido inverso, buzinou ao nos ver correr contra ele, mas Sophie não mudou de direção. Acelerando o ritmo da sua corrida, passou na frente do veículo sem nem mesmo dirigir um olhar ao motorista enraivecido. De repente, virou para a esquerda. A saída da estação. Passou correndo por uma das grandes portas de vidro. Deslizei atrás dela. O ar fresco bateu em meu rosto. O corvo se aproximava. Estava a poucos passos de mim. Esperei um segundo e, quando estava quase me alcançando, bati a porta com violência. Não conseguiu parar a tempo e entrou com cara e tudo. Uma breve pausa. Pus-me a correr na calçada. Mas, atrás de mim, adivinhava que ele logo voltaria a se levantar.

A noite já havia caído. Mas a rua não esvaziava. A calçada formigava de pedestres. Sophie se precipitou para a entrada de uma passagem subterrânea. Má ideia, pensei com meus botões. Mas não tive tempo de dissuadi-la. Ela desceu os degraus à minha frente. Corri atrás dela. Não havia muita luz. Porém, depois de ter pulado alguns degraus, percebi que aquela passagem estava fechada. No final dos degraus havia três portas trancadas. Era o que eu temia. Sophie desacelerou à minha frente.

— Merdaaa! — exclamou.

Parei na metade dos degraus. Sophie se voltou. Bastou-me ver seus olhos para compreender o que se passava atrás de mim. De todo modo, eu o ouvira chegar. Ele estava lá. O corvo. Em cima de nós. No alto dos degraus.

Voltei-me lentamente e o vi, negra estátua que se recortava na Paris noturna. Um revérbero atrás dele desenhava um halo de luz em volta da cabeça. Não dava para ver seu rosto. Mas eu podia jurar que estava sorrindo. Enfiando a mão no bolso interno do sobretudo, colocou um pé no primeiro degrau.

Desci recuando. Instintivamente, afastei os braços. Não sei bem se foi um gesto de capitulação ou uma tentativa ridícula de proteger Sophie atrás de mim. Engoli a saliva. Ninguém podia nos ver. Eu queria gritar, mas não encontrava forças. Estava esgotado e aterrorizado ao mesmo tempo. Dessa vez ele não nos ia perder de vista.

Lentamente, vi sua mão sair do bolso. Deu mais um passo. Seus ombros largos pareciam crescer a cada degrau. Depois, o metal preto do revólver cintilou diante da gola do longo sobretudo. Pensei nos coletes à prova de bala que estávamos vestindo. Nunca iam conseguir nos proteger daquele carrasco. Ele não iria embora enquanto não estivéssemos mortos. Não dessa vez. Ia mirar em nossas cabeças. Não havia dúvida.

De repente, surgiu uma sombra atrás dele. Um ruído seco. Em seguida, a sombra se transformou numa forma que apareceu em suas costas e ele desmoronou nos degraus. Seu corpo rolou à nossa frente. Afastei-me e o vi cair até embaixo, batendo contra cada degrau para finalmente parar diante dos pés da Sophie. Ela deu um passo para trás e soltou um grito. Levantei a cabeça e reconheci Badji.

Ele ficou imóvel por um segundo, depois desceu correndo até nós.

— Sinto muito pelo atraso — murmurou. — Tive uns probleminhas com... o colega dele.

Bateu em meu ombro, como para verificar se eu ainda aguentava firme, depois estendeu a mão a Sophie, que parecia paralisada.

— Vamos, venham, já não há o que temer.

— Eu sabia que você ia acabar dando um jeito neles — disse eu.

Sophie deu um longo suspiro, saltou o corpo imóvel do corvo e subiu os degraus atrás de Badji.

— Vamos deixá-lo aí? — perguntei perplexo.

— Quer levar a peça até a seção de achados e perdidos? — ironizou o guarda-costas. — Vamos, depressa. Dei uma pancada nele, não vai demorar a voltar a si.

Eu estava para segui-los, mas hesitei por um instante. O corvo já não se movia. Talvez estivesse morto. Abaixei-me e deslizei a mão no bolso do seu sobretudo. Peguei sua carteira e alcancei os dois.

*

O trem partiu às 19h34. Por pouco não o perdemos.

Mais uma vez, o amigo de François me salvara a vida. Durante a primeira meia hora, não consegui falar. Ainda estava em estado de choque, o dia havia sido louco demais para mim. Sophie também ficou em silêncio. Só nos olhávamos. Incrédulos. Ambos no mesmo barco. Adivinhando os pensamentos um do outro. Dividindo a mesma angústia, o mesmo cansaço. Nervoso. E, no entanto, ainda tínhamos o que enfrentar. Autocontrole.

Mais tarde, quando a França do lado de fora havia desaparecido por completo sob o véu negro da noite, decidi falar:

— Obrigado, Stéphane.

Sorri para ele. Balançou a cabeça, mas tinha o ar sério. Inquieto. Provavelmente se perguntava que outra surpresa nos esperava. Ou talvez se perguntasse se estávamos protegidos naquele trem.

— Então, e a carteira? — perguntou Sophie voltando-se para mim.

Aquiesci. Finalmente tínhamos um indício. Um meio de identificar os corvos. Tirei-a do fundo do meu bolso, lancei um olhar para os bancos vizinhos para verificar se não tínhamos atraído a atenção dos outros passageiros, depois a abri sobre os joelhos.

Encontrei documentos de identificação. Italianos. Paulo Granata. Nascido em 1965. Estendi-os a Badji por cima da mesinha que nos separava.

— Acha que são autênticos?

Ele deu uma olhada, depois deu de ombros.

— Acho que sim.

Não havia muita coisa além disso na carteira. Um cartão de crédito com o mesmo nome dos documentos, alguns recibos, um mapa de Paris, tíquetes de metrô... Mas também havia um cartão que me saltou aos olhos. Um pequeno cartão de visita em velino da melhor qualidade. Sem nome, só com endereço. No Vaticano. E, na parte superior, um símbolo que reconheci sem dificuldade. Uma cruz sobre um sol.

Mostrei o cartão para Sophie. Ela fez uma careta.

— Isso só confirma o que já sabíamos.

Concordei. Era verdade. Só confirmava. Confirmava que realmente estávamos na merda.

O silêncio se instalou novamente. Vi Sophie fechar os olhos. Badji anunciou que ia pegar um café no vagão seguinte. Ele começava a relaxar.

Encostei a cabeça na janela à minha esquerda. A paisagem noturna que desfilava se confundia com o reflexo do interior do trem no vidro. Eu não estava no meu estado normal. Grogue, moído, como depois de um longo dia de exercícios. As imagens das últimas 24 horas voltavam à minha mente em cascata. Misturavam-se, vagas, imprecisas. Tudo se acelerava. Era como se eu tivesse sido apanhado por um tornado.

Tentei não pensar mais nisso, depois adormeci antes mesmo que Badji voltasse.

Às 21h28, hora local, o trem entrou na estação de Waterloo. Embarcar num trem em Paris e descer em Londres menos de três horas depois, para um expatriado como eu, tinha algo de inacreditável. Mas isso já não era um problema para mim.

A amiga de Sophie dissera que podíamos desembarcar em sua casa a qualquer hora. Assim que chegamos a Waterloo, tomamos logo um táxi.

Eu não visitava Londres havia anos — minha mãe me levara lá duas ou três vezes —, e o trajeto pela cidade nos permitiu admirar a capital sob sua veste noturna. O espetáculo era magnífico e quase me fez esquecer as sucessivas desventuras daquele dia horrível. No fundo, completava perfeitamente o quadro surrealista em que tínhamos a impressão de sermos apenas três pequenas pinceladas dadas por acaso.

O grande táxi preto saiu da estação de Waterloo, e o túnel azul do Eurostar, como um longo cordão umbilical que unia a Inglaterra à França, afastou-se lentamente atrás de nós. Ao nos aproximarmos do Tâmisa, vimos desenhar-se a grande roda gigante branca do London Eye, que girava lentamente e levava seus visitantes aos céus como um gigantesco moinho de água deslizando no rio. As pequenas cápsulas de vidro de onde os espectadores se extasiavam brilhavam como ampolas de néon no céu violeta.

O táxi entrou na Waterloo Bridge. Badji e Sophie também se maravilhavam em silêncio. Virei a cabeça para a direita, e meu olhar pousou um instante, ao longe, na cúpula branca da catedral Saint-Paul, sustentada por um altivo colar de colunas coríntias. Depois deixei meus olhos se perderem nas curvas do Tâmisa. O longo corredor preto se lançava por entre os imóveis iluminados pela luz sépia dos projetores e dos postes.

Mais ao longe, como uma miragem no horizonte do deserto, entrevia-se Canary Wharf, o novo polo financeiro londrino, um bosque de prédios de vidro, paraíso dos valores agregados e dos pequenos acionistas. O táxi passou por uma lombada no meio da ponte. Fechei as pálpebras por um instante. Quando reabri os olhos, descobri a *City* e a sede dos reis, Westminster. A velha Londres, uma cidade de ouro.

— Querem que eu encontre um hotel enquanto conversam com sua amiga? — perguntou Badji.

— Não, não, não se preocupe, Jacqueline certamente irá encontrar alguma coisa para nós.

O táxi chegou do outro lado do rio e virou à esquerda, na The Strand, uma das mais antigas ruas de Londres, depois foi até os leões gigantes da Trafalgar Square. Sorri. Tinha a impressão de revisitar Londres em sonho. Dava quase para imaginar a mão da minha mãe segurando a minha, sob a mesma noite de primavera, naquela mesma praça. Era como viajar nas minhas lembranças ou numa caixa de velhos cartões-postais. As pombas, os leões, as colunas de Nelson, o grande chafariz e depois aquelas nuvens de turistas, com as mãos nos bolsos e os ombros levantados para espantar o frio da noite. Como atraído pela luz dos néons e dos grandes painéis luminosos da Coca-Cola e do Burger King, que invadiam fachadas inteiras, o táxi encaminhou-se rumo ao Picadilly Circus. O barulho do motor era tão presente e os solavancos eram tão constantes que tínhamos a impressão de ir muito rápido, e eu me perguntava como os freios podiam parar uma massa tão grande, lançada na Regent Street como um obus.

— Realmente é uma cidade magnífica — disse voltando-me para Sophie.

— É simpática para passar um fim de semana, mas o ano inteiro...

— É o que sempre se diz das cidades em que não se viveu! — repliquei zombando.

— Por quê? Por acaso já viveu em Londres?

— Não, mas quando deixei Paris aprendi que é possível viver em outros lugares.

— Eu nunca disse que não poderia viver em outros lugares... Simplesmente não em Londres.

— Por quê?

— Cara demais, inglesa demais, artificial demais.

Caí na risada.

— Sinceramente, censurar a capital da Inglaterra por ser inglesa demais... Mas então, onde gostaria de viver se não fosse em Paris?

— Sabe, faço mais o estilo nômade. Gosto de viajar. Atravessar os países. Os desertos. Gosto do norte da África, do Oriente Médio... As paisagens nesses lugares estão muito mais próximas do homem do que as nossas grandes cidades ocidentais. Aqui construíram imóveis que já não têm a nossa cara.

Dei de ombros.

— Que estranho. Eu já tenho a impressão de encontrar meu lugar nessas grandes cidades ocidentais. Não são ruins. Veja só...

O táxi estava atravessando Oxford Circus.

— ... Olhe toda essa gente. Noite e dia. Sempre tem gente! De dia, vão às grandes lojas, Selfridges ou Harrod's. À noite, passeiam, encontram-se ou se ignoram. Mas sempre tem gente. E isso me tranquiliza. Adoro.

Ela me olhou sorrindo.

— Sim, eu sei — disse colocando a mão sobre meu joelho.

E não era condescendência. Não. Em seu olhar, vi que estava sendo sincera. Ela sabia. Sabia que eu precisava de gente, de sentir o mundo à minha volta. Não me sentir sozinho.

Alguns minutos mais tarde, o táxi nos deixou diante do prédio da tal amiga.

*

Se precisei de alguns dias para ter certeza das preferências sexuais da Sophie, as da sua amiga não me deixavam nenhuma dúvida. O apartamento de Jacqueline Delahaye era cheio de livros sobre homossexualidade, de quadros bastante sugestivos, e uma magnífica bandeira com as cores do arco-íris pendia do teto do corredor de entrada.

Em todo caso, a amiga de Sophie não era uma mulher comum. Extremamente agitada, ao mesmo tempo refinada e bagunceira, cínica e carinhosa, era uma personagem sem igual. Além disso, era muito simpática, vivaz, sempre com uma resposta pronta, e visivelmente brilhante. Todavia, eu não conseguia imaginar que ela e Sophie tenham podido um dia ter um caso, mas me dei conta de que isso não me incomodava tanto. Jacqueline era uma pessoa de bem e ponto final.

No entanto, ela deve ter percebido que eu não estava completamente à vontade com tudo isso e talvez tenha compreendido que eu sentia por Sophie muito mais do que amizade, pois me olhava com olhos cheios de malícia e, quem sabe, até mesmo de compaixão.

Era muito mais velha que Sophie, mas tinha em seus olhos uma juventude imutável. Usava grandes óculos de tartaruga, um pesado e largo vestido de lã marrom e uma longa camisa florida amarrotada. Em volta do pescoço, um lenço branco que descia até as costas. Parecia uma professora de história dos anos 70 e se integrava perfeitamente ao *look* e ao espírito londrino.

— Então — disse após servir a todos um copo de *brandy* —, que história é essa? O que pode ter trazido a Londres esse trio da pesada?

— Precisamos que você nos fale sobre a *Gioconda* e *Melancolia* — respondeu Sophie sorrindo.

Ela morava num apartamento de três quartos no centro de Londres, num imóvel antigo, onde nenhuma parede parecia paralela. Acho até que nunca vi um apartamento numa desordem tão gigantesca. Até o porão do meu pai em Gordes parecia arrumado em comparação com aquilo. Já não se viam os móveis, de tanto que estavam cobertos por uma bagunça que evocava camadas sedimentares. Uma pequena televisão ameaçava despencar do alto de uma pilha de revistas. As prateleiras de uma grande biblioteca estavam transbordando com várias fileiras de livros comprimidos uns contra os outros, sob uma espessa camada de poeira, por trás de amontoados de objetos diversos e variados, porta-retratos, caixinhas, estatuetas africanas, despertador, canetas, xícaras, telefone, walkman, máquina fotográfica, pôsteres entubados e uma porção de utensílios estagnados e não identificados... A sala inteira era um desafio às leis da gravidade. Por toda parte, objetos repousavam em equilíbrio sobre outros objetos que, por sua vez, provavelmente só não caíam por magia vodu de um dos grandes feiticeiros, cujas máscaras estavam penduradas nas paredes da entrada.

Lancei um olhar zombeteiro ao pobre Badji, que parecia pouco à vontade no meio daquela bagunça indescritível. De braços cruzados, não ousava sentar-se e se impacientava num canto. Não havia assento em parte alguma para um armário como ele.

— O grandalhão aí não quer mesmo uma cadeira? — perguntou Jacqueline apontando o guarda-costas.

— Vou pegar uma na cozinha — respondeu Badji sorrindo.

Saiu balançando a cabeça.

Nós três estávamos cansados e com fome, mas não tínhamos ido até lá de férias, e só uma coisa contava: avançar em nossa investigação. Decidi animar a conversa:

— Sophie me disse que a senhora estudou matemática e arte ao mesmo tempo — disse eu com educação, virando-me para Jacqueline. — É espantoso!

— Nem tanto.

— Seja como for... Como é possível passar da matemática para a história da arte?

Badji voltou com uma cadeira e se instalou diante de nós. Jacqueline lhe dirigiu um olhar incomodado. Havia uma tensão no ar. A amiga de Sophie estava visivelmente pouco à vontade por ter um gorila em seu apartamento...

— Bom, fiz dois anos do pós-segundo grau científico em matemática — respondeu. — Depois, fiz uma especialização em matemática para finalmente perceber que não podia ir adiante nesse caminho. Sempre tive uma relação muito especial com a matemática...

— Como assim?

— É difícil explicar... Gosta de música?

— Gosto.

Sophie me lançou um olhar zombeteiro.

— Damien é fã do Deep Purple.

— Perfeito — respondeu Jacqueline. — Quando escuta uma canção, chega a ter arrepios a ponto de ficar com os pelos eriçados?

— Bom, sim — confessei timidamente, bebendo um gole do meu *brandy*.

— Pois bem, por mais estranho que possa parecer, é o que sinto quando resolvo um grande problema de matemática.

— Ah, é?

— É. Isso o surpreende?

— Bom, sabe, para mim, a matemática... Chegava a me dar alergia.

— Que pena. A matemática é como uma religião para mim. É difícil que alguém entenda, eu sei... Mas, sabe, a matemática é tão mal ensinada nas escolas que as pessoas se esquecem que ela é pura magia. Pegue a *Oferenda musical*, de Bach. Essa música é um exemplo maravilhoso de simetria bilateral.

Fiz uma careta estúpida.

— Pode explicar melhor?

— É uma espécie de cânone, se preferir. Os dois pentagramas dessa música são simétricos um ao outro.

— Quer dizer que cada pentagrama é o oposto exato do outro? — perguntei intrigado.

— Isso mesmo. Uma espécie de palíndromo musical. Isso pode parecer completamente artificial, é matemática pura, e, no entanto, a música é suntuosa! E, na verdade, nada tem de surpreendente. No fundo, as leis da harmonia são apenas leis matemáticas e físicas. O fato de uma quinta ressoar tão perfeitamente com sua tônica não é uma questão de gosto, de cultura ou de convenção. É uma lei natural. As duas frequências se harmonizam, se combinam e ressoam naturalmente por mais tempo quando são tocadas juntas. A natureza é matemática, e a natureza é estética... A arte, como a matemática, nos permite perceber o ritmo das coisas, os vínculos que unem todos os nossos sistemas. Entende?

Ela estava completamente empolgada, e, mesmo que eu não tivesse certeza de entender aonde ela queria chegar, achei tudo isso encantador.

— Matemáticos e artistas têm o mesmo comportamento. Buscamos interpretar o mundo. Descobrir as rotinas, as redes, a estrutura secreta das coisas.

— Concordo — afirmei.

— Resumindo, nessa época comecei a entrever uma ponte ligando a matemática e a estética. Um vínculo evidente. E em vez de fazer uma simples tese matemática, decidi interromper os estudos dessa matéria e retomar os de história da arte. No início me interessei pelo Renascimento e, em particular, por Leonardo da Vinci.

— Vem bem a calhar — disse eu.

— Sabem o que Da Vinci dizia? *Non mi legga chi non è matematico.*

— Não me leia quem não for matemático — traduziu Badji, imóvel em sua cadeira.

Jacqueline lançou-lhe um olhar surpreso.

— Exato. Em resumo, se conhecerem um pouco da vida de Leonardo da Vinci — prosseguiu —, a ideia de que há uma relação evidente entre a arte e a matemática não lhes parecerá assim tão estranha...

— Não, claro — concedi. — Mas aí estamos falando do século XVI. Os matemáticos da época tinham um quê romântico. Já não é o caso hoje.

— Está redondamente enganado! Foi justamente esse o tema dos meus estudos, meu caro! *Os sistemas do caos na arte, na filosofia e na matemática.*

— Ãh?

Ela deu de ombros com ar despeitado.

— A teoria do caos! É a maior revolução da física e da matemática depois da relatividade e da mecânica quântica. Seja como for, já ouviu falar da teoria do caos?

— Claro...

— Há muito tempo os cientistas tentam resolver problemas cotidianos aparentemente insolúveis por serem descontínuos e desordenados.

— Tipo?

— Como se formam as nuvens? Como se explicam as variações meteorológicas? A que lei obedece o trajeto da fumaça que sai de um cigarro?

— Bom, ao acaso, ora bolas.

— Não! Ao caos. Em linhas gerais, uma minúscula modificação, o menor desvio bem no início de um sistema pode provocar no final deste uma mudança gigantesca.

— Entendo. Um pequeno imprevisto, e tudo pode mudar. Daí aquela famosa história do batimento de asas da borboleta — aquiesci.

— Exatamente. O batimento das asas de uma borboleta no Japão gera no ar variações suficientes para influenciar a ordem das coisas e provocar, por exemplo, uma tempestade no mês seguinte nos Estados Unidos.

— É bonito.

— Não é?

— E qual é a relação com a arte?

— Leia minha tese!

— Com prazer, mas talvez não esta noite...

— A beleza do caos reside na sua aparência enganosa. O caos parece desorganizado e não obedecer a nenhuma lei. E, no entanto, tem uma ordem inerente, a da natureza. E a arte obedece às mesmas leis. É o que tentei demonstrar.

— Olhe, sinceramente, vou ler sua tese com prazer.

— Mas não é isso o que os traz aqui...

Sophie, que provavelmente se impacientava, concordou.

— Então — retomou a historiadora-matemática voltando-se para Sophie —, a *Gioconda* e *Melancolia*... Não quer ser um pouco mais precisa, porque realmente não sei o que poderia lhe dizer sobre a *Gioconda* que já não tenha sido repetido um bilhão de vezes...

— Você acha que a *Gioconda* poderia encerrar um mistério milenar? — arriscou Sophie com uma voz insegura.

— Está falando sério?

— Estou — replicou Sophie. — Do contrário, não teria atravessado o Canal da Mancha. Fizeram um alarde em torno desse quadro, mas, na sua opinião, existe de fato um sentido oculto ou algo do gênero?

— Como é que posso saber? Espere, se a *Gioconda* tivesse um sentido oculto e único, teriam-no descoberto há muito tempo, dado o número de horas que os historiadores e os especialistas passaram em cima dela...

— De todo modo, há algo especial nessa pintura! — insistiu Sophie.

— Mas não é para vir com uma bobagem dessas que você fez todo esse trajeto depois de a gente ficar sem se ver por oito meses! — retorquiu nossa anfitriã.

Eu não conseguia saber se ela estava realmente furiosa ou se isso era apenas um joguinho entre as duas amigas.

— Jacqueline — retomou Sophie —, deixe eu explicar: estou... estou fazendo um documentário sobre uma relíquia que viria de Jesus. É uma relíquia muito misteriosa, a respeito da qual Albrecht Dürer escreveu um longo texto.

— Dürer escreveu montanhas de textos. Entre eles, um tratado sobre a perspectiva que é absolutamente notável...

— Sim — interrompeu Sophie. — Mas o texto de que estou falando diz respeito à *Melancolia*, que Dürer tinha dado a seu amigo, o humanista Pirkheimer, e que depois desapareceu...

— Ah, sim, Panofsky e Saxl falam dele num artigo sobre Dürer. Eu achava que esse manuscrito fosse pura invenção...

— Não. Ele existe de fato. E, justamente, o pai de Damien o encontrou.

Sophie colocou a mão sobre a mochila, a seu lado.

— Ele está aí? — perguntou Jacqueline, incrédula.

— Sim.

— Deixe-me ver...

— Daqui a pouco. Primeiro, responda às minhas perguntas. Ao que parece, há uma relação misteriosa entre a *Melancolia* de

Dürer, a *Gioconda* de Da Vinci, e uma relíquia que teria pertencido a Jesus. Nada além disso. Encontramos no âmbito da nossa pesquisa...

— Pesquisa que precisa de um guarda-costas? — interveio Jacqueline apontando para Badji.

— Pesquisa que precisa de um guarda-costas, SIM! Se você me conhece, já sabe a que ponto sou séria. Não sou absolutamente do tipo que pega um guarda-costas de brincadeira, OK? Então, continuando — retomou Sophie —, no âmbito da nossa pesquisa, encontramos uma cópia da *Gioconda* com cerca de trinta pontos circundados a lápis. Temos certeza de que isso tem uma relação com a nossa história da relíquia, porque Dürer fala disso em seu texto. Ele explica claramente que Leonardo da Vinci... trabalhava sobre esse mistério. Em suma, gostaríamos de saber primeiro se é possível que a *Gioconda* encerre um mistério dessa natureza.

— Que história maluca! — exclamou a amiga de Sophie. — Você caiu numa farsa gigantesca, pobrezinha...

— Não, garanto a você que é sério. Por favor, diga-me alguma coisa que possa me ajudar! Reflita!

Jacqueline deu um longo suspiro. Pegou seu copo de *brandy* escondido em meio a uma selva sobre a mesinha de centro da sala, depois afundou no sofá coberto de roupas, cinzeiros e outras revistas.

— Bom, vamos lá — começou num tom exasperado ao acender um cigarro. — Primeiro, histórias e datas. A *Gioconda* foi pintada entre 1503 e 1507. É uma das últimas obras de Da Vinci, que morreu cerca de quinze anos mais tarde, em 1519. Quanto à *Melancolia*, se bem me lembro, a gravura de Dürer data de 1515...

— 1514 — corrigiu Sophie.

— E Dürer morreu em 1528. Ou seja, igualmente cerca de quinze anos mais tarde. Pronto, o enigma de vocês está resolvido, obrigada, até mais ver!

As duas amigas caíram na gargalhada ao mesmo tempo. Contentei-me em sorrir para não ofendê-las e dirigi a Badji um olhar de espanto.

— Bom — retomou Jacqueline ao ver que eu não gargalhava. — Agora, vamos falar sério. Sim, evidentemente a *Gioconda* tem algo misterioso, mas não no sentido que vocês estão buscando. Tem algo misterioso porque possuía um significado particular para Leonardo da Vinci, e nunca se descobriu o que era. A tal ponto que, embora tenha sido uma encomenda de Juliano de Médici, e Francisco I tenha proposto comprá-la, Da Vinci recusou separar-se dela, e a pintura ficou escondida em seu ateliê até que morreu.

— Interessante — murmurou Sophie.

— Sim, mas não há nada de esotérico nisso. Simplesmente havia muito tempo que Da Vinci estava em busca da perfeição e provavelmente sabia que a *Gioconda* era sua obra mais bem-acabada, para não dizer perfeita.

— Se você está dizendo — interveio a jornalista, talvez tão cética quanto eu.

Jacqueline levantou o olhar para o teto com um ar decepcionado.

— Já imaginaram milhares de explicações diferentes sobre a especificidade estranha desse quadro, minha querida!

— Nada sério, tem certeza? — insistiu Sophie.

— Como saber? Seria a identidade secreta da modelo? Alguns historiadores supõem que Da Vinci teria feito seu auto-retrato camuflado no lugar de uma mulher imaginária. Não acredito nem um pouco nisso, mas é divertido quando se fica sabendo que Da Vinci era a maior bichona!

— Sério? — indignei-me estupefato.

— Ora, vamos, todo mundo sabe disso! Os historiadores puritanos não pararam de imaginar meios de desmentir os boatos, mas a verdade é que Da Vinci era gay e fim de papo. Ele até foi citado por ocasião de um processo por sodomia num rapaz de 17 anos, e se dessa vez foi liberado, três anos mais tarde passou seis meses na prisão por "má conduta".

— Juro que não sabia — confessei desconcertado.

— Pois é, muitas vezes se omite o fato em sua biografia... Engraçado, não é? De todo modo, basta dar uma olhada nos seus códices e ler as anotações ao lado dos seus desenhos anatômicos para não ter mais dúvidas!

— Bom, que seja — interveio Sophie. — Mas e daí?

— Pois bem, talvez seja esse o mistério de vocês... Em todo caso, é verdade que Da Vinci gostava particularmente desse quadro.

— E a senhora não sabe nada de especial sobre como foi produzido? — arrisquei perguntar.

— Eu poderia lhe falar horas a respeito da construção geométrica da *Gioconda*, do olhar, do sorriso, da posição das mãos. Mas não vejo em que isso os ajudaria. Talvez seja preciso que me tragam essa cópia com os circulados, e aí talvez eu veja alguma coisa que vocês não viram. O que mais posso lhes dizer? O que é interessante a respeito da *Gioconda* são os vernizes. Da Vinci pintava a óleo e adicionava um pouco de querosene bastante diluído, o que lhe permitia dispor várias camadas de cores transparentes. Desse modo, conseguiu refazer indefinidas vezes o rosto, em busca da perfeição. É o que ele chamava de *sfumato*.

Lancei um olhar para Sophie. Talvez essa fosse uma pista interessante. Provavelmente naquele instante partilhávamos do mesmo feeling. Da mesma premonição.

— Já, já vou lhe mostrar a cópia — prometeu Sophie. — Talvez as marcações a lápis feitas sobre ela digam mais a você do que a nós. Mas primeiro vamos falar da *Melancolia*. O que pode nos dizer sobre a figura?

— Bem, essa é outra história. Pois se trata de uma gravura simbólica, e que não é das mais simples! Não há um só centímetro quadrado nessa gravura que não esteja repleto de simbologia. Em resumo, imaginem as milhares de interpretações possíveis que os historiadores e os críticos fizeram desde que ela existe.

— Mas falando assim, de pronto, o que a senhora pode nos dizer? — insisti. — O que representa aquele anjo...

— Não, não é um anjo! — corrigiu Jacqueline levantando os olhos. — É uma alegoria. A alegoria da melancolia, evidentemente! Aliás, o título exato da gravura não é *Melancolia*, mas *Melancolia I*. E, acreditem, também disseram uma porção de bobagens sobre esse *I*. Mas vamos em frente. A personagem é então uma alegoria, tem todos os atributos da Melancolia clássica, até o cachorro que dorme a seus pés, e todos os símbolos que se referem a Saturno, como o morcego, a balança e o braseiro dos alquimistas, que, se bem me lembro, queima em segundo plano.

Sophie tirou uma cópia da gravura que tinha na mochila e a estendeu à amiga.

— Obrigada. Isso mesmo, e aqui, vejam, muitos elementos levam a pensar na interpretação cristã neoplatônica da criação como ordem matemática...

— Como? — interrompi. — Sem palavras difíceis, por favor! Sejamos simples... Sinto muito, mas sou facilmente alérgico ao jargão dos críticos de arte.

Ela sorriu.

— Digamos que, como Leonardo da Vinci ou Jacopo de Barbari, Albrecht Dürer achava que havia uma estreita relação entre a geometria e a estética. A arte já se encontra na natureza, na beleza das leis naturais, na harmonia, na geometria, na aritmética...

— Está bem! Está bem! Vou ler sua tese! Mas, em termos gerais, qual o sentido global da gravura?

— Em termos gerais, a Melancolia é a constatação do fracasso da erudição profana. Está me acompanhando?

— Vagamente...

— Seja qual for nossa erudição, seja qual for nosso conhecimento das artes, como as sete artes liberais, representadas nessa gravura pela escala de sete barras, bem aqui, nunca poderemos alcançar o conhecimento absoluto.

Olhei para Sophie. De repente, o vínculo com o nosso enigma parecia evidente. O conhecimento absoluto. Não seria essa a mensagem de Jesus? Não seria Jesus um iniciado, aquele que recebera justamente tal conhecimento?

— Eu poderia fazer para vocês uma análise simbólica por horas — retomou a historiadora mostrando-nos a gravura —, mas o que é mais interessante é o vínculo entre Da Vinci e Dürer. Pois aí é que reside um verdadeiro mistério.

Jacqueline apagou o cigarro no cinzeiro colocado sobre o sofá e deu um passo em nossa direção.

— Não se sabe se chegaram a se encontrar — explicou. — Muitas vezes se chamou Dürer de “Leonardo do Norte”, porque sua obra foi muito inspirada por Da Vinci. Para dizer a verdade, Dürer era fascinado pelo trabalho dele. Copiou especialmente a série de nós vincianos* da *Accademia* e continuou algumas das pesquisas sobre a natureza e as proporções humanas feitas por Da Vinci. Também se sabe que se interessou pelo compasso de Da Vinci, que permitia traçar figuras ovais, para não falar do célebre perspectógrafo, que Dürer representa em quatro gra-

* Gravuras feitas com um traçado complexo e delicado. (N. T.)

vuras e que originariamente havia sido desenhado por Leonardo. Por exemplo, o poliedro que se encontra em *Melancolia* é uma homenagem a Da Vinci!

— Realmente, são muitas as referências...

— Há um quadro de meados do século XVI, portanto, feito cerca de trinta anos após a morte de ambos, em que vemos Leonardo representado entre Ticiano e Dürer.

— Isso significa que realmente se conheceram? — questionou Sophie.

— Não dá para ter certeza, mas é provável. O quadro é atribuído ao ateliê de Agnolo Bronzino. Não se sabe se se trata simplesmente de uma pintura em homenagem a esses três personagens ilustres ou se faz referência a uma cena que realmente aconteceu. Nesse quadro, Da Vinci está voltado para Dürer e fala com ele. Está de costas para Ticiano. Seria o caso de dizer que não está nem aí para ele e que está muito mais interessado em Dürer. Faz um gesto meio estranho com as mãos, como se explicasse algo ao pintor alemão.

— Interessante.

— Em todo caso, o que sabemos — retomou — é que Dürer foi à Itália e, numa de suas cartas, parece ter feito certa referência a Da Vinci. Esperem, vou verificar isso.

Ela se levantou e desapareceu no quarto ao lado. Lancei um olhar inquieto para Sophie.

— Acha que consegue encontrar alguma coisa nessa bagunça? — cochichei.

A jornalista sorriu.

— Acho que sim, não sei como, mas acaba conseguindo se encontrar...

Jacqueline apareceu alguns instantes mais tarde em seu grosso vestido de lã com um enorme volume aberto nas mãos.

— Aqui está. É uma carta de outubro de 1508. Dürer diz que pretende ir de Veneza a Bolonha. Cito: "Por amor à arte da secreta perspectiva, que alguém se dispôs a me ensinar."

Lançou-nos um olhar cheio de orgulho.

— Corto o saco se não é de Da Vinci que ele está falando!

Dei uma risada.

— Não será necessário — interveio Sophie. — Acreditamos em você! Em suma, há de fato uma relação entre Dürer e Da Vinci, e até mesmo entre *Melancolia* e Da Vinci, é isso?

— Inegavelmente — confirmou a historiadora. — Mas você precisa me deixar dar uma olhada no seu manuscrito e na sua *Gioconda*.

— Sim, mas vamos partir amanhã e não podemos deixá-los.

— Resumindo, só tenho esta noite...

Sophie lhe dirigiu um sorriso amarelo.

— Escute, se não encontrar nada, não tem problema, já nos ajudou muito.

— Vou ver o que consigo fazer. Querem dormir aqui? — propôs Jacqueline.

— Não, não — repliquei. — Não queremos incomodá-la. Vamos procurar um hotel.

— A essa hora? Não vai ser muito fácil!

— Não queremos abusar da sua hospitalidade, minha querida — disse Sophie.

— Mas não me incomodam nem um pouco... De todo modo, pelo visto vou passar a noite trabalhando nessa questão de vocês.

— Então tudo bem — respondeu Sophie antes que eu tivesse tempo de recusar.

Por mais que Jacqueline fosse adorável, a ideia de dormir na casa de uma antiga namorada de Sophie não me alegrava nem um pouco. Mas tinha que me habituar.

Nesse instante, meu telefone tocou no bolso. Hesitei antes de atender e olhei para Badji. Como se estivesse esperando sua autorização. Deu de ombros. Tirei o telefone do bolso. Atendi. Era o padre de Gordes.

Estava em Paris. Visivelmente apressado e inquieto, não me deixou tempo para dizer grande coisa e simplesmente marcou um encontro.

— Pode vir amanhã, às treze horas, à igreja de Montesson, na zona oeste?

— Espere, eu... eu não estou em Paris neste momento. Não sei se já terei retornado.

Voltei-me então para Sophie. Ela vasculhou a mochila e checou as passagens de trem. O retorno para Paris estava previsto para as 14h17.

— Não será possível — expliquei ao padre. — Poderia ser às dezesseis horas.

— Combinado. Dezesseis horas na igreja de Montesson. O padre de lá é meu amigo. Teremos tranquilidade. Vai fechar a igreja enquanto estivermos conversando. Até amanhã.

Desligou em seguida.

Fechei meu telefone e o deslizei no bolso. Sophie me interrogou com o olhar.

— Era o tal padre de Gordes. Marcou um encontro comigo amanhã.

Eu não queria dizer mais nada na frente da Jacqueline. Sophie aquiesceu.

— Bom — retomou a historiadora ao se levantar —, que tal se pedirmos uma comida chinesa? A essa hora, não temos muita escolha. Mas primeiro vou lhes mostrar os quartos. Só restaram dois, vão precisar dividir...

— Posso dividir o quarto com Damien — respondeu Sophie com toda a naturalidade.

Fiz um movimento de recuo, de tanto que fiquei surpreso. Jacqueline franziu as sobrancelhas, depois pareceu zombeteira.

— Vamos, venham, vou lhes mostrar os quartos.

*

Por volta da uma da manhã, depois de termos comido e conversado, decidimos que era hora de deitar. Havíamos tido uma jornada dura, e o dia seguinte certamente nos reservaria outras surpresas. Jacqueline nos explicou que ia trabalhar um pouco sobre o manuscrito e a *Gioconda*, depois nos disse para nos sentirmos em casa.

Alguns minutos mais tarde, vi-me cara a cara com Sophie num quarto minúsculo, onde só havia pilhas de livros e um colchão de casal colocado no chão.

— Bom, tem certeza de que quer dormir junto comigo aqui? — perguntei estupidamente.

— Ó, meu pobre Damien, não vou te obrigar a dormir com seu anjão da guarda...

— Ah, ele é simpático, vai — repliquei.

— Se insiste...

Encolhi os ombros, um pouco sem graça. Ela sorriu. Voltei-me para fechar as cortinas. Sophie não havia se mexido. Estava bem na minha frente. Observava-me. Senti meu coração disparar. Estava tão linda no jogo de sombras e halos de luz alaranjada. Eu tinha certeza de que não estava avançando, e, no entanto, nossos rostos pareciam se aproximar. Lentamente. Ouvi o sopro tranquilo da sua respiração. Ela não sorria. Olhava-me fixamente. Serena. Depois senti a mão sobre meus quadris. Um segundo. Sua boca estava tão próxima da minha. Seus olhos nos meus. Deu um último passo e me beijou com paixão. Deixei-me levar.

Ficou me olhando assim por longos segundos, bem contra ela. Depois, lentamente, recuou o rosto. Eu tinha a impressão de estar flutuando. De reviver emoções havia muito esquecidas. Deu um passo para trás, pegou-me pela mão e me conduziu atrás dela até o colchão. Decidi deixar-me guiar. Simplesmente. E viver aquele instante como Sophie vivia sua própria vida. Ouvindo minhas vontades.

Sob a luz discreta que vinha da entrada, como dois jovens adolescentes que têm medo de serem surpreendidos, fizemos amor longamente, em silêncio, até que nossos corpos desabaram e se uniram de novo num sono pacífico.

Capítulo Dez

— Jacqueline vai com a gente.

— Como?

— Vou a Paris com vocês.

Jacqueline estava preparando suas malas. Sophie, atrás dela, olhou-me dando de ombros.

Acordei meio assustado naquele

colchão velho do nosso quartinho, e durante alguns segundos tive dificuldade em me lembrar do lugar onde estava e do que tinha acontecido na véspera. Quando finalmente consegui afastar o sono de vez, dei-me conta de que Sophie já não estava ao meu lado e vesti-me depressa para ver o que se passava na sala.

Sentado no mesmo lugar do dia anterior, Badji me dirigiu um sorriso. Sorri-lhe de volta, um pouco sem graça. Aquele cara tinha salvado minha vida duas vezes e ainda conseguia me sorrir quando o havíamos levado para Londres sem ao menos perguntar sua opinião. Claro, ele seria bem remunerado. Mas podia ver no sorriso de Badji que estava ali não apenas por razões profissionais.

Do lado de fora, o sol nascera havia pouco e ainda conservava seus tons alaranjados. A luz do dia atenuava um pouco a impressão de bagunça no apartamento.

— Descobriu alguma coisa? — perguntei coçando a cabeça.

— Não exatamente. Mas agora estou convencida de que há algo a ser descoberto e que vocês não chegarão a ele sem mim. Tem café em cima da mesa. Sirva-se. E como precisam voltar a Paris, vou junto.

— Mas...

— Não tem *mas*, vou e pronto, é um prazer e não vamos mais falar no assunto. Ainda mantenho um apartamento em Paris, há muita documentação por lá, e poderei trabalhar tranquilamente. Q.E.D.

Ela falava depressa, sem me olhar, ocupada em encher a bolsa de viagem bem no meio da sala. Vestia o mesmo vestido de lã da véspera, e alguma coisa no seu penteado, as olheiras e o nervosismo me permitiram compreender que não tinha dormido.

— Está bem, obrigado — disse eu simplesmente, indo sentar-me à mesa onde os três pareciam já ter tomado o café da manhã.

— De nada — respondeu puxando o zíper da bolsa de uma só vez.

Depois levantou-se, deu meia-volta e, com um largo sorriso, perguntou-me:

— Então, dormiu bem?

— Ah, sim, claro — balbuciei, tentando não demonstrar muito embaraço. — Bom, a que horas parte o trem?

Servi-me de uma xícara de café.

— Às 10h23, ainda temos um tempinho — respondeu Sophie. — Badji e eu acompanharemos você a Montesson. Enquanto isso, Jacqueline poderá continuar a análise do manuscrito.

Concordei e tomei meu café da manhã. Eu mal ousava olhar para Sophie. Ela estava me tratando com formalidade. Havíamos feito amor na véspera, mas ela ainda era formal comigo. Gostaria tanto de ter ficado sozinho com ela pela manhã. Conversar um pouco. Mas os outros dois estavam lá. Badji não saía do nosso pé, o que não era muito prático. E, de todo modo, realmente não tínhamos tempo.

Em nenhum momento tive a oportunidade de poder falar a sós com ela, e logo partiríamos de novo para a estação para voltar a Paris.

No trem que nos levava de volta à França, não consegui afastar as imagens de Londres que assediavam minha memória, as imagens da cidade onde eu me havia deitado com Sophie.

*

Montesson fica a poucos quilômetros de Paris, mas já era praticamente interior. Casinhas térreas, ruas em ladeira e, ao longe, prados e serras quase faziam esquecer a capital que, no entanto, estava tão próxima.

Havíamos deixado Jacqueline num táxi da Gare du Nord. Ela fora para seu apartamento parisiense com o manuscrito de Dürer e a cópia anotada da *Gioconda*, depois voltamos para o Safrane para ir encontrar o padre na hora marcada na zona oeste. Eu mal podia acreditar que naquela manhã mesmo acordamos em Londres. E, no entanto, não estava sonhando. O ritmo da nossa corrida parecia destinado a acelerar por muito tempo ainda, provavelmente tanto quanto seria necessário para resolver o enigma, a menos que alguém conseguisse interromper nosso ímpeto.

Badji estava alerta. Como o encontro havia sido marcado por telefone, nosso anonimato estava longe de ser garantido, e ele esperava uma surpresa ruim a qualquer momento. Os corvos nos tinham acostumado às suas aparições repentinas. Ele estava com o humor menos leve do que na véspera. Parou o Safrane num pequeno estacionamento ao abrigo dos olhares, abriu-me a porta e passou à nossa frente.

A paisagem daquela periferia parisiense nada tinha a ver com a Inglaterra. Ali não havia duas casas parecidas, não eram brancas, mas cinzentas, e a arquitetura de modo geral tendia mais para a desordem medieval do que para as casas de boneca. Vez por outra, velhas vespas passavam na rua, arrastando penosamente em seus selins vovôs de capacete.

A igreja ficava numa subida tão abrupta que, do lado da fachada — anexa ao presbitério —, era preciso subir escadas bastante íngremes para chegar à entrada. Com exceção das mobiletes ocasionais e de uma ou duas senhoras que passaram com seus cestos, não havia muita gente na pequena praça triangular em plena tarde, e entramos os três, Sophie, Badji e eu, sob a abóbada silenciosa e obscura de Notre-Dame de l'Assomption.

Dois homens conversavam em pé diante do altar. Um deles, que eu jamais vira, devia ser o padre de Montesson. Baixo, de pele morena e olhos puxados. De onde eu estava não dava para distinguir se era vietnamita ou coreano, mas tinha o semblante tranquilo dos asiáticos. O outro, que não vestia seu hábito tradicional de padre nem o terno escuro com a cruz na botoeira, não era outro senão o padre de Gordes à paisana...

Quando nos viram chegar, despediram-se imediatamente. O padre local passou por nós, dirigiu-nos um sorriso discreto, depois saiu da igreja. Badji fechou o enorme portal atrás de nós e verificou a solidez da fechadura. Eu o via inspecionar cada centímetro com o olhar.

— Bom-dia, senhor Louvel — acolheu-me o padre, avançando em nossa direção.

— São amigos próximos — expliquei apontando Stéphane e Sophie.

— Senhora, senhor...

Cumprimentaram-se. O padre me estendeu a mão e a apertei vigorosamente entre minhas palmas, como para agradecer-lhe por ter vindo de tão longe. Com François, Badji ou Jacqueline, ele era uma peça a mais ao meu lado no tabuleiro de xadrez. Um pequeno guerreiro obstinado que aceitava lutar, a seu modo, contra inimigos tão poderosos quanto invisíveis.

O padre nos fez um sinal para segui-lo pela nave lateral. Sentamos em cadeiras que ele havia disposto em círculo. Badji ficou na retaguarda.

— Não temos tempo a perder — começou o padre com um tom grave. — Estou intimamente convencido de estar sendo vigiado. O padre Young aceitou nos receber aqui com discrição. É um velho amigo. Já está habituado com as más surpresas vindas do alto escalão, se é que posso dizer assim...

— As más surpresas vindas do baixo escalão nunca fazem mal quando caem — insinuou Sophie.

O padre aquiesceu. Estávamos em sintonia.

— Estou disposto a lhes fornecer um elemento essencial para a investigação, mas primeiro quero saber o que sabem a respeito da minha transferência. Levo isso muito a sério, acreditem.

— Conhece a organização Acta Fidei? — perguntei sem mais esperar.

Fez que não. Lancei um olhar para Sophie. Ela entendeu o que eu esperava e contou tudo o que sabia, todas as informações que havíamos reunido ou que a Esfinge nos havia transmitido a respeito da organização. O padre ouviu com atenção e, quando a jornalista terminou sua apresentação, estava abatido.

— Acham mesmo que o Vaticano está informado sobre tudo isso? — perguntou após refletir longamente.

— A questão é quem no Vaticano. Não é tão simples assim. Certamente há gente informada, já que vários membros do escritório da Acta Fidei fazem parte da Congregação para a Doutrina da Fé. Agora, se isso significa que outras pessoas no Vaticano estejam informadas... não temos como saber.

— Se o que dizem for verdade, essa bomba precisa explodir de todo jeito!

— Não de imediato! — interveio Sophie. — Acredite, vamos explodi-la. Mas não já.

O padre concordou balançando a cabeça. Coçou o rosto com um ar desesperado, depois tirou uma caderneta do bolso.

— Isto lhe pertence — disse estendendo-me um bloco de notas.

— O que é?

— Seu pai me contou parte da história. Muito honestamente, tenho certeza de que há um fundo de verdade em tudo isso, mas tenho medo de que boa parte das coisas de que ele falava seja uma completa tolice. Saibam que, com o que acabaram de me dizer, estou pronto para tudo. Ele sabia que eu era amigo de um relojoeiro de Gordes e me pediu para encomendar a ele uma máquina.

— Que máquina?

— A que você viu no porão. E que queimou em seguida. Um negócio completamente maluco. Ao que parece, seria uma invenção de Leonardo da Vinci.

Lancei um sorriso a Sophie.

— Vocês vão ver, está tudo nesta caderneta, os esboços, as instruções, as anotações do seu pai... Ele tentou me explicar, mas confesso que não entendi grande coisa. Me contentei em transmitir ao relojoeiro, que fabricou a máquina. Noutro dia, o homem me ligou para dizer que havia esquecido de devolver a caderneta a seu pai, e eu a recuperei. Espero que vocês entendam alguma coisa disso tudo. Segundo seu pai, a máquina permitia encontrar uma mensagem escondida dentro da *Gioconda*!

Sophie me lançou um olhar perplexo. Extraordinário! O que o padre acabava de nos dar era realmente extraordinário. Eu já estava tremendo.

— Precisamos reconstruir essa máquina de todo jeito! — exclamou Sophie me pegando pelo braço.

— Me espantaria se conseguissem assim tão facilmente — interveio o padre. — É muito complexa. Há certos espelhos, lupas, um sistema de engrenagens... Seria mais simples pedir para o relojoeiro de Gordes refazê-la.

— Não temos tempo para voltar a Gordes! — protestou Sophie, impaciente.

— É só fazer com que ele venha até aqui — propus.

— Ah, não dá, né? — replicou o padre.

— E por que não?

— Ele tem mais o que fazer!

— O senhor tem o número de telefone dele?

O padre fez que sim.

— Pode me dar?

Lançou-me um olhar estupefato, depois vasculhou o bolso balançando a cabeça.

— Tome — disse mostrando-me sua caderneta de endereços.

Liguei no mesmo instante do meu celular.

— É — suspirou o padre —, vocês, parisienses, não perdem tempo!

— Alô? — falei assim que o relojoeiro atendeu. — Bom-dia, sou o filho do senhor Louvel.

— Ah, bom-dia — respondeu. — Minhas condolências.

— Obrigado. Tenho um favor a lhe pedir.

— Sei. Sinto muito, senhor, não quero parecer mal-educado, mas sabia que a polícia está atrás do senhor?

— Sim, sim, eu sei. Quanto meu pai lhe pagou para fazer aquela máquina que o senhor fabricou para ele?

— Meu Deus, aquela coisa esquisita, aquele aparelho! Até hoje não descobri para que serve, mas sei que é uma máquina extraordinária!

— Sim... Então, quanto?

— Acho que seu pai me deu 1.500 euros. Mas bem que valia, levei um bom tempo nela, isso eu lhe garanto!

— Eu lhe ofereço dez vezes mais se aceitar vir agora mesmo a Paris para fazer um segundo exemplar da máquina.

Houve um longo silêncio.

— Alô? — insisti, já que o relojoeiro continuava mudo.

Sophie ria a meu lado, e o padre pôs a cabeça entre as mãos. Não estava acreditando no que ouvia.

— Está falando sério? — perguntou o relojoeiro, que também parecia perplexo.

— Ofereço ao senhor 15 mil euros, em dinheiro, se aceitar vir a Paris agora mesmo para refazer a máquina de Da Vinci. Com todas as despesas pagas. Reembolso o TGV e arrumo um lugar para o senhor ficar.

— Mas o senhor é completamente louco? — exclamou o relojoeiro, incrédulo. — Tenho uma loja aqui!

— Espere — disse eu —, não desligue.

Peguei o padre pelo braço.

— O senhor pode convencê-lo. Diga-lhe que sou muito sério — cochichei. — Eu lhe suplico! Faça-o vir.

Forcei-o a pegar o telefone. O padre estava totalmente atordoado.

— Alô, Michel? — balbuciou. — Sim, sim, é o padre. Não, o senhor Louvel é muito sério. Claro. Não, não é uma brincadeira.

Peguei a mão de Sophie e a apertei. Ela me deu uma gostosa piscadela.

— Só terá de dizer a ela que vem me ajudar a preparar minha ida a Roma — retomou o padre. — Bom, uma mentirinha de vez em quando, tenho certeza de que será perdoado, Michel. E depois, é só oferecer uma bela joia à sua esposa quando voltar que ela vai ficar muito feliz. Com o que o senhor Louvel vai lhe dar, dinheiro para isso não faltará. Está bem. Está bem. Certo. Combinado.

O padre me estendeu o telefone. Parecia ofendido por eu ter lhe pedido para fazer isso.

— Ele concordou — esclareceu suspirando.

Cerrei os punhos em sinal de vitória.

— Está com o telefone do seu hotel? — perguntei cochichando ao padre.

Ele vasculhou o bolso e me mostrou um cartão.

— Alô? — retomei pegando o celular. — Pronto, vou explicar o que deve fazer. Ligue para o padre quando souber a hora de chegada do seu trem que mandarei alguém buscá-lo na estação. Tente vir esta noite ou, no mais tardar, amanhã de manhã.

Ditei-lhe o telefone do hotel.

— Agradeço-lhe mil vezes, senhor, está me fazendo um enorme favor. Em quanto tempo acha que consegue fabricar a máquina?

— É uma construção bem complexa, sabe? E, depois, não estarei no meu ateliê... Vou tentar levar minhas ferramentas e algum material, ainda me sobraram uns pedaços da última vez. Levei duas semanas para fazer, mas, levando em conta que já a produzi uma vez, acho que consigo ir mais rápido.

— Preciso que a construa em 24 horas.

— Mas o senhor não bate bem da cabeça!

— Vou lhe pagar muito bem! Até logo, senhor.

Despedi-me e desliguei. Sophie caiu na risada. Eu me havia superado. Acabava de agir exatamente como a Sophie. Entrando de cabeça. Daria até para dizer que ela estava orgulhosa de mim. Na verdade, desde a perseguição na Gare du Nord, eu havia decidido não mais me deixar levar pelos acontecimentos. Se quiséssemos sair daquela situação, tínhamos a todo custo de retomar o controle da investigação, e não mais nos submeter a ela.

Deixar de ser peões para sermos rei e rainha.

*

Um pouco antes das vinte horas, chegamos enfim a Sceaux, na casa dos Chevalier. Fiquei feliz de voltar ao conforto delicado de sua pequena casa. Naquele momento, era o que mais se assemelhava a um pouso para mim. Quase um lar. Um domicílio fixo.

Estelle havia preparado o jantar para nós todos, e o odor de madeira queimando da cozinha flutuava até a entrada. François parecia impaciente para nos ver.

— Como foi em Londres? — perguntou pendurando nossos sobretudos atrás da porta.

— Muito bem. A amiga da Sophie voltou conosco. Vai nos ajudar.

— Perfeito. Tenho novidades para vocês, crianças! — exclamou deixando-nos entrar em sua casa.

Claire Borella estava sentada na sala e sorriu ao nos ver chegar. Parecia mais descansada do que na véspera e visivelmente entendia-se muito bem com o casal Chevalier.

Passamos à mesa logo depois de pendurarmos os sobretudos. François estava bastante agitado. Sophie sentou-se ao meu lado. Claire, por sua vez, parecia já ter seu lugar habitual, à direita de Estelle. Ambas conversavam e se olhavam como velhas amigas.

— Ouçam isto — começou François servindo-nos vinho. — Liguei para o bibliotecário do Grande Oriente de Paris, que também é um bibliófilo extraordinário, um pouco como o seu pai, Damien. Realmente, um sujeito genial. Em resumo, como você estava procurando uma ligação entre a sua investigação e o Grande Oriente, falei para ele da pedra de Iorden. Pois bem, imagine você que ele me garantiu haver vários documentos a esse respeito na biblioteca da rua Cadet.

— Excelente! — respondi.

— O que é que tem na rua Cadet? — perguntou Sophie.

— O templo do Grande Oriente da França — expliquei, pela primeira vez sabendo mais do que ela.

— Ah, que ótimo! — zombou Sophie. — Vamos encontrar nossas informações no coração da seita!

— *Não* é uma seita! — enervou-se François.

— Não ligue! — disse eu para acalmá-lo.

— Está certo. Bom, se quiserem — continuou —, posso levá-los lá amanhã de manhã. Já organizei meus horários com a minha secretária.

— Desde que não tente nos iniciar às escondidas! — respondeu Sophie, que não perdia uma.

François não conseguiu evitar um sorriso. Em vez de se ofender, decidiu participar do jogo.

— Minha querida, nenhuma loja iria querer saber de você, não se preocupe — replicou.

— Agora, falando sério — engatei —, que isso não lhe traga nenhum aborrecimento.

— Não, não, não tem problema, desde que sua amiguinha saiba se comportar...

— Tem certeza? Não é arriscado demais entrarmos lá? — acrescentei.

— Não. Aliás, a biblioteca fica aberta ao público a maior parte do tempo.

— Claro, a maior parte do tempo — ironizou Sophie.

— Posso servir vocês? — propôs Estelle trazendo a entrada.

Começamos a comer tranquilamente, aproveitando o breve repouso e o ambiente familiar dos Chevalier. François tentava não levar em conta as provocações de Sophie, que gostava de exagerar um bocado sobre a franco-maçonaria, mas no final ficou tudo numa boa.

De repente me dei conta de que eu provavelmente tinha à minha frente as duas pessoas que mais amava no mundo naquele momento. Sophie e François. E talvez isso tivesse a ver com o fato de viverem de picuinha, como adolescentes.

Então, repentinamente, Sophie voltou-se para mim e disse:

— Meu bem, talvez seja o caso de você prevenir François sobre o relojoeiro...

Arregalei os olhos.

— Veja só, me chamando de "meu bem" agora? — não pude deixar de notar.

Sophie ficou imóvel. Circulou o olhar pelos outros convivas, depois deu de ombros e me sorriu.

— Sim, meu bem.

— Então está certo — respondi.

Levantei os olhos para François. Ele me fitava.

Pois é, meu amigo, foi em Londres. Fiz amor com uma lésbica por quem estou apaixonado e que não gosta muito dos franco-maçons nem dos padres. É assim e pronto. Não tente entender. Eu mesmo não pesquei grande coisa nessa história...

Fiquei em silêncio.

— Que história é essa de relojoeiro? — retomou finalmente Chevalier.

— Ah, sim — disse eu, confuso. — É... tem lugar sobrando na sua garagem, não tem?

— Que brincadeira é essa?

— Digamos que precisamos que você nos conceda um pequeno espaço na sua garagem.

— Como é que é?

Expliquei nossa história em detalhes a François, que não pareceu muito contente. Mostrei a caderneta de anotações do meu pai e os esboços da máquina.

— O relojoeiro de Gordes aceitou vir aqui para reconstruir a máquina de Leonardo da Vinci. Vamos precisar estudar de perto as anotações do meu pai, que deverão nos servir para decifrarmos uma mensagem oculta na *Gioconda*.

— Vamos ficar meio apertados aqui! — disse Estelle do outro lado da mesa.

Mordi os lábios. Pobre Estelle. Dei-me conta do que estávamos impondo àquela mulher, que já devia estar passando o suficiente com a gravidez.

François lançou-lhe um olhar interrogador. Ela encolheu os ombros.

— Bom, vamos dar um jeito de encontrar algum espaço — suspirou sorrindo para mim.

Pisquei para ela. Era tão generosa quanto o marido.

— Posso deixar meu quarto para ele — propôs Claire timidamente.

— Não se preocupe — interveio Estelle —, vamos arranjar um lugar. Só que é você quem vai se ocupar de tudo isso, François, porque estou esgotada! Mas confesso que não vejo a hora de ver esse negócio! — entusiasmou-se ao olhar os esboços na caderneta do meu pai.

François aquiesceu, e continuamos a jantar. Tentamos mudar um pouco de assunto, esquecer por um instante o estresse, mas sem conseguir de fato. Sabíamos que não estávamos no fim e que nossas chances de ter êxito nessa corrida contra o relógio eram bastante pequenas: os outros concorrentes já estavam bem na frente e contavam com meios desproporcionais.

Enquanto François trazia o queijo, Claire Borella contou-nos um pouco da vida do pai. As missões para os Médicos sem Fronteiras, as longas ausências, as descobertas... Dava para perceber que nutria por ele um profundo respeito. Quase a invejei por ela ter sabido o que era isso.

Por volta das onze horas, marcamos um encontro para o dia seguinte, e Badji nos acompanhou ao nosso hotel.

Sophie dormiu num quarto, e eu, no outro. Talvez eu devesse tê-la convidado para ficar comigo. Talvez ela esperasse que eu lhe pedisse isso.

Não é numa noite que se aprende a falar com as mulheres.

*

No dia seguinte de manhã, François e Badji vieram nos buscar na porta do hotel, rumo ao IX *arrondissement*.

— Alguma novidade do seu relojoeiro? — perguntou François.

— Por enquanto não. Espero que venha logo.

Estacionamos na rua Drouot e subimos pela rua de Provence, ladeando os antiquários, as antigas filatelias e os escritórios de leiloeiros. A rua Cadet, que tinha parte destinada à circulação de pedestres, estava repleta de gente tanto nas calçadas quanto no asfalto. Pequenos cafés, hotéis, açougues e barraquinhas que se sucediam com a densidade de um bairro popular.

O templo do Grande Oriente da França era uma construção relativamente moderna e imponente, que se destacava em relação aos imóveis antigos ao seu redor. A alta fachada prateada deve ter parecido futurista na ocasião de sua construção, mas agora tinha o charme kitsch de um cenário de filme de ficção científica dos anos 70. De modo semelhante à frente das igrejas, das escolas ou das sinagogas, nesses tempos conturbados, a polícia havia instalado barreiras ao longo da fachada para impedir que automóveis estacionassem ali, o que dava ao templo um ar de embaixada.

Sem dúvida, Badji já havia acompanhado François ao Grande Oriente. Com sua arma no coldre embaixo do braço, não podia entrar e foi esperar num café bem em frente.

O guarda-costas piscou para mim antes de nos deixar. Desde sua chegada, passei a me dar conta de que a paranoia estava progressivamente me deixando. Ele havia prometido ser discreto e, no fim, acabou sendo muito mais do que isso. Era ao mesmo tempo caloroso e tranquilizador. Como um grande irmão e como um escudo, que recebia parte do estresse em nosso lugar. E fazia bem isso. Flagrei-o recebendo um ou dois telefonemas. Seus empregados querendo saber se ainda ia ficar ausente por muito tempo. Em cada vez explicou que estava “numa missão importante" e que levaria o tempo necessário. Passou-nos à frente da sua empresa e dos seus alunos. Era um cara legal. Um amigo do François.

Depois de nos identificarmos na entrada do templo, penetramos silenciosamente na biblioteca. Sophie estava à espreita. Pronta para criticar o menor passo em falso, a menor falta de postura.

O arquivista e bibliotecário viu François e nos acolheu calorosamente. Era um homem de cerca de sessenta anos, com óculos de meia-lua, cabelos grisalhos e encaracolados e longas sobrancelhas brancas.

— Aqui está — disse estendendo uma folha a François —, a palavra Iorden aparece ao menos uma vez em cada livro listado aí. Cabe a você encontrar sua felicidade, irmão.

— Obrigado — respondeu François.

Instalamo-nos a uma das mesas da biblioteca enquanto François foi buscar as diferentes obras listadas pelo bibliotecário. Éramos os únicos visitantes, e cheguei a me perguntar se François não tinha mandado abrir a sala só para nós. Reinava uma atmosfera estranha. Quase mística. A natureza do local impregnava o ar ao nosso redor.

— Pronto — cochichou François voltando com as mãos cheias. — Aqui está, Damien, procure aí, e você, Sophie, pegue estes livros!

Distribuiu igualmente os livros, e cada um de nós mergulhou no trabalho como estudantes exemplares.

A pedra de Iorden nem chegava a figurar nos índices das obras que François me havia passado, o que provava que as referências do bibliotecário eram particularmente precisas, e decidi folhear lentamente os dois volumes em busca da nossa palavra-chave. O primeiro era um livro de história do Grande Oriente da

França. Traçava o contexto em que a mais antiga obediência francesa nascera em meados do século XVIII. Na verdade, a primeira parte era uma reprodução de má qualidade de uma obra bastante antiga, tanto que o conjunto dos caracteres estava um pouco apagado e era difícil de ler. A segunda parte, que cobria o período de 1918 a 1965, era de produção e impressão mais modernas, portanto, mais agradável de percorrer. Por mais que eu procurasse, não encontrava nenhuma alusão à pedra de Iorden. O livro era bastante volumoso, e eu não tinha certeza de que iria conseguir lê-lo inteiro e com eficácia. Decidi colocá-lo de lado por um instante e olhar a segunda obra, com bem menos páginas. Tratava-se de uma revista, uma coleção de artigos diversos ou talvez até mesmo de folhas escritas por maçons. Olhei os títulos dos artigos para ver se algum deles podia evocar a pedra de Iorden ou o restante da nossa pesquisa, mas nada encontrei de flagrante. Mesmo assim, demorei-me num artigo intitulado "Bens desaparecidos do GODF", que me parecia oportuno. Percorri-o uma primeira vez, depois uma segunda, mas em nenhuma parte vi a palavra que estava procurando. Já me preparava para consultar outro artigo quando de repente meus olhos foram atraídos por uma nota de rodapé: "2. Ver a esse respeito o episódio da pedra de Iorden na revista *Nouvelles Planches*, janeiro de 1963."

— Encontrei uma coisa! — anunciei tentando não falar alto demais.

— Shhh! — replicou Sophie. — Eu também...

— Eu também encontrei uma coisa — emendou François.

— Esperem! — repetiu Sophie. — Deixem eu terminar!

Voltei ao meu artigo e subi os parágrafos para encontrar a frase à qual correspondia a nota: "... durante a Segunda Guerra Mundial, grande parte do patrimônio maçônico foi vendida em leilão."

Nada encontrei de mais preciso e olhei de novo a primeira obra. Após longos minutos de pesquisa infrutífera, levantei a cabeça e esperei que Sophie terminasse de ler um artigo que estava devorando com os olhos. Quando enfim terminou, lançou-nos um olhar cheio de satisfação.

— O que encontrou? — perguntou-me em voz baixa.

— A referência a um artigo que contaria um episódio sobre a pedra de Iorden — expliquei. — Tome, dê uma olhada.

Mostrei-lhe a nota.

— Mas claro! — disse ela. — É o artigo que acabo de ler!

Levantou a revista que tinha nas mãos e me mostrou o título.

— Bem... Eu não tinha como saber. E então?

— Então, por muito tempo a pedra de Iorden teria pertencido a uma loja que se chamava Loja das Três Luzes, que fazia parte do Grande Oriente da França e que hoje não existe mais. Em 1940, teria sido vendida em leilão pelo governo...

— Incrível! — cochichei.

— Nem tanto — interveio François. — Foi o que aconteceu a muitas lojas na época. A partir de 1940, a França ficou extremamente antimaçônica e antissemita ao mesmo tempo.

— Garanto a você que ainda hoje há gente que não é nem um pouco chegada nos maçons — interveio Sophie com um largo sorriso.

— Já deu para notar! — replicou François. — Você deveria se orgulhar, isso faz com que tenha ao menos um ponto em comum com os nazistas!

— Bom, agora chega vocês dois! Já estão passando dos limites! Então, François, você dizia...

— Sim... Bom, é o seguinte: os maçons foram perseguidos durante a guerra, todo o mundo sabe disso, não?

— E como seus bens puderam ser vendidos em leilão?

— Marquet, que era o ministro do Interior, interditou legalmente as sociedades secretas em 1940, e o Grande Oriente, como todas as obediências, foi dissolvido no embalo. Se algumas lojas se apressaram em destruir seus próprios arquivos para evitar que eles caíssem nas mãos dos alemães, de todo jeito a Gestapo teve tempo de fazer muitas prisões. Aliás, em toda a França, ocupada ou não, os templos foram oficialmente convocados. Ou eram entregues ao Tesouro, ou eram vendidos a particulares, ou ainda eram emprestados a associações vichystas.* Quanto aos bens móveis, quadros e outros, de fato, foram leiloados.

— Nada nobre!

— Pois é, não é um período glorioso da nossa história. A campanha antimaçônica baseava-se, como sempre, na acusação de complô, e censuravam os maçons por terem servido aos interesses dos judeus... Seja como for, o governo francês foi longe demais. Houve uma exposição antimaçônica no Grand Palais, que em seguida circulou em toda a França e na Alemanha, e o auge foi que em 1941 o governo mandou publicar no *Journal officiel* uma lista de quinze mil pessoas acusadas de pertencer à franco-maçonaria para denunciá-las perante a opinião pública.

— Cada vez mais encantador.

— É mesmo. Ah, mas há certos jornalistas que adorariam renovar a proeza... Todos os anos a revista *L'Express* faz um dossiê, por assim dizer, bem quente sobre nós. Vende que é uma beleza...

Lançou um olhar falsamente aborrecido a Sophie.

— Está bem, chega! — cedeu ela. — Zombo de você, mas também não sou do tipo de perseguir ninguém! As pessoas devem fazer o que bem entendem...

---

* Relativo ao governo do marechal Pétain, instalado em Vichy durante a dominação alemã na França entre 1940 e 1944. (N. T.)

— Sabiam, por exemplo, que o local em que estamos servia de quartel-general à campanha antimaçônica do governo? — retomou François.

— Nossa! É de arrepiar. Bom, então, segundo o texto da Sophie, a pedra teria sido revendida durante a guerra. E você, o que encontrou?

— Encontrei uma alusão à pedra num capítulo referente a Napoleão — respondeu François mostrando-nos o livro à sua frente.

— Ah, é? Conte!

— Para começar, talvez seja necessário eu explicar para vocês um pouco do contexto.

— Sim, vá em frente! Sophie é testemunha do quanto sou um zero à esquerda em história!

— Está certo. Contrariamente ao que muita gente pensa, a Revolução quase destruiu a franco-maçonaria na França. Embora os valores maçônicos de igualdade, justiça e fraternidade tenham em parte inspirado a Revolução, a partir de 1792 o Grande Oriente se tornou cada vez mais crítico em relação aos excessos da República nascente. Tanto que a maçonaria foi suspeita de complôs antirrepublicanos durante alguns anos, um absurdo! Sendo assim, entre 1792 e 1795, não era muito bom ser maçom na França, e muitas lojas desapareceram. Em resumo, só em 1795, sob o impulso de lojas parisienses e num clima um pouco mais favorável, é que a franco-maçonaria voltou a se mexer um pouco. Quando Napoleão tomou o poder, os maçons já não estavam fora da lei, muito pelo contrário. É preciso dizer que a família de Bonaparte era cheia de maçons. Seu irmão, seus cunhados, todos camaradas, justamente! E ainda que nunca se tenha encontrado a ata de iniciação, talvez o próprio Napoleão tenha sido maçom. Em todo caso, seu irmão José era grão-mestre do Grande Oriente da França! Sem falar de Cambacérès, o arquichanceler do Imperador, que também era maçom, ou de onze dos dezoito marechais nomeados pelo Imperador que também haviam sido iniciados, como Masséna, Brune ou Soult... Em suma, Napoleão vê na maçonaria um aliado importante e tenta botá-la em seu bolso. Olhem só, vou ler para vocês esta carta que Portalis, ministro do Interior e dos Cultos, envia a Napoleão: "Foi de infinita prudência dirigir as lojas, visto que não podiam ser proscritas. O verdadeiro meio de impedir sua degeneração em assembleias ilícitas e funestas foi conceder-lhes uma proteção tácita, deixando que sejam presididas pelos primeiros dignitários do Estado." Mais claro do que isso, impossível. Ora, e é aí que está o que vai interessar a vocês. Há um capítulo deste livro que conta de que modo Napoleão doou vários objetos preciosos a certo Alès d'Anduze, dignitário maçom, que não era outro senão o vigário-geral do arcebispado de Arras. O texto explica, de maneira bastante estranha, que Napoleão fazia particularmente questão de oferecer esses objetos a esse homem da Igreja. Não entendo bem por quê... Mas, por outro lado, entre essas doações, adivinhem o que havia?

Respondemos em uníssono:

— A pedra de Iorden!

— Bingo! E, por ocasião da morte, Alès d'Anduze a legou à sua loja, que se chamava...

— Três Luzes! — completou Sophie.

— Exatamente! O círculo se fecha...

— Sim — disse eu —, só que não sabemos como Napoleão podia estar de posse da relíquia nem por que a deu ao vigário.

— Tenho minha primeira hipótese a respeito — interveio Sophie.

Pisquei para François.

— Estamos ouvindo — assegurou ele.

Sophie lançou um olhar ao bibliotecário. Ele parecia absorvido por seu computador. Estávamos tranquilos.

— Bem. O último vestígio que se tinha da pedra de Iorden, como você se lembra, datava de cerca de 1312, quando o papa Clemente V deu um jeito para que a Ordem dos Hospitalários de São João recuperasse os bens dos templários. Ora, onde os hospitalários vão parar em seguida?

— Em Malta...

— Exatamente. E em 1798... — começou Sophie...

— ... a frota de Napoleão toma a ilha de Malta! — terminou François balançando a cabeça. — Mas claro!

— Epa, vamos devagar, vocês estão esquecendo que sou inculto!

— OK, vou resumir para você — propôs Sophie. — Estamos no final do século XVIII. A Ordem de Malta, pois esse é o novo nome dos hospitalários, já não tem nada daquela aura que tinha na Idade Média. Sua razão de ser é quase nula, dada a queda do Império Otomano. E, sobretudo, a França, que era a protetora tradicional da Ordem, meio que a abandonou à sua própria sorte durante a Revolução, chegando até a privar os cavaleiros da nacionalidade francesa. Enfim, os habitantes da ilha de Malta suportam cada vez menos a dominação desses cavaleiros arrogantes, que os sobrecarregam de impostos exorbitantes. Em suma, Napoleão, que ainda é apenas general e é mandado em expedição ao Egito pelo Diretório, não tem dificuldade nenhuma em obter a autorização do governo francês para se apoderar da ilha em seu caminho.

— Ele vai atacar diretamente os hospitalários? — espantei-me.

— Vai. Napoleão tem duas excelentes razões para querer tomar Malta. Primeiro porque era uma posição estratégica sem igual no Mediterrâneo, mas também por uma razão menos oficial. Diziam que a cidadela de La Valette, sede dos hospitalários, encerrava grandes tesouros, entre os quais certamente aqueles herdados da Ordem do Templo. Ora, Bonaparte precisa de muito dinheiro para comprar cúmplices e preparar o golpe de

Estado do 18 de brumário. Resumindo, em junho de 1798, toma a ilha e se apodera de parte do saque.

— E, portanto, provavelmente da pedra de Iorden.

— Provavelmente — confirmou Sophie. — Alguns anos mais tarde, talvez tenha conhecido a verdadeira natureza da relíquia e dito a si mesmo que ela estaria melhor nas mãos de um homem da Igreja... Talvez por essa razão a tenha doado a esse famoso Alès d'Anduze.

— Talvez — repeti. — São muitos "talvez"...

— Em todo caso — interveio François —, sabemos que ela pertenceu à sua loja ainda no início da última guerra, 150 anos mais tarde!

— A questão — encadeou Sophie — é saber quem a comprou em 1940, quando o Estado a vendeu em leilão.

— Deve ser possível descobrir isso — replicou François levantando-se. — Esperem, vou perguntar.

Dirigiu-se ao bibliotecário, e os dois irmãos entabularam uma longa conversa em voz baixa. Sophie aproveitou para folhear os outros volumes, e, pela velocidade com que examinava as páginas, dava para ver que tinha hábitos de pesquisadora. Observei-a em ação, encantado com a gravidade do seu olhar. Ficava linda quando estava séria. Era uma roupa feita sob medida para ela.

François voltou até nós, inclinou-se sobre a mesa e nos explicou:

— Vou me ausentar por um instante. Realmente, estamos com sorte. Todos os arquivos foram classificados pelos alemães, que os levaram para Berlim, depois foram tomados pelos russos! Imaginem o trajeto! Só recuperamos grande parte dos arquivos do Grande Oriente há pouquíssimo tempo, quando os russos decidiram devolvê-los a nós! Vou dar uma olhada nos livros de contabilidade. Só que vocês... é... não estão autorizados a me acompanhar. Mas podem me esperar aqui ou ir encontrar Stéphane lá fora, no café, como preferirem...

Interroguei Sophie com o olhar. Ela fez sinal de que nada tinha visto de interessante nos livros e de que podíamos sair.

— Esperamos você lá fora — confirmei.

Lamentei não ter mais tempo para visitar o templo de que François tantas vezes me falara, mas provavelmente não era o momento adequado, e Sophie não era a pessoa ideal com quem visitar um templo maçônico.

Saímos de braços dados.

— Estamos nos aproximando do objetivo — disse-me enquanto avançávamos em direção à faixa de pedestres.

— Estamos. Só me pergunto onde exatamente vamos cair...

— Que engraçado. Ando tão concentrada na investigação que nem pensei nisso ainda. O que vamos encontrar? O que será que Cristo legou como mensagem à humanidade?

— De todo modo — respondi —, não sabemos se existe realmente uma mensagem... Pode ser que tudo isso não passe de uma grande farsa.

— Espero que não! — exclamou Sophie. — Seria o fim da picada, depois de tudo o que fizemos!

Apertei sua mão e atravessamos a rua. Stéphane nos viu chegar através do vidro do pequeno café em que nos esperava. Pegou outra mesa para juntá-la à sua e instalou mais cadeiras em volta.

— O senhor deputado ainda está lá dentro? — perguntou ao se levantar.

— Está sim, sente-se, vamos esperá-lo. O que quer beber? — perguntei a Sophie.

— Um café.

Pedi dois expressos. Depois dei um largo sorriso.

— O que foi? — espantou-se Sophie ao me olhar.

— Nada, é que adoro esse ambiente. Não pode imaginar a que ponto isso me fazia falta em Nova York. Realmente há alguma coisa única na atmosfera dos cafés em Paris.

— Damien, você é um grande romântico! Realmente é preciso ficar muito tempo em Nova York para se dar conta desse tipo de coisa — ironizou a jornalista.

— Provavelmente. É meio triste. A gente precisa ficar sem ver as coisas durante muito tempo para se dar conta de como elas são bonitas.

— Isso também se dá em relação às pessoas — assinalou Sophie quando o garçom nos trouxe duas pequenas xícaras brancas.

— Bom, sei lá, garanto a você que fiquei sem ver meu pai durante dez anos e, quando voltei, ele continuava sendo um imbecil para mim...

Badji quase engasgou. Sophie franziu as sobrancelhas.

— Nada muito delicado da sua parte — censurou-me ela. — E não estou certa de que pensa como diz.

— Como assim?

— Tem certeza de que sua impressão sobre seu pai hoje é a mesma de onze anos atrás?

Dei de ombros.

— Não penso nisso.

— Será? Vamos... Não se faz nenhuma pergunta? Os anos que passaram não mudaram nada na imagem que fazia dos seus pais?

— Sei lá...

Na verdade, eu sabia muito bem. Isso me horrorizava, mas, no fundo, acho mesmo que estava perdoando meu pai. E quase ficava com ódio de mim por já não ter ódio dele.

Esse sujeito tinha me feito sofrer tanto. E, no entanto... Fiquei em silêncio por um momento. Sophie deve ter visto que eu estava emocionado e pegou minha mão sob a mesa.

François apareceu pouco antes que nosso silêncio fosse longo demais para continuar suportável.

— Bom — anunciou de pé, diante da nossa mesa —, estou com o nome do cara que comprou a pedra em 1940.

— Ótimo!

— Nós o conhecemos?

— Acho que não — replicou François.

Tirou um pedaço de papel do bolso.

— Stuart Dean — leu. — Um americano, por mais inacreditável que possa parecer!

Vi Sophie arregalar os olhos.

— Não pode ser!!! — soltou incrédula.

— O quê?

— Damien! Não se lembra do nome do cara que mandou hackear meu computador a partir de Washington?

— O secretário-geral americano do Bilderberg?

— Isso. Chamava-se Victor L. Dean! É muita coincidência!

O caso logo me veio à lembrança. Senti o coração bater. Estávamos bem perto do fim. O círculo se fechava.

— Esperem — ponderou François —, há muita gente chamada Dean na América... Por que não James Dean, já que estão falando disso?

— Sei lá. De todo modo, é uma bela coincidência. Mas você tem razão — reconheceu Sophie. — É preciso verificar se existe alguma ligação entre os dois.

— Não dá tempo de eu tomar um café? — reclamou François ainda de pé.

— Vai ficar para mais tarde! — replicou Sophie ao se levantar.

Meu amigo deputado ficou boquiaberto. Dei uma risada. Stéphane não pôde deixar de sorrir e nos precedeu até o Safrane. Provavelmente nunca vira alguém fazer gato-sapato do seu amigo como a Sophie, e isso devia diverti-lo tanto quanto a mim.

— Proponho o seguinte: — explicou Sophie sentando-se no banco de trás do carro — você vai até um cibercafé para verificar isso, e eu corro até a casa da Jacqueline para lhe mostrar a caderneta de anotações e os esboços que o padre nos deu.

— Você é quem manda! — capitulei.

Meia hora mais tarde, deixamos Sophie na porta do prédio da Jacqueline e fomos para o cibercafé da avenida Friedland. Era visível que François jamais colocara os pés num luga' como aquele, e estava pouco à vontade.

Instalamo-nos em volta de um computador. Digitei a senha que a pessoa da recepção me dera, e a tela do Windows apareceu. Entrei na internet, abri um site de buscas e digitei as palavras-chave. Estávamos os dois apertados um contra o outro, com os olhos fixos no monitor, enquanto Badji ia e voltava atrás de nós.

Os resultados da pesquisa surgiram na tela. Passei algumas páginas, lendo rapidamente os títulos. Depois, de repente, parei e cliquei num link. Uma biografia de Victor L. Dean, nosso famoso embaixador.

O texto carregou aos poucos sob nossos olhos, com uma bela foto desse homem de cinquenta anos e sorriso forçado. François começou a ler a biografia em voz baixa. Em nenhuma parte fazia-se menção ao Bilderberg. Óbvio. Por outro lado, a partir do final do primeiro parágrafo, encontramos o que procurávamos: "(...) filho de Stuart Dean, diplomata instalado em Paris entre 1932 e 1940."

— Aí está! — exclamei batendo o punho na mesa, um pouco forte demais para o gosto dos outros internautas.

— Caramba! — soltou François, perplexo.

Peguei o celular e digitei o mais rápido possível o número da Sophie.

— Alô? — atendeu ela.

— Encontramos. Stuart é pai do Victor, se entende o que quero dizer.

— Eu sabia!

— O Bilderberg está com a pedra — articulei como se estivesse com dificuldade para convencer-me.

— Isso significa que as duas peças do quebra-cabeça já estão nas mãos do inimigo — suspirou Sophie.

— O texto criptografado de Jesus e a pedra de Iorden, que permite decodificá-lo.

— Das duas, uma — propôs Sophie. — Ou é a mesma organização que possui ambas as peças do quebra-cabeça, e, nesse caso, estamos ferrados.

— Ou cada organização possui uma, o Bilderberg estaria com a pedra, e a Acta Fidei, com o texto.

— Nesse caso, nem uma nem outra podem decodificar nada — concluiu Sophie.

— E nós estamos como imbecis no meio — suspirei.

— Bom, deixe-me pensar. Provavelmente a pedra está em posse do Bilderberg há muito tempo, se supusermos que Victor Dean a levou desde o início para sua organização.

— Certo.

— Quanto ao texto, nossa hipótese é de que foi roubado dos Assayya da Judeia há cerca de três semanas.

— Certo — repeti.

— Ora, os caras do Bilderberg hackearam meu computador há menos de uma semana. Se estivessem com o texto, por que teriam feito isso no meu computador? Teriam decodificado a mensagem de Cristo há muito tempo!

— OK — admiti. — Há três fortes probabilidades de que o texto esteja nas mãos da Acta Fidei.

— É o que eu penso — confirmou Sophie. — Cada um está com uma peça.

— E nós não temos nenhuma.

— Sim, mas talvez não seja tão grave. Começo a entender a que poderia servir a *Gioconda*... Venha logo nos encontrar, estamos tentando decodificar as anotações do seu pai.

— OK, estou indo.

— Espere! — retomou Sophie. — Antes, tente entrar em contato com a Esfinge e peça-lhe para ver se a Acta Fidei pode ter pegado o texto de Jesus. Peça-lhe também para se informar sobre essa história de monastério destruído no deserto da Judeia.

— Combinado.

Desligou.

Abri o programa do IRC sem mais esperar. Conectei-me ao servidor da América do Sul. O nome da Esfinge apareceu no nosso canal secreto. O hacker estava lá.

— *Hello. Aqui é...*

Eu precisava encontrar um pseudônimo. E bem rápido.

— *Aqui é Alice. Sou amigo da Haigormeyer.*

Pisquei para François. Ele não estava entendendo muita coisa, mas ao menos entendera a referência ao nosso livro cult, *Alice no país das maravilhas.*

— *Amigo? Alice? Mas é nome de mulher!*

— *Ah, é? Alice Cooper é mulher, por acaso?*

— *Lol.*

— O que quer dizer Lol? — espantou-se François.

— Laugh out loud. Quer dizer que achou engraçado.

— *Você é o amigo que trabalha com ela?*

— *Sou.*

— *Ela me falou de você... Sou fã do Sex Bot!*

— *Está certo. Vamos voltar ao meu anonimato.*

— *Não se preocupe, aqui estamos 100% seguros.*

— *Então vou lhe mandar um autógrafo.*

Decidi que talvez fosse melhor me abster de prevenir a Esfinge de que eu pretendia me livrar do *Sex Bot.* Não era o local nem o momento, e tínhamos coisas muito mais importantes para tratar.

— *Então, quais são as novidades?*

— *Avançamos bastante. Lembra-se do Victor L. Dean?*

— *O pirata do Bilderberg?*

— *Ele mesmo. Pois bem, é ele quem está com a pedra de Iorden.*

— *Xiii...*

— *Pois é. Agora precisamos que você faça uma nova pesquisa sobre a Acta Fidei.*

— *É sempre um prazer! Tanto mais porque estou começando a conhecer melhor o servidor deles...*

— *Há três semanas, um monastério isolado no deserto da Judeia foi completamente destruído, e todos os seus ocupantes... assassinados. Achamos que lá havia um documento muito importante e que foi roubado durante o ataque. Gostaríamos de saber se isso tem alguma relação com a Acta Fidei e, se for esse o caso, se realmente recuperaram tal documento... Ah, sim, uma especificação: os religiosos se chamavam Assayya.*

— *OK. É um pouco vago como informação, mas vou ver o que posso fazer.*

— *Obrigado! Você é extraordinário!*

— *Eu sei.*

— *Aliás, nunca nos explicou por que faz tudo isso...*

— *Sim, eu disse... É a filosofia dos hackers.*

— *Vá lá. Tudo bem, mas na origem, por quê?*

— *Chegou a hora das confidências?*

— *Ah, vai, você sabe muito mais a meu respeito.*

— *Faço isso porque... Bom, é uma história de família.*

— *É incrível mesmo! Todo o mundo tem uma história de família.*

— É. A minha seria do tipo do Zola. Meu avô, um judeu, foi fuzilado durante a guerra, não conheço minha mãe, meu pai é um ex-militante trotskista que está apodrecendo na cadeia. Alguém dá mais?

— OK, tudo bem, eu me rendo... Seja como for, ele não está na cadeia porque é trotskista!

— Não! Mas isso não deve ter ajudado... Em todo caso, quero revanche. Minha válvula de escape é a internet.

— Tudo bem, já entendi.

— Bom, volto a entrar em contato com você quando tiver novidades...

— Fechado.

Seu nome desapareceu da tela.

— Quem é esse cara? — perguntou François, cada vez mais desorientado.

— Não sei bem. Nunca o vimos. Um garoto, provavelmente. Nós o conhecemos on-line. Ele nos ajudou bastante. Depois conto pra você!

— Pelo andar da carruagem, não vai demorar muito para você escrever um livro!

— Não se preocupe, acho que a Sophie vai fazer um documentário detalhado a respeito.

Desliguei o computador, e nos levantamos para sair do cibercafé. Quando chegamos ao lado de fora, meu celular começou a tocar. Atendi. Era o padre de Gordes, que me dava a hora de chegada do relojoeiro. Estaria na Gare de Lyon no começo da tarde. Agradeci-lhe e desliguei. Havia sido rápido.

Lentamente, levantei os olhos para François.

— O que foi? — resmungou. — Ainda por cima quer que eu vá buscar seu relojoeiro?

Fiz que sim com a cabeça, sem jeito.

— O que eu não faria por você? Bom, vou buscá-lo e depois o levo para Sceaux.

— Vá com o Badji — sugeri —, eu me viro.

— Nada disso, Stéphane fica com você. Precisa muito mais dele do que eu.

Eu sabia que era inútil discutir.

— Vai me manter informado? — insistiu.

— Lógico.

— Não se preocupe, vou fazer de tudo para facilitar o trabalho do relojoeiro.

Entrou no Safrane, e eu me dirigi com Badji para um ponto de táxi. As coisas estavam se acelerando.

*

Chegamos à casa de Jacqueline Delahaye por volta do meio-dia. As duas estavam sentadas no chão, em meio à desordem fenomenal daquele apartamento do VII *arrondissement*. Para dizer a verdade, este estava até pior que o de Londres, pois Jacqueline já não vivia nele havia um bom tempo, e a poeira, por sua vez, fizera dali a sua morada.

Tinham empurrado a mesa da sala, colocado os dois quadros no chão e, sentadas à moda indiana no meio do cômodo, cercadas de livros e documentos, trabalhavam em cima das anotações do meu pai.

Jacqueline veio abrir a porta para nós e, para minha grande surpresa, beijou-me calorosamente, depois me puxou para a sala, completamente agitada, deixando Badji feito idiota na entrada. O guarda-costas instalou-se discretamente no sofá e pegou uma revista.

— Você vai ver, meu bem, descobrimos! — exclamou convidando-me a me sentar ao lado de Sophie.

Ela também se pôs a me chamar de "meu bem"! Fiquei bastante surpreso. Preferia não imaginar o que as duas amigas podiam ter dito antes que chegássemos e me deixei guiar no meio da desordem. Antes de mais nada, eu estava impaciente para que me explicassem o que tinham descoberto.

— É incrível! — confirmou Sophie, que nem sequer me dirigira um olhar, com a cabeça mergulhada num enorme livro.

— Bom, então contem! — supliquei.

— OK. Já vou avisando que essa história toma muitos rumos, ainda não organizamos bem as coisas...

— Você vai ver, é fantástico! — insistiu Sophie.

Elas estavam insuportáveis, e eu suspeitava de que estivessem exagerando um pouco...

— Bom, então vamos! Contem!

— OK. Desde 1309, antes de ir a Malta, os hospitalários estavam instalados em Rodes, já que haviam tomado a ilha dos bizantinos. Até aqui tudo bem?

— Claro!

— A Ordem ficou sendo senhora da ilha, local estratégico por excelência, tanto do ponto de vista militar quanto do comercial. Aproveitando essa situação excepcional, banqueiros vindos de Florença, de Montpellier e de Narbonne instalaram-se em Rodes para controlar o mercado de especiarias e tecidos.

— E?

— Tudo ia bem até o final do século XV, época em que o Oriente começa a novamente despertar. Já em 1444, o sultão do Egito havia assediado a cidade, depois em 1480 foi Maomé II de Constantinopla. E, desta vez, a Ordem diz a si mesma que talvez fosse prudente mudar parte dos seus bens de lugar. Uma tropa de cavaleiros vai embora e, depois dos banqueiros florentinos que voltam para casa, eis que nossos cavaleiros chegam ao Hospital de Florença. Os bens mais preciosos da Ordem ficarão lá até os cavaleiros herdarem sua nova sede, Malta. Ora, quem está em Florença em 1480?

— Leonardo da Vinci! — exclamou Jacqueline.

— Segundo o seu pai — continuou Sophie —, o pintor visita o Hospital várias vezes e descobre a incrível relíquia. A pedra de Iorden.

— Nessa época — encadeou Jacqueline, impaciente —, havia muito tempo que Leonardo já estava apaixonado pela ciência, pela geometria, pela técnica e até pela criptografia! Por exemplo, passa seu tempo escrevendo da direita para a esquerda, como num espelho...

— Eu sei! — interrompi. — Meu pai fez o mesmo em suas anotações!

— Exatamente. Ora, no *Codex Trivulziano*, Da Vinci fala de um objeto que teria visto em Florença e que trazia um código secreto que ele estava tão orgulhoso de ter descoberto que queria copiá-lo. Não chega a dar mais detalhes, mas é aí que o manuscrito de Dürer entra em jogo!

— O pintor alemão — encadeou Sophie — explica que Da Vinci lhe contou tudo. Leonardo, para provar à posteridade que havia quebrado o código da pedra, teria decidido reproduzi-lo, tornando-o mais complexo!

— Na *Gioconda*?

— Sim. Leva 25 anos para pôr em prática seu projeto! Vinte e cinco anos, dá para imaginar?

— Incrível! De modo geral, isso significa que a *Gioconda* é um substituto da pedra de Iorden?

— Exatamente. Da Vinci copiou na *Gioconda* o código que está escondido na relíquia. É por isso que seu pai passou a dirigir suas pesquisas a Da Vinci, porque talvez soubesse que não poderia encontrar a pedra, já que ela estava nas mãos do Bilderberg.

— Ou seja — resumi —, se conseguirmos extrair o código da *Gioconda*, poderemos abrir mão da pedra. Só nos faltará o texto criptografado...

— *Absolutely, my dear!*

— Bom, isso não impede que tenhamos dificuldade para colocar a mão nesse maldito texto — ponderei. — Não acho que o pessoal da Acta Fidei vá querer emprestá-lo a nós.

— Veremos.

— Suponhamos que dê certo. Nesse caso, de que modo o código estaria escondido na *Gioconda*? — pressionei-as.

— Não sabemos bem — confessou Jacqueline. — Mas temos uma pista. Você sabe o que é esteganografia?

— É... não. Seria estenografia com uma sílaba a mais?

— Muito engraçado! — replicou Jacqueline. — Não, é um procedimento de criptografia que, grosso modo, consiste em dissimular uma mensagem em outra, até mesmo dentro de uma imagem. Em vez de ter um código que salta aos olhos, o código é escondido dentro de uma informação aparentemente anódina. Hoje, com a informática, é um procedimento usado com frequência: nada mais fácil do que esconder um código numa imagem, uma vez que ela mesma, por ser digital, já é um código.

— Lembra-se da foto que a Esfinge nos pediu para publicar no *Libé*? Muito provavelmente se tratava de esteganografia!

— Para esconder uma mensagem numa imagem digital, basta, por exemplo, modificar alguns pixels cuja localização foi combinada. Substituem-se esses pixels por outros, cujos números codificam as letras da mensagem. A modificação é invisível a olho nu.

— Genial! — admiti.

— Pois é isso — explicou Sophie. — Supomos que Da Vinci tenha utilizado mais ou menos o mesmo procedimento. De certa forma, ele seria o ancestral da esteganografia digital...

— Depois dele — explicou Jacqueline —, outros pintores se divertiram escondendo coisas em seus quadros. Há um exemplo célebre no quadro *Os embaixadores*, de Hans Holbein. É uma obra de 1533, ou seja, catorze anos depois da morte de Da Vinci. Um crânio humano está escondido na parte inferior da pintura. Para enxergá-lo, é preciso ver o quadro obliquamente, pois o desenho foi deformado. É o princípio da anamorfose...

— Como no *cinemascope*? Incrível! E então, na *Gioconda também*?

— Mais ou menos. O código estaria escondido em seu interior. Provavelmente invisível a olho nu.

— Segundo o seu pai — explicou Sophie —, haveria 34 sinais escondidos na *Gioconda*. Lembra-se? Ele havia feito círculos no quadro.

Ela me mostrou a cópia deteriorada da *Gioconda*. De fato, contei 34 marcações a lápis.

— E conseguiram enxergar alguma coisa?

— Nada — respondeu Jacqueline. — Não sabemos direito o que procurar. Talvez letras minúsculas, mas isso me espantaria, porque há séculos a *Gioconda* vem sendo inspecionada à lupa milhões de vezes, e, se existissem letras, já teriam sido vistas.

— Aparentemente — precisou Sophie —, só dá para ver os tais sinais com a famosa máquina!

— Ai, caramba! — exclamei. — Que loucura!

— Nós avisamos!

— E isso não é tudo — retomou Jacqueline cada vez mais empolgada... — Seu pai não descobriu isso por acaso. Aparentemente, há um manual escondido na *Melancolia*, de Dürer. Veja aqui, por exemplo. O quadrado mágico.

— E daí?

— A soma de todas as linhas horizontais, verticais ou diagonais sempre dá 34.

— O número de sinais escondidos na *Gioconda* — acrescentou Sophie.

— É extraordinário!

— Por enquanto, só conseguimos detectar as relações entre a *Melancolia* e a *Gioconda*. Há ainda o cenário em segundo plano, o personagem feminino, mas que, em ambas as obras, tem um lado masculino perturbador, o poliedro da *Melancolia*, que é uma referência direta a Da Vinci, e, por fim, as proporções. A *Gioconda* foi pintada numa placa de 77 por 53 centímetros, ou seja, exatamente três vezes as dimensões da *Melancolia*. Na verdade, acho que graças à *Melancolia* vamos saber como usar a máquina criada por Da Vinci e decodificar a *Gioconda*. Sophie me disse que a máquina tem três eixos diferentes, portanto, várias posições possíveis, e sobretudo espelhos e lupas, é isso?

— É.

— Posso apostar que há 34 posições possíveis, que devem permitir ver na *Gioconda* os 34 sinais escondidos. O problema é que me pergunto como podemos ter certeza de que os sinais sobreviveram. A *Gioconda* não está num estado muito bom de conservação: Leonardo, como bom químico que era, fabricava suas próprias tintas. Isso certamente lhe deixava uma liberdade maior, e, como eu dizia a vocês, pôde fazer vernizes notáveis, mas o resultado é que as cores escureceram muito sob o efeito do tempo. Além disso, é uma pintura sobre madeira e, portanto, não se conservou tão bem quanto uma tela...

— Sem contar que não nos vejo entrando no Louvre com nosso aparelho para auscultar a *Gioconda* — acrescentou Sophie.

— Será preciso fazer um teste com a cópia — sugeri. — Vamos ver no que dá.

— Foi o que concluímos.

Olhei os dois quadros colocados no chão. Inspirei profundamente, depois levantei os olhos para Sophie e Jacqueline.

— Meninas, vocês são geniais! Convido-as para um almoço com nosso amigo Badji, claro!

Sob o olhar petrificado de Stéphane, abraçamo-nos os três. Dividíamos a impressão de ter resolvido um velho enigma de vários séculos, e realmente era excitante.

— O que vamos fazer com tudo isso? — perguntou Sophie mostrando os papéis e os quadros no chão.

— Peguem a *Gioconda* — propôs Jacqueline. — Certamente vão precisar dela para fazer a decodificação quando o relojoeiro terminar a construção. Mas deixem-me o restante, vou dar uma olhada esta noite para ver se consigo descobrir mais alguma coisa.

Meia hora mais tarde, almoçávamos os quatro num pequeno restaurante embaixo do prédio da Jacqueline. Estávamos incrivelmente relaxados, quase esquecendo a pressão que não parara de aumentar havia dias.

Já quase no final da refeição, recebi um telefonema de François.

— Estou incomodando?

— Estamos num restaurante — confessei.

— Bom, mas tem gente que não se incomoda!

— Está tudo bem? — perguntei sem graça.

— Sim, muito bem. Seu relojoeiro chegou, já instalou uma pequena oficina na garagem e se pôs a trabalhar. Eu queria que ele descansasse um pouco, mas parece bastante animado com o projeto. Não sei o que você disse a ele, mas está motivado!

Sorri.

— É simpático?

— Adorável! Parece até um personagem de desenho animado, do tipo Gepetto, com seus óculos pequenos e suas velhas ferramentas. Instalei-o num quarto no primeiro andar e lhe disse para sentir-se em casa...

— Obrigado, François. Não sei o que faríamos sem você.

— As mesmas besteiras, provavelmente...

Desejou-me boa sorte para o resto do dia, anunciou-me que tinha conseguido tirar folga no dia seguinte e me fez prometer que eu ligaria para ele no final da tarde para lhe falar das novidades.

Passamos a tarde na casa da Jacqueline, dando continuidade às nossas pesquisas. Por volta das onze horas, cansados demais para continuar, deixamo-la para voltar à Étoile. Propus que fôssemos ver se a Esfinge tinha novidades para nós. Sendo assim, demos uma parada no cibercafé, mas sem sucesso. A Esfinge não estava conectada.

Após ter esperado por quase uma hora, navegando em diferentes sites, decidimos desistir e voltar ao hotel para dormir.

Badji marcou encontro conosco no dia seguinte de manhã, e acompanhei Sophie até seu quarto. Pediu que eu ficasse com ela. Não fizemos amor, mas ela me abraçou forte e dormiu juntinho de mim em poucos minutos, tão doce, tão bela.

Capítulo Onze

Na manhã seguinte, fui acordado pelo barulho da ducha. Sophie havia se levantado cedo. Curti mais um pouco minha preguiça, depois levantei, vesti um roupão e liguei na tomada a cafeteira que estava sobre a mesa, na frente da janela. Abri parcialmente as cortinas, para deixar entrar a luz da manhã. Liguei a televisão, recolhi o jornal que haviam passado debaixo da porta e me instalei confortavelmente numa das duas largas poltronas.

Ainda não estava completamente acordado. Com a cabeça no encosto, fechei os olhos. Sophie saiu da ducha. Parou atrás da poltrona, passou os braços em torno do meu pescoço e me beijou. Abri um olho e sorri para ela.

— Vou ao Canal — disse indo pentear-se diante do espelho do quarto.

— Ah, é?

— Preciso de todo jeito dar sinal de vida. Meu redator-chefe vai acabar se aborrecendo comigo.

— E eu, o que faço? — perguntei. — Quer que eu vá contigo?

— Não precisa. Tente ver se a Esfinge voltou a se conectar. Talvez tenha encontrado informações sobre a Acta Fidei. No mais, só nos resta esperar o relojoeiro terminar a máquina e tentar descobrir o código escondido na *Gioconda*. Nos encontramos no final da tarde na casa dos Chevalier...

— Não gosto muito da ideia de nos separarmos...

— Assim vamos mais depressa. E, depois, você não pode ir até o Canal comigo.

Eu a via perambular atrás de mim no reflexo da televisão. Tinha mudado tanto... ou talvez fosse meu olhar que tivesse mudado. Eu a via mais frágil e mais generosa ao mesmo tempo. Menos dura, menos fechada. Seu rosto já não era o mesmo. Novas rugas haviam aparecido de tanto sorrir. Uma nova boca, mais doce. Seus ombros. Sua postura. Sophie era um quadro vivo. Minha Gioconda.

— Bom, vou indo! — anunciou pegando o sobretudo na entrada. — Vou de metrô, pode pegar o Volkswagen se quiser. Até mais!

— Tenha cuidado!

Ela sorriu e desapareceu atrás da porta.

Passei alguns longos minutos na frente da televisão, zapeando entre LCI e CNN, tentando descobrir qual dos dois era o mais parcial, divertindo-me com as diferenças como um pai que olha os dois filhos e se pergunta como puderam crescer sem se parecerem. Eu me sentia tão fora de tudo aquilo. Os Estados Unidos, a França. Aquele cotidiano me parecia irreal. Anedótico até...

Recebi um telefonema de Badji pela linha interna do hotel. Estava me esperando no hall. A realidade me trazia de volta.

Fui ao seu encontro. Seja como for, deixou-me tempo para tomar um café da manhã decentemente, depois partimos a pé para o cibercafé. Já havia quase se tornado uma rotina. Mas eu supunha que isso não incomodasse Badji. Sua vida devia ser feita de rotinas. De trajetos mil vezes repetidos.

Instalamo-nos em nosso computador habitual. Os garotos e o sujeito da entrada já nem se espantavam de nos ver. Àquela altura, praticamente fazíamos parte da decoração. O negão e o moreninho. Certamente uma decoração pouco comum, mas o que há de normal na atmosfera fluorescente de um cibercafé?

Conectei-me ao servidor e iniciei o IRC. A lista dos canais apareceu. Entrei naquele da Esfinge. Estava vazio. Nosso amigo hacker ainda não estava lá. Fato raro, sem dúvida, mas não exatamente inquietante. Decidi tentar outro meio que havíamos utilizado para entrar em contato com ele pela primeira vez. O ICQ. Encontrei novamente seu número no fórum que tínhamos visitado e lancei a pesquisa. Mas também não estava lá.

Lancei um olhar perplexo a Stéphane, depois deixei uma mensagem:

— *Passei por aqui ontem à noite e agora de manhã. Até +. Alice.*

— Espero que não tenha acontecido nada — disse voltandome para Badji. — Bom, vamos dar uma volta e retornamos lá pelo meio-dia para ver se recebeu minha mensagem.

O guarda-costas aquiesceu, e saímos rumo à Étoile. Lentamente, subíamos em direção à praça.

— Aonde quer ir? — perguntou Stéphane.

— Sei lá... Temos uma hora ou duas pela frente. Faz tempo que isso não acontece comigo. Tem alguma ideia?

Badji deu de ombros. Olhou ao nosso redor.

— Sabia que a sala Wagram era um templo do boxe no início do século? — disse apontando para a rua homônima um pouco mais adiante.

— Não. E daí?

— Não, nada...

— Não está querendo fazer uma visitinha, está?!? — exclamei.

Ele riu.

— Não, não. De todo modo, não acho que isso tomaria duas horas.

Vasculhei os bolsos, um pouco por acaso, e dei com a chave do New Beetle alugado pela Sophie. Mostrei-lhe o molho.

— Vamos dar uma volta de carro — propus.

— Vim com o Safrane, como deve saber...

— Sei, mas estou com vontade de dirigir. Faz tanto tempo...

— Então é melhor mesmo não pegar o Safrane — devolveu sorrindo.

Voltamos para o estacionamento do hotel e, alguns minutos mais tarde, rodávamos no coração da capital. Eu não dirigia um automóvel fazia uma eternidade e, mesmo que tivesse preferido atravessar Paris em duas rodas, senti certo prazer em descer as grandes avenidas, ladear os cais, atravessar as pontes. Eu dirigia sem pensar, guiado por um sopro invisível. Embalados pelo som de uma rádio que tocava *Paixão segundo São João*, de Bach, Badji e eu nem sentíamos necessidade de falar. Éramos os hóspedes de Paname, uma pequena bola de chumbo que rolava nos corredores daquele grande bilhar elétrico.

As ruas se encadeavam, os semáforos passavam para o verde, as fachadas desfilavam, depois me perdi num doce devaneio. De repente, percebi que tinha estacionado o carro. Quase sem me dar conta.

— O que vamos fazer? — perguntou-me Badji com ar inquieto.

Virei a cabeça para a esquerda. Reconheci o longo muro ao meu lado. Era a muralha do cemitério Montparnasse. Que gênio audacioso me havia levado até lá?

— Stéphane — suspirei —, acho que vamos dar uma volta até o túmulo dos meus pais.

Fiz uma pausa, como que espantado comigo mesmo pelo que acabava de dizer.

— Incomodo? — perguntei dirigindo-lhe um olhar meio sem jeito.

— Nem um pouco. Vamos lá.

Saímos do carro e nos dirigimos à entrada principal. A rua estava silenciosa e sombreada. As lembranças começavam a voltar. As más lembranças. Mas eu tinha vontade de continuar. Passamos sob a porta e logo tomamos a direita. Após alguns passos, parei e mostrei a Badji o túmulo de Jean-Paul Sartre e Simone de Beauvoir.

— Esse cara me deu a maior trabalheira no curso preparatório para a Escola Normal Superior — expliquei sorrindo. — Nunca entendi nada do existencialismo.

Stéphane bateu em meu ombro.

— Talvez não houvesse grande coisa para entender.

Voltei a caminhar, agora com as mãos nos bolsos. Chegamos ao final da avenida e dobramos à esquerda. Um arrepio percorreu minha espinha. Só estive duas vezes nesse cemitério. Primeiro, para enterrar minha mãe, depois, meu pai. Portanto, era a primeira vez que ia lá sem enterrar ninguém. Só para ver. Uma primeira peregrinação. Não era do meu feitio. Provavelmente teria dado meia-volta se Badji não estivesse ao meu lado. Como um escudeiro. Sua presença me tranquilizava, e eu teria me sentido idiota se desistisse no meio do caminho.

Os túmulos se sucediam aos nossos flancos. Vi o de Baudelaire à nossa esquerda. Este nunca me aborreceu. Os versos do seu *Spleen* voltavam à minha memória oportunamente:

"Eu tenho mais recordações do que há em mil anos.
Uma cômoda imensa atulhada de planos,
Versos, cartas de amor, romances, escrituras,
Com grossos cachos de cabelo entre as faturas,
Guarda menos segredos que o meu coração.
É uma pirâmide, um fantástico porão,
E jazigo não há que mais mortos possua.
Eu sou um cemitério odiado pela lua,
Onde, como remorsos, vermes atrevidos
Andam sempre a irritar meus mortos mais queridos."*

Suspirei. Por muito tempo, François e eu partilhamos um amor ingênuo pelo poeta e, com a arrogância dos jovens letrados, cabia àquele que mais conhecesse versos brilhar nas noitadas dos estudantes do curso preparatório. Que idiotas que éramos! Mas essas linhas nunca me deixaram. Essas linhas só existiam para

---

* BAUDELAIRE, Charles. *As flores do mal.* Tradução de Ivan Junqueira. 6.ª ed. Rio de Janeiro, Nova Fronteira, 1985. p. 293. (N. T.)

fazer bem. Tocaram-me lá no fundo e me tocavam ainda mais quando eu as recitava.

Enfim, alcançamos o túmulo dos meus pais. Fiz sinal a Badji de que havíamos chegado. Foi difícil apagar do meu rosto um sorriso um pouco estúpido. Era mais forte do que eu. Sentia vergonha por querer ir até lá.

Fiquei ereto diante do túmulo, cruzando maquinalmente as mãos. Tinha dificuldade em me concentrar. Não sabia o que pensar.

Não me faço essa pergunta, é mais prático. Minhas próprias palavras voltavam à mente como uma sentença.

Não podia ver Badji, que ficou recuado, mas sentia sua presença. Ele devia pensar que eu estava rezando. É o que fazem as pessoas que creem. Mas eu *não me faço essa pergunta, é mais prático.*

E ali, imóvel diante daquela pedra gravada, disse a mim mesmo que não sentia nenhuma presença divina. Estava simplesmente sozinho. Terrivelmente sozinho. E não sabia o que fazer. Chorar. Lembrar. Perdoar.

Engoli a saliva e dei um passo para trás.

— Seus pais ainda estão vivos, Stéphane?

Aproximou-se lentamente.

— Sim. Mas voltaram para Dacar. Não os vejo há muito tempo.

— Acredita em Deus, Badji?

Hesitou. Eu estava com os olhos fixos no meu nome gravado no mármore, mas sabia que ele me olhava. Acho que tentava entender o sentido oculto da minha pergunta.

— Sabe — disse finalmente com sua voz doce e grave —, não é preciso acreditar em Deus para se recolher na frente de um túmulo.

Balancei a cabeça. Ele havia entendido o sentido da minha pergunta. Melhor do que eu mesmo a entendia.

Ainda fiquei alguns segundos imóvel, depois dei meia-volta.

— Já deu, vamos embora.

Sorriu para mim e fomos para a saída do cemitério. Eu tinha um nó na garganta, mas estava bem. Estava melhor.

*

Já havia passado um pouquinho do meio-dia quando Badji e eu entramos em outro cibercafé. Falei com o atendente e fui me sentar diante de um computador. Estava impaciente para ver se a Esfinge finalmente havia voltado. Comecei a ficar um pouco preocupado. Não conseguia esquecer a frase que ela dissera a Sophie em nossa primeira conversa: *Big brother is watching.*

Percorri o conteúdo do computador, mas nem o IRC nem o ICQ estavam instalados naquela máquina. Tive de instalá-los eu mesmo para entrar em contado com a Esfinge. Cada vez mais impaciente, entrei na internet para procurar os programas num site de downloads. A transferência durou vários minutos, depois, a instalação, exageradamente longa, arruinou um pouco mais minha paciência.

Por volta de meio-dia e meia, conectei-me ao servidor chileno. Com os dedos tremendo, procurei nosso interlocutor misterioso. A lista dos canais apareceu na tela, mas ainda nada da Esfinge. Dei um murro na mesa. Decidi tentar nossa última chance, o ICQ. Digitei o número do hacker. Nada. Não apenas não estava na linha, mas também não respondera à mensagem que eu lhe deixara. Desta vez, comecei a entrar em pânico. Havíamos sido nós a envolver a Esfinge nessa história, e eu nunca poderia me perdoar se lhe acontecesse alguma coisa.

— Merda! — soltei pegando o telefone no bolso.

Digitei o novo número da Sophie. Era preciso avisá-la e perguntar-lhe se havia outro meio de entrar em contato com o hacker. Mas caiu na secretária eletrônica.

— Sophie, sou eu, ligue para mim assim que receber minha mensagem — anunciei antes de desligar.

Vesti o sobretudo.

— Bom, vamos comer no hotel, assim passamos o tempo — propus a Badji.

Após ter escapado dos engarrafamentos do meio-dia, chegamos ao Splendid Étoile. Deixei o carro com um funcionário do hotel, e passamos sob a marquise que cobria a entrada. Fui diretamente para a recepção.

— Por acaso tem algum recado para mim?

Estávamos registrados com nomes falsos, e as chances de alguém nos ter deixado algum recado eram pequenas. Sophie, cheia de imaginação, não encontrara nada melhor do que senhor e senhora Gordes.

A recepcionista fez que não com a cabeça, com ar desolado.

— Tem certeza? — insisti.

A recepcionista levantou as sobrancelhas.

— Absoluta. Não há nenhum recado. Bem, aquela moça ali está procurando certa senhora de Saint-Elbe. Disse-lhe que não temos esse nome no registro, mas ela insistiu em esperar. Seria o nome da sua esposa?

Voltei-me imediatamente para olhar na direção indicada pela recepcionista e vi, sentada num dos sofás do hall do hotel, uma moça que devia ter no máximo dezoito anos. Tinha longos cabelos castanhos, óculos redondos, era magra, vestia jeans da cabeça aos pés, um enorme lenço amarrotado que caía até os joelhos e mascava chiclete fazendo barulho. Parecia angustiada e pouco à vontade. Nunca a vira em parte alguma e me perguntava quem poderia ser.

Senti que Stéphane estava de prontidão. Observou a moça e se deslocou para passar um pouco à minha frente.

— Tudo bem, Badji — tentei tranquilizá-lo.

Avancei em direção à moça, que se levantou ao me ver chegar.

— Bom-dia — disse-lhe franzindo as sobrancelhas. — Está procurando a senhora de Saint-Elbe?

— Alice? — perguntou a moça fitando-me com a cabeça inclinada. — Você é Alice?

— Esfinge?!? — espantei-me.

— Sim! — confirmou a moça levantando-se num pulo.

Houve em seus olhos uma expressão de alívio. Fiz um gesto de recuo. Esperava tudo, menos aquilo. Uma menina. Parecia inacreditável. E se não fosse realmente a Esfinge...

— Bom, como posso ter certeza? — perguntei um pouco sem graça.

— Haigormeyer, Unired, Chile? — enunciou com ar interrogativo.

Era ela. A própria.

— Mas quantos anos você tem? — não pude deixar de perguntar, aturdido.

— Dezenove.

— O que você fica fazendo o dia todo na frente de um computador? Não deveria estar na faculdade?

Fez uma careta.

— É um interrogatório? Fui expulsa em outubro.

— Expulsa de uma faculdade? Se esforçou hein! E agora, o que faz?

Ela devia pensar que eu estava bancando o coroa idiota, mas é que não dava mesmo para acreditar... Uma menina de dezenove anos que passava seus dias fazendo investigações mais ou menos piratas na internet. Chegava a ser desconcertante.

— Escute, Damien — é esse seu nome, não é? —, tenho dezenove anos, e não doze. Eu me viro, não se preocupe comigo. Ganho melhor minha vida on-line do que se tivesse feito medicina...

— Está certo — admiti.

Afinal de contas, depois do que havia feito por nós, eu queria mesmo acreditar nela. Ainda estava chocado, mas começava a aceitar a ideia.

— Bom, o que está fazendo aqui?

Já ia me responder, mas logo a interrompi:

— Espere, não vamos falar disso no saguão. Bom, lhe apresento Stéphane, que nos acompanha.

— Bom-dia.

Ela falava rápido, como se tivesse medo de não ter tempo de dizer tudo. Badji contentou-se em inclinar a cabeça.

— Já almoçou? — perguntei-lhe.

— Não. Preciso falar com você!

Esfregava as mãos, angustiada. Havia acontecido alguma coisa.

— Bom, vamos pegar uma mesa tranquila, e você vai me contar tudo...

Seguiu-me até o restaurante do hotel. O garçom nos propôs uma mesa afastada. Já estava se habituando com minha necessidade de isolamento. Com meu comportamento estranho e meu guarda-costas, devia achar que eu era um mafioso ou agente secreto...

— O que está acontecendo? — perguntei à moça, tentando tranquilizá-la com um sorriso.

— Haigormeyer... Enfim, Sophie... Ela não está?

— Não.

— Encontrei o que estavam procurando.

— Tem informações sobre a Acta Fidei?

— Melhor do que isso.

Mordeu os lábios. Olhou rapidamente para trás. Parecia mais paranoica do que eu.

— Invadi o servidor deles. Roubei *o* documento da morte!

— Como assim?

— Não vai acreditar.

— Diga logo!

— Uma foto da tabuleta que roubaram dos religiosos!

Arregalei os olhos.

— Está brincando?

— Não.

Pegou um CD no bolso do jeans gasto e colocou na minha frente.

— Está tudo aí — garantiu-me sem afastar os olhos de mim.

Eu estava espantado. Aliás, não tinha certeza de ter entendido bem. Será que ela havia realmente encontrado o texto criptografado de Jesus? Ou será que se tratava de outra coisa?

— O texto de Jesus está aqui? — insisti.

— Pelo menos a foto, sim. Uma cópia escaneada e colorida. De boa qualidade.

Olhei para ela aturdido. Tinha a impressão de estar sonhando.

— É... — balbuciei. — Tem absoluta certeza?

Levantou os olhos para o teto.

— Estou sendo categórica. É a foto de uma tabuleta de pedra. Há um texto gravado sobre ela. Enfim, não exatamente um texto, mas letras.

— Quantas?

— Como assim quantas? Não contei!

— Mais ou menos? — insisti. — Umas dez ou umas mil?

— Umas trinta — estimou.

— Algo como 34? — sugeri, cada vez mais agitado.

— É possível.

— Em que língua?

— Sei lá, não são palavras, apenas letras, mas parecem mais com o alfabeto grego...

— Cacetada! É... qual é seu verdadeiro nome?

— Lucie.

— Lucie. Você é de-mais!

— Sou mesmo, mas também estou na maior encrenca! Acabei sendo pega!

— Como assim?

— Consegui mandar pelos ares a segurança do servidor deles, mas deixei rastros. Sei que vão conseguir me pegar. Desliguei meu PC na hora, mas já era tarde demais. Fugi de casa imediatamente, mas se me descobriram, já devem estar lá.

— Merda! — soltei.

— Merda mesmo! E da grande! Porque esses caras que estão atrás de vocês não são nada de brincadeira!

Refleti.

— Bom, não se preocupe. Vamos protegê-la por alguns dias até darmos um jeito nessa situação.

— *Nunca* estarei protegida com esses caras atrás de mim! — exclamou batendo na mesa.

Os outros clientes nos lançaram olhares exasperados.

— Estará sim. Garanto a você. Vamos encontrar um jeito. Preciso ligar para a Sophie. Quero que ela esteja presente quando formos olhar a foto. Depois, vamos a Sceaux, à casa de um amigo meu.

Badji riu. Virei a cabeça. Entendi. Outra convidada para François e Estelle. Estava ficando ridículo. Mas eu não tinha escolha.

— Quem é esse seu amigo? — inquietou-se a moça.

— Não se preocupe. É um deputado. Certamente vai poder cuidar da sua segurança. Mora sozinha?

— Moro.

— Está bem. Bom, vou ligar para a Sophie.

Digitei seu número. Novamente caiu na secretária.

— Que droga! Bom, vou tentar no Canal. Ela foi até lá falar com seu redator-chefe.

Liguei para o serviço de informações, descobri o número da emissora. Passaram-me para a redação do *90 minutos*.

— Bom-dia, gostaria de falar com o redator-chefe.

— Um momento.

Tive direito à tradicional musiquinha de espera. Tamborilei sobre a mesa, impaciente. Por fim, o jornalista atendeu:

— Alô?

— Bom-dia, aqui é Damien Louvel. Sou...

— Sim, eu sei quem é — interrompeu. — Sabe onde está Sophie?

Parecia inquieto.

— Não está com o senhor?

— Tínhamos um encontro há duas horas e estou esperando até agora.

Imediatamente, fui tomado pelo pânico. Era uma evidência. Havia acontecido alguma coisa com a Sophie. Eu já não conseguia falar. Meu coração batia com toda a força.

— Ela... Não teve *nenhuma* notícia dela? — balbuciei.

— Não. Estou tentando encontrá-la desesperadamente há duas horas!

— Merda!

— Escute, não se preocupe tanto, não é a primeira vez que ela se atrasa. Vou precisar me ausentar, mantenha-me informado assim que tiver alguma novidade.

Não ousei dizer-lhe que, daquela vez, provavelmente tinha realmente acontecido alguma coisa.

— Está certo — respondi apenas, antes de desligar.

Badji me olhava. Esperava que eu lhe dissesse o que fazer. Eu via ondas de culpa nos seus olhos.

— Eu nunca devia ter deixado vocês dois se separarem! — praguejou.

Mas eu mal o ouvia. Estava pensando. O que fazer? Aonde ir? Avisar a polícia? Eu me sentia incapaz de tomar a mais simples decisão. Estava completamente transtornado. Segurando com firmeza o celular na mão, bati a antena na mesa, como para ritmar minha angústia.

A moça torcia os dedos. Não ousava dizer nada. Provavelmente, também estava aterrorizada.

— O que fazemos nesses casos? — perguntei a Badji. — Chamamos os tiras? Ligamos para os hospitais?

— Como ela foi para lá? — indagou o guarda-costas com ar pensativo. — De táxi? Metrô?

Não tive tempo de responder-lhe: meu telefone começou a tocar. O número de Chevalier apareceu na pequena tela.

— Damien?

— Sim.

— Raptaram a Sophie! — exclamou François do outro lado da linha.

— Quem? Quando? Como sabe disso?

— Não sei quem! — irritou-se Chevalier. — Acabaram de ligar para o celular da Claire Borella. Dizem que raptaram a Sophie! Querem a pedra de Iorden em troca! Acha que estão blefando? Ela não está com você?

Falava muito rápido. Mas eu não conseguia responder. Estava sem fôlego. Mordi os lábios. Era preciso reagir.

— Damien? Está me ouvindo?

— Estou. Não, ela não está comigo. E não foi encontrar o chefe na emissora! Droga! Nunca deveria ter deixado ela sozinha!

— Então realmente a pegaram! — lançou François.

— Disseram que querem trocá-la pela pedra de Iorden? — perguntei incrédulo.

— Isso!

— Mas não estamos com a porra dessa pedra! — exaltei-me.

— Bom, já estou indo aí!

Desliguei, levantei-me, vesti o sobretudo, deixei duas notas sobre a mesa e fiz sinal aos outros dois para me seguirem

— Vamos direto para Sceaux — expliquei precipitando-me para fora.

O pânico gelava meu sangue. O medo corroía meu ventre. Meu estômago dava um nó. Eu sofria por não poder fazer nada. Tinha vontade de voltar atrás. De desistir de tudo. De dizer-lhes que não estava nem aí para a porra daquela pedra, para a porra daquela mensagem. Tudo o que eu queria era minha Sophie de volta.

Mas só havia o vazio da rua para ouvir meu terror.

*

— Vão ligar de novo para marcar um encontro — explicou-me François, quando eu tentava em vão me acalmar, estendido no sofá de couro. — Acham que você está com a pedra. Sabiam que Claire podia entrar em contato contigo.

— Vão matá-la! — entrei em pânico. — Está na cara! Quando virem que não tenho a pedra, vão matá-la!

Chevalier deu um longo suspiro. Desde minha chegada, ele tentava me tranquilizar, mas agora não conseguia tranquilizar nem a si mesmo. Estávamos todos reunidos na sala, esperando, angustiados, o telefone tocar. Estelle, Claire, François, Stéphane e até Lucie, que se encolhia toda numa poltrona perto da lareira.

— Bom — retomei erguendo-me de uma só vez —, se "eles" querem a pedra... É o Bilderberg que está com a pedra. Portanto, provavelmente "eles" são a Acta Fidei. Têm o texto. Disso temos certeza, porque a Lucie conseguiu fazer o download da foto a partir do servidor deles. Sendo assim, querem a pedra porque ela possui o código que permite decifrar o texto deles. Não estamos com a pedra, mas ainda temos uma chance de ter o código. Pois também está escondido na *Gioconda*. A questão é: será que vão se contentar com o código se eu lhes disser que não estou com a pedra?

— De todo modo, não terão escolha — respondeu François, levantando as mãos à sua frente.

— Então precisamos nos apressar para decifrar a porra desse código. Estelle, sabe em que ponto está o relojoeiro?

— Não parou de trabalhar. Da última vez que fui vê-lo, estava bem adiantado. Quer que eu vá perguntar de novo?

— Não, não, deixe que eu vou, não se canse.

Mas ela já estava de pé.

— Não se preocupe — disse-me —, isso vai refrescar minhas ideias, e adoro vê-lo trabalhar.

Foi para a garagem. Dava para ouvir o barulho das ferramentas, rangidos, golpes de martelo... Uma coisa era certa: ele não tinha terminado.

— Bom, vamos tentar ficar calmos — disse eu, como para confortar a mim mesmo.

François deixou-se novamente cair na poltrona. Badji estava de pé, na entrada. Podia sentir sua frustração de onde eu estava.

— E se você nos mostrasse a foto da tabuleta enquanto isso? — perguntei a Lucie, tentando sorrir.

— Tem algum computador por aqui?

— Lá em cima — respondeu François. — Ou então meu laptop, que está no carro.

— Vou buscá-lo, senhor! — interveio Badji, que visivelmente tinha necessidade de se movimentar.

Reapareceu alguns instantes depois com o computador de François, seguido de Estelle, que voltava da garagem.

— O relojoeiro acha que termina no final da tarde — explicou.

— Excelente!

— Está esgotado, coitado. E ouvindo nosso pânico. Confesso a vocês que não está sendo fácil tranquilizá-lo...

— Poderia ficar lá com ele? — supliquei-lhe. — Converse, acalme ele, sei lá... Precisamos de um milagre, e você é a rainha dos milagres!

— Não precisa rasgar essa seda toda! Claire, vem comigo?

A moça acompanhou-a, e ambas foram ao ateliê improvisado onde o relojoeiro se havia instalado.

Ao meu lado, Lucie tinha ligado o laptop. Esperou terminar a sequência da inicialização, depois inseriu seu CD no leitor. Deslizei sobre o sofá para me aproximar dela e olhar por cima do seu ombro. François puxou a poltrona para mais perto.

A moça abriu o Photoshop. O programa carregou lentamente. Depois ela selecionou o leitor de CD-Rom e clicou num arquivo intitulado "*tab_af_ibi2.eps*".

Aos poucos, a foto foi aparecendo na tela plana do computador portátil. Nela, dava para ver uma tabuleta de pedra cinza, retangular, bastante antiga, a julgar pelo estado, e na qual estavam gravadas várias letras em sequência.

Era mesmo o alfabeto grego. Não perdi nem um segundo sequer e comecei a contá-las uma a uma.

— Vejam só! — espantei-me. — Que estranho. Só contei 33 letras!

Contei novamente. Mas não estava enganado.

— E por que é estranho? Por supostamente ser a idade de Cristo quando morreu? — perguntou Lucie confusa.

— Não, isso é bobagem. Não, acho estranho porque pensei que fosse haver uma letra a mais. Sophie e Jacqueline disseram que, segundo a *Melancolia*, era possível supor que o código possui 34 letras, pois indicaria 34 posições sobre a *Gioconda*...

— O código — repetiu Lucie. — Mas este não é o código, é a mensagem codificada! O código é que permite decifrá-la!

— Sim, bom, 34 elementos para decifrar um texto de 33 letras não deixa de ser estranho...

— A não ser que o 34º elemento do código sirva para codificar os espaços, por exemplo — replicou Lucie.

— O que explicaria o fato de todas as letras estarem em sequência na tabuleta — encadeou François. — Bem pensado!

Sorri para Lucie e olhei as letras mais de perto. Eram mesmo letras gregas, lembrava-me vagamente dos cursos de idiomas arcaicos que François e eu fizemos juntos antes do curso preparatório, mas o que estava escrito ali não tinha sentido algum.

— Por que está em grego? — perguntou Lucie.

— Segundo a Sophie, na linguagem escrita, era um dos idiomas mais utilizados na época de Jesus, embora se falasse mais o aramaico.

— Quantas letras tem o alfabeto grego?

— Vinte e quatro — respondeu François.

— Então, o código compreende mais elementos do que as letras do alfabeto. Sendo assim, não é simplesmente um alfabeto codificado. Se pensarmos que o 34º elemento do código corresponde a outra coisa que não uma letra à parte, como aos espaços, isso significa que há tantos elementos no código quantas letras na mensagem. Trinta e três. O cara que codificou isso era inteligente pra caramba...

— Ei, você provavelmente está falando de Jesus...

Começamos os três a rir. Apesar do estresse, dizer que Jesus era "inteligente pra caramba" tinha algo de tão surrealista que não podíamos resistir.

— Em suma, ele era... sim, inteligente — repetiu Lucie fazendo uma careta.

— Por quê?

— O melhor meio de criptografar uma mensagem é fazer de modo que haja uma chave por letra. Assim, sem ciclo, sem motivo recorrente. É claro que o código é tão pesado quanto o texto, o que faz com que raramente se criptografe um texto muito longo desse jeito, mas, para uma mensagem de 33 letras, é o ideal.

— Você está querendo dizer que cada elemento do código é uma chave diferente para cada letra da mensagem?

— Provavelmente — afirmou Lucie. — Bastaria, por exemplo, que fosse um simples número. Um número por letra, que dê o deslocamento da letra no alfabeto.

— Dê um exemplo...

— Não conheço o alfabeto grego...

— Com o nosso.

— Se eu quisesse escrever SIM, por exemplo. A mensagem é de três letras. Então preciso de três elementos no meu código. Digamos, para simplificar, 1, 2 e 3. Então a mensagem poderia ser RGJ.

— Ah, entendi — confirmei. — R + 1 dá S; G + 2 dá I e J + 3 dá M. O resultado é SIM. Nos deslocamos no alfabeto. Entendido. 123 associado a RGJ dá SIM.

— Exatamente. A cada letra se associa um número. Portanto, temos 33 letras na mensagem criptografada e 33 números no código.

— Sim, só que, nesse caso, temos 34.

— De todo modo, nada podemos fazer enquanto não tivermos a máquina.

Mas estávamos muito próximos. Estava tudo ali. Ao alcance da mão. A máquina e, portanto, em breve, o código e a mensagem.

Eu mal conseguia acreditar. Uma mensagem mantida em segredo por dois mil anos.

Olhei para meus dois companheiros. Aquele excêntrico deputado e aquela garota que crescera rápido demais.

— Vocês me prometem uma coisa? — pedi-lhes com uma voz pouco confiante.

— O quê?

— Vamos esperar a Sophie. Quando tivermos o código, não vamos decodificar a mensagem imediatamente. Vamos esperar a Sophie. Devemos isso a ela.

— Entendo — afirmou Lucie.

— Mas claro! — exclamou François por sua vez.

Lucie fechou o arquivo no computador, tirou o CD e o estendeu a mim.

— Tome. Vocês precisam fazer isso juntos, só os dois.

— Tem certeza?

— Tenho. De todo modo, não sou louca, guardei uma cópia! — acrescentou fazendo uma careta. — Sendo assim, se decidirem guardar segredo, garanto que não vou esperar muito tempo.

— Não se preocupe, prometemos que lhe diríamos tudo. E vamos lhe dizer tudo.

Levantei-me e fui colocar o CD no bolso do meu sobretudo.

— François — disse ao voltar para a sala —, precisamos encontrar um meio de proteger a Lucie.

O deputado aquiesceu.

— Certo. Seja como for, pensei bastante e... sinto muito, Damien, mas você só tem até esta noite para resolver seu problema. E, aconteça o que acontecer, amanhã vamos informar as autoridades. Isso já está ficando perigoso demais.

Balancei a cabeça, resignado.

— Vamos ter que explicar tudo isso à polícia, mas também aos investigadores de Gordes... E, de uma maneira ou de outra, vamos ter de avisar o Vaticano. Eles precisam pôr ordem na casa! Quando tivermos revelado o que se passa nos arquivos secretos da Acta Fidei, suponho que ninguém no Vaticano vá achar isso muito católico...

— Provavelmente. Enquanto isso, precisamos descobrir um meio de tirar a Sophie de lá!

Voltei a sentar-me no sofá, e assim ficamos por quase uma hora, trocando algumas breves palavras, alguns olhares. Os segundos passavam e levavam com eles minhas últimas sombras de paciência.

No meio da tarde, Claire entrou precipitadamente na sala segurando no alto o celular.

— Está tocando! — exclamou.

Tive um sobressalto. François se levantou. Estelle apareceu por trás da moça. O telefone continuava a tocar.

— Quer atender? — perguntou-me Claire estendendo-me o aparelho.

Fiz que sim com a cabeça. Peguei o telefone.

— Alô? — atendi um pouco rápido. — Alô?

Eu estava com os nervos à flor da pele.

— Senhor Louvel?

— Onde está Sophie? — gritei furioso. — Ela não tem nada a ver com isso, deixem ela em paz!

— Às 22 horas, esta noite, na frente do túmulo de Michelet. Leve a pedra ou ela morrerá.

— Mas não tenho...

Não tive tempo de terminar a frase. Tinham desligado.

Deixei-me cair novamente no sofá, com a cabeça entre as mãos.

— O que disseram? — pressionou-me Badji, de pé diante de mim.

— Às 22 horas, essa noite, na frente do túmulo de Michelet — balbuciei.

— Onde está enterrado esse cara? — perguntou desajeitadamente o guarda-costas.

— No Père-Lachaise.

— A essa hora o Père-Lachaise está fechado — acrescentou Badji.

— Talvez seja por isso que marcaram o encontro lá...

— Vamos ter que pular o muro — concluiu o guarda-costas.

— Fico me perguntando por que diabos escolheram o Père-Lachaise... Meio louco, não? Podíamos esperar uma antiga usina desativada na periferia, né?

— Não — replicou Badji. — Não tem ninguém à noite no cemitério, a não ser alguns punks drogados. É difícil chamar por socorro. E, depois, há obstáculos por toda parte, é cheio de lugares para se esconder... Me parece lógico.

— O que realmente me preocupa — interrompi — é o fato de não termos a pedra!

— Hão de se contentar com o código — disse François. — Ou então chamamos os tiras.

— Nem pensar! — fulminei. — Esse é o melhor meio de matá-la. Não! Vamos lá, explicamos a eles que temos o código, não a pedra, e rezamos para que aceitem se contentar com isso.

— Esse é seu plano? — interveio François. — Rezar?

— Você tem coisa melhor?

Fez que não com a cabeça. Virei-me para Estelle.

— Em que ponto está o relojoeiro?

— Avançado, mas ainda não terminou!

— Nem sei direito o que temos que fazer com a porra dessa máquina. Preciso ligar pra Jacqueline!

Peguei o telefone e liguei logo em seguida para a amiga da Sophie. Tentando não transmitir minha angústia, expus a situação. Claro que ela começou a se desesperar, mas disse-lhe que não tínhamos tempo para ceder ao pânico e que era hora de agir.

— Bom, sendo assim, preciso do código para essa noite. O que faço com a Mona Lisa? Teve tempo de avançar?

Eu só tinha visto Jacqueline duas vezes, mas tinha a impressão de conhecê-la havia muito tempo. Como se Sophie me tivesse transmitido a estima que nutria pela matemática da arte.

— Sim, avancei. Não tenho certeza de nada, mas vamos tentar. Então, você precisa colocar a *Gioconda* na vertical, a exatamente 52,56 centímetros da máquina.

— Quanto? — perguntei.

— 52,56 centímetros. Equivale a um cúbito. Não se contava em metros na época de Dürer.

— Como descobriu isso?

— Quer realmente saber? É complicado.

— Tente mesmo assim — exortei-a.

— O quadrado mágico, além de dar um resultado de 34 em todos os sentidos, também dá coordenadas a serem seguidas no meio da gravura. Essas coordenadas incidem em objetos ou sinais que formam uma espécie de frase, que, pelo que suponho, é o modo de uso da máquina. Não tenho muita certeza da minha hipótese, mas parece fazer sentido, o que já é alguma coisa. De todo modo, não temos outra escolha.

— OK.

— Portanto, há duas coordenadas que, se entendi direito, indicam a distância a que deve se encontrar a *Gioconda*: a primeira incide bem no *I* de *Melancolia I*, e a segunda, no cotovelo do personagem. De *I* e cotovelo deduzi que é preciso colocar um cúbito, ou seja, 52,56 centímetros.

— Está certo. É forçar um pouco a barra, mas vamos tentar.

— Você tem proposta melhor?

— Não — confessei.

— Então vamos confiar na minha interpretação. Vamos ver no que vai dar. Preste atenção, precisa estar totalmente na vertical e exatamente a 52,56 centímetros da máquina, na frente do cone que sai da caixinha.

— Espere! Vou ao ateliê! — expliquei saindo da sala. — A máquina ainda não está pronta, mas já posso posicionar o quadro... Ele não está em bom estado, por causa do incêndio. Espero que funcione assim mesmo!

Cheguei ao ateliê. Cumprimentei o relojoeiro, que me lançou um olhar petrificado. Não tinha tempo para explicar-lhe o que quer que fosse nem de ser cortês.

Ao me voltar, vi que todo o mundo me havia seguido. Nunca que iria caber.

— Todos para fora! — ordenei. — Menos a Lucie!

Ela era quem mais podia me ajudar nesse caso.

— Não desligue, Jacqueline, vou pegar um fone de ouvido, assim posso fazer o que me disser e continuar falando com você.

Saí da garagem para procurar o fone de Badji no carro e o liguei no telefone. Prendi o celular na cintura e voltei rapidamente para a garagem.

— Pronto, aqui estou eu. Então, você dizia que devo colocar o quadro a 52 centímetros da frente da máquina?

— 52,56 centímetros, exatamente.

— Em que altura?

— A parte inferior do quadro precisa estar exatamente na horizontal em relação à parte inferior do primeiro espelho...

— Como calculo isso?

— Não sei. Com uma régua e um nível de bolha ou um fio de prumo!

— Deve ser fácil encontrar isso, afinal, estou na garagem de um franco-maçom! — ironizei.

Comecei a procurar entre as ferramentas. Tentei não fazer muito barulho para não incomodar o relojoeiro. Finalmente, encontrei minha felicidade depois de desarrumar todos os armários e tirar do lugar metade das caixas de papelão empilhadas na garagem. Uma régua grande, um nível, pregos, um martelo e dois altos tripés que provavelmente haviam servido para sustentar muros.

Com a ajuda da Lucie, tentei fixar o quadro num dos dois tripés. Depois de várias tentativas fracassadas, voltei a colocar o quadro no chão, suspirando.

— Bom, Jacqueline, está um pouco complicado, vou desligar e tentar fazer isso direito. Volto a ligar para você, tudo bem?

— Boa sorte!

Pedi socorro a François. Pelo modo como apareceu depressa, devia estar esperando atrás da porta. Conhecia sua garagem bem melhor do que eu e não teve dificuldade alguma em encontrar as ferramentas mais apropriadas. Sem interromper o trabalho na máquina de Da Vinci, o relojoeiro nos prodigalizou alguns conselhos, e finalmente o quadro ficou no lugar, solidamente ancorado.

François verificou várias vezes se estava na distância e no alinhamento corretos. Todavia, era difícil ser de uma precisão infalível... 52,56 centímetros! Com a ajuda do relojoeiro, também fixou a máquina no chão para evitar ter de recalcular tudo em seguida.

Peguei o telefone e liguei de novo para Jacqueline.

— Pronto — anunciei. — Mas é difícil ter certeza de que está milimetricamente alinhado!

— Não tem problema — tranquilizou-me. — Se entendi direito, a primeira posição permite que você calibre o aparelho.

— Ah, é? Ah, então talvez seja por isso que teria 34 letras quando na verdade são só 33.

— Certamente. Na verdade, não entendo bem por quê, mas a primeira posição lhe dá o que Dürer chamou de "paleta".

— E daí?

— Acho que significa que os elementos do código na verdade são cores.

— Mas as cores corresponderiam a números?

— Por quê? — perguntou Jacqueline.

— Porque, segundo a Lucie, é possível que o código seja uma sucessão de números. Mas como as cores poderiam corresponder a números?

Lucie me pegou pelo braço. Pediu que eu repetisse o que Jacqueline me dissera ao telefone. Obedeci.

— É incrível! — exclamou.

— O quê?

A moça andava de um lado para outro. Estava completamente agitada.

— Da Vinci era bom mesmo! — murmurou, como se continuasse a compreender a resolução do enigma em sua cabeça.

— Explique!

— Inventou a numeração antes da hora! Mais uma vez, é um procedimento que se aproxima do que se faz em informática hoje!

— Como assim?

— É mais ou menos o mesmo sistema de compactação dos arquivos GIF. Cada imagem GIF dispõe de uma paleta de cores que lhe é própria, uma espécie de índice numerado, integrado ao arquivo. A cada cor é atribuído um número preciso na paleta. E, portanto, Da Vinci já teria pensado nesse sistema de codificação ultrassimples! Pense só! Ele não podia correr o risco de utilizar códigos de cores sabendo que estas poderiam envelhecer. Aliás, fez bem, pois de fato as tintas das suas pinturas escureceram. Sendo assim, inseriu sua paleta, a referência das suas cores, no próprio quadro! O que faz com que a paleta tenha sofrido o mesmo envelhecimento que as cores do quadro.

— Ah. E você entende como funciona isso?

— Claro! — replicou Lucie, completamente agitada. — Pelo menos, é o que acho! Veja. A primeira posição da máquina vai nos permitir ampliar o que deve ser a paleta. Se eu não estiver enganada, vamos descobrir uma sequência de 33 cores, alinhadas uma após a outra. Assim, saberemos que a primeira cor corresponde ao número 1, a segunda, ao número 2 etc. Em seguida, as 33 posições, posso até apostar, vão nos dar 33 cores, uma a uma, e só precisaremos olhar a posição dessa cor na paleta para encontrarmos a correspondência em números.

— Bom, se você está dizendo!

— Mas claro! É perfeito! Teremos nosso código de 33 números!

— OK. Mas se há 33 cores ordenadas, então haverá números de um a 33. Ora, só há 24 letras no alfabeto grego!

— Mas não se trata de letras, e sim de números! De números que nos indicam em quantas posições é preciso deslocar as letras da mensagem criptografada! É preciso considerar que o alfabeto é um círculo. No nosso alfabeto latino, por exemplo, se tivéssemos A e 2, isso daria C, certo?

— Sim. Isso eu entendi.

— Muito bem, se tivéssemos A e 30, isso daria... esperem, vou calcular...

Mentalmente, vi-a fazer as letras desfilarem em sua cabeça.

— Daria E! Damos uma volta!

— Entendi. Está certo. Agora só nos resta esperar a máquina! — exclamei impaciente.

— Vou terminar em pouco mais de uma hora! — interveio o relojoeiro. — Mas preciso de um pouco de silêncio, se não for incomodá-los.

Provavelmente o pobre homem estava com dificuldade para se concentrar em meio à nossa efervescência. Fiz sinal aos outros para saírem e voltamos à sala. Prometi a Jacqueline que ligaria para ela assim que tivéssemos a máquina em mãos.

Os minutos que se seguiram nos pareceram intermináveis. Não parei de me levantar e voltar a me sentar, esfregando as mãos como para espantar o estresse. Estelle fez chá para nós, e Lucie tentou nos explicar melhor sua teoria sobre a paleta de Leonardo. Estava encantada com a engenhosidade do pintor italiano, e percebemos que queria ir falar a respeito num dos inúmeros fóruns onde encontrava seus amigos hackers. Mas a hora não era de vulgarização on-line. Chegaria o momento certo para isso.

Mais tarde, bem no início da noite, Estelle propôs fazer algo para nosso jantar. Mas ninguém estava com fome. François se levantou para ligar a televisão, desligou-a pouco depois, percebendo que não conseguia suportar o barulho.

De repente, o relojoeiro irrompeu na sala.

— Terminei! — anunciou sorrindo.

Levantamos todos num pulo.

— Opa! — encadeou, fazendo-nos sinal para que nos acalmássemos. — Para ir mais depressa, deixei um pouco de lado a solidez de algumas peças. Portanto, trata-se de um aparelho muito frágil! Gostaria que tomassem bastante cuidado!

— Claro — garanti-lhe. — Só Lucie e eu vamos entrar na garagem; os outros vão olhar pela porta.

— Não vai querer esperar a Sophie? — questionou Estelle.

— Não! — interveio François impaciente. — Está louca? É o código que estamos procurando! Vamos decodificar a mensagem e procurar o código. Precisamos dele para libertar a moça!

— Desculpem, mas é que esse negócio de vocês não é nada simples!

Lucie e eu seguimos o relojoeiro. Ele nos mostrou com orgulho sua obra-prima. Tinha trabalhado com uma rapidez notável e uma discrição que exigia respeito. Apertei-lhe a mão da maneira mais calorosa possível, depois liguei para Jacqueline.

— Alô? É o Damien. Bom, aqui estamos. Estou diante da máquina. Ela está pronta. E o quadro está no lugar.

— Perfeito! Então, deixe-me ver, meu caro. Está vendo a parte central? Uma espécie de caixa que desliza sobre os eixos denteados?

— Estou.

— Leve-a o máximo possível para a direita, até ela se elevar contra o pequeno calço.

Peguei o que parecia ser o célebre perspectógrafo de Da Vinci e o deslizei para a direita. Ouviam-se pequenos estalos à medida que a caixa avançava sobre os entalhes da engrenagem, depois o conjunto se fixou na borda da máquina.

— Pronto? — perguntou Jacqueline.

— Acho que sim.

Lucie sapateava atrás de mim.

— Bom, agora faça o mesmo, mas de baixo para cima. Empurre a parte de trás da caixa para que a frente se levante.

— Certo.

Repeti o gesto minuciosamente. O relojoeiro, que estava bem ao meu lado, olhava-me em ação. Ouvia sua respiração inquieta às minhas costas. A pressão era enorme. Todo o mundo me observava. Estava com medo de desmontar a máquina ou de deslocá-la.

— Deu?

— Deu — anunciei soltando a pequena caixa de madeira.

— Bom. Agora, deve haver um pequeno buraco redondo atrás da caixa, do seu lado. É um visor, como numa máquina fotográfica...

— É... sim. Bom, não é redondo nem quadrado — especifiquei —, mas acho que é porque o relojoeiro não teve tempo de arredondá-lo.

Voltei-me. O artesão confirmou balançando a cabeça rapidamente.

— Tudo bem. Olhe dentro dele e diga-me o que vê. Pela lógica, você deveria ver o quadro ampliado centenas de vezes.

Esfreguei as mãos e aproximei o olho da pequena caixa. Tinha a impressão de estar olhando no microscópio mais antigo do mundo. E não no mais prático.

— Bem, estou vendo cores, vagamente. Nada de muito preciso.

— Certo. É que agora você vai poder ajustar a máquina — explicou-me Jacqueline. — Já não é necessário mexer na caixa, mas apenas na base. Normalmente, você poderia girá-la da direita para a esquerda e de cima para baixo, bem devagar. Um milímetro já deve ser suficiente. Você precisa encontrar a paleta.

— Como assim? — perguntei começando a mover o aparelho.

— Sei lá, uma sequência de cores! Procure! Depois que encontrar a paleta, não apenas ela lhe dará o índice das cores, mas você também terá certeza de que a máquina está bem calibrada para as 33 posições seguintes.

Meus dedos tremiam. Eu não estava conseguindo ser preciso. Voltei-me suspirando.

— Lucie, tente você! Não sou hábil o suficiente!

A moça tomou meu lugar. Media uns bons vinte centímetros a menos do que eu, e o aparelho era mais adequado para o seu tamanho. Mas, sobretudo, ela era muito mais ágil e meticulosa. Delicadamente, girou a base da máquina de Da Vinci.

— E então? — pressionei-a.

— Shhh! — fez sem se mexer.

Levantou uma das mãos no ar, ajustou mais um pouco o aparelho, depois recuou lentamente.

— Pronto! Bem no eixo! É exatamente o que eu pensava, olhe!

Avancei lentamente em direção ao visor. Fiquei com medo de mexer no aparelho e desregular tudo.

— Espere! — gritou Jacqueline do outro lado da linha. — Quando estiverem bem calibrados, antes de fazer alguma bobagem, apertem o parafuso da base!

— Que parafuso?

O relojoeiro se aproximou.

— Ainda não coloquei parafuso — cochichou. — Esperem, vou colocar um agora mesmo. Segurem bem a base, ela não pode se mover!

Foi buscar um parafuso e uma chave de fenda, depois fixou solidamente a base. Olhei bem de perto a abertura. Então, efetivamente, percebi uma sequência de cores perfeitamente alinhadas, pequenas pinceladas na vertical, que Leonardo da Vinci havia escondido no quadro. Uma espécie de código de barras ancestral e colorido.

— Mas como ele conseguiu pintar detalhes tão pequenos? — espantei-me. — Temos sorte de conseguir vê-los nesta reprodução!

— É uma reprodução excelente! — interveio Jacqueline.

— É mesmo, e olhe que sobreviveu a um incêndio! Mas isso não responde à minha pergunta...

— Acho que utilizou um sistema de lupa e um pincel com um só pelo. Ou talvez tenha pintado com uma espécie de agulha. Não sei...

— Em todo caso, vejo nitidamente as cores. Vou tentar contá-las.

Pus-me a contar várias vezes. As marcações estavam tão próximas umas das outras que era difícil não se atrapalhar. Mas as cores eram bem distintas. E mesmo que a *Gioconda*, em seu conjunto, desse uma impressão bastante monocromática, contei direitinho 33 cores diferentes, dissimuladas naquele canto do quadro.

— Bingo! — exclamei. — Trinta e três cores! Que loucura! Nem sei realmente onde estou no quadro. Provavelmente numa das áreas circuladas a lápis pelo meu pai.

Lucie se aproximou da *Gioconda* e passou a mão sobre a superfície até que eu pudesse ver seus dedos.

— Pare! — interrompi-a. — Pronto! É aí!

Ela estava com o dedo na parte superior direita do quadro, justamente num dos locais marcados pelo meu pai.

— É isso mesmo! Então meu pai estava bem próximo do objetivo!

— Bom — retomou Jacqueline do outro lado da linha —, então agora vai ser um pouco complicado. Você precisa ter uma boa memória visual. Um por um, desça os entalhes do eixo horizontal e do eixo vertical. Um de cada ao mesmo tempo. Desse modo, você deve encontrar 33 novas posições. Cada uma deve lhe dar uma única cor do quadro.

— Certo — emendei. — E a posição da cor na paleta me dará um número. Bem que a Lucie adivinhou...

— Excelente. Então vá!

Inspirei profundamente. Eu sabia que não ia ser fácil. Nunca tive memória suficiente para me lembrar da posição desta ou daquela cor na paleta, e seria necessário voltar regularmente à primeira posição. Não era simples, mas não havia tempo a perder.

Acionei a fabulosa máquina de Leonardo da Vinci. Uma a uma, as cores foram aparecendo, luminosas, no pequeno visor. Lucie me estendeu um papel e um lápis, e comecei a anotar. Enganei-me várias vezes. Voltei. Rasurei o que havia escrito. Recomecei. Meus olhos começaram a arder. Minha visão estava ficando turva. Recuei um pouco, balancei a cabeça e voltei ao trabalho.

Era um instante mágico. O cômodo estava tomado por um silêncio respeitoso e angustiado. Todos esperávamos o segredo que Da Vinci nos transmitia pelos séculos. Eu tinha a impressão de estar em seu ateliê em Milão. De ouvir sua risada atrás de mim. Leonardo satisfeito. Sua astúcia se preservara.

Meia hora depois, ou talvez mais, levantei-me e anunciei a todo o mundo que havia terminado.

— Então? — perguntou-me François.

— Então o quê? — disse mostrando-lhe minhas anotações. — São só números!

Olhei meu relógio. Eram 21h15. Não tínhamos tempo de olhar o código mais de perto. Os 33 números estavam ali. Na minha mão. A chave que permitiria decifrar a mensagem de Jesus. E eu tinha de entregá-la àqueles que haviam raptado Sophie.

O que estariam esperando? Descobrir a mensagem antes de todo o mundo e guardá-la para eles? Sabiam que havíamos recuperado o texto e que também poderíamos decifrá-lo? Será então que iam tentar nos eliminar? Era uma possibilidade. Quase uma certeza. Mas eu não tinha tempo para ficar divagando. Naquele momento, só uma coisa contava. Salvar Sophie.

— Vamos! Precisamos levar isso imediatamente ao Père-Lachaise. É nossa única chance!

— OK, vamos! — repetiu François.

— Não! — interrompi. — Você não. Vou sozinho com Stéphane.

— Está brincando?

— Estou falando muito sério, François. Vocês todos vão ficar aqui. Não estou a fim de estragar tudo. Vou sozinho, só com Stéphane.

Badji avançou na sala

— Realmente está fora de questão que você vá, senhor. Me recuso a correr esse risco. Por outro lado, senhor Louvel — continuou, virando-se para mim —, certamente não iremos sozinhos para lá.

— Que história é essa?

— Vou ligar para os meninos da minha empresa.

— Ficou louco? Não estamos indo em missão de comando!

— Escute, Louvel, gosto de você, mas, nesse caso, não temos tempo para ficar discutindo, certo? Por acaso já segurou uma arma?

— Não.

— Já participou de alguma operação de evacuação de reféns?

— Não, mas...

— Pois então — interrompeu-me —, esse é meu trabalho, certo? Sendo assim, confie em mim e teremos todas as chances de tudo acabar bem do nosso lado.

— Não pode dar errado de jeito nenhum! — repliquei.

Ele aquiesceu. Pegou o celular e foi para o carro. Vi que vasculhava o porta-malas do Safrane enquanto falava com os colegas do outro lado da linha.

François se pôs à minha frente.

— Ligue-me a cada três minutos, porque vamos morrer de preocupação aqui!

— Talvez não a cada três minutos — avaliei —, mas vamos ligar, prometo!

Restavam-nos 45 minutos para chegar ao cemitério. Não tínhamos nem um minuto sequer a perder. Só teríamos o trajeto para nos prepararmos.

Estelle me trouxe o sobretudo. Coloquei no bolso o papel onde havia copiado o código e fui para o Safrane.

Enquanto Stéphane me ajudava a prender meu colete à prova de balas, vi que Lucie me observava. Acho que nunca vi um olhar tão intenso. Como se estivesse tentando me transmitir alguma coisa. Um pouco de coragem, provavelmente. Pisquei para ela, enderecei um sorriso aos Chevalier e sentei no banco do passageiro.

*

Acho que nunca fiquei tão angustiado em toda a minha vida como durante os longos minutos que nos separavam do encontro. Quanto a Stéphane, dirigiu ainda mais rápido do que Sophie em nossa fuga de Gordes. Mas era um profissional, e eu quase não sentia medo. Quase.

Durante todo o trajeto, Badji tentou me tranquilizar. Estava claro que tivera tempo de preparar um plano de última hora com seus colegas e me explicou que ficaria escondido na retaguarda, atrás de um túmulo, pronto para intervir à menor ameaça.

— E os seus colegas? — perguntei inquieto.

— Caso não haja problemas, nem irá vê-los.

— Vocês não vão brincar de caubóis, né?

— Se tudo der certo, nem vamos intervir. A princípio, estaremos lá para protegê-los.

Engoli saliva fazendo barulho e cerrei os punhos. Estava com frio e me sentia fraco. Estava paralisado.

— Sobretudo — instruiu — não diga que não está com a pedra. Não diga nada. Segure firme o papel com o código. Será a isca para eles. Ainda que vejam que não é a pedra, vão querer ver o que está escrito nele.

— Espero que esteja certo.

As luzes de Paris misturavam-se num quadro vago, que desfilava por trás do vidro. Eu não sabia se Badji estava falando comigo. Minha mente viajava por outro lugar. Tomada pela lembrança de Sophie. Não vi passar os últimos minutos. Os últimos metros.

Pouco antes das dez horas, chegamos diante do cemitério, ao pé do XX *arrondissement*. O Père-Lachaise estava mergulhado num crepúsculo de primavera. Algumas árvores renascentes surgiam por trás da longa muralha que circundava o cemitério. Badji estacionou o carro no bulevar Ménilmontant. Veio abrir a porta para mim. Eu ainda estava desorientado no interior. Imóvel. Depois, ao perceber que a porta estava aberta, saí para a rua. Os revérberos se perdiam na calçada, numa luz alaranjada. Stéphane bateu em meu ombro. Eu precisava recobrar o sangue-frio. Pusemo-nos a caminho.

O Père-Lachaise é uma aldeia de túmulos que se estende sobre uma ampla colina entre caminhos pavimentados, costeados por tílias e castanheiros. Mas à noite não passava de uma grande massa obscura, onde as sombras das árvores se confundiam com aquelas dos túmulos num grande afresco inquietante. Tremi.

Todas as entradas estavam fechadas havia muito tempo, e caminhamos ao longo do alto muro de pedra até uma pequena rua que subia para a parte sul do imenso cemitério. A conhecida rua do Repouso. Havia ali um local onde a muralha era menos alta, e um poste junto ao muro nos ajudaria a escalar. Uma das portas do cemitério não estava nada longe, e seria preciso tomar cuidado, pois ali havia uma construção que talvez fosse a casa do guarda.

Tive a mesma estranha impressão de quando fiz com Sophie a expedição noturna à casa carbonizada do meu pai. A impressão de ser um ladrão. Um ladrão bem medíocre. Mas, desta vez, o medo era dez vezes maior. Era ele que dirigia cada gesto meu.

O guarda-costas fez escada para mim. Agarrei-me ao poste. Apoiei o joelho esquerdo contra o muro. A superfície áspera me machucava através das calças. Mas comecei a escalar. Apoiando-me contra a parede e me erguendo com a ajuda do poste, finalmente cheguei ao alto e passei a perna por cima do muro, tomando cuidado com as pontas de metal que supostamente estavam ali para dissuadir visitantes indesejáveis. Bem devagar, virei-me e estendi a mão para Stéphane. Mas ele não precisou da minha ajuda e escalou com a facilidade de um alpinista.

Saltei para o cemitério, seguido de perto por Badji, que aterrissou bem ao meu lado, em meio aos arbustos. À nossa frente erguia-se a perder de vista a colina de túmulos devorados pela noite. Olhei o relógio. Oito minutos para as dez. Tínhamos menos de dez minutos para chegar ao ponto de encontro.

— Onde estão seus amigos?

— Já estão infiltrados. A postos.

De repente passou a falar como um militar.

— Mas nem sabemos onde é esse túmulo! — cochichei.

— Há uma lista próximo da entrada principal — informou-me Badji.

E começou a correr na minha frente, tentando pisar macio e evitar os galhos para não fazer muito barulho. Segui-o olhando ao redor para ver se estávamos sendo vigiados. Mas não vi ninguém. Corríamos entre os túmulos, saltando por cima dos vasos de flores, curvados para a frente para nos abrigarmos atrás das lápides e das pequenas capelas. A muralha do cemitério projetava sobre nós uma sombra protetora. Com tão pouca luz, achei que só os gatos podiam nos ver, eles que dia e noite davam grandes passos no Père-Lachaise, como almas penadas.

Chegamos esbaforidos diante de um velho painel verde que dava a lista dos túmulos de celebridades. A tinta estava meio apagada, mas mesmo assim encontrei o nome de Michelet no meio de uma coluna. Divisão 52. Quase no centro do cemitério. Os sequestradores haviam escolhido um túmulo suficientemente distante das portas e da casa do guarda para garantir anonimato.

— Bom — começou Badji mostrando-me o mapa do cemitério —, vamos nos separar. É melhor que não nos vejam chegar juntos. Na verdade, não devem me ver em hipótese alguma. Tome o caminho mais direto, o mais lógico, passando pelas ruas do cemitério. Vou tomar a posição de retaguarda. Vou estar de olho em você.

Vasculhou o bolso e dele tirou um revólver.

— Tome.

Tive um gesto de recuo.

— Tem certeza de que é necessário?

— Não banque o idiota, Louvel.

Pelo menos, era uma resposta franca.

— Tem outro para você? — perguntei.

— Dois.

Inútil lutar. Na verdade, por mais que eu detestasse armas de fogo, não era nada mal estar protegido.

— Não vá fazer besteira — resmunguei, porém. — Precisamos tirar a Sophie dessa encrenca. Nada de tiros inúteis, OK?

Achou que não era necessário responder. Conhecia sua profissão e, provavelmente, estava mais preocupado comigo... Eu tinha certeza de que ele faria tudo o que pudesse. Mas, por outro lado, não tinha certeza de que seria o suficiente.

Bateu no meu ombro, piscou para mim e desapareceu por entre os alinhamentos de lápides cinza.

Foi então que realmente comecei a entrar em pânico. Sozinho, no meio do cemitério, no absoluto breu da noite, com a vida da Sophie nas mãos. A equação era simples. Eu era o único que podia salvá-la. E não conseguia assumir essa responsabilidade. Esse poder. Até porque a equação não estava correta.

Eu não tinha a pedra.

Inspirei profundamente, tentei tomar coragem, mergulhando nas minhas lembranças; o rosto da Sophie, seu sorriso, sua força, sua vontade, sua ternura oculta. Nossa noite em Londres. Depois aquelas que se seguiram. Segui em frente.

O vento deslizava entre os túmulos, até nas minhas costas. Gatos miavam, insinuando-se nas alamedas. Cada passo me distanciava da vida de Paris. Cada metro me separava um pouco mais do mundo real. Era como mergulhar no coração das trevas. Abraçar o inferno. Eu caminhava sobre os mortos para atravessar o Estige.* Partia para uma ilha da qual não queria voltar sozinho.

Meus passos ecoavam nas ruas pavimentadas do cemitério. Alguns pombos, desnorteados, voaram à minha frente. Ao longe, vi desenhar-se na sombra a pequena praça junto à qual devia encontrar-se o túmulo de Michelet. Mas ainda não via ninguém.

Enfiando as mãos nos bolsos, esquivando e abaixando a cabeça, eu lutava contra o medo que me mandava dar meia-volta. Cada passo era uma vitória e uma punhalada na superfície das minhas veias. Lutar para avançar, lutar para acreditar. Nunca me senti tão sozinho.

Em pouco tempo, sem realmente me dar conta do caminho percorrido, vi-me diante do túmulo. Mal conseguia distinguir o ambiente ao meu redor, floresta de sombras e pedras. A sepultura de Michelet era um pequeno monumento, ampla lápide em

* Na mitologia grega, principal rio do Hades, pelo qual o barqueiro Caronte conduzia os mortos. (N. T.)

que um afresco, cercado por duas colunas romanas, representava um espírito vestido que se elevava por cima de um túmulo. A noite projetava sombras inquietantes na alvura da sepultura. Estremeci.

De repente, ouvi um ruído atrás de mim. Tive um sobressalto. Lentamente, virei a cabeça. Mas nada vi. Comecei a caminhar para trás, buscando uma referência, um apoio. Estava aterrorizado. E o medo me congelava.

Então, uma sombra negra apareceu à minha frente, como se tivesse surgido de um túmulo. Mantive-me imóvel. Duas silhuetas se desenharam sob meus olhos, recortadas como sombras chinesas sobre a parede branca de um jazigo atrás delas. Havia um homem e uma mulher.

Rapidamente reconheci Sophie. Ela estava com as mãos atadas nas costas e uma mordaça. O homem ao seu lado segurava um revólver em sua têmpora. Ele a empurrava à sua frente.

Tremi. Ouvi a respiração cortada de Sophie. Certamente estava chorando. Eu não podia ver seu rosto com clareza, mas podia adivinhar o pânico em seus gestos e em sua respiração. Estava ali, diante de mim, como uma promessa a ser mantida. Tão próxima e, no entanto, inacessível. Eu queria ter parado tudo. Queria que o mundo parasse. Arrancar Sophie daquela história e fugir. Fugir com ela, simplesmente.

— A pedra! — gritou o homem, apontando a arma contra a testa da jornalista.

Gotas de suor escorriam pela minha nuca, e eu já não controlava as mãos. Inspirei profundamente e tentei me controlar. Sophie estava a poucos passos. Eu não podia errar.

Deslizei lentamente a mão no bolso. Senti o papel entre os dedos. O código. Eles tinham de aceitar aquele código. Engoli a saliva e, com as mandíbulas cerradas, tirei lentamente a folha do bolso.

Era nossa única chance. A vida de Sophie por um pedaço de papel.

— Aqui está — disse estendendo a folha à minha frente.

O papel tremia na ponta dos meus dedos. Retângulo branco na noite escura. Houve um sopro de vento que levantou a página. Duas vezes. Depois, ela ficou parada contra meu polegar. Não me movi.

De repente, o desconhecido fez um gesto brusco. Sacudiu Sophie, que ele segurava pelo braço.

— Está gozando com a minha cara? — gritou. — Não é a pedra!

— Espere... — balbuciei. — É o código... Não tenho a pedra, mas...

Não tive tempo de terminar a frase.

O tiro explodiu num clarão branco. Seco. Violento. Repentino. Não sei se o som veio antes da luz. Mas pisquei duas vezes. Tive dois sobressaltos. Houve um grito. Provavelmente o meu. A detonação ressoou entre as pedras tumulares. Voltou em eco.

Depois, lentamente, como à luz de um flash, vi o corpo de Sophie caindo para a frente.

Suas mãos ficaram ao longo do corpo. Nenhum gesto para deter a queda. Nenhum reflexo. Um manequim sem vida. Com a cabeça projetada contra o peito, ela desabou pesadamente, como uma boneca de carne.

Ouviu-se o barulho aterrorizante do seu crânio contra os paralelepípedos. E talvez eu ainda estivesse gritando quando eclodiu o segundo tiro. Mas eu já não via nada. Já não ouvia nada. E senti que estava caindo, caindo.

O zumbido nos meus ouvidos se misturou aos outros tiros. Deflagrações sucessivas. Ondas de ecos. Um tiroteio ao meu redor. Mas eu já não estava lá. Clarões brancos.

Não. Assim não. Assim não.

De repente, fui projetado para trás. Uma dor terrível no peito. Barulho de passos. Gritos. Outros tiros.

Depois o silêncio. E, lentamente, lágrimas que inchavam meus olhos. Na minha garganta, um nó. A dor. Só me lembro da dor.

Depois Badji. Pousando a mão em meu ombro.

Você levou um tiro.

Ele cochichava.

O colete segurou a bala.

Havia quanto tempo eu estava lá? Era a noite que estava escura ou eu que não via nada? Queria ter desmaiado. Desaparecido. Não saber mais. Não sentir mais. Que a dor parasse. Afastar para longe de mim esse pensamento que invadia minha cabeça. Aquela frase irreversível. Aquelas poucas palavras a mais. Sophie está morta.

Mas já não havia nada além disso. Isso e a dor.

Capítulo Doze

Até hoje, quando penso nesse assunto, ainda fico espantado por ter conseguido sobreviver àquela mulher. Eu nunca amara ninguém como amei Sophie e provavelmente nunca mais terei força para amar...

Durante muito tempo, o mundo continuou girando sem mim. Eu já não era agente no mundo, nem mesmo testemunha. Não passava de um trapo, silencioso, cego e surdo, no fundo de uma poltrona onde continuava a afundar. Como se a queda nunca pudesse terminar. Como se aqueles braços de couro me sugassem para uma fenda que voltava a se fechar por cima de mim.

Sem Estelle nem François, certamente eu teria sucumbido à vontade de pôr fim aos meus dias. Só me faltava a liberdade para fazê-lo. Não a coragem. Mas cuidaram de mim como de um amnésico que volta aos poucos à vida. Eu não fazia nada para ajudá-los. Não segurava nenhuma das mãos que me estendiam. Acho até que nem as via. O amor deles era a camisa de força que me impedia de cortar os pulsos, ponto final.

Todos os dias falavam comigo. Tentavam fazer-me voltar ao país dos vivos. Mantinham-me informado sobre a evolução das coisas. Como para me dar referências.

Contaram-me tudo. Eu ia estocando as informações, indiferente, e provavelmente perdi boa parte.

Explicaram-me o tiroteio no cemitério. A bala que Sophie levara em plena nuca. Morreu na hora. Não teria sofrido. A bala que levei. No peito. Salvo pelo colete à prova de balas. Obrigado, Badji, mas eu preferia ter morrido. Não cheguei a dizer isso, mas tenho certeza de que o liam nos meus olhos.

Os homens de Badji conseguiram interceptar dois dos sequestradores antes que saíssem do cemitério e os entregaram à polícia. Após a investigação, descobriram que estavam ligados à Acta Fidei. Evidentemente. Depois, houve a longa investigação policial. Concluiu-se que meu pai e o de Claire haviam sido mortos pelos mesmos caras que mataram Sophie. Um grupo de loucos que havia escapado de uma organização católica integrista. Algo mais ou menos assim. Graças aos contatos de François, não me colocaram em prisão preventiva durante a investigação, e as acusações de que eu era objeto desde minha fuga em Gordes foram retiradas sem questionamentos. Um psiquiatra foi me ver e anunciou que eu ainda estava em estado de choque e, portanto, sem condições de falar. Belo idiota. Estudou psiquiatria para descobrir isso?

Mas continuaram a me informar. Um dia, François leu para mim num jornal a declaração do Vaticano, que condenava oficialmente a Acta Fidei. A organização foi desmantelada. Mas suas relações com o Opus Dei e a Congregação para a Doutrina da Fé mal foram evocadas. Era bom demais para ser verdade. Os jornalistas deste país continuam uns cagões.

Durante as primeiras semanas, o padre de Gordes, de seu novo posto no Vaticano, enviou cartas a François para lhe contar como evoluía a situação, vista de dentro. Como em Nova York e em Paris, houve em Roma muitas prisões, seguidas de discretas mudanças internas, e, depois de ter sido primeira página em todos os jornais italianos, o caso voltou a cair no esquecimento. O padre de Gordes não conseguiu saber mais. Quando perguntou a seus superiores se a Acta Fidei estava na origem de sua transferência, riram na sua cara e nunca mais teve oportunidade de se queixar.

Quanto ao Bilderberg, seu nome nem chegou a ser mencionado pelos jornais. No entanto, François ficou sabendo que os membros dissidentes estavam sendo presos um a um, mas a imprensa não cobriu nenhuma dessas prisões. De todo modo, a imprensa nunca fala do Bilderberg. Nunca.

E, evidentemente, em parte alguma se tratou da pedra de Iorden nem da mensagem de Cristo. Falou-se simplesmente de um conflito de interesses entre meu pai, o de Claire Borella e a Acta Fidei, mas nunca se especificou em que se baseava esse conflito.

A mensagem de Jesus. A chave que lhes faltava.

Um por vez, vinham me ver para contar tudo isso. Estelle, com sua voz doce e o bebê em seu ventre. François, o amigo fiel. Badji, que me salvara a vida tantas vezes. Lucie, a pequena Lucie, que me falava como a um grande irmão e às vezes passava horas segurando minha mão. Todos falavam comigo, suplicavam para que eu voltasse, mas eu não conseguia reagir. Não conseguia me interessar. Depois de ter perdido meus pais, eu perdera a primeira mulher que amei de verdade. E já não encontrava a empunhadura para me agarrar à vida.

Claire Borella me dizia que eu devia a nossos respectivos pais terminar a investigação deles. Eu tinha todos os elementos em mãos. Mas já não estava nem aí. A mensagem de Jesus não me traria Sophie de volta. E isso Claire não podia compreender.

Pouco a pouco, as pessoas desanimaram. Claire Borella deixou a casa dos Chevalier. Vendeu o apartamento do pai, mudou para uma quitinete algumas ruas mais distantes e retomou sua vida normal.

François e Estelle, por sua vez, quase acabaram se esquecendo de que eu morava com eles. Eu me havia tornado um móvel da sala. Às vezes vinham falar comigo, mas sem grandes esperanças.

Badji voltou a dar seus cursos.

Jacqueline prolongou sua estada na França. Era a única que nunca falava comigo. Provavelmente entendeu que não ia adiantar nada. Ou talvez sua dor fosse tão grande quanto a minha. Uma vez por semana, ia à casa dos Chevalier, sentava-se ao meu lado e servia-se de um uísque. Eu a ouvia beber, brincar com o gelo no copo, suspirar, mas nem a via.

E, no entanto, um dia, voltei à superfície.

*

Foi bem no meio de uma tarde como outra qualquer. Meus olhos queimados pelas lágrimas tinham acabado de se abrir. Eu estava mergulhado na poltrona de sempre. Minhas mãos roçavam o chão ao lado de uma garrafa vazia. Havia passado um mês. Ou talvez mais. Lá fora, o verão começava a lançar suas cores na minha indiferença. Era preciso muito mais do que isso para eu decidir me movimentar. Eu nem estava com calor. Só com sede.

Por volta das dezesseis horas, quando o sol de junho ainda mal conseguia atravessar as persianas que eu deixava fechadas, Lucie ligou para a casa dos Chevalier.

Como sempre, queria saber das novidades e conversar um pouco com Estelle. Mas, desta vez, pediu que me passassem o telefone. No entanto, sabia muito bem que eu ainda não estava falando, que ainda me recusava a sair do mutismo. François não estava em casa, ocupado com suas funções políticas, e eu passava os dias com Estelle, que, por ironia do destino, ocupava sua licença-maternidade cuidando de mim como uma mãe.

Estelle aproximou-se e segurou o telefone contra minha orelha, sem botar muita fé. Nem me mexi.

— Damien — começou Lucie com uma voz decidida —, aqui quem fala é a Esfinge. Se em uma hora não tirar essa bunda da porra dessa cadeira, vou decifrar a mensagem no seu lugar.

Sua voz ressoou por muito tempo em minha cabeça. Como se tivesse de percorrer um longo caminho antes de atingir o objetivo. Mas a mensagem, por milagre, finalmente me atingiu. Clique. Como uma engrenagem que se desoxida. E, de repente, decidi abrir a boca. Finalmente. A primeira frase que pronunciei desde a morte da Sophie foi:

— Estou pouco me lixando!

Estelle, que ainda segurava o telefone contra minha orelha, arregalou os olhos. Não ouvia minha voz havia tanto tempo que mal conseguia acreditar.

— Ah, é? — insistiu Lucie. — Acho que a Sophie ficaria orgulhosa de você. Muito orgulhosa. Seu imbecil!

Desligou. De repente.

Ouvi o tom do telefone contra minha orelha. Estelle não se mexia. Observava-me. Acho que não percebeu que Lucie já não estava do outro lado da linha. Mas, subitamente, levantei-me xingando:

— Imbecil!!!

Precipitei-me na direção do primeiro andar da casa. Desatei a correr na escada, abandonando Estelle na sala. Corria a toda velocidade, como tomado de loucura. Estelle deve ter achado que eu ia pular da janela. Também se levantou para correr atrás de mim. Mas, quando chegou ao escritório do marido, ofegante, segurando a barriga, viu que eu estava sentado diante do computador, e não pulando para a morte.

Lágrimas corriam pela minha face. Mas eram lágrimas cheias de vida. Meus olhos estavam bem abertos. Olhei fixamente para a tela do computador. Devorei-a com o olhar.

Eu havia guardado o código no fundo do meu bolso desde a morte da Sophie. Sempre o trazia apertado em minha mão, pronto para jogá-lo fora, sem nunca encontrar coragem. Com uma das mãos, segurava o código. Com a outra, a bala retorcida que estourou contra meu colete, sobre meu peito. A bala que deveria ter me matado.

Mas, naquele dia, tirei o código do bolso e o coloquei sobre a escrivaninha. Fungando como um garoto em prantos, alisei-o com a palma da mão.

Depois levantei os olhos para Estelle.

— Vá pegar o CD da Lucie no meu sobretudo — pedi-lhe sem a menor educação.

Ela estava contente demais por ouvir o som da minha voz. Sem hesitar, voltou para a escada, desceu os degraus tão rápido quanto a gravidez lhe permitia.

Iniciei o Photoshop. O programa abriu lentamente. Estelle voltou a aparecer no escritório. Estendeu-me o disco. Estava com os olhos brilhantes. Esfreguei as mãos, depois peguei o CD. Inseri-o no computador. Abri o arquivo.

Lentamente, a foto da tabuleta fixou-se sob meus olhos cheios de lágrimas. Peguei o papel à minha frente e o levei para o lado da tela. Como uma partitura.

Eu tremia. Todos os meus sofrimentos se resumiam àquilo. Duas imagens sob meus olhos. Os dois elementos do quebra-cabeça virtualmente reunidos diante de mim. O código da pedra de Iorden, encontrado na *Gioconda*, e uma foto do texto criptografado de Jesus. Inspirei profundamente e com a manga da camisa sequei os olhos.

Comecei a comparar as duas imagens. À esquerda, números, à direita, letras gregas. Eu só precisava decodificar. A mensagem estava ali. De bandeja. Duas peças separadas que esperavam havia milênios que alguém as reunisse novamente.

Eu sabia como fazer. Como Lucie teria feito. Como Sophie teria feito. Mas cabia a mim agir. Uma a uma, desloquei as letras da tabuleta segundo o número correspondente. Impossível memorizar. Peguei uma caneta na escrivaninha, coloquei a folha do código sobre a mesa e recomecei a decifrar, escrevendo as letras decodificadas uma a uma.

Estelle me olhava trabalhar, torcendo os dedos. Seus olhos iam do papel a meu rosto, buscando uma resposta, um alento. De repente, dei uma gargalhada.

Estelle teve um gesto de recuo. Devia achar que eu estava louco.

— O que foi? — exaltou-se pegando em meu ombro.

— A gente deve ter se enganado em algum lugar, isso aqui é pura algaravia! Não quer dizer nada!

— Tem certeza? — inquietou-se olhando a foto.

— Tenho! Olhe! Pura confusão... não quer dizer nada!

Mostrei-lhe o papel onde havia escrito a sucessão de novas letras gregas. Nenhuma palavra aparecia. Não havia lógica. Alguma coisa não estava dando certo.

— Não é possível! — exaltou-se. — Você está tão perto da solução! Tente de novo!

Fiz algumas verificações, mas eu não me havia enganado. A decodificação não fazia sentido algum.

— Essa tabuleta está do lado certo? — perguntou Estelle.

— Está sim, está do lado certo — confirmei. — Dá para ver que as letras estão no lugar.

Mostrei-lhe a foto no computador.

E, de repente, me veio a luz.

— Espere! — exclamei. — Mas é isso. Claro! Você tem razão! Sou muito idiota!

— O quê?

Desatei a rir novamente. Peguei de volta a caneta que havia jogado na escrivaninha e recomecei a escrever.

— Da Vinci escrevia ao contrário! — expliquei. — Esse imbecil do Da Vinci escrevia da direita para a esquerda! Deve ter feito o mesmo com a paleta! É preciso tomar os números em outro sentido!

Eu já não sabia muito bem se as lágrimas que corriam na minha face eram de tristeza ou de alegria. Provavelmente um pouco das duas coisas.

Tentando manter a calma, transcrevi as letras uma após a outra. A primeira. A segunda. Hesitei. Naquele momento não havia dúvida. Eu ia decodificar a mensagem. Nunca poderia ter certeza de que vinha mesmo de Jesus, mas devia lê-la. Pela Sophie. Pelo idiota do meu pai.

Parei e coloquei a caneta sobre a página. Mordi os lábios.

— Estelle querida — disse voltando-me para ela —, você se incomoda se...

Nem precisei terminar a frase. Ela entendeu e sorriu para mim.

— Está bem, vou deixá-lo. Sem problemas. Vou descer!

Saiu lentamente do escritório, recuando. Estava sorrindo. Seus olhos me diziam para continuar tendo coragem. Ela sabia que eu precisava ficar sozinho.

Estelle era a melhor amiga com a qual eu podia sonhar. Exatamente como François, ela me conhecia talvez até melhor do que eu mesmo. Em todo caso, certamente gostava mais de mim do que eu mesmo. Fechou carinhosamente a porta do escritório.

Fiquei sozinho. Sozinho diante do final do enigma. Queria tanto que a Sophie estivesse aqui. Mas eu tinha de fazer aquilo sem ela. E por ela.

Elas estavam ali, as empunhaduras, para que eu me agarrasse à vida. Naquela tabuleta. Diante de mim. Aquela mensagem que só pedia para ser traduzida. Aquela mensagem, cuja existência a imprensa não havia compreendido. Aquela mensagem que nossos inimigos não puderam decodificar. Pois as duas peças do quebra-cabeça ainda não estavam juntas. Estava tudo por fazer. Balancei a cabeça, aproximei lentamente minha cadeira da escrivaninha e recomecei a transposição das letras. A mensagem me pertencia. Era minha por direito. Era a herança que me deixavam Sophie e meu pai.

Uma a uma, continuei a deslocar as letras. A terceira. A quarta. Progressivamente, a mensagem tomou forma sob meus olhos. Uma palavra, outra. Uma simples frase grega. Talvez de dois mil anos de idade. A mensagem de Cristo à humanidade.

O *euaggelion.*

O ensinamento que seus contemporâneos não eram dignos de receber. E nós? Hoje? Éramos dignos, por fim, de entender o que aquele estranho homem quisera nos ensinar? Tínhamos progredido durante esses dois mil anos? Que progresso havia na morte da Sophie? Nos crimes do Bilderberg e da Acta Fidei? Éramos realmente mais dignos do que os homens que o haviam crucificado? Quantos homens foram mortos para conservar esse segredo, e quantos por descobri-lo?

Meus dedos tremiam. Com a ponta do indicador, sublinhei o texto que acabava de transcrever.

Oito palavras gregas. Jesus falava aramaico, mas nos legou sua mensagem em grego. O nobre idioma. O idioma dos instruídos. Eu não estudava grego havia mais de dez anos e reli a frase várias vezes. Contudo, nem precisei de muito tempo para entender, por fim, a mensagem.

Nada mais simples. Não era uma mensagem religiosa. Não era uma revelação irracional. Não era um dogma. Não era uma lei. Não era um mandamento. Uma simples afirmação:

Εν τῶ κόσμω εσμὲν μόνοι πανταχόυ τὴζ γὴζ

Repeti a frase sorrindo.

En to kosmo esmen monoi pantaxou tés gés.

Transcrevi mentalmente a curta frase com palavras atuais: "Estamos sozinhos no universo." Trinta e três letras gregas para nos revelar um segredo tão simples e, no entanto, essencial.

*

Escondido por dois milênios no coração de uma pedra, tal era então o saber absoluto de Cristo. O conhecimento que o tornava único. Ele sabia. Era essa a resposta à nossa questão universal? Era esse o mistério da melancolia? A única coisa que podemos conhecer, seja qual for nosso domínio das ciências e das artes. Como saber, num universo infinito, se outros seres nos esperam? Como responder a essa questão eterna? Naquele momento eu compreendia. Saber que estamos sozinhos é mesmo o conhecimento absoluto. Pois nunca poderemos visitar o universo infinito. É a única interrogação à qual jamais poderemos responder.

Não sei se essa mensagem é autêntica. Como saber? E se for, nada prova que Jesus tenha tido razão. Seria ele o nobre iluminado que recebeu a onisciência?

Mas então entendi que isso não tinha importância alguma. Seja ela verdadeira ou não, essa frase mudou minha vida.

Melhor até, deu a ela um sentido.

Porque pela primeira vez na vida considerei que essa verdade pode ser absoluta. Considerei a possibilidade de que realmente estamos sozinhos. Sozinhos no universo.

Percebi que isso voltava a colocar tudo em causa. Que mudava todas as nossas perspectivas.

A pergunta sempre foi feita. Há séculos o ser humano busca outra presença no universo. Deuses, extraterrestres, espíritos... Simplesmente uma presença. Não estar sozinho. E continuamos a buscar. Para muitos, chega a ser uma esperança. Mas será que essa esperança não nos distancia do que realmente deveríamos buscar? Essa fuga para o outro, para o desconhecido, não suprime nossas responsabilidades?

E se de repente essa dúvida fosse eliminada? Se, por um instante, aceitássemos essa simples mensagem que percorreu os séculos? Se ouvíssemos o ensinamento desse homem nada comum? Se a dúvida já não fosse permitida? Se buscar em outro lugar já não tivesse sentido?

Então não paro de pensar em nossa responsabilidade. No sentido de nossas vidas, se deviam ser únicas. Na importância de cada uma delas. Em relação a nós mesmos e ao universo inteiro. Não paro de pensar no sentido da humanidade. Da nossa humanidade. Da nossa presença.

Pois se estamos mesmo sozinhos, não temos o direito de desaparecer. Não temos o direito de errar.

Tudo se resume a isso. Não temos o direito de nos deixar extinguir.

Desde o dia em que traduzi a mensagem, não consigo deixar de pensar na vida de Jesus. No sentido dos seus ensinamentos. Tudo hoje me parece totalmente diferente.

Lembro-me das palavras de Sophie, que, no entanto, não acreditava em Deus. Ela dissera alguma coisa como: "Um dos principais ensinamentos de Cristo, 'amai-vos uns aos outros', era apenas um meio de preparar os homens para receber sua mensagem."

Todos os dias essas palavras ressoam na minha cabeça.

Não sei quais serão as consequências da nossa descoberta. Segundo meu pai, Jesus não queria revelá-la a seus contemporâneos porque julgava que ainda não estavam prontos.

Mas a verdadeira questão é: estamos prontos hoje?

Como as pessoas vão reagir? Por acaso essa mensagem questiona a existência de Deus? Deus não existe? Os homens estão prontos para aceitar que estão sozinhos? Que não haverá resposta em outro lugar? Que não haverá salvação em outro lugar? E que, portanto, teremos de encontrar a resposta em nós mesmos. Que só podemos confiar no homem. E que, por isso, temos de nos tornar dignos de nossa própria confiança.

Estamos maduros o suficiente para compreender o alcance dessa mensagem?

Não sei.

Por enquanto, só penso numa coisa. Viver. E já é um primeiro passo.

Pergunto-me se realmente valia a pena que Sophie e meu pai tivessem morrido por essa mensagem. Era tão importante assim para que a Acta Fidei e o Bilderberg estivessem prontos a matar? Não, claro que não. Nenhum segredo no mundo poderia justificar a morte de quem quer que fosse. Ninguém poderá me fazer esquecer Sophie. Ninguém poderá curar minha ferida.

Mas é assim que as coisas são. A Acta Fidei e o Bilderberg estavam prontos a matar para ouvir o segredo de Jesus. Aliás, ainda não conheciam o conteúdo dessa mensagem quando chegaram a esse ponto. Talvez imaginassem que esse conteúdo representasse uma ameaça importante às suas respectivas organizações. Ou talvez esperassem que esse segredo lhes daria um poder que nada no mundo poderia comprar.

De todo modo, enganaram-se, e Sophie está morta.

O redator-chefe do *90 minutos* perguntou-me se podia terminar a investigação de Sophie. Respondi-lhe que eu não podia me opor a isso. Lembro-me mais ou menos das palavras dela: "Se não formos nós a descobrir o segredo oculto na pedra de Iorden, quem nos garante que aquele que o fizer vai o tornar público?" Sim, ela certamente ia querer que as pessoas soubessem.

No momento, preciso de tempo para refletir. Enxuguei minhas lágrimas. Pedi perdão a François, a Estelle. À pequena Lucie. Não voltarei a Nova York. Amanhã, vou a Gordes. Tenho uma casa lá. Acho até que também tenho uma moto para recuperar.

E talvez escute os conselhos de François: escrever um livro. Se eu encontrar as palavras certas. O quarto do meu pai no segundo andar da casa de Gordes deve ser um lugar ideal para escrever com tranquilidade. Finalmente escrever outra coisa.

E depois tenho uma decisão a tomar. Estelle e François me perguntaram se eu queria ser padrinho da filha deles. Por que não?

Mas, antes de mais nada, vou até a casa da Jacqueline, antes que ela volte para a Inglaterra. Tomaremos um uísque em memória da mulher que amávamos. E tentarei rir.

Acho que, onde quer que esteja, Sophie vai gostar.

FIM

AGRADECIMENTOS

Tinha este livro no coração e na mente havia vários anos. Concluí-lo era para mim um sonho que às vezes pareceu inacessível. E se hoje esse sonho se tornou realidade é especialmente graças àqueles que, de uma maneira ou de outra, ajudaram-me a fazê-lo.

Sendo assim, eu gostaria de agradecer a Emmanuel Baldenberger, Jean-Bernard Beuque, Stéphanie Chevrier e Virginie Pelletier, James Gauthier, Philippe Henrat, Valentin Lefèvre, Jean-Pierre Lœvenbruck, Loïc Lofficial, Paula e Michael Marshall Smith, Fabrice Mazza e Bernard Werber, que me ajudaram ao longo de diversos estágios da redação deste romance.

Mas também às famílias e aos amigos que sempre me apoiaram: aos Lœvenbruck, aos Pichon, aos Saint Hilaire, aos Allegret, aos Duprez e aos Wharmby, a Barbara Mallison, Stéphane Marsan, Alain Névant, David Oghia e Emmanuel Reynaud.

E, por fim, às minhas duas musas, Delphine e nossa pequena Zoé, a quem devo tudo.

Para mais informações visite: www.henriloevenbruck.com